Erde und Feuer...

W0326603

KATJA BRANDIS

DER VERRAT DER FEUERGILDE

KAMPF UM DARESH

UEBERREUTER

Die Deutsche Bibliothek - CIP-Einheitsaufnahme

Brandis, Katja:
Kampf um Daresh / Katja Brandis. - Wien : Ueberreuter

Der Verrat der Feuer-Gilde. – 2002
(Die Meister der Fantasy)
ISBN 3-8000-2998-7

Für Ranka Keser

Alle Urheberrechte, insbesondere das Recht der Vervielfältigung, Verbreitung und öffentlichen Wiedergabe in jeder Form, einschließlich einer Verwertung in elektronischen Medien, der reprografischen Vervielfältigung, einer digitalen Verbreitung und der Aufnahme in Datenbanken, ausdrücklich vorbehalten.
Umschlaggestaltung von Zembsch' Werkstatt, München, unter Verwendung einer Illustration von Wessi Benderliev-Karlhofer
Copyright © 2002 by Verlag Carl Ueberreuter, Wien
Druck: Ueberreuter Print
1 3 5 7 6 4 2

Ueberreuter im Internet: www.ueberreuter.at

I

Erde und Feuer

Die Burg

Rena saß auf dem Kutschbock des Karrens, der sie gleich in die Felsenburg der Regentin bringen würde, und versuchte ruhig zu bleiben. Sie zupfte die helle Leinentunika glatt, die sie sich für den Anlass geliehen hatte, und polierte ihr Gildenamulett mit der Handfläche. Ihr Onkel flüsterte ihr ins Ohr: »Ganz locker bleiben. Das Schlimmste, was passieren kann, ist, dass sie uns nicht reinlassen, weil du dabei bist.«

»Und was machen wir dann?«

Ihr Onkel zuckte nur die Schultern. Sie spürte, dass er selbst nervös war.

Rena hob den Kopf. Vor ihnen ragte die Burg in den bleigrauen Himmel. Sie schien aus der Flanke des Alestair-Berges herauszuwachsen. Ihre Wände waren glatter, unverfugter Fels. Die gewaltigen Haupttore standen noch offen, vor ihnen war eine Gruppe von Leuten der Feuer-Gilde eingelassen worden. Drohend starrten einige der Feuerleute zu ihnen herüber. Vielleicht können wir einfach hinter ihnen durchschlüpfen, hoffte Rena.

»He, ihr da von der Erd-Gilde!« Das galt ihnen.

Renas Onkel zügelte den Hirschmenschen, der den Karren zog, und der Halbmensch gehorchte schweigend. Sein Fell war schweißnass vor Furcht. Eine der Wachen in den Farben der Regentin – Grün und Grau – trat heran und musterte Rena misstrauisch. Er war so nah, dass sie den muffigen Geruch alten Leders riechen konnte, den seine Uniform ausströmte. »Wer ist die Kleine, Meister Fordas? Antwortet!«

Am liebsten wäre Rena zurückgewichen, aber sie zwang sich, den Mann anzulächeln. Es hatte nicht die geringste Wirkung. Die Wache glotzte zurück, als sei Rena ein widerliches Insekt.

»Meine Nichte Rena. Sie lernt bei mir das Handwerk der Holzmeisterin.«

»Wie alt?«

»Fünfzehn.«

»Ihr verbürgt euch für sie?«

»Ich verbürge mich für sie.«

Die Wache verlor das Interesse. »Na gut, rein mit euch. Los!«

Ihr Karren ratterte über die steinerne Schwelle und hinter ihm schlossen sich die schweren Flügel des Haupttores. Rena sackte erleichtert in sich zusammen. Die erste Hürde hatten sie genommen.

»Isch hoffe, dü neue Regentün üst nicht so knauserig wie dü letzte«, plapperte der Hirschmensch.

»Ruhe da vorne!«, knurrte der Meister. »Bei der nächsten dummen Bemerkung gibts fünf Wurzeln weniger!«

Beleidigt schwieg der Vierfüßler. Auf seinem glatten, menschlichen Gesicht mit der breiten Nase lag ein halb schmollender, halb gehetzter Ausdruck. Wahrscheinlich war es nur der Gedanke an die Karededa-Wurzeln, die tief unter der Erde geerntet wurden und nach denen alle Hirschmenschen verrückt waren, der ihn davon abhielt, an Ort und Stelle das Geschirr abzuwerfen und davonzustürmen.

Kaum war das Gefährt zum Stehen gekommen, da begann eine Gruppe von Iltismenschen schon damit, seine hölzerne Ladung herauszuheben und in eine der Aufbewahrungskammern zu verfrachten. Verblüfft dachte Rena: Iltismenschen! Hier? Wie hat die Regentin das bloß geschafft? Sie wusste, dass die halbmenschlichen Völker von Daresh sich gewöhnlich nicht viel um das scherten, was die Bewohner der Dörfer taten, und höchstens einige Tage in ihren Dienst traten. Die Iltismenschen, denen ohnehin niemand gerne im Dunkeln begegnete, taten nicht einmal das. Es gab nur eine Ausnahme. Rena fragte sich, wie es die Regentin fertig brachte, dass es vom Storchen- bis zum Natternmenschen kein Wesen gab, das ihr den Gehorsam verweigerte.

Sie beobachtete, wie elegant die Helfer mit den geschmeidigen Körpern und dem braun- und cremefarbenen Pelz trotz ihrer schweren Last über die Steinfliesen glitten. Die Halbmenschen waren einen halben Kopf kleiner als Rena. Ihr Gesicht wirkte fast menschlich, obwohl es in eine kurze Schnauze auslief und die Ohren pelzige Lauscher waren. Die Vorderpfoten ähnelten schmalen daumenlosen Händen mit kurzen Fingern, sodass sie damit Dinge ergreifen konnten.

Einer der Halbmenschen bemerkte Renas Blick und bleckte unwillig die Fangzähne. »Staarrr mich nicccccht an!«

Rena zuckte zusammen und stammelte: »Tut mir Leid.« Sie sprang vom Karren und eilte hinter der massigen Gestalt ihres Onkels her.

Sie wurden von einem menschlichen Bediensteten zu einem kleinen Saal geleitet und angewiesen, dort zu warten. Ein Mann und ein Junge der Feuer-Gilde warteten ebenfalls dort. Finster blickten sich die beiden Meister an und der Mann der Feuer-Gilde spuckte verächtlich aus und drehte ihnen den Rücken zu. Voller Neid sah Rena, dass der Junge – er war nur wenig älter als sie und hatte glatte schwarze Haare, die ihm in den Nacken fielen – schon ein Schwert tragen durfte. Dann erkannte sie ihn und es durchfuhr sie wie ein heißer

Strom. Es war Jon, der Lehrling des Schmieds im Nachbardorf. Sie hatte ihn schon ein paar Mal heimlich beobachtet, wenn er vor der schwarzen Pyramide arbeitete. Er hatte ein schmales, gut geschnittenes Gesicht mit einer geraden Nase.

Hallo, Jon, dachte Rena und ihr Herz klopfte so laut, dass sie Angst bekam, es könnte sie verraten. Du kennst mich nicht, aber ich kenne dich.

»Elende Brandstifter«, knurrte ihr Onkel. »Arrogant sind sie bis dorthinaus! Dabei kann keiner von ihnen mehr mit Holz anfangen, als es zu verbrennen!«

Sie sind nicht arrogant, dachte Rena. Sie sind nur stolz. Ich wäre auch stolz, wenn ich einer solchen Gilde angehören würde! Aber es ist zu spät, ich bin in die Erd-Gilde hineingeboren worden und Onkel und Papa bekommen schon Zustände, wenn ich die Feuer-Leute nur erwähne

Freunde waren die Gilden nie gewesen, dazu waren Eigenschaften, Glauben und Geschäfte ihrer Angehörigen zu verschieden. Doch seit ein paar Wintern wuchs die Feindschaft zwischen ihnen. Aus kleinen Anlässen wurden nun oft blutige Fehden, die noch schlimmere Rache nach sich zogen. Da manchmal Mitglieder mehrerer Gilden in einer Siedlung lebten, war das Zusammenleben schwierig geworden. Die neue Regentin unternahm nichts, um den Streit zu schlichten. Kaum zwei Winter war sie im Amt und schon schien es schwer, etwas Gutes über sie zu sagen. Niemand wusste, warum die letzte Regentin gerade diese Frau zu ihrer Nachfolgerin bestimmt hatte. Auf Daresh hatte die Regentin zwar keine absolute Macht, da die Gilden sich selbst verwalteten und in ihren Provinzen herrschten, aber sie regelte Angelegenheiten, die alle Provinzen betrafen. Dafür erhob sie Abgaben und unterhielt ein eigenes Heer.

Um ihren Onkel von seinem Lieblingsthema, den üblen Eigenschaften der Feuer-Gilde, abzulenken, flüsterte Rena: »Meinst du, die Regentin empfängt uns?«

»Wir haben eine gute Chance. Immerhin waren wir der Hoflieferant ihrer Vorgängerin.«

»Sag mal, wer war eigentlich der Besucher gestern Abend? Einer von denen?«

»Nein«, sagte ihr Onkel und sah sie plötzlich scharf an. »Hast du uns reden gehört?«

Erstaunt sah Rena ihn an. »Nur die Stimmen. Ich habe schon halb geschlafen.«

»Es war niemand, den du kennst«, sagte der Meister und verfiel wieder in brütendes Schweigen.

Ein paar Atemzüge später kehrte der Bedienstete zurück und bedeutete ihnen, ihm zu folgen. Rena und der Meister warfen sich einen frohen Blick zu. Aus dem Augenwinkel schielte Rena noch einmal zu Jon und seinen Meister hinüber und hoffte, dass sie sie auf dem Rückweg noch einmal sehen würden. Dann tauchten sie ein in die Höhlen aus poliertem Stein, deren Wände hunderte von Künstlern in eine erstarrte Bilderwelt verwandelt hatten. Eine Gruppe von Storchenmenschen im Flug. Händler der Luft-Gilde, die um Waren feilschten. Ein Schwertkampf. Die Reliefs schienen alt zu sein, uralt, es mochte hundert Generationen her sein, dass sie geschaffen wurden. Rena staunte. Sie hätte am liebsten die Hand ausgestreckt und die Finger darüber gleiten lassen, aber dafür war keine Zeit, sie hasteten zu schnell durch die Gänge.

Zuerst merkte Rena es kaum, dass sich ein seltsames Gefühl in ihrem Inneren immer mehr verstärkte. So etwas hatte sie noch nie gespürt – es war, als berühre eine

Hand mit den Fingerspitzen ihr Bewusstsein. Rena schüttelte den Kopf, versuchte das Gefühl loszuwerden, aber es half nichts. Je weiter sie dem Diener ins Ganglabyrinth hinein folgten, desto enger schienen sich die Finger um ihren Geist zusammenzuschließen, zur Faust zu ballen. Rena presste die Hand gegen die Stirn und versuchte den Meister einzuholen, der vor ihr ging. »Ich ... mein Kopf ...«

»Was ist?«

»Mein Kopf fühlt sich komisch an«, sagte Rena und ärgerte sich darüber, dass sie es nicht besser beschreiben konnte. »Irgendwas hier ...«

Der Diener sah sie ungeduldig an und ihr Onkel runzelte die Stirn. Stell dich nicht so an, sagte sein Gesichtsausdruck. »Zuhause machst du dir einen Tee aus Mitternachtsblättern, der ist gut gegen Kopfschmerzen. Still jetzt, wir sind gleich da.«

Rena hielt den Mund. War sie wirklich die Einzige, die es spürte?

Sie merkte, dass ihre Muskeln starr und krampfig geworden waren und versuchte sich zu entspannen. Vielleicht half das ja ...

In dem Moment, in dem sie aufhörte, sich gegen das Gefühl zu wehren, veränderte es sich. Jetzt war es gar nicht mehr so unangenehm, es floss einfach durch sie hindurch. Nun spürte sie, was es wirklich war: ein Ruf, ein Lockruf, drängend und schmerzhaft und süß zugleich. Etwas rief sie zu sich!

Das Ziel schien genau in der Richtung zu liegen, in der sie gingen, denn das Gefühl wurde mit jedem Moment stärker. Vielleicht kommt der Ruf von der Regentin selbst! dachte Rena. Vielleicht sucht sie jemanden ganz bestimmtes für ihren Hof, eine Vertraute oder eine Verwalterin. Ihr Atem ging schneller, während sie sich vorstellte, was das bedeuten konnte. Sie würde von silbernen Tellern essen, nur die zartesten Farnsprossen. Selbst die Leute der Feuer-Gilde – ja, auch Jon! – würden höflich um eine Audienz bitten. Sie würde natürlich nicht zulassen, dass Jon sich vor ihr verbeugte. Sie würde ihn auf die Burg einladen und jeden Tag mit ihm verbringen, bis sie Freunde waren und er sich auch in sie verliebt hatte. Und natürlich würde sie nie mehr tagelang wandern müssen, um essbare Blätter zu sammeln, oder verschwitzt und dreckig helfen müssen, einen toten Baum zu zerlegen und heimzuschaffen.

Vor ihnen gabelte sich der Weg. Der Ruf führte sie nach rechts. Rena lief voraus. Die werden sich wundern, woher ich den Weg kenne, grinste sie in sich hinein. Schließlich war ich noch nie hier.

»He, wo willst du denn hin?«, schrie der Meister ihr nach. Verblüfft blieb Rena stehen und merkte, dass er und der Diener den linken Gang genommen hatten. Wie konnte das sein? Dann konnte das Signal nicht von der Regentin kommen – außer, sie gingen jetzt doch nicht zu ihr!

»Komm schon! Was ist heute nur mit dir los!«

»Ja, ja, schon gut«, murmelte Rena und rannte hinter den beiden Männern her. Schon spürte sie, dass die Berührung in ihrem Geist wieder schwächer wurde, als sie sich von der *Quelle* des Signals wegbewegten. Enttäuscht warf Rena noch einen letzten Blick zurück. Vielleicht würde sie nun nie erfahren, was oder wer sie gerufen hatte.

Über dem Gefühl hatte sie fast vergessen, weshalb sie hier waren, und dass der vielleicht wichtigste Moment ihres Leben bevorstand. Schnell prüfte sie noch einmal ihr Äußeres. Die weiße Tunika mit dem Schmuckgürtel war fleckenlos und sie hatte ihre neuen Sandalen an, in die ihr Vater in mühevoller Arbeit mit verschiedenfarbigen Gräsern ihr Namenszeichen eingewebt hatte. Nein, sie würde ihrer Gilde keine Schande machen. Sie sah zu ihrem Onkel auf. Er sah prächtig aus in den bestickten Zeremoniengewändern eines Gildenmeisters, die verbargen, dass sein Körper mit den Jahren immer massiger geworden war. Sein kurzes eisengraues Haar war frisch gestutzt. Er bemerkte, dass sie ihn beobachtete, und schenkte ihr ein kurzes Lächeln. Rena liebte dieses Lächeln, aber sie sah es nur selten.

Einige Atemzüge später war es dann schon so weit. Sie standen vor der Regentin, der mächtigsten Frau der Welt Daresh. Eingeschüchtert sah sich Rena um. Es war nur ein kleiner Audienzsaal, in dem sie standen, dennoch war der Raum mit schweren Möbeln aus Schmiedeeisen und wertvollem Nachtholz eingerichtet. Seine Steinwände waren mit prächtigen schwarz-silbernen Tüchern behängt, in die das Namenszeichen der Regentin eingewebt war. Auch große geschnitzte Reliefs mit den Zeichen aller vier Gilden gab es, auf jeder Wand eines, in den Himmelsrichtungen ihrer Provinzen. Die Erd-Gilde im Norden, die Feuer-Gilde im Süden, die Luft-Gilde im Osten und die Wasser-Gilde im Westen.

Rena vergaß den eigenartigen Ruf einen Moment lang und betrachtete die Frau, die nun eine Generation lang das Leben aller Bewohner von Daresh prägen würde. Würde sie besser regieren als die Frau vor ihr, die die vier Provinzen ausgepresst hatte, um eine zweite Burg im Süden zu bauen? Gleichgültig sah die Regentin ihnen entgegen. Sie war umgeben von ein paar Dienern, einem Vermittler und einem Mann in schwarzer Kutte, der ihr gerade unterwürfig etwas ins Ohr flüsterte. Rena war überrascht, wie jung sie war – höchstens ein paar Winter älter als sie selbst. Aber ihr glattes, jugendliches Gesicht war kalt und unbeweglich. Ihre Haare schimmerten im Licht der Lampen rot wie eine Flamme. Rena fragte sich, wie ihre Stimme wohl klang. Sehr wahrscheinlich würde sie sie nie hören – es war unter der Würde einer Frau wie der Regentin, mit einfachen Leuten wie ihnen zu sprechen. Dafür hatte sie ja ihre Vermittler.

Dieser Vermittler, ein junger Mann, weil der Anlass so wenig wichtig war, hielt sich an der Seite der Regentin, doch als er Rena und ihren Onkel sah, ging er auf sie zu und wollte sie begrüßen. Doch dazu kam es nicht. Er stolperte über irgendetwas, eine kleine Unebenheit im Boden vielleicht, streckte eine Hand vor, um sich abzufangen – und riss dabei einen der schwarz-silbernen Wandbehänge herunter. Blass und zitternd kam der junge Mann wieder auf die Füße, blickte mit geweiteten Augen auf das Tuch zu seinen Füßen und dann auf seine Herrin. »Es war ein Versehen«, flüsterte er.

Die Regentin blickte ihn stirnrunzelnd an und gab ein Zeichen mit der Hand. Ungläubig beobachtete Rena, wie zwei der Wachen den Vermittler packten und ihn aus dem Raum schleiften. Ein anderer Mann übernahm den Part seines Vorgängers. Doch er konnte nicht verhindern, dass seine Stimme nervös klang, als er sagte: »Friede den Gilden und Wohlstand ganz Daresh.«

Renas Onkel erwiderte die Grußformel und erkundigte sich, ob die Lieferung nach ihren Vorstellungen gewesen sei. Rena musste daran denken, was wohl mit dem Vermittler geschehen würde. Sie wagte kaum, sich zu bewegen, steif und gezwungen stand sie da. Hoffentlich war mit der Lieferung alles in Ordnung, hoffentlich ...

Die Frau mit den kühlen Augen winkte den Mann in der schwarzen Kutte heran. Ehrerbietig beugte er sich zu ihr herüber und flüsterte ihr kurz etwas zu. Ein winziges Zeichen von der Regentin und ihr Vermittler versicherte, dass die Gegenstände zufrieden stellend gewesen seien. Rena holte tief Luft. »Zufrieden stellend« war zwar nicht gerade ein großes Lob, aber zumindest fand ihre Arbeit Gnade vor den Augen der Regentin, mehr war ohnehin nicht zu erwarten gewesen. Sie schielte zum Meister hinüber, um seine Reaktion abzuschätzen. Hatten sie es damit geschafft oder nicht?

Aber der Vermittler war noch nicht fertig. »Ihr hattet uns noch ein persönliches Geschenk in Aussicht gestellt, Meister. Was ist damit? Habt Ihr es heute mitgebracht?«

Verblüfft sah Rena ihren Onkel an. Zu ihrer Überraschung nickte der Meister langsam und holte aus einer seiner Taschen ein einfaches kleines Kästchen aus jungem Nachtholz hervor. Rena hatte es noch nie gesehen; der Meister musste es selbst gemacht haben. Es hatte nur an den Seiten eine Zierschnitzerei, eine mit winzigen Blättern versehene Ranke, die die Signatur des Meisters enthielt. Er übergab es der Regentin mit einer Verbeugung. Sein Gesicht war starr und er erwiderte das winzige Lächeln auf dem Gesicht der Regentin nicht.

Mit dem Vermittler gab es noch einen kurzen Disput über den Preis der anderen Waren, dann gab die Regentin ein weiteres Signal und man bedeutete ihnen, dass das Gespräch beendet sei. Bevor Rena und ihr Onkel es sich versahen, standen sie wieder im Gang. Auch der Mann in der schwarzen Kutte hatte den Audienzraum verlassen. Sein Gesicht war unter der Kapuze nicht zu erkennen. Er beachtete sie nicht und ging schnell durch einen der Gänge davon.

»Kaum zu glauben, aber sie scheint noch grausamer zu sein als die letzte Regentin«, sagte der Meister so leise, dass der Diener es nicht hören konnte. »Sie ist eine Frau aus Stein!«

»Was, denkst du, werden sie mit diesem armen Vermittler machen?«

Ihr Onkel antwortete nicht und sah sie nicht an. Auch das war eine Antwort und Rena hielt es für klüger, das Thema zu wechseln.

»Was ist denn jetzt eigentlich mit uns? Sind wir jetzt weiter Hoflieferanten oder nicht?«

»Ja. Aber es kann gut sein, dass mir das noch einmal sehr Leid tun wird. Der Preis dafür ist hoch, Rena, sehr hoch.«

»Wieso, hat sie etwa Geld von dir verlangt?«

»Ich wünschte, sie hätte es.«

Rena wagte nicht weiter nachzufragen, was er damit meinte und was es mit dem Kästchen auf sich gehabt hatte. Später, dachte sie, später frage ich ihn. Sie ahnte nicht, dass es kein Später geben würde.

Als sie durch die Gänge geführt wurden, lauschte sie gespannt in sich hinein und hoffte darauf, dass sich das seltsame Gefühl noch einmal einstellen würde. Sie hatte die Hoffnung schon fast aufgegeben, da fühlte sie die tastenden Finger in ihrem Bewusstsein wieder. Aufgeregt versuchte sie festzustellen, aus welcher Richtung es kam. Was auch immer es war, es rief sie noch einmal! Sie hatte noch eine Chance!

Im selben Moment, in dem sie den Ruf spürte, wusste sie, dass sie herausfinden musste, woher er kam. Vielleicht würde sie nie wieder, oder erst wenn sie so alt war wie ihr Onkel, den Fuß in die Felsenburg setzen. Wenn sie jetzt nicht erfuhr, wo das Signal herkam, würde dieses Rätsel sie ihr ganzes Leben lang plagen. Aber ihr Onkel hatte sich für sie verbürgt. Konnte sie das wirklich tun und ihn vielleicht in Schwierigkeiten bringen? Sie hatte ja gesehen, was mit dem Vermittler geschehen war! Doch die Erinnerung verblasste schon in ihrem Bewusstsein, es war, als würde sie weggesogen.

Nach ein paar Atemzügen waren sie an der Weggabelung angekommen. Stark und klar strömte der Ruf durch ihren Kopf: *Komm, komm, komm.*

Rena entschied sich instinktiv, fast ohne nachzudenken, fast ohne eine Wahl. Es war nicht einmal schwer, sich von der kleinen Gruppe abzusetzen – Rena blieb einfach zurück und ließ den Meister und den Bediensteten allein um die Ecke biegen. Keiner von beiden merkte, dass sie nicht mehr hinter ihnen hertrottete. Wenn sie sich beeilte, konnte sie in ein paar Atemzügen wieder zurück sein und sie einholen.

Wahrscheinlich wird mir das noch einmal Leid tun, dachte Rena und schloss die Augen. Sie fühlte, wie ihr das Blut in den Ohren pochte und der Ruf ihren Geist umklammerte. Hastig zog sie ihre geflochtenen Sandalen aus, nahm sie in die Hand und schlich auf bloßen Füßen davon. Sie musste verschiedene Gänge ausprobieren, bis das Gefühl in ihrem Kopf ihr sagte, dass sie jetzt den richtigen erwischt hatte. Doch dann sah sie die beiden Soldaten, die den Eingang zu einem der Räume bewachten. Na, das wars dann, dachte Rena und zog sich lautlos wieder zurück. An denen komme ich nie vorbei. Vielleicht haben die da drinnen eine Art von Tier, das direkt in die Köpfe reden kann, oder vielleicht einen seltenen Halbmenschen. Prüfend sog sie die Luft ein, aber die Luft roch hier genauso abgestanden und flach wie im Rest der Felsenburg.

Sie war noch nicht bereit aufzugeben. Vielleicht gab es irgendeinen Weg, die Wachen von der Tür wegzubekommen? Doch der Ruf, der aus so kurzer Entfernung durch ihren Kopf hallte wie ein Fanfarenstoß, hinderte sie am Denken. Sie wusste nur, dass sie schnell machen musste – der Meister würde bald bemerken, dass sie verschwunden war. Ich kann ja behaupten, dass ich mich verlaufen habe, dachte Rena. Ich habe eben die Bilder an den Gangwänden angeschaut und darüber die Zeit vergessen.

Als sie das nächste Mal vorsichtig um die Biegung im Gang lugte, weiteten sich ihre Augen. Einer der Soldaten fingerte gerade einen kleinen Beutel unter seinem Harnisch hervor, bediente sich daraus und reichte ihn dann seinem Kollegen weiter, der ebenfalls eine ordentliche Portion herausnahm. Mit der Geschicklichkeit eines Taschenspielers ließ der erste Soldat das Säckchen wieder verschwinden und begann dann verstohlen zu kauen.

Rena grinste in sich hinein: Die nehmen ja Beljas! Na so was!

Sie hatte das gelbe Kraut selbst schon einmal probiert, als sie im Wald ein paar Sprossen davon gefunden hatte, und würde es nicht so schnell noch einmal machen. Das Zeug schmeckte ekelhaft, machte die Zunge tagelang taub und brachte den Kopf durcheinander.

Wenn die beiden dabei erwischt werden, dann verlieren sie ihren Posten, dachte Rena. Vielleicht war das ihre Chance, sie wegzulocken?

Sie sprang auf und schrie so laut, dass es in den Gängen widerhallte: »He, ihr, ich habs gesehen!«

Dann drehte sie sich um und rannte los. Hinter sich

konnte sie die unterdrückten Flüche der beiden Soldaten hören, dann schnelle Schritte. Rena lief nicht weit. Eine halbe Baumlänge weiter machte sie sich klein und kroch in eine Nische zwischen zwei steinernen Jagdszenen. Obwohl Rena zierlich war, passte sie gerade so hinein, sie musste sich so eng zusammenfalten, wie sie es nur schaffte. Trotzdem wurde ihre Nase am Bein eines steinernen Dhatlas fast plattgepresst und ein Ornament bohrte sich schmerzhaft in ihren Oberschenkel.

Sie hätte nicht viel länger warten dürfen; schon einen Atemzug später polterten die beiden Soldaten an ihr vorbei. Rena faltete ihren Körper wieder auseinander und rannte zu der Tür, vor der sie Wache gehalten hatten.

Als sie die Tür aufriss, traf die Woge unsichtbarer Kraft sie wie ein Schlag ins Gesicht. Rena taumelte. Das war kein Ruf mehr. Es hatte nicht mehr nötig, sie zu rufen. Sie war da.

Rena sah sich um und versuchte festzustellen, woher das Signal kam. Einen Moment lang war sie enttäuscht und verwirrt, als sie sah, was sich dort in der Mitte des Raumes befand. Kein Tier, kein Halbmensch. Nur ein komisches Ding. Es war ein gewöhnlicher geschliffener Kiesel, der dort in dem fast leeren, schmucklosen Saal auf einem Sockel lag. Er war milchweiß und fein gemasert und so groß wie eine Kinderfaust.

Nein, korrigierte sie sich selbst, ganz so gewöhnlich war er nicht. Sie konnte die Wellen purer Energie spüren, die davon ausstrahlten. Die *Quelle*, dachte Rena fasziniert. Es war die *Quelle* des Rufs, kein Zweifel. Rena fielen die Gerüchte und Geschichten ein, die sich um dieses Ding rankten und die sie ab und zu an den Herdfeuern gehört hatte, als sie noch ein Kind war. Man wusste, dass es existierte, aber niemand hatte eine Ahnung, was es eigentlich war oder was es bewirkte.

Als sie genauer hinsah, bemerkte sie, dass der Stein einen eigenartigen bläulichen Schatten warf. Es tat weh, diesen Schatten anzusehen, es schmerzte tief hinter ihren Augäpfeln. Als sie es nicht mehr ertragen konnte, schloss Rena die Augen. Doch es nützte gar nichts – sie konnte den Stein und seinen unheimlichen Schatten noch immer ganz genauso sehen, so als habe sie keine Lider mehr.

Der seltsame Stein wurde Rena unheimlich. Sie wich einige Schritte zurück. Nun habe ich ihn gesehen, jetzt muss ich schnellstens zurück, sagte sie sich. Möchte gar nicht wissen, was ich für Ärger deswegen bekommen werde.

Doch ihre Gedanken flossen langsam und zäh, ihr Körper verweigerte den Befehl.

»Zurück, ich muss zurück!«, schrie Rena. Ihre Stimme hallte von den leeren weißen Wänden wieder.

Es nützte nichts. Sie spürte wie in Trance, dass sie auf den Stein zuging. Ihr war schwindelig. Rena legte ihre Sandalen auf den Boden – sie waren ihr jetzt nur im Weg – und hob die Hände. Einen Atemzug später berührten ihre Fingerspitzen die kühle Oberfläche des Steins.

Die Hölle brach los.

Von draußen drang ein Klirren und Poltern zu ihr herein, dann hallten mehrere hohe, schrille Schreie durch die Burg. Aber es waren keine Schreie der Angst – es waren Schreie wilder Freude. Gleichzeitig spürte Rena, wie die Klammer um ihren Geist sich löste, die Kraft verebbte und sehr, sehr langsam zurückkroch ...

Rena wartete nicht ab, was weiter geschehen würde. Sie riss die Hände zurück und schoss zur Tür. Wenn die

Wachen wieder auf ihrem Posten gewesen wären, hätte ihre Flucht dort ihr Ende gefunden, aber sie waren nirgends zu sehen. Stattdessen waren wieder Schreie zu hören – und diesmal klang es nicht so, als ob jemand sich freute.

Der Meister war nirgends zu finden, obwohl Rena aufgeregt den Gang entlang rannte, den er genommen haben musste. Sie hatte keine Ahnung, wie lange sie überhaupt weg gewesen war und wo ihr Onkel jetzt sein konnte. Vielleicht konnte sie ihn am Tor abfangen. Hauptsache raus aus der Burg, bevor jemand darauf kam, dass sie diejenige war, die die *Quelle* berührt hatte! Sie lief weiter.

Inzwischen war die Felsenburg voller Menschen, die aufgeschreckt durcheinander liefen. Niemand versuchte sie aufzuhalten, bis sie in den äußeren Gewölben angelangt war, wo der Meister seinen Karren abgestellt hatte. Aber dort stand kein Karren mehr! Er ist ohne mich gefahren, dachte Rena und hätte am liebsten losgeheult.

Soldaten und Bedienstete liefen umher. Sie stolperten über Scherbenhaufen und die verstreuten Waren einer Gruppe von Händlern der Luft-Gilde, die in drei verschiedenen Sprachen und wütender Lautstärke Schadenersatz forderten. Zwei der Wachen lagen blutend am Boden, schienen aber nicht allzu schwer verletzt zu sein. Der eine stand schon wieder schwankend auf.

»Wenn ihr die Viecher nicht kontrollieren könnt, dann solltet ihr sie gar nicht erst in der Burg arbeiten lassen!«, kreischte einer der Händler. »Alle meine Töpfe und Gläser sind zu Bruch gegangen!«

»Seid lieber froh, dass Ihr noch lebt«, sagte der Hauptmann der Garde schroff. »Seht Euch doch an, was diese Iltis-Biester mit meinen Leuten gemacht haben. Direkt an die Kehle! So haben sie sich noch nie verhalten!«

Betroffen blickte Rena ihn an. Das alles musste in dem Moment passiert sein, als sie die *Quelle* berührt hatte. War das alles hier ihre Schuld? Aber wie konnte das sein?

Sie sah sich um und sah, dass die Iltismenschen verschwunden waren. Aber sie hatte keine Zeit, sich zusammenzureimen, was genau geschehen war – einige Wachen begannen gerade damit, das Haupttor zu schließen. Rena umging den Scherbenberg und die Händler und bewegte sich in Richtung Tor, so schnell und so unauffällig sie es mit ihren bloßen Füßen schaffte. In der allgemeinen Verwirrung achtete niemand auf sie.

Als sie den Ausgang erreichte, hatten sich die Torflügel schon halb geschlossen. Fünf schwitzende Soldaten mühten sich mit den schweren Balken ab. Als Rena einen von ihnen am Ärmel zupfte, blickte der Mann unwillig auf sie herab.

»Kann ich noch raus? Ich muss heim!« sagte Rena kläglich und zählte zum ersten Mal in ihrem Leben darauf, dass sie jünger aussah, als sie war.

Der Soldat zögerte. »Ich habe Befehl, niemanden mehr rauszulassen. Da musst du schon den Hauptmann fragen.«

Rena fügte noch einen treuherzigen Augenaufschlag hinzu. »Bitte!«

»Na gut«, sagte der Soldat brüsk. »Aber erzähl nicht gleich im Dorf herum, was hier passiert ist, hörst du?«

Flink wie eine Eidechse schlüpfte Rena durch den Zwischenraum zwischen den Torflügeln. Wenige Momente später schloss sich das Haupttor mit einem knirschenden Krachen hinter ihr.

Leichtfüßig rannte Rena auf dem Trampelpfad durch

den westlichen Teil des Weißen Waldes entlang, der sie direkt zum Dorf führen würde. Allmählich beruhigte sie sich. Beim Erdgeist, sie würde einen Riesenärger kriegen, aber auch das ging vorbei. War es das nicht wert gewesen? Seltsam und schön und gefährlich war es gewesen, etwas, was man sein Leben lang nicht vergaß. Was Jon wohl denken würde, wenn er es wüsste? Rena sog die kühle Waldluft tief ein, lief mit aller Kraft und fühlte sich so lebendig wie lange nicht mehr.

Doch das Hochgefühl hielt nicht lange an. Es verpuffte in genau dem Moment, als sie sich einen Dorn einpiekte und ihr auffiel, dass sie barfuß war. Ihre Sandalen! *Sie hatte ihre Sandalen in der Burg liegen lassen!*

Rena hielt an. Angestrengt versuchte sie sich zu erinnern, wo sie die Sandalen vergessen hatte. Als es ihr schließlich einfiel, wurden ihre Knie weich. Direkt neben der *Quelle* mussten sie noch liegen. Dafür gab es keine halbwegs unschuldige Erklärung. Und eingewebt in den Bast der Sohle war das Symbol aus verschlungenen Linien, das klar und deutlich verkündete, dass diese Schuhe Rena ke Alaak von der Erd-Gilde gehörten.

Auf der Flucht

Rena sauste los, als säße ihr ein Dämon im Nacken. In diesem Teil des Waldes kannte sie jeden Trampelpfad und jede Abkürzung und so erreichte sie das Erdhaus schon nach einem Viertel Sonnenumlauf. Aber sie wagte nicht, so unbekümmert darauf zuzulaufen wie sonst. Wenn die Truppen der Regentin schnell reagiert hatten und außerdem auf Dhatlas geritten waren, konnten sie vor ihr angekommen sein – rechtzeitig genug, um einen Hinterhalt zu legen.

Gegenüber der Erdhütte war eine kleine Anhöhe, die mit jungen Colivar-Bäumen bestanden war. Im letzten Jahr war ein Teil des Hügels heruntergebrochen, unterspült vom Regen, und hatte einen steilen Abhang gebildet. Rena schlug einen weiten Bogen um die grüne Kuppe des Erdhauses, warf sich zwischen den jungen Bäumen mit den weißen Blättern auf den Bauch und kroch bis zur Hangkante vor. Inzwischen bot die Tunika, die sie sich von dem zweiten Lehrling Dorit geliehen hatte, keinen schönen Anblick mehr. Er wird mich einen Kopf kürzer machen, wenn ich ihm seine besten Sachen so zurückgebe, dachte Rena. Aber als sie über die Hügelkante spähte, vergaß sie Dorit und kniff die Augen zusammen, um besser sehen zu können. Wenn sie vorsichtig genug war und den Kopf nicht zu weit hob, dann war sie hier vom Erdhaus aus unsichtbar.

Der Karren des Meisters stand verlassen vor der Tür zur Werkstatt. Dem ersten Eindruck nach sah alles ganz friedlich aus, besonders dann, wenn man vom Pfad aus herangekommen wäre. Doch dann bemerkte sie, dass kein Rauch aus dem Kaminschacht aufstieg und schließlich sah sie die an vier Stellen frisch aufgeworfene Erde in einer Senke hinter dem Haus.

Rena nahm schnell den Kopf herunter und presste sich an den Boden. Dhatlas! dachte sie. Dort haben sich vier Dhatlas eingebuddelt. Sie wusste, was das bedeutete. Soldaten! Normale Gäste hätten ihren Dhatlas nicht befohlen, sich zur Tarnung einzugraben.

Sie können mir gar nichts beweisen, dachte Rena trotzig und versuchte die nackte Angst in einen entfernten Winkel ihres Kopfes zu verbannen. Niemand hat mich gesehen. Ich kann sagen, dass ich mich verirrt habe und versehentlich auf die *Quelle* gestoßen bin. Die beiden Wachen geben bestimmt nicht zu, dass sie ihren Posten verlassen haben. Sie schwören bestimmt auf alle Schutzgeister ihrer Gilde, dass niemand zur *Quelle* reingegangen ist. Aber Rena wusste, dass die Beweise gegen sie sprachen.

Ratlos warf sie noch einen zweiten Blick auf das Erdhaus. Irgendwie musste sie heim und dem Meister sagen, was geschehen war! Er würde wissen, was sie tun sollten.

Rena fand sich damit ab, dass sie über den Haupteingang nicht zurück konnte. Was für ein Glück, dass wir von der Erd-Gilde so vorsichtige Leute sind und jeder Hügel mehrere Notausgänge hat, dachte sie. Rena hatte beide Gänge des Fordas-Hügels gezeigt bekommen, als sie ihre Lehre angetreten hatte. Ganz in ihrer Nähe musste der Gang, der in der Werkstatt begann, an die Oberfläche kommen. Aber zwei Winter waren eine lange Zeit, und Rena stellte fest, dass sie sich nicht an die genaue Stelle erinnern konnte.

Ihr Atem ging flach und schnell, als sie sich durch ein Dornengestrüpp kämpfte und die richtige Stelle wieder zu finden versuchte. Hier muss das verdammte Ding doch irgendwo sein! dachte sie und kratzte mit bloßen Händen im Boden unter dem Gestrüpp. Zu allem Überfluss fiel ihr ein, dass Dorit vor einiger Zeit eine Werkbank vor den getarnten Eingang im Erdhaus geschoben hatte. Sie hatte keine Ahnung, ob er sie dort wieder weggetan hatte oder nicht.

Ein paar Fetzen von Dorits Tunika blieben auf den Dornenranken zurück, aber nach einer Viertelstunde hatte sie den Tunneleingang gefunden. Eilig scharrte sie die Öffnung frei. Sie musste sich kopfüber hinablassen.

Es war kein besonders guter Schacht und er war seit Jahrzehnten nicht mehr benutzt worden. Seine Wände bestanden nur aus festgeklopftem Lehm und waren stellenweise eingestürzt. Nach ein paar Armlängen drang kein Tageslicht mehr durch und Rena zog und schob sich in völliger Dunkelheit bäuchlings voran, bog Wurzeln aus dem Weg und schob loses Geröll beiseite. Es roch modrig, nach Wachstum und Verfall, nach der Geborgenheit der Erde.

Als ihr die Bretterwand den Weg versperrte, wusste sie, dass sie am Ziel war. Dahinter lag die Werkstatt. Sie konnte die rauen Stimmen der Soldaten schon hören. Sie saßen im Wohnraum. Vorsichtig drückte sie die Bretter nach außen und atmete auf, als das Holz nachgab. Keine Werkbank. Sie hielt die Planke fest, bevor sie zu Boden poltern konnte.

Rena konzentrierte sich so sehr darauf, das Brett ohne ein Geräusch auf dem Boden abzulegen, dass sie einen Moment lang die Vorsicht vergaß. Eine schwielige Hand schoss in den Tunnel, packte Renas Kittel und zerrte sie ins Innere des Hügels. Rena wollte aufschreien, aber die Hand legte sich auf ihren Mund. Erschrocken blickte Rena auf, erkannte den Meister und beruhigte sich wieder.

Doch als sie ihrem Onkel ins Gesicht sah, zuckte sie zurück. So kühl und hart hatte sie seine Augen noch nie gesehen. Rena brauchte nicht zu fragen, ob er darüber im Bilde war, was geschehen war. Aber wie viel wusste er, wie viel wusste die Regentin?

Aus dem Wohnraum drangen die Stimmen der Soldaten herüber.

»Beim jaulenden Nordwind, wie kann man nur in so einem Erdloch leben«, brüllte einer von ihnen. »Kein

Wunder, dass das verdammte Gör nicht hier ist. He, Kol, gib das Zeug her, willst du etwa alles allein aussaufen?«

»Schluss jetzt, Leute. Gib mir die Flasche, Kol. Wir haben hier noch was zu erledigen. Die Regentin wird nicht sehr angetan davon sein, dass wir sie immer noch nicht haben.«

Renas Onkel lauschte einen Moment lang auf die Stimmen, dann wandte er sich wieder Rena zu. »Pack deine Sachen«, flüsterte er. »Du musst fliehen.«

Die nüchternen Worte trafen Rena härter als jede lautstarke Beleidigung. *Fliehen!* Während das Wort langsam in sie einsickerte, begriff sie, dass das Leben, das sie kannte, zu Ende gegangen war. Ein taubes Gefühl breitete sich in ihrem Inneren aus.

»Wissen sie ... von der *Quelle*?«

»Ja. Du musst wahnsinnig gewesen sein. Wenn die Regentin dich zu fassen bekommt ...«

Rena sah zu Boden.

»Geh nicht zu deinen Eltern. Bei denen werden die Soldaten auch bald erscheinen. Nein, du musst weg aus der Gegend – das ist deine einzige Chance. Beeil dich.«

Trotzig blickte Rena zu ihm auf. Was hatte sie schon getan? Eine so schreckliche Strafe hatte sie für ihre Neugier nicht verdient. Dann fiel ihr ein, dass sich ihr Onkel für sie verbürgt hatte, und mit Grauen erinnerte sie sich daran, wie der junge Vermittler aus dem Saal geschleift worden war. Ob er noch lebte? »Was ist mit euch? Werden sie dir und Dorit etwas tun?«

Ihr Onkel schüttelte den Kopf. »Ich werde mich auch eine Weile nicht in der Burg sehen lassen können. Aber mach dir keine Sorgen. Die Wache, die uns reingelassen hat, ist verletzt worden – niemand weiß, dass ich für dich gebürgt habe.«

»Es tut mir Leid, es tut mir so Leid«, flüsterte Rena.

Schweigend, wie in Trance, nahm sie eine der Sammeltaschen und brachte ihren Besitz darin unter – ein Messer, ein paar Werkzeuge, die sie selbst angefertigt hatte, das Amulett ihrer Gilde, eine frische weiße Tunika, ein paar andere Kleidungsstücke. Ich habe nicht einmal geschafft, meine Lehre fertig zu machen, dachte sie. Ob ich jemals wieder einen Platz bei einem Meister finde?

Ihr Onkel bedeutete ihr mit Gesten, dass er wieder nach drinnen musste. Rena klammerte sich einen Moment lang an ihn und der Meister ließ es geschehen. Dann löste er sich aus ihrer Umarmung und ging zu den Soldaten zurück – wahrscheinlich, um noch eine Flasche Wurzelschnaps zu spendieren. »Nein, ich weiß wirklich nicht, wo sie ist«, hörte Rena ihn geduldig wiederholen. »Sicher haben die Iltismenschen sie gerissen. Sonst wäre sie längst hier.«

An seiner Stelle schlüpfte Dorit, der andere Lehrling, zu ihr in die Werkstatt. Er sah im ersten Moment beinahe so fett aus wie der Meister, aber das lag daran, dass er einen Kanten Brot, getrocknete Früchte und ein halbes Pfund Viskarien-Blätter unter sein Hemd gestopft hatte. Rena packte alles in ihre Tasche, knotete sie zu und zog ein Paar gewöhnliche, abgewetzte Sandalen an.

»Pass auf dich auf«, wisperte Dorit nervös. »Du musst es schaffen, du musst einfach. Bleib den Bäumen treu!«

»Ja«, quetschte Rena heraus. »Du auch.« Ihre Stimme schwankte verdächtig. Sie hängte sich die Tasche über den Rücken und kroch zurück in den Tunnel, der zur Oberfläche führte.

Ihre Flucht hatte begonnen.

Als Alix ke Tassos wieder zu Bewusstsein kam, stand die Sonne schon hoch. Alix blinzelte, schloss die Augen wieder, versuchte es noch mal. Die Lichtfunken, die durch das dichte Blattwerk der weißen Bäume tanzten, sahen den Funken, die sie vorhin in ihrem Kopf gesehen hatte, sehr ähnlich. Ihr Schädel fühlte sich an, als habe jemand einen Keil hineingetrieben und stecken gelassen. Sie haben mir nur eins über den Kopf gegeben, dachte sie. Noch mal davongekommen.

Vorsichtig stützte sie sich auf einen Ellenbogen. Ihr nächster Gedanke galt Lennart und sie blickte sich nach ihm um. Aber sie wusste schon, was sie sehen würde, ehe sie seinen Körper entdeckte. Der Hinterhalt hatte offensichtlich ihm gegolten und die Typen hatten ihn sicher nicht lebend davonkommen lassen. Mühsam richtete sie sich auf und wäre beinahe wieder umgekippt. Sie tastete ihren Hinterkopf ab und betrachtete ihre blutverschmierten Finger. Nur eine Platzwunde.

Langsam hinkte sie hinüber zu der bewegungslosen Gestalt, die ein paar Armlängen weiter im Gebüsch lag. Es war ziemlich deutlich zu sehen, dass Lennart seinen letzten Atemzug getan hatte. Alix zog ihren Umhang aus und legte ihn über den Toten. Sie hatte schon lange nicht mehr geweint und auch jetzt blieben ihre Augen trocken.

Es ging so schnell, dachte Alix und fühlte sich gedemütigt bei dem Gedanken, dass sie nicht einmal das Schwert hatte ziehen können, das sie unter ihrem Kleid versteckt trug. Vielleicht war gerade das ihr Glück gewesen. Vermutlich hatten die Typen sie für harmlos gehalten – ein Mädchen, das Lennart irgendwo aufgelesen hatte.

Alix riss das Schwert heraus und hieb in ohnmächtiger Wut auf den Boden ein, auf das Gestrüpp, auf alles, was in diesem Moment in Reichweite war. »Ihr feigen Mistkerle, aus dem Hinterhalt jemanden erledigen, das könnt ihr, aber mehr nicht!«, brüllte sie in den Wald hinein. »Möge die Flamme euch verzehren, bis ihr zu jämmerlichen kleinen schwarzen Klümpchen geworden seid!«

Keuchend hielt Alix inne. Nach und nach wurde ihr bewusst, in was für eine üble Situation Lennarts Tod sie gebracht hatte. Sie hatten den Auftrag, herauszufinden, wer der Regentin geheime Formeln der Feuer-Gilde zuspielte. Lennart war es gewesen, der die nötigen Informationen gesammelt und in seinem Kopf gespeichert hatte. Ihr fiel ein, wie düster und mürrisch der alte Mann in den letzten Tagen gewesen war – seit ihnen einer ihrer Spitzel dieses Amulett gegeben hatte. Der Spitzel wiederum hatte es einem mit Beljas berauschten Erzschmelzer gestohlen, der schon länger unter Verdacht stand, mit der Verschwörung zu tun zu haben. Lennart hatte aus diesem Ding irgendetwas herausgelesen, aber Alix nur mit Andeutungen abgespeist. Er ahne jetzt, wer hinter den Verrätern steckte, hatte er gesagt. Aber nicht mehr.

Rostfraß und Asche, dachte Alix und rammte die Spitze ihres Schwerts in den Boden. Dieses Ding hat ihn das Leben gekostet.

Sie ging noch einmal zu Lennart hinüber und durchsuchte ihn schnell, doch das Amulett war verschwunden. Natürlich. Er hatte es ihr nur einmal kurz gezeigt, aber sie erinnerte sich noch ziemlich genau daran, wie es aussah. Es war klein, nur so groß wie eine Münze, und aus schwärzlich schimmerndem Metall. Um die Außenseite lief ein seltsames Muster aus verschlungenen Linien, in der Mitte war ein Auge eingraviert. Die Pupille bildete ein roter Stein.

Alix wusste, dass sie wieder von vorne anfangen musste. Bevor sie das Amulett erhielten, hatte Lennart geplant, in der Stadt Ekaterin eine Falle auszulegen, um die Verräter aus der Reserve zu locken. Eigentlich hatte seine Reisegefährtin der Köder sein sollen.

Alix beschloss, den Plan trotzdem durchzuführen. Nur einen neuen Köder brauchte sie. Vielleicht sollte sie sich einfach eine Dienerin zulegen.

Zögernd hob Alix Lennarts Schwert auf. Sie berührte nicht gerne das Schwert eines anderen Menschen und die Waffe schien es zu spüren, denn sie lag leblos und schwer in ihrer Hand. Die Klinge war schartig, Lennart schien vor seinem Tod mit aller Wucht auf seine Gegner eingedroschen zu haben. Er hatte dieses Schwert geliebt und das Letzte, was Alix für ihn tun konnte, war wohl, es wieder in Ordnung zu bringen, ehe sie es dem Gildenrat übergab. Das bedeutete einen Aufenthalt in der nächsten Schmiede.

Immer noch wütend begann Alix trockenes Holz für Lennarts Bestattungsfeuer zu sammeln. Ast um Ast zersplitterte unter ihren Tritten. Es dauerte bis zum Abend, bis sie genug Brennmaterial hatte. Sie wusste, dass ihr eine lange, einsame Nachtwache bevorstand. So verlangte es die Tradition und sie hatte Lennart gerne genug gehabt, um ihm diese letzte Ehre zu erweisen, auch wenn sie es eilig hatte.

Als die Sonne unter den Horizont sank und die rötliche Scheibe des dritten Mondes am Himmel stand, war Rena schon ein gutes Stück vom Dorf entfernt und marschierte stetig nach Osten, in Richtung des Grasmeeres.

Sie fühlte sich noch immer wie betäubt. In ihrem Kopf trafen sich die Erinnerungen, purzelten wild durcheinander, die schönen und die hässlichen Dinge und der Alltag im Erdhaus. Jetzt erst merkte sie, dass sie ihren Onkel sehr vermissen würde, trotz seiner rauen Art. Er hatte sie gern gehabt, auch wenn er es selten gezeigt hatte, da war sie sich sicher. Unter seiner Anleitung hatte sie die Bäume wirklich verstehen gelernt. Schon als Kind hatte sie oft im Wald gelegen und ihnen zugehört, wenn sie im Wind redeten.

Vielleicht ist es das letzte Mal, dass ich im Weißen Wald bin, dachte sie nun. Der Gedanke tat weh. Ein sanfter Wind strich durch das helle Laub und zum ersten Mal seit vielen Wochen sah sich Rena bewusst um. Alle Bäume, die in dieser Gegend wuchsen, hatten wuchtige mattweiße Stämme und Laub, das je nach Art von cremefarben bis bläulichweiß getönt war. Colivar-Blätter waren fast ganz reinweiß, aber Renas geschultes Auge erkannte von ihrem Standort aus auch die sahnefarbenen Blätter einer wilden Viskarie und die grauweiß gemaserten Äste und hellgrauen Blätter eines Dalama.

Bewegt umschlang Rena den Stamm eines Colivars mit den Armen. Es tat gut, die seidige Rinde zu spüren. Sie blickte hoch und sah zu, wie das tonnenschwere Holz langsam im Wind federte, spürte, wie die heitere Ruhe des Baumes in sie ausstrahlte. Wenn sie die Augen schloss, konnte sie seine Aura deutlich fühlen. Sie lehnte den Kopf gegen den Stamm und ließ die Tränen einfach fließen.

Als sie wieder auf den Weg zurückkehrte, fühlte sie sich viel besser. Da war zwar immer noch ein leeres Gefühl in ihrem Innern, aber es war keine stumpfe, nagende Leere mehr. Da kam schon der erste neue Gedanke, ganz ungewohnt und gewagt. Frei, flüsterte eine winzige Stimme in ihrem Kopf. Frei!

Ganz langsam pirschte sich Rena an den Gedanken heran: Selbst wenn ich die Formeln zum Mondaufgang nicht sprechen würde – wer würde es merken? Niemand! Wenn ich die Formeln nicht sprechen will, lasse ich es einfach sein.

Freude stieg in ihr hoch, als sie zu begreifen begann, was das bedeutete. Sie vergaß beinahe, dass Soldaten hinter ihr her waren und sie vorsichtig sein musste. Ich könnte einen ganzen Topf Cardara allein essen, dachte sie. Beljas pflücken ... in die Feuer-Gilde eintreten. Ich könnte mich einfach so in den Dreck fallen lassen, und niemand könnte mich dafür bestrafen, weil ich mit einer schmutzigen Tunika heimkomme.

Und weil der Gedanke so schön war, tat sie es auch gleich. Sie warf sich in eine Kuhle am Rand des Pfades, wälzte sich so genussvoll darin wie ein junges Dhatla und fühlte sich sehr albern und sehr frei. Als sie aufstand, grinste sie über das ganze Gesicht. Aber nur einen Moment lang, dann sah sie an sich herunter und begriff zum ersten Mal wirklich, warum die Waldleute von Alaak immer helle Farben trugen. Jetzt, wo sie dunkel vom Staub war, hob sich ihr Körper gegen den Hintergrund der hellen Colivar-Blätter in scharfem Kontrast ab. Das bedeutete, sie war für Verfolger leicht zu sehen!

Betreten klopfte Rena an sich herum und überlegte, wie sie sich jetzt wieder sauber bekam. War da nicht ein Bach in der Nähe gewesen? Sie hatte ohnehin Durst.

Das klare Wasser sah appetitlich aus und Rena kniete nieder, um zu trinken. Ein Geräusch ließ sie hochfahren. Rena erschrak fürchterlich, als sie kaum eine Armlänge entfernt ein Gesicht aus den Büschen auftauchen sah. Dann schien ihr Herz einen Salto in ihrer Brust zu schlagen – sie hatte das Gesicht im rötlichen Licht des Mondes erkannt. Es gehörte Jon, dem Jungen aus der Feuer-Gilde. Rena sah, dass er noch immer seine besten Sachen trug, eine kostbar bestickte Kombination in Schwarz, der Farbe seiner Gilde. Wild versuchte Rena festzustellen, ob er allein war oder nur einen Trupp Soldaten führte. Aber der Wald schwieg. Niemand war bei ihm.

Einen Moment lang starrten sie sich schweigend an. Für Rena hätte der Moment ewig dauern können – weil er so herrlich war und weil sie nicht wusste, was sie hätte sagen sollen. Einfach »Hallo, Jon«, oder sollte sie den förmlichen Ton anschlagen, mit »Friede den Gilden«? Sie hatte keine Ahnung, wie man mit einem Mitglied der Feuer-Gilde redete.

Es war Jon, der das Schweigen brach. Mit einer heftigen Geste wischte sich der junge Schmied die dunklen Haare aus der Stirn.

»Du hast eine ganze Menge zu erklären«, sagte er schroff. »Warum hast du meine erste Audienz bei der neuen Regentin verpatzt? Sie haben gesagt, dass es ein Mädchen der Erd-Gilde war, und du warst an diesem Morgen das einzige dort!«

Rena hörte das furchtbare schleifende Geräusch, als er sein Schwert zog. Sie stolperte zurück und wäre um ein Haar in den Bach gefallen. Im letzten Moment packte Jon sie am Arm und zog sie ans andere Ufer. In seinen Fingern war eine solche Kraft, dass sie wusste, sie würde an dieser Stelle morgen einen dicken Bluterguss haben.

»Danke«, sagte sie befangen. »Äh, übrigens, ich bin nicht bewaffnet.«

Verlegen ließ der Junge das Schwert sinken. Doch

dann kehrte der heiße Funke in seine Augen zurück. »Und? Was hast du zu sagen?«

Rena begegnete seinem Blick. »Ich habe deine Audienz nicht mit Absicht verpatzt. Hat sie euch nicht mehr vorgelassen?«

»Natürlich nicht. Die ganze Burg war aufgeschreckt. Alles, was der Besuch uns gebracht hat, war ein ziemlich scharfes Verhör.«

»Das tut mir Leid!«

Jons Ausdruck wurde etwas milder. Wenigstens einen Moment lang schien er zu vergessen, dass sie zu verschiedenen Gilden gehörten. »Jetzt kann man es sowieso nicht mehr ändern. Nach dem, was ich gehört habe, ist die Regentin sowieso in etwa so angenehm wie ein Säurebad.«

Die Patrouillen fielen Rena wieder ein. Nervös ließ sie ihre Augen über den Wald schweifen. »Bist du mir gefolgt, oder wie hast du mich gefunden? Wenn die Soldaten das genauso leicht schaffen, dann bin ich in Schwierigkeiten.«

»Das bist du ohnehin«, stellte Jon trocken fest. »Wenn sie dich erwischen, dann verbringst du den Rest deiner Tage in einem kalten, feuchten Ort tief unter der Erde. Aber da wohnt ihr ja sowieso, oder?«

»Quatsch, ein Erdhaus ist schon ein bisschen was anderes als ein Kerker.«

»Gefunden habe ich dich nur durch Zufall, keine Angst. Ich habe deine Spur hier in der Nähe aufgenommen, wusste aber nicht, dass es deine war. Wie heißt du überhaupt?«

»Rena.«

»Ich heiße Jon.«

»Ja, ich weiß«, sagte Rena und wusste im selben Moment, dass es ein Fehler gewesen war, das zuzugeben. Das Gesicht des jungen Schmieds wurde wieder düster und Rena fühlte, wie sie rot wurde. Konnte sie jetzt wirklich zugeben, dass sie ihm nachspioniert hatte, weil sie in ihn verliebt war? Nein, das war zu peinlich.

»Ich habe dich beobachtet, weil es mich einfach interessiert, wie ihr lebt«, sagte sie schließlich. Das stimmte immerhin.

Jon seufzte, blickte in den Wald und kaute auf einem Grashalm herum. »Du bist das seltsamste Mädchen, das mir je begegnet ist. Hasst du uns nicht?«

»Nein«, sagte Rena. »Aber ich glaube, ich bin die Einzige. Mein Onkel zum Beispiel kann die Feuer-Gilde nicht ausstehen.«

»Beruht auf Gegenseitigkeit.« Jon stieß sich von dem Baum ab, an den er sich gelehnt hatte. »Ich muss los, meine Arbeit wartet. Und du musst auch los, wenn du klug bist. Was wirst du jetzt tun?«

»Wahrscheinlich auf der anderen Seite des Weißen Waldes eine neue Lehrlingsstelle suchen.«

»Na ja, viel Glück.«

Sie sah ihn von der Seite an. »Wirst du denen sagen, dass du mich getroffen hast?«

Jon schüttelte den Kopf, ohne sie aus den Augen zu lassen. »Die *Quelle* zu berühren – das war mutig. Hätte nie gedacht, dass eine Blattfresserin so etwas wagen würde. Wieso hat sie dich eigentlich nicht in einen Halbmenschen verwandelt?«

Rena wurde wieder rot – diesmal aber vor Wut. »Was soll das? Warum nennst du mich so?«

»Du bist nun einmal, was du bist.« Der junge Schmied begann davonzugehen, seine Stiefel knisterten auf den trockenen Blättern. Aber er drehte sich noch ein letztes

Mal um. Rena konnte seinen Ausdruck nicht deuten, als er sagte: »Keine Angst, ich werde dich nicht verraten. Ich werde vergessen, dass ich dich jemals getroffen habe.«

Renas Wut wich. Tu das nicht, dachte sie. Bitte vergiss mich nicht so schnell.

Sie sah ihm nach, als er grüßte und im Dickicht verschwand. Irgendwie ahnte sie, dass sie ihn wieder sehen würde.

Rena machte sich wieder auf den Weg. Doch aus irgendeinem Grund irritierte sie die Stimme der Bäume, der sie aus Gewohnheit immer mit halbem Ohr lauschte. Sie hörte genauer hin und erschrak entsetzlich. Die Bäume erzählten sich von Dhatlas, die durch den Wald stampften. Sie klangen ärgerlich – Soldaten mochten sie nicht, weil sie rücksichtslos die jungen Setzlinge niederritten. Schon eine paar Atemzüge später hörte Rena selbst das leise Kratzen, das sich in die Melodie mischte. Dieses Kratzen kannte sie, so klang es, wenn Dhatlas mit ihren schweren Grabkrallen über den Waldboden schlurften. Eine Patrouille! Ausgerechnet jetzt, wo sie so schmutzig und gut sichtbar war!

Rena pflügte ins Gebüsch und kauerte sich hinter einem großblättrigen Busch in einer Baumlänge Entfernung vom Pfad zusammen. Einige Atemzüge lang hockte sie dort, aber allmählich wurde ihr mulmig zumute. Auf den ersten Blick hatte der Busch schön dicht ausgesehen, aber als der Wind durch ihn hindurchstrich, merkte sie, wie bescheiden die Deckung war, dann konnte sie den Pfad deutlich sehen – und das bedeutete, dass sie vom Pfad aus genauso gut gesehen werden konnte! Wenn die Soldaten den Fußpfad entlang kamen, dann reichte es, wenn sie einmal in ihre Richtung schauten ... Ich muss mich eingraben, dachte sie. Der Boden hier ist gut. Aber ein bisschen Zeit werde ich schon brauchen. Sind sie noch weit genug weg? Es muss reichen!

Sie zwang ihre Hände zur Ruhe und begann schnell und konzentriert, die weiche lockere Erde beiseite zu schaufeln. Als Kind hatte sie das mit ihren Geschwistern oft im Wald gespielt – einer musste suchen, die anderen gruben sich blitzschnell in den Boden und machten sich unsichtbar. Sie hatte es ewig nicht mehr getan, stellte aber dankbar fest, dass sie noch Übung genug darin hatte. Innerhalb von kurzer Zeit hatte sie eine genügend tiefe Mulde für ihren Körper ausgehoben. Ihre Arme schmerzten von der ungewohnten Anstrengung. Rena legte sich in die Kuhle und schaufelte mit Händen und Füßen die lose Erde und abgefallenen Blätter wieder über sich, so schnell und so leise es eben ging. Erst als sie schließlich still lag und den Kopf in den Boden drückte, hörte sie das Kratzen wieder. Es war schon viel näher.

Es schien ewig zu dauern, bis sich die Dhatlas schließlich an der Stelle über den Fußpfad bewegten, an der Rena ihn verlassen hatte. Sie konnte das Knarren der Rüstungen hören, als die Soldaten vorbeiritten, und den moschusartigen Gestank der Tiere riechen. Die Erde vibrierte unter den schweren Tritten. Rena wünschte verzweifelt, die Erdschicht auf ihrem Rücken wäre noch eine Handlänge höher. Sie bewegte keinen Muskel.

Das Geräusch der Grabkrallen verstummte plötzlich. Stattdessen hörte Rena laute Stimmen: »He, da ist eins von den Biestern! Den kriegen wir!«

»Der ist für mich, du hast gestern schon einen gehabt.«

»Na gut, mach schon! Leg lieber die großen Pfeile ein, die sind zäher, als man denkt!«

»Wo ist das Vieh hin?«

»Links im Unterholz! Mach schon, sonst ist er weg!«

Rena hielt die Neugier nicht mehr aus – sie hob ganz leicht den Kopf, was mit der Erdschicht darauf gar nicht leicht war, und spähte um sich. Eine halbe Baumlänge weiter raschelte es laut im Gebüsch, irgendetwas floh dort drin, so schnell es konnte. Da, jetzt kam es zum Vorschein! Es war ein gelblich gemusterter junger Natternmensch, die Augen dunkel vor Furcht und Verzweiflung. Er stockte kurz, als er Rena sah, und kroch dann hastig weiter. Rena drückte das Gesicht wieder in die kühle Erde und hoffte, dass der Soldat nicht genauso nah an ihr vorbeikommen würde. Doch dann hörte sie ihn schon durch den Wald stampfen und merkte entsetzt, dass er genau in ihre Richtung kam!

Ein grässlicher Schmerz fuhr durch ihre Hand, ihre Finger wurden in den Waldboden gedrückt. Doch das Gewicht hob sich gleich wieder von ihnen, als der Mann weiterrannte. Anscheinend hatte er nicht mal bemerkt, dass er auf sie getreten war.

Die Geräusche entfernten sich und verschwanden bald in der Hintergrundmusik der Bäume. Schließlich hörte sie den Soldaten zurückkommen. Er schleifte einen schweren Körper hinter sich her. Anscheinend hatten sie den armen Kerl erwischt. Rena hatte nicht gewusst, dass die Halbmenschen Freiwild für die Soldaten waren, und sie musste immer wieder an die Verzweiflung in den Augen des Natternmenschen denken. Erst hundert Atemzüge, nachdem die Tritte der Dhatlas verklungen waren, wagte es Rena, aus ihrem Versteck hervorzukriechen und den Dreck von sich abzuschütteln. Beim Erdgeist, das war knapp gewesen!

Rena marschierte weiter. Nach einer Weile lenkte sie ein unangenehmes Gefühl aus der Region des Magens von ihren düsteren Gedanken ab. Sie kramte ein paar Viskarien-Blätter aus ihrer Tasche und kaute beim Gehen darauf herum. Unzerstampft schmeckten die Blätter ledrig und fad.

Sie konnte die Energie spüren, die von den Bäumen um sie ausging. Als Kind hatte sie manchmal versucht, die Augen zu schließen und einfach geradeaus hineinzugehen in den Wald, sich darauf zu verlassen, dass sie die Aura der Bäume spüren und ihnen ausweichen konnte. Damals hatte sie sich die Nase an einem Stamm aufgeschlagen. Heute schienen die Energiefelder so stark, dass Rena beinahe Lust hatte, es noch einmal zu probieren.

Rena setzte ihren Weg fort. Ihre Augen warteten nur noch darauf, endlich zufallen zu können, und schließlich gab sie ihnen nach. Sie träumte von einem weißen Kieselstein, den man immer noch sah, wenn man die Augen schloss. Doch als sie ihn berührte, begannen ihre Hände durchsichtig zu werden und sich aufzulösen, erst die Finger, dann die Hand, dann das Handgelenk, dann der Arm... »Die *Quelle*«, sagte eine Stimme. »Stark ist sie, stark.«

Schweißbedeckt, mit jagendem Puls, wachte Rena auf und war froh, dass es vorbei war, dass sie nur geträumt hatte. Langsam öffnete sie die Augen einen Schlitz weit und wunderte sich, dass sie immer noch Stimmen hörte. Sie streifte den Schlaf so schnell ab wie ein gejagtes Tier. Es waren zwei Männer, nicht weit von ihrem Platz entfernt! Sie drückte sich an den Boden und versuchte zu verstehen, was gesprochen wurde.

»Die Brüder sagen, wir sollen uns ab jetzt von den Frauen aus Stein fern halten«, sagte eine der Stimmen. »Mit der *Quelle* hat sie zu viel Macht über uns, zu viel Macht!«

»Es war eine Schande, was mit den Brüdern geschehen ist, eine Schande! Glaubst du, dass der Caristan auf Vergeltung bestehen wird?«

»Nein, das ist nicht seine Art. Der letzte Caristan hätte so etwas getan. Schande, eine Schande!«

Rena atmete den Geruch der weichen Erde ein und lauschte. Sie konnte sich nicht zusammenreimen, wer da sprach und worum es überhaupt ging. Soldaten schienen es keine zu sein. Vielleicht waren es Dörfler. Aber was hatten Dörfler denn während der Zeit des dritten Mondes im Wald zu suchen?

»Vielleicht ist das auch besser – wir würden uns nur Ärger einhandeln, nur Ärger. Sie sind jetzt nicht gut auf die Caristani zu sprechen. Wahrscheinlich sind sie zu dumm, zu dumm, um zu sehen, dass die Brüder nur ihr Recht gefordert haben.«

»Froh sollten sie sein, froh, dass wir uns nur um unsere eigenen Angelegenheiten kümmern. Ich hätte gute Lust, dem nächsten, dem ich von ihnen begegne ...«

Rena verstand immer noch nicht, wovon die beiden überhaupt sprachen. Und sie hatte nicht vor, sich zu zeigen und danach zu fragen. Aus den Stimmen klang zu viel unterdrückte Wut heraus. Caristani? Schande?

Vielleicht sind es Leute der Wasser-Gilde, dachte sie. Aber sie hatte noch nie etwas davon gehört, dass die Wasser-Leute sich selbst Caristani nannten.

Jetzt schienen sich die beiden Männer von ihr fortzubewegen und Rena konnte nur noch ein paar Wortfetzen aufschnappen. Als nur noch die Bäume im Nachtwind sprachen, stand sie langsam auf und arbeitete sich durch den Wald vor bis zu der Stelle, wo die beiden Männer vorhin gestanden hatten. Im Zwielicht war nicht viel zu erkennen und Rena musste den Boden mit den Fingerspitzen abtasten. Sie entdeckte die Spuren fast sofort, konnte aber kaum glauben, was sie fand. Ihre Haut begann zu kribbeln. Dort in der lockeren Erde waren ganz eindeutig die Abdrücke von Pfoten!

Iltis- oder Katzenmenschen, dachte Rena. Aber seit wann sprechen die so gutes Daresi?

Langsam kehrte sie wieder auf den Waldpfad zurück. Ihre Gedanken waren in Aufruhr. Alle halbmenschlichen Völker sprachen sehr schlechtes Daresi und das lag nicht an ihrer Intelligenz, sondern ganz einfach daran, dass sich mit Schnabel oder Schnauze schwerer Wörter formen ließen. Sie bevorzugten – besonders untereinander – ihre eigene Sprache, die je nach Art meist aus Fauch- oder Pfeiflauten bestand.

Rena führte den Gedanken weiter und die Idee traf sie wie ein Schock: Vielleicht haben die beiden sich ja in ihrer eigenen Sprache unterhalten, und mein Kopf hat das übersetzt.

Instinktiv wusste sie, dass das die Wahrheit war. Nicht die Welt um sie herum hatte sich verändert, sie selbst war anders geworden. Die starke Aura der Bäume! Das lag nicht an den Bäumen, sondern an ihr. Und für all das gab es nur eine einzige Erklärung.

Die *Quelle*.

Aufgeregt versuchte sich Rena daran zu erinnern, was für ein Gefühl das gewesen war, als ihre Finger die *Quelle* berührt hatten. Außer einem leichten Prickeln hatte sie nicht viel gespürt. Die Kraft war verebbt ... in sie hineingeflossen?

Rena zögerte nicht lange. Sie schloss die Augen und ging einfach im rechten Winkel vom Weg ab, mit festen Schritten mitten hinein in das Gewirr der hellen Stämme. Zuerst musste sie sich zwingen, die Arme nicht vorzustrecken, aber schon nach ein paar Atemzügen verließ sie sich völlig auf ihr inneres Auge. Ohne zu zögern wich sie nach rechts und links aus und nur einmal streifte ein Ast sie leicht am Arm.

Als sie die Augen wieder öffnete, lachte sie über das ganze Gesicht. Ein neues Talent! Und wenn es wirklich stimmte, dass sie nun auch die Sprache der Halbmenschen verstand, dann war das eine praktische Sache. Niemand sonst konnte das. Sie musste es so bald wie möglich ausprobieren!

Die beiden Iltismenschen mussten über den Zwischenfall nach der Audienz gesprochen haben. Frau aus Stein, damit war wohl die Regentin gemeint. Wahrscheinlich nannte man sie so, weil sie so starr und hart schien und von der Felsenburg aus regierte. Rena kam der Verdacht, dass die Herrscher von Daresh die halbmenschlichen Völker mit Hilfe der *Quelle* unter Kontrolle hielten. Als sie den Stein berührt hatte, war das Kraftfeld wahrscheinlich gerade so lange zusammengebrochen, dass sich die versklavten Iltismenschen der Burg aus dem Staub machen und im Wald untertauchen konnten. Die Iltismenschen waren Rena unheimlich, aber sie war nicht traurig darüber, dass sie sie durch die Mutprobe befreit hatte. Wenn sie an diese Schreie wilder Freude zurückdachte ... nein, es tat ihr gar nicht Leid.

Am frühen Vormittag stieß sie auf einen Halbmenschen, der im Schneidersitz in einer Bodenkuhle hockt und mit seinen knochigen, fast skelettartigen Händen sein Gefieder sortierte und glatt strich. Endlich eine Gelegenheit, ihre neuen Sprachkenntnisse auszuprobieren. Rena näherte sich geräuschvoll, denn leises Herankommen wurde als Anschleichen empfunden und galt als unhöflich.

»Trägt die Luft gut heute?«, fragte sie und verbeugte sich.

»Iiieh, es geht«, kam gleichgültig zur Antwort.

»Sag mal was in deiner Sprache«, bat Rena.

Der Storchenmensch plusterte sich auf, sah sie herablassend an und krächzte: »Menschenküken sind meist frech und schlecht erzogen.«

»Das stimmt überhaupt nicht!«, sagte Rena ärgerlich und ließ den verblüfften Halbmenschen einfach stehen.

»Heii, wartiie – wohiiiir wiieißt du...?«, hörte sie ihn in Daresi hinter sich herrufen, aber sie drehte sich nicht mehr um und ging ihrer Wege.

Nach einem kurzen Fußmarsch erreichte Alix das nächste Dorf. Sie hatte einen kurzen Bericht an den Gildenrat geschrieben und mit einem Wühler losgeschickt – ihrem letzten. Das kleine schwarze Tier hatte sich verschreckt dagegen gesträubt, zum Hauptquartier wühlen zu müssen, das feige Vieh. Vermutlich würde er sich nicht gerade beeilen, obwohl sie ihm eingeschärft hatte, dass es dringend war. Bis die Antwort kam, würde sie wohl schon in Ekaterin sein.

Nach der durchwachten Nacht an Lennarts Bestattungsfeuer fühlte sie sich bis in die letzte Faser ihres Körpers erschöpft und in ihrem Kopf pochten immer noch die Schmerzen. Erleichtert sah sie die schwarze Pyramide der Schmiede, die am Waldrand aufragte. Hier, bei ihren Leuten, den Menschen der Feuer-Gilde, konnte sie Kräfte sammeln für die Weiterreise.

Was tun, wenn die Männer, die uns überfallen haben, von hier gekommen sind? überlegte Alix. Aber wer organisierte so einen Überfall direkt vor der eigenen Haustür? Trotzdem, es konnte sein, dass sie einen von ihnen irgendwo einmal wieder sah. Dann würde es darauf ankommen, wer den anderen zuerst erkannte. Die anderen hatten den Vorteil, dass sie Alix gesehen hatten, sie dagegen nur einen sehr kurzen Blick auf drei maskierte Männer erhascht hatte. Ein Schwert, dessen Griff mit schwarzen Steinen besetzt war – das war das Letzte, an das sie sich erinnerte.

Als die Feuer-Gilden-Meisterin die Blutflecken auf Alix' Kleid sah, stieß sie einen Ruf des Erstaunens aus. »Was ist denn mit dir passiert?«

»Bin rückwärts gelaufen und gegen einen Ast geprallt.«

Die Schmiedin begann zu lachen, sah das kühle Flackern in Alix' Augen und verstummte. Sie wollte einen Verband holen, doch Alix lehnte ab. So ein Ding um den Kopf fiel nur auf. Stattdessen bat sie: »Könnte ich vielleicht einen Viertel Umlauf lang allein die Schmiede benutzen?«

»Natürlich. Was ist deine Berufung?«

»Reisende Goldschmiedin«, log Alix, und zu ihrer Erleichterung fragte die Meisterin nicht weiter nach, wozu sie die Schmiede brauchte. »Ich bin auf dem Weg nach Canda.«

Wie immer wurde ihre harmlose Tarnung anstandslos akzeptiert. Es war die perfekte Erklärung, warum sie so viel reiste. Hätte die Frau geahnt, dass sie der ranghöchsten Berufsgruppe in der Feuer-Gilde, den Waffenschmieden, angehörte, hätte sie in Versuchung kommen können, ihr Fragen zu stellen – und zu hartnäckige Fragen wären ihrer Gesundheit nicht gut bekommen. Es gab nicht viele Menschen, die die Wahrheit über Alix erfahren hatten und noch lebten.

Sie holte ihre Arbeitstracht aus ihrem Gepäck und legte

schnell und sicher das traditionelle Schwarz der Schmiede an. Sie ließ ihr Kleid auf dem Bett, nahm ihr Gepäck, in dem auch Lennarts Schwert noch verborgen war, und ging hinüber in die Pyramide. Als sie sich vergewissert hatte, dass sie allein war, schob sie den schweren Riegel vor und holte Lennarts Schwert aus dem Gepäck.

Sie wählte Werkzeug aus und konzentrierte sich dann auf das Häufchen Asche, das erloschene Schmiedefeuer. Als sie die Augen schloss und die Formel murmelte, spürte sie, wie die Kraft sie durchströmte, und Hitze schlug ihr entgegen. Das Schmiedefeuer loderte hell. Alix legte das Schwert hinein, bis der Stahl langsam zu glühen begann. Während sie in die Flammen starrte, vergaß sie ihre Schmerzen. Es war heiß und stickig in der Schmiede, der Schweiß lief ihr über das Gesicht und tropfte zischend auf das heiße Metall. Es tat gut, wieder einmal in einer Pyramide zu stehen und das zu tun, was ihre Hände so vorzüglich beherrschten.

Alix nahm einen der kleineren Hämmer und begann mit sorgfältig dosierter Kraft die glühende Klinge zu bearbeiten. Schon bald war sie zufrieden mit dem Resultat, konnte den glühenden Stahl in einem großen Bottich löschen und ihn zum Auskühlen beiseite legen. Nicht, dass es darauf angekommen wäre. Dieses Schwert würde nie mehr benutzt werden.

Nach kurzem Überlegen nahm sie sich aus dem Lager des Schmieds ein Stück dunklen Metalls und versuchte das eigenartige Amulett nachzuschmieden. Vielleicht hatte irgendjemand so ein Ding schon mal gesehen und konnte ihr mehr darüber sagen. Nach hundert Atemzügen hatte sie schließlich etwas, was dem Amulett zumindest ähnlich sah. Aus dem Gedächtnis gravierte sie das Muster, so gut es ging, und brach dann mit Bedauern einen kleinen Edelstein aus einem ihrer Schmuckstücke heraus, um ihn in das Metall einzufügen. Als das falsche Amulett fertig war, jagte es ihr unwillkürlich eine Gänsehaut über den Rücken. Ob dieses kleine Ding genauso gefährlich für sie werden würde wie das Original?

Zwischen den Gilden

Als Rena an der Tür des fremden Erdhauses klopfte, stand der zweite der drei Monde Dareshs schon am Himmel und sie war völlig erschöpft. Eine junge Meisterin mit einem heiteren, runden Gesicht und langem braunen Haar öffnete. »Friede den Gilden«, sagte sie freundlich und schaute sie neugierig an.

»Und Wohlstand ganz Daresh«, erwiderte Rena mechanisch und fügte schüchtern hinzu: »Ich bin müde und habe Hunger.«

Was sollte sie tun, wenn die Nachricht von ihrer Tat schon bis hierhin vorgedrungen war? Würden ihr die Leute ihrer eigenen Gilde das Gastrecht verweigern? Und wenn sie es irgendwie erfuhren – würden sie sie ausliefern?

Sofort hatte die Frau an Schnitt und Farbe von Renas Kleidung erkannt, dass sie zu den Waldleuten und somit zu einer der Erd-Gilden gehörte. Sie öffnete die Tür weit. »Komm rein, *tani.*«

Die freundliche Anrede tat Rena gut. »Schwester« nannte diese fremde Frau sie, obwohl ihr eigener Meister sie ausgestoßen hatte!

»Wir essen gerade, du kannst Suppe haben, wenn du willst.«

Sie gingen in den Wohnraum, wo zwei Lehrlinge und ein dunkler, schlanker Mann um einen Tisch saßen und die Suppe löffelten. Sie starrten ihr entgegen, als sie hereinkam.

Ein würziger Geruch stieg aus der Suppenschüssel auf. Rena zählte die Atemzüge, bis die Frau ihr einen Anteil davon in eine eigene Schüssel gegossen und diese vor sie hingestellt hatten. Es schmeckte bitter, nach Karededa-Wurzeln, die Rena hasste. Aber sie konnte und wollte ihren Körper nicht daran hindern, Löffel für Löffel zum Mund zu führen und herunterzuschlürfen.

»Bist du allein unterwegs?«, fragte einer der Lehrlinge.

Rena versteifte sich. Aber dann sagte sie sich, dass das kein Versuch war, sie auszuhorchen, sondern nur einfache Neugier. »Ja«, sagte sie. »Ich bin allein.«

Es war ungewöhnlich, dass ein Lehrlingsmädchen ihres Alters allein reiste. Die Frage nach dem Grund dafür stand unausgesprochen im Raum. Rena sah, dass die Meisterin und ihr Mann – der kein Meister zu sein schien – Blicke tauschten.

»Wohin willst du denn?«, fragte die Frau sanft. »Reist du noch weit?«

Rena merkte, dass sie die Antwort auf die Frage selbst nicht kannte. Ja, wohin wollte sie eigentlich? In einem Tagesmarsch kam sie aus dem Weißen Wald heraus, und wenig später würde sie an die Grenzen der Provinz Alaak stoßen. Damit verließ sie vorerst den traditionellen Einflussbereich der Waldleute. Dahinter kam das Grasmeer, in der verschiedene Gruppen der Luft-Gilde herrschten, und die große Handelsstadt Ekaterin. Irgendwann kam dann wieder ein Waldgebiet. Aber wie sah es danach aus? Sie wusste es nicht.

Allmählich wurde das Schweigen peinlich. Vier Augenpaare sahen sie an, warteten auf eine Antwort. Rena biss sich auf die Lippe.

»Ich suche mir hier in der Gegend eine neue Lehrstelle«, sagte sie schließlich. Es war nicht einmal gelogen. Sie konnte sich ja nicht ewig von ihren Gildenschwestern durchfüttern lassen. Doch der bloße Gedanke, wieder das Gleiche zu tun und zu lernen wie bei ihrem alten Meister, ödete sie an. Bloß das nicht.

Ein unerhörter Gedanke schlich sich in ihren Kopf. Was hinderte sie jetzt eigentlich daran, eine Lehrstelle in der Feuer-Gilde anzunehmen? Sie wollte so werden wie die Feuer-Leute – nur dass sie natürlich nie auf die Erd-Gilde herabschauen würde. Vielleicht konnte Jon sie dann lieben lernen!

Es hielt Rena nicht mehr lange am Esstisch. Sie war zwar hellwach, aber sie brannte darauf, sich zurückzuziehen, um diese aufregende Idee durchdenken zu können. Sie gähnte so oft, bis die Meisterin es schließlich merkte und ihr eine Schlafstelle richtete.

Ich könnte vielleicht hier in der Gegend bleiben, dachte Rena aufgeregt. Jetzt bin ich weit genug weg von der Felsenburg. Jetzt musste sie ihr Schicksal in die eigenen Hände nehmen. Beim Erdgeist, aber was für ein Plan! Die Feuer-Gilde! Das hatte sich Rena schon lange gewünscht, aber noch nie war sie so frei gewesen wie jetzt und auf einmal schien diese Möglichkeit in greifbarer Nähe zu sein.

Rena überlegte, dass das sicher nicht oft vorkam, dass jemand die Gilde wechselte und einfach so einen anderen Beruf wählte als den, den Familie und Vorfahren schon immer ausgeübt hatten. Es waren zu starke Traditionen, die einen Bewohner von Daresh an seine Gilde banden. Ach was, Traditionen, Fesseln sind es, dachte Rena trotzig. Aber alle Zweifel in ihr ließen sich doch nicht verdrängen. Würde sich überhaupt ein Feuer-Gilden-Meister darauf einlassen, sie als Lehrling zu nehmen? Neben den vielen Vorurteilen war da ja noch die Frage der Geheimformeln. Vielleicht denken sie, dass ich eine Spionin bin und nur die Formeln ihrer Gilde auskundschaften soll, dachte Rena besorgt. Jede Gilde hatte eine Anzahl von sorgfältigst gehüteten Zauberritualen, die die Kräfte der belebten Welt lenken halfen. In der letzten Ausbildungsphase vor der Meisterweihe erfuhr man sie und musste sich dann verpflichten, dieses Wissen mit seinem Leben zu schützen. Ohne die Formeln hätten die einzelnen Gilden ihre Monopole in ihren Bereichen nicht halten können. So kannten zum Beispiel nur die Angehörigen der Feuer-Gilde die Zauberformeln, mit denen ein Feuer entzündet und wie alle anderen überlegenen Werkzeuge und Waffen vollendet werden konnten. Das zwang alle anderen Gilden, ihr Kochfeuer und sämtliche Metallgegenstände von den Feuerleuten einzutauschen. Und umgekehrt mussten die Feuerleute mit zusammengebissenen Zähnen alle Produkte aus Holz und Pflanzen bei der Erd-Gilde beziehen. Im Grunde baute sich die ganze Wirtschaft von Daresh auf diesen Formeln auf und nur wenige Meister riskierten etwas, was zur Folge haben konnte, dass eine von ihnen durchsickerte.

Als Rena sich all dies ins Gedächtnis rief, begann ihr Mut zu schwinden. Aber dann dachte sie an Jon und was er von ihr halten mochte und damit war es beschlossene Sache.

Rena entdeckte die schwarze Pyramide schon beim

ersten Rundgang durch das Dorf. Der Schmied war nicht zu sehen und so stellte sie sich vor den Haupteingang und rief nach ihm. Nach ein paar Momenten erschien der rote Schopf eines Lehrlings in der Tür.

»Was willst du?«

»Mit dem Schmied sprechen!«

»Ach ja?« Der Lehrling musterte sie gleichgültig. Er war nicht älter als Rena, aber genau wie Jon trug auch er schon Dolch und Schwert. »Er ist gerade beschäftigt. Frag in hundert Atemzügen noch mal.«

Geduldig setzte sich Rena ins Gras auf der anderen Seite des Weges und wartete. Es dauerte nicht hundert Atemzüge, sondern fast das Dreifache, bis der Schmied endlich heraustrat. Rena sprang auf, verbeugte sich, hangelte sich eilig durch die traditionellen Höflichkeitsfloskeln und trug dann ihr Anliegen vor.

Als sie geendet hatte, begann der Schmied zu lachen. »Hahaha, da soll doch noch mal einer sagen, es gäbe keine guten Witze mehr, haha«, dröhnte er, während Rena verblüfft und beleidigt vor ihm stand. Damit, dass sie so witzig wirken würde, hatte sie nun doch nicht gerechnet.

»Sieh mal, Kleine«, sagte der Schmied schließlich, als er sich beruhigt hatte und Renas langes Gesicht bemerkte, »das ist alles nicht so einfach, wie du denkst.«

»Ich weiß«, erwiderte Rena verzweifelt. »Aber ich habe noch keine Formeln erfahren und stehe daher noch nicht unter Eid. Also müsste es doch noch möglich sein, die Gilde zu wechseln.«

»Eigentlich schon, aber es geht ja nicht nur um diese Rituale. Einer Gilde anzugehören bedeutet noch viel, viel mehr als nur einen Eid schwören zu müssen. Ihr Waldleute betet den Erdgeist an, stimmts? Nun, wir halten es mit dem Feuergeist. Ihr esst Pflanzen, wir essen Fleisch. Hast du schon einmal Fleisch gegessen?«

»Natürlich nicht«, sagte Rena und schüttelte sich bei dem Gedanken. »Tote Tiere isst man doch nicht.«

»Na, da hast dus. Und das waren nur zwei von vielen Beispielen. Du könntest niemals eine von uns werden. Mach dir keine allzu großen Hoffnungen, Kleine.«

Aber so schnell gab Rena nicht auf. Sie hängte sich ihre Sammeltasche über die Schulter und marschierte in Richtung des nächsten Dorfes, das etwa eine halbe Tagesreise entfernt war. Sie hatte noch so viele Chancen, wie es Feuer-Gilden-Meister in der Gegend gab.

Doch je näher sie dem Dorf kam, desto unruhiger wurde sie. Irgendetwas stimmte nicht. Zuerst versperrte ein liegen gebliebener Karren die Straße, dann hastete eine Gruppe von aufgeregt durcheinander redenden, verschreckten Frauen der Luft-Gilde vorbei und warf ihr feindselige Blicke zu. Kurz darauf fand Rena einen Verletzten, einen Mann der Luft-Gilde, neben der Straße. »Braucht Ihr Hilfe?«, fragte sie. »Was ist denn passiert?«

Stöhnend hielt sich der Mann den blutenden Kopf. »Mein Haus ... alles zerstört ...« Doch dann sah er Renas Gildenamulett und fuhr sie hasserfüllt an: »Blattfresserin, hau bloß ab ...«

Eingeschüchtert wich Rena vor ihm zurück. Wie von selbst rannten ihre Füße auf dem Weg, der zum Dorf führte, weiter. Sie bog um die Kurve – und stockte.

»O nein!«, flüsterte Rena.

Kein Haus stand mehr, jedes einzelne schien mit brutaler Gewalt niedergerissen worden zu sein. Balken ragten kreuz und quer aus dem Schutt. Menschen weinten, schrieen und fluchten. Ein paar Verletzte lagen im Gras neben dem Weg und wurden von ihren Gildenbrüdern versorgt. Die Mauern des Brunnens waren Stein für Stein abgetragen worden und der kleine Festplatz sah aus wie ein frisch gepflügter Acker. Zwei Bäume in der Ortsmitte standen noch, aber eine junge Hecke war auseinander gerissen worden, als sei sie explodiert. Äste und Blätter lagen überall verstreut.

Erschüttert kletterte Rena über den Schutthaufen und sah sich um. Sie hatte schon viel von Gildenfehden gehört, doch das war das erste Mal, dass sie selbst die Folgen sah. Es fiel ihr schwer zu glauben, dass Menschen so etwas taten. Was für ein Anlass wohl dazu geführt haben mochte?

Ein kleiner Junge der Luft-Gilde kam auf sie zu, das Gesicht aufgequollen vom Weinen und voller Staub, die Augen wild. Rena zögerte kurz – schließlich war er ein »Windhund« –, doch dann ging sie in die Hocke und wischte dem Jungen behutsam die Tränen aus dem Gesicht. »Sagst du mir, was hier passiert ist?«

»Tobby…« schluchzte der Junge. »Er liegt da unter dem Haus, und ich komme nicht an ihn ran …«

»Was! Wer ist denn Tobby? Dein Bruder? Hilft dir denn keiner, ihn da rauszuholen?«

Der Junge schüttelte so heftig den Kopf, dass ihm die Haare ums Gesicht flogen. »Tobby ist doch nicht mein Bruder, das ist mein Dhatla! Mein Vater hat es mir gebastelt.«

»Ich schaue mal, ob ich ihn finde«, sagte Rena und ließ sich erklären, in welchem Haus der Junge gewohnt hatte. Ein paar hundert Atemzüge später war ihr Gesicht dreckverschmiert und Schweißtropfen hatten helle Streifen über ihre Wangen gezogen, aber sie grinste breit und hielt einen Gegenstand hoch. »Ist er das? Er lag unter einem Eckbalken, aber ich glaube, er hat nichts abbekommen.«

»Tobby!«, schrie der Junge, stürzte sich auf sein Spielzeug und riss es Rena aus der Hand. Als er sich umdrehte und wegrennen wollte, prallte er gegen einen Erwachsenen, einen breitschultrigen blonden Mann, dessen einer Arm blutverschmiert war. »Beim Nordwind, Kei!«, rief er und fing den Jungen auf. »Wir dachten schon, dir wäre etwas passiert!«

Aufgeregt deutete das Kind auf Rena. »Die Frau da ...«

Der Luft-Gilden-Mann hob den Kopf und musterte Rena. Er sah ihr Amulett und sein Gesicht verzerrte sich vor Hass. Ganz plötzlich wurde es Rena bewusst, dass sie in der Siedlung einer anderen Gilde war, und nicht nur das, in einer Siedlung, die gerade mitten in einer Gildenfehde steckte. Es war furchtbar unvorsichtig gewesen, einfach hier hereinzustürmen!

»Ist es noch immer nicht genug? Wollt ihr euch jetzt auch noch an unseren Kindern rächen?«, presste der Mann hervor und stieß einen gellenden Pfiff aus, der einige Leute in der Umgebung den Kopf heben ließ. Binnen weniger Atemzüge strömten ein Dutzend Menschen zusammen, sie gehörten zur Luft-Gilde, einige wenige auch zur Feuer-Gilde. Rena sah sich von feindseligen Gesichtern umgeben.

»Was wolltet Ihr mit ihm machen, Kei entführen? Los, raus mit der Sprache!«

»Ich...« begann Rena. »Ich wollte ...«

Die Menge drängte näher. In vielen Händen sah Rena Stöcke, Armbrüste, Steine. Jemand schien eine Formel gemurmelt zu haben, denn eine scharfe Windböe erhob sich und fegte ihr Sand ins Gesicht. Eine Frau nahm den kleinen Jungen am Arm und wollte ihn hinter die Menge schieben. Doch er zappelte sich frei und hielt sein Spielzeug-Dhatla hoch. »Nein, nein, sie ist nicht böse, sie hat mir Tobby suchen geholfen!«

Erst schien niemand ihn zu hören, doch dann schaute sein Vater zu ihm hinunter. »Was sagst du da, Kei? Hat sie nicht versucht, dir wehzutun?«

»Nein! Sie hat Tobby gefunden.«

Die Hände mit den Steinen senkten sich nicht – so leicht wollten die Dorfbewohner ihre Beute nicht laufen lassen. Mit sanfter Gewalt begann der breitschultrige Mann, den Menschenring um Rena auseinander zu schieben. »In Ordnung, Leute, das wars. Geht wieder an die Arbeit. Es war nur ein Missverständnis.«

Schließlich waren sie wieder allein und Rena seufzte erleichtert. »Danke ...«

»Du solltest machen, dass du hier wegkommst«, sagte der Mann kühl. »Du bist hier nicht willkommen. Weißt du denn nicht, dass es deine Leute waren, die das hier angerichtet haben?«

Rena sah zu ihm hoch. Später konnte sie sich noch genau erinnern, wie sie sich in diesem Moment fühlte – ganz klar, ganz ruhig. Nein, das konnte nicht sein. Ihre Gilde war für den Frieden. Ihre Leute aßen kein Fleisch, sie kämpften nur, wenn sie in die Enge getrieben wurden, meist waren sie sogar unbewaffnet ... und gerade sie sollten dies hier angerichtet haben? Nein! Nicht, wenn sie dabei Menschen verletzten, nicht wenn sie dabei eine Hecke zerstören mussten! Niemals würde jemand von der Erd-Gilde eine lebende Pflanze töten!

»Wir waren das nicht!«, wehrte sich Rena. Sie spürte, wie die Tränen kitzelnd über ihr Gesicht rollten. Aber sie hatte nicht die Kraft, sie abzuwischen. »Was für einen Grund sollen wir denn gehabt haben?«

»Angeblich hat ein Mann der Luft-Gilde einer eurer Frauen einen Antrag gemacht.«

»Was für einen Antrag denn?«

»Einen unehrenhaften.«

»Aber das ist doch lächerlich! Deswegen würde doch niemand ein Dorf zerstören!«

»Anscheinend doch. Aber es ist nicht nur eure Schuld«, sagte der Mann, etwas besänftigt davon, dass Rena so entsetzt schien. »Die Gilden gehen sich an die Kehle, weil die Regentin sie gegeneinander aufhetzt. Sie hat es geschafft, Daresh an den Rand eines Bürgerkriegs zu bringen. Dieses Dorf ist nur eins von vielen, das ich in den letzten Monaten in Trümmern gesehen habe.«

Irgendwie spürte Rena, dass das die Wahrheit war.

»Solange die Gilden untereinander zerstritten sind, kann die Frau aus Stein sie leicht unter Kontrolle behalten und tun, was sie will. Dann gibt es wie bisher einzelne Aufstände gegen sie, aber nicht mehr. Wenn die Gilden sich verbünden würden, dann wären sie stark genug. Aber das wird niemals geschehen.«

»Das verstehe ich nicht.«

»Ich schon. Unsere Hohen Räte reden nicht mehr miteinander. Wie soll man sich da auf irgendetwas einigen können?«

»Was würde denn passieren, wenn es wirklich einen Bürgerkrieg gibt?«

»Dann muss ich dich töten, weil du einer anderen Gilde angehörst«, bemerkte der Mann, nahm die Hand des kleinen Jungen und ging ohne Abschied davon.

Als sie das Dorf verließ, sah Rena wieder die Hecke, die niedergewalzt worden war. Sie wandte den Blick ab, aber ihre Augen wurden immer wieder davon angezogen. Auf ihren Armen bildete sich eine Gänsehaut. Wie hatten ihre Leute nur eine solche Sünde gegen den Erdgeist begehen können? So weit war es mit der Erd-Gilde also schon gekommen!

Sie dachte an das, was der breitschultrige Mann gesagt hatte. Gab es denn keinen Weg, die Gilden an einen Tisch bekommen? Irgendjemand musste das versuchen, auch wenn es schwierig und wahrscheinlich sehr gefährlich war. Doch sie ahnte, dass das wahrscheinlich niemand tun würde, und das machte ihr Angst. Wenn es einen Bürgerkrieg gab, dann würde er alles zerstören, was sie an Daresh kannte und liebte ...

Es dauerte einen Tag, bis die düstere Stimmung sie allmählich verließ und sie die Bilder des zerstörten Dorfs wenigstens ab und zu vergessen konnte. Ganz langsam kroch die Idee, in die Feuer-Gilde einzutreten, wieder in ihr hoch. Nein, ganz wollte sie noch nicht aufgeben! Besonders viel Lust in der Erd-Gilde zu bleiben, hatte sie nach dieser Gildenfehde sowieso nicht mehr.

In der übernächsten Siedlung ergab sich dann endlich ein kleiner Hoffnungsschimmer. Sie hatte gerade wieder vergeblich um eine Lehrstelle gebeten und wieder einmal erklärt bekommen, dass kein Meister sie nehmen würde. Aber als sie sich umdrehen und weggehen wollte, meinte der Mann: »Warte mal, mir fällt da gerade was ein. Vor ein paar Tagen ist hier eine Frau von der Feuer-Gilde durchgekommen, eine reisende Goldschmiedin. Sie hat erwähnt, dass sie dringend eine Dienerin braucht. Du könntest es ja mal bei ihr versuchen.« Rena war enttäuscht. Ein Leben als Dienerin war nicht das, was ihr vorgeschwebt hatte. Aber sie bedankte sich trotzdem höflich für den Rat. »Wo kann ich diese Frau denn finden?«

»Sie ist nach Canda weitergereist, das ist nur eine Tagesreise von hier entfernt. Vielleicht ist sie noch dort. Sie heißt Alix.«

Nachdenklich kehrte Rena wieder auf den Pfad zurück. Nach den vergeblichen Versuchen bei den Schmieden war ihr ziemlich klar, dass diese Arbeit bei der Goldschmiedin vielleicht die einzige Gelegenheit war, die sie bekommen würde. Aber sie schwankte noch. Dienerin zu sein war ein hartes Brot und ob sie dabei überhaupt etwas von den Künsten der Feuer-Gilde lernen würde, war ziemlich zweifelhaft. Du musst ja nicht gleich nach den Früchten hoch oben in der Baumkrone greifen, tröstete sich Rena. Wenn du die Arbeit bekommst, hast du zumindest einmal einen Kontakt zur Feuer-Gilde hergestellt, hast einen Fuß in der Tür. Wer weiß, was sich daraus ergibt.

Sie hatte schon von Canda gehört, einer gemütlichen kleinen Handelsstadt am Rand des Weißen Waldes. Aber wenn sie jetzt an Canda dachte, verknoteten sich ihre Eingeweide vor Angst. In den Dörfern mochten sie noch nichts von dem Zwischenfall mit der *Quelle* gehört haben, aber in die Stadt war die Nachricht sicher schon gedrungen. Was war, wenn dort Truppen nach ihr Ausschau hielten? Ein allein reisendes Mädchen würde Aufmerksamkeit erregen, man würde sie nach dem Woher und dem Wohin fragen und wenn jemand herausbekam, wer sie war ... würde sie in Ketten zurückgebracht werden?

Rena riss sich zusammen. Ich muss es riskieren, dachte sie und spürte, dass das die richtige Entscheidung war. Wie es auch ausgehen würde, jetzt hatte sie fürs erste wieder ein Ziel, eine Hoffnung.

Rena schlug den Pfad nach Norden ein und machte sich auf den Weg nach Canda.

Sehr beeindruckend sah die Stadt nicht aus. Auf den ersten Blick erkannte man nur ein paar Hütten, die sich an den Waldrand kauerten. Aber Rena wusste, dass Canda mindestens so viele Einwohner hatte wie das Wäldchen um ihre Heimatstadt Bäume. Da die Siedlung von Leuten der Erd-Gilde angelegt worden war, befand sich der Stadtkern unter Renas Füßen, er erstreckte sich verschachtelt wie ein Wühlerbau in die Tiefe. Nur die Händler hatten sich geweigert, dort unten zu wohnen. Da kein Angehöriger der Luft-Gilde sich wohlfühlte, wenn sich festes Baumaterial über seinem Kopf befand, hatten sie sich die oberirdischen Häuser und Handelsposten gebaut – mit Dächern aus dünnen geflochtenen Grasmatten.

Kaum war sie in Canda eingetroffen, merkte Rena, dass sie sehr, sehr vorsichtig sein musste. Zwei Soldaten der Regentin, die Beljas gekaut hatten, wankten singend vorbei. Rena zog sich wie ein Schatten in einen Hauseingang zurück und die Soldaten bemerkten sie nicht. Kurze Zeit später stieß sie auf ein Dhatla, das sich mitten auf der Straße zur Ruhe begeben hatte und nun wie ein dunkler Berg im Weg lag. Dann und wann schnarchte es, dass die Luft erzitterte.

Hier wimmelts von Militär, dachte Rena beunruhigt. Sie überlegte, ob sie nicht lieber so schnell wie möglich aus der Stadt verschwinden sollte. Aber der Gedanke an die Anstellung trieb sie vorwärts. Sie tauchte in einen der Eingänge des unterirdischen Labyrinths und hätte beinahe einen weiteren Soldaten über den Haufen gerannt, der sich mühsam in der Gegenrichtung vortastete. Auch er konnte kaum noch gerade gehen.

»Bleib stehen, schöne Frau, leist mir ein bisschen Gesellschaft!«, grölte er und griff nach ihr. Rena schob sich mit klopfendem Herzen an ihm vorbei und lief den Gang entlang, der in die Tiefe führte. Die Leuchttierchen waren alle abgedeckt, aber Renas Augen hatten sich schon an die Dunkelheit gewöhnt. Ab und zu tastete sie die Wegweiser in der Gangwand ab und lief weiter. Sie hatte es eilig, jemanden zu finden, der ihr über die Goldschmiedin Auskunft geben konnte. Die beste Adresse für solche Erkundigungen war immer die Taverne. Vielleicht fand sie die Goldschmiedin noch an diesem Morgen und dann nichts wie raus hier.

Die Taverne lag sehr tief und in einem Seitenstollen, damit der Lärm die anderen Stadtbewohner nicht störte. Auch jetzt hörte Rena selbst durch die verschlossene Tür, dass es darin hoch herging. Sie zögerte, konnte sich nicht entschließen, sich in diesen Hexenkessel hineinzuwagen. Aber dann dachte sie an die *Quelle* und daran, dass sie schon ganz andere Dinge getan hatte. Augen zu und durch, dachte sie, zerrte an der schweren Tür und schlüpfte durch die Öffnung.

Die Luft in der Taverne roch grässlich. Mit angehaltenem Atem bahnte sich Rena einen Weg zur Theke vor. Erst im letzten Moment sah sie die beiden Soldaten, die an einem Ecktisch eine Partie Kelo spielten. Sie erstarrte und überlegte, ob sie wieder den Rückzug antreten sollte. Aber die beiden Männer wirkten ziemlich weggetreten und schienen außerdem für nichts mehr Augen zu haben als für ihr Spiel. Vorsichtig setzte Rena ihren Weg fort.

Kurz vor der Theke ging es plötzlich nicht mehr weiter. Jemand hatte sie an der Tunika gepackt.

»He, ich kenn dich!«, brüllte ein vierschrötiger Mann der Luft-Gilde, dem ein Speichelfaden aus dem Mundwinkel rann. Rena fuhr der Schreck in die Glieder und sie warf einen schnellen Blick auf die Soldaten, die drei Tische weiter saßen. Dann starrte sie den Mann an, der sie festhielt, und versuchte sich zu erinnern, ob sie ihn schon einmal gesehen hatte. Vielleicht war es jemand aus dem Nachbardorf, sie war sich nicht sicher, es konnte sein.

»Ihr kennt mich bestimmt nicht!« Rena zerrte, aber sie kam nicht los.

»Bist du nicht ...«

»Nein, bin ich nicht!«, schrie Rena vorbeugend. Der eine Soldat kehrte ihr den Rücken zu, aber der andere saß genau mit dem Gesicht in ihre Richtung. Es konnte nur noch wenige Atemzüge dauern, bis er den Aufruhr dort vorne bemerkte.

»Ach so, 'tschuldigung«, murmelte der Mann, ließ sich zurücksinken und lockerte endlich seinen Griff. Doch dann schien ihm etwas einzufallen, sein Oberkörper schnellte wieder nach vorne. Rena zog und zerrte, aber sie saß immer noch fest. »Doch, jetzt weiß ichs wieder«, schrie er. »Du bist die Kleine von ... von ... Parlas, stimmts!«

»Ja, ja, genau«, sagte Rena und zerrte ihre Tunika aus seinem Griff.

»Wusst ichs doch«, sagte der Mann zufrieden. Langsam senkte sich sein Kopf auf die Tischplatte und traf mit einem leisen *tock* dort auf.

Rena sah noch einmal zu den Soldaten hinüber – sie waren noch immer in ihr Spiel vertieft – und kämpfte sich zur Theke durch. Sie bestellte sich einen Becher Wasser und duckte sich in eine Ecke, von wo sie den Raum überblicken konnte, ohne selbst gesehen zu werden. »Ist hier denn immer so viel los?«, fragte sie den Wirt.

»Ja, seit Truppen der Regentin hier stationiert worden sind, läuft das Geschäft blendend. So viel wie in dieser Nacht habe ich früher in zwei Wochen verdient.«

»Seit wann sind die Soldaten denn hier?«

»Sie kamen vor fünf Monaten, als die neue Regentin in die Felsenburg zog. Ich habe gehört, sie habe in vielen Städten Truppen stationiert.«

Vor fünf Monaten – also vor der Sache mit der *Quelle*! Wenigstens sind sie dann nicht wegen mir hergekommen, dachte Rena und kam sich plötzlich albern vor, weil sie gedacht hatte, die ganze Welt drehe sich nur um sie und ihren fatalen Streich. Dann begann sie über das nachzudenken, was der Wirt noch gesagt hatte, und die gute Nachricht bekam einen schlechten Nachgeschmack. Truppen in vielen Städten! Betroffen fragte sie: »Aber was hat das denn zu bedeuten?«

»Es gibt Ärger, Mädchen, das hat es zu bedeuten«, sagte der Wirt. »Angeblich hat sie es zu unserer Sicherheit gemacht. Aber ich fresse einen Colivar, wenn das nicht Aufstände verhindern soll!«

»Glaubt Ihr, dass es einen Bürgerkrieg gibt?«

»Bete zu deinen Schutzgeistern, dass es nicht dazu kommt!«, sagte der Wirt und murmelte schnell eine Schutzformel. »Was macht eigentlich eine kleine *tani* wie du hier?«

Darauf hatte Rena zum Glück eine Antwort parat. »Ich suche eine Goldschmiedin namens Alix. Sie muss irgendwo in der Stadt sein. Wisst Ihr, wo ich sie finden kann?«

»Wie sieht sie aus?«

»Ich weiß nicht.«

»Hm, es kommen nicht allzu viele Frauen der Feuer-Gilde hier durch«, sagte der Wirt. »Seit einem Viertel Sonnenumlauf sitzt dort hinten eine von denen, vielleicht ist sie das. Sie scheint sehr gut Kelo zu spielen, jedenfalls nimmt sie die Händler ganz schön aus.«

Rena sah in die Richtung, die der Wirt angegeben hatte. Durch die rauchige Luft konnte sie an dem hinteren Tisch eine Frau mit langen kupferroten Haaren erkennen. Gerade lachte sie, fegte mit großer Geste die Münzen zusammen, die auf dem Tisch vor ihr gelegen hatten, und stand auf. Sie schien gehen zu wollen. Hastig bezahlte Rena und schlängelte sich zwischen den anderen Gästen hindurch, um ihr zu folgen. Aber da sie auf der anderen Seite des Schankraumes war, dauerte es eine Weile, bis sie sich wieder zur Tür durchgekämpft hatte.

Wenige Atemzüge nach der Frau verließ Rena ebenfalls die Taverne und knallte die schwere Tür hinter sich zu. Wild blickte sie sich in der Dunkelheit um, aber die Goldschmiedin war bereits im verzweigten Gangsystem verschwunden.

Rena hielt den Atem an und lauschte. In dem Gang links war noch das Geräusch von Schritten zu hören. Sie rannte in diese Richtung.

Sehr weit war sie noch nicht gekommen, da schoss etwas aus der Dunkelheit auf sie zu. Ein Arm riss sie herum und schloss sich wie eine Stahlklammer um ihren Hals. Rena fühlte das kühle Metall einer Klinge an ihrer Kehle. Alles war so schnell gegangen, dass sie nicht einmal Zeit gehabt hatte, aufzuschreien.

»So, und jetzt kannst du in Ruhe erklären, warum du mir gefolgt bist«, sagte eine klare weibliche Stimme.

Rena versuchte auf den Dolch an ihrem Hals hinunterzuschielen. Es war stockdunkel, aber ihre Augen weiteten sich, um das Restlicht aufzufangen.

»Seid Ihr Alix?», krächzte sie. Sie spürte die Überraschung der Frau, der Griff lockerte sich ein wenig.

»Ja, bin ich. Sprich ruhig weiter.«

»Dienerin, Ihr sucht doch eine Dienerin«, stammelte Rena. Sie spürte, dass sie unkontrolliert zitterte. Plötzlich war sie sich gar nicht mehr so sicher, dass sie unbedingt die Dienerin dieser Frau sein wollte.

»Stimmt. Woher weißt du das?«

»Von einem Schmied, in einem Dorf in der Nähe von hier. Ihr seid da durchgereist.«

»Ach so. Und du willst dich also bewerben?«

Das »Ja« entfuhr Rena, bevor sie Zeit hatte, sich die Sache noch einmal gründlich zu überlegen. Aber zurücknehmen konnte sie es nun nicht mehr.

Plötzlich war der Druck auf ihrer Kehle weg. Rena stolperte gegen die gegenüberliegende Wand und rieb sich den Hals.

Es wurde hell – die Frau hatte das Tuch von einem Leuchttierchen-Käfig gezogen, der in der Nähe an der Wand befestigt war. Jetzt kamen beide dazu, sich gegenseitig genauer zu mustern.

Die Goldschmiedin war hoch gewachsen und schlank, hatte glatte Haare, die ihr über den Rücken fielen, und eine gebräunte Haut. Rena schätzte sie auf etwa fünfundzwanzig Winter. Als Rena sich traute, ihr ins Gesicht zu sehen, blickte sie in zwei schräge, grüne Katzenaugen. Sie trug ein wadenlanges, elegant geschnittenes Kleid aus hellem Stoff, das von einem metallbeschlagenen Ledergürtel zusammengehalten wurde. Unwillkürlich suchte Rena mit den Augen nach dem Dolch, den sie eben noch an der Kehle gespürt hatte, aber er steckte nicht im Gürtel. Jetzt sah die Frau aus, als könnte sie kein Wässerchen trüben.

»Rostfraß und Asche, du bist ja eine Blattfresserin«, sagte die Frau und deutete auf Renas Gildenamulett. »Was soll ich denn mit so jemand anfangen?«

»Ich kann kochen, nähen, schnitzen ...«, zählte Rena mit rotem Kopf auf. Wenn sie mich noch mal beleidigt, gehe ich einfach, dachte sie.

Alix winkte ab. »Das ist schon in Ordnung, nehme ich an. Aber ich reise viel, darauf solltest du vorbereitet sein. Wie es aussieht, wird meine nächste Station Ekaterin sein.«

»Heißt das, dass Ihr mich nehmt?«

»Ja, verdammt, das heißt es. Wie lange willst du dich verpflichten? Ein Jahr? Kennst du die Regeln?«

Rena schluckte und nickte. Eine Dienerin durfte keine Waffen tragen, sich nicht ohne Erlaubnis entfernen und sich gegen keinen Befehl auflehnen. Es lief darauf hinaus, dass sie sich ihrer Herrin in allen Dingen unterwerfen musste.

»Gut, dann gehen wir mal. Ich wohne hier im Lager Süd. In genau einem Viertel Umlauf brechen wir auf.«

Die Goldschmiedin winkte Rena mit einer lässigen Geste zu, sie solle ihr folgen. Etwas eingeschüchtert ging Rena hinter ihr her durch das Gangsystem. Jetzt hatte sie es also geschafft, sie hatte bei der Feuer-Gilde den Fuß in der Tür. Aber sie konnte sich nicht so sehr darüber freuen, wie sie gedacht hatte. Sie ahnte, dass es kein leichtes Jahr werden würde. Die Frau hatte nicht einmal nach ihrem Namen gefragt.

Bevor sie im Morgengrauen aufbrachen, musste Rena

noch ihr Messer wegwerfen, da sie ja als Dienerin keine Waffen tragen durfte. Sie wartete damit bis kurz vor ihrem Aufbruch, als die Goldschmiedin zum Verwalter gegangen war, um die Rechnung für ihre Übernachtung zu begleichen.

Das schmale Messer mit dem geschnitzten Griff befand sich noch immer in einem kleinen Geheimfach in ihrer Sammeltasche. Nachdenklich nahm Rena es heraus und wog es in der Hand. Viele Atemzüge lang konnte sie sich nicht dazu entschließen, es hier zu lassen. Wirf es weg, die Frau kommt gleich zurück, dachte sie und hörte auch schon die Schritte der Goldschmiedin näher kommen. Aus einem plötzlichen Impuls heraus ließ sie das Messer wieder in dem Geheimfach verschwinden. Sie wusste selbst nicht genau, warum sie das getan hatte. Wenn ihre neue Herrin das mit der Waffe jemals herausfand, würde es kritisch werden.

Sie verließen die Stadt und schlugen eine südliche Richtung ein. Alix hatte kein Dhatla, deshalb reisten sie zu Fuß. Renas neue Herrin schien nervös zu sein, sie war sehr wachsam und hielt gelegentlich an, um zu lauschen. Zum Glück schien sie keine Vorliebe für schweres Gepäck zu haben und Rena musste zusätzlich zu ihrer Sammeltasche nur ein mittelgroßes Bündel schleppen. Aber dafür legte die Goldschmiedin ein Tempo vor, das selbst Rena, die gut zu Fuß war, ins Keuchen brachte. Alix beachtete Rena nicht und hätte es vermutlich auch nicht gemerkt, wenn sie hinter ihr zusammengebrochen wäre. So musste Rena die Zähne zusammenbeißen und hinterher hasten, so gut sie konnte.

Am Abend pausierten sie dann endlich. Alix wählte eine kleine Lichtung aus und sagte kurz: »Hier bleiben wir für die Nacht.«

Rena legte das Gepäck ab und kippte völlig erschöpft ins weiche graue Wintergras. Aber sie wusste, dass ihre Pflichten erst jetzt wirklich begannen, und zwang sich wieder auf die Füße, um das Abendessen vorzubereiten. Mit einem Mal wurde ihr bewusst, dass sie keine glimmende Kohle mitgenommen hatten, um ein neues Feuer zu machen. Verlegen wandte sie sich an Alix. »Äh, was ist mit dem Feuer?«

Die hoch gewachsene Frau blickte Rena einen Moment lang scharf aus halbgeschlossenen Augen an, starrte dann auf eine Stelle auf dem Boden und bewegte die Lippen. Eine Stichflamme fuhr von dem trockenen Gras auf und Rena zuckte zurück. »Wie geht das?«

»Würdest du wohl gerne wissen, was?«, fragte Alix träge. »So was können die Blattfresser nicht!«

Rena steckte das schweigend ein. Sie hat überhaupt nicht vor, mir irgendwas beizubringen, dachte sie enttäuscht.

Wie jede Nacht markierte sie den Tag in ihrem kleinen Kalender, einer Holzscheibe mit eingravierter Spirale. Zufrieden sah sie, dass es schon die Woche des Zentaurs war. Das bedeutete, sie wurde bald sechzehn Winter alt. Ob sie es der Schmiedin sagen sollte? Doch die interessierte das bestimmt nicht.

Nach dem Essen, als der dritten Mond gerade aufgegangen war, ließen sie das Feuer herunterbrennen und rollten ihre Decken aus. Rena wählte einen Schlafplatz unter einem großen Colivar, Alix ließ sich in der Nähe der glühenden Kohlen nieder. Erleichtert rollte sich Rena in ihre Decke und überließ sich ihrer Müdigkeit. Aber nach ein paar Atemzügen fingen ihre Ohren ein leises metallisches Geräusch auf und sie öffnete die Augen wieder einen Schlitz weit. Die Goldschmiedin hatte das Leinenkleid abgelegt und stand jetzt aufrecht da. Ihre Gestalt verschmolz fast mit dem dunklen Hintergrund, aber dann bewegte sie sich, und etwas blitzte an ihrem Körper auf.

Fasziniert und erschrocken sah Rena genauer hin. Feine silberne Schuppen schienen den ganzen Körper der Frau zu bedecken, sie glich fast dem Natternmenschen von neulich! Ein Kettenhemd, dämmerte es Rena. Sie muss es die ganze Zeit unter dem Kleid getragen haben. Und ich bin sicher, dass sie außer dem Dolch auch ein Schwert trägt!

Mit dem Schlaf war es jetzt fürs Erste vorbei. Mehrere hundert Atemzüge lang lag Rena wach und überlegte, was das alles bedeuten konnte. War es normal bei der Feuer-Gilde, immer bis an die Zähne bewaffnet herumzulaufen? Brauchte sie die Sachen, um sich und die Produkte ihrer Arbeit vor Räubern zu schützen? Aber dann hätte sie die Waffen doch offen zeigen können, das war doch viel sinnvoller, wenn sie Diebe abschrecken wollte ...

Jetzt fiel Rena auch wieder ein, wie merkwürdig einfach das gegangen war, von Alix als Dienerin angestellt zu werden. Nur zum Essenkochen und Gepäcktragen hätte sie so dringend niemanden gebraucht, das kann sie auch selber, dachte Rena. Sie spürte, dass die Angst in ihr hochkroch. Was hatte diese Frau vor?

Als es am nächsten Morgen hell wurde, rollte sich Rena aus der Decke. Sie stellte fest, dass Alix verschwunden war. Ihr Schlafzeug war schon reisefertig verpackt. In diesem Moment tauchte die Goldschmiedin zwischen den massigen weißen Stämmen der Colivars auf. Entsetzt sah Rena, dass sie den schlaffen Körper eines kleinen Reptils trug. »Was ... was ist denn das?«

Erstaunt blickte Alix sie an. »Unser Abendessen natürlich«, sagte sie und ließ die kleine Leiche neben den Proviantsack fallen. Rena konnte kaum hinsehen. Es würgte sie in der Kehle.

»Was ist?«, fragte die Schmiedin höhnisch. »Ist dir Torquil etwa nicht gut genug?«

Rena schluckte. »Doch, doch ...«

Sie wusste, dass die Goldschmiedin an diesem Abend froh sein konnte, wenn ihre neue Dienerin ihr nicht auf die Füße kotzte. Und nur der Erdgeist wusste, was diese Frau dann mit ihr machen würde.

Rena konzentrierte sich aufs Anfachen des Feuers, den kühlen Blick der Schmiedin im Nacken. Zum Glück klappte das Anfachen heute gut, aber auf ein Lob wartete sie vergebens.

Nach dem Frühstück brachen sie auf, Alix ging mit langen kräftigen Schritten voran. Der Zentralstern stand noch tief und der blassviolette Himmel hing über ihnen wie eine einzige ungebrochene Farbfläche. Die Colivars spürten das Licht und wurden aktiv, hoben fast unmerkbar langsam ihre schweren sahnefarbenen Äste den Strahlen entgegen und breiteten die Blätter aus. Ein scharfer Wind war aufgekommen und die Bäume brauchten ihre Gedanken nicht mehr hinauszuflüstern, sondern hoben ihre pfeifende Stimme im Takt mit den Böen. Rena lauschte lächelnd.

»Rostfraß und Asche, was für ein Getöse die Blätter machen«, sagte Alix nach einer Weile. »Da kann sich praktisch jeder an uns anschleichen, ohne dass wir ihn hören.«

»Ja, aber dafür bekommen wir als Gegenleistung ein paar schöne Gedichte«, traute sich Rena einzuwenden.

Alix wandte sich um. »Gedichte? Was? Von wem?«

»Von den Bäumen natürlich!«

Die einzige Antwort, die sie bekam, war ein Blick,

wie man ihn einem ziemlich merkwürdigen, wenn auch harmlosen Sonderling zuwirft. Aber Rena war viel zu erstaunt, um sich darüber zu ärgern, dass sie nicht ernst genommen wurde. Sie versteht sie nicht, dachte sie. Aber das kann doch jeder!

Gedankenverloren ging Rena hinter der Goldschmiedin her. Langsam wurde ihr bewusst, dass sie bisher in einer sehr kleinen Welt gelebt hatte, eine Welt, in der sie eigentlich nur Angehörige der Erd-Gilde näher gekannt hatte. Jetzt dämmerte ihr, dass die Unterschiede zwischen den Gilden tiefer gingen, als sie gedacht hätte.

Als das Licht zu schlecht wurde um weiterzuwandern, richteten sie sich für die Nacht ein. Alix übernahm höchstpersönlich die Zubereitung des Reptils, das sie am Morgen erlegt hatte. Sie rührte einen Topf voll Schlamm an und bedeckte das Tier mit einer dicken Kruste, dann legte sie es ins Feuer und häufte die rot glühenden Kohlen darüber.

»So, jetzt dauerts noch eine Weile, bis es gar ist«, meinte sie. Rena war erleichtert. Jeder Aufschub war ihr recht. Sie wusste nicht, dass bald etwas geschehen würde, das die Frage des Essens völlig in den Hintergrund drängen würde.

Alix setzte sich im Schneidersitz ins Gras, holte eine Bürste aus ihrem Bündel und begann, ihr langes Haar zu kämmen, das sie während der Reise zurückgebunden hatte. Tagsüber war sie manchmal ruhelos gewesen, wie unter großer innerer Anspannung. Aber während sie geduldig die einzelnen Strähnen entwirrte, schien sie völlig gelöst. Schon bald glänzte ihr kupferfarbenes Haar wie fließende Seide.

Beim Erdgeist, ich wünschte, ich hätte solche Haare, dachte Rena und war auf einmal unzufriedener denn je mit ihren kurzen braunen Locken. Als hätte Alix ihre Gedanken gespürt, meinte sie: »Wieso lässt du deine Haare nicht auch mal lang wachsen? Das würde dir bestimmt gut stehen.«

Verblüfft darüber, dass sich die Goldschmiedin überhaupt mit ihr unterhielt, und dann auch noch über ein solches Thema, brachte Rena nur heraus: »Meint Ihr?«

»Ja«, sagte Alix und grinste. »So sieht es zu brav aus. Dabei bist du gar nicht so brav, glaube ich. Sonst wären wir beide jetzt nicht hier. Wie heißt du eigentlich?«

Spontan wollte Rena antworten, aber dann überlegte sie es sich noch einmal. Schließlich wurde sie noch gesucht. »Kara«, sagte sie.

»Die Wahrheit, bitte.«

»Rena«, sagte sie und schaute auf den Boden. Es war peinlich, bei einer Lüge ertappt zu werden. »Ich komme aus Alaak.«

»Bist du von deinen Eltern weggelaufen?«

Rena umklammerte ihre Knie mit den Armen. »Ich habe meine Eltern schon seit acht Jahren nicht mehr gesehen. Das wird bei uns so gemacht ... ich meine, jedes Kind wird in diesem Alter zu einem Meister in die Lehre gegeben. Ich bin bei meinem Onkel aufgewachsen.«

»Kannst du dich noch an sie erinnern?«

»Ja. Ich weiß noch, dass es mir nicht besonders Leid tat, von dort wegzukommen.« Plötzlich stand das stille mürrische Gesicht ihrer Mutter und das abwesende, nicht für sie bestimmte Lächeln ihres Vaters wieder vor ihrem inneren Auge.

»Du hattest eine Berufung, die irgendwas mit Bäumen zu tun hatte, oder?«

»Ja, ich sollte Holzmeisterin lernen. Woher wisst Ihr das?«

Alix starrte zu den Ästen der Colivars empor. »Das mit den Gedichten der Bäume, das war die Wahrheit, oder?«

»Ja«, sagte Rena eifrig. »Sie reden die ganze Zeit. Meistens nur über Nichtigkeiten, aber es kann sehr schön sein, ihnen zuzuhören.«

»Vielleicht bitte ich dich bei Gelegenheit einmal, mir was davon zu übersetzen. Sprechen sie eigentlich auch darüber, wo sich Menschen im Wald bewegen und was sie tun?«

»Ja, aber eigentlich nur, wenn es sie selbst betrifft. Deshalb fällen wir nur tote Bäume. Es spricht sich sofort herum, wenn wir einen lebenden Baum nehmen und dann haben die Waldmenschen für einige Zeit nichts zu lachen. Dann häufen sich die Unfälle, weil die Bäume sich rächen und schwere Äste auf die Menschen werfen und ...«

Rena stockte. Was tat sie da eigentlich? Kaum war die Frau einmal freundlich zu ihr, da plapperte sie schon daher wie nicht ganz bei Sinnen! Wenn die Erdleute Wind davon bekamen, dass sie so viel Wissen an eine andere Gilde weitergab, dann ...!

Die Goldschmiedin schien nicht bemerkt zu haben, dass Rena ihren Bericht mitten im Satz abgebrochen hatte. »Schade, es wäre schön gewesen, immer zu wissen, was im Wald vorgeht ... und im Moment wüsste ich vor allem gerne, was diese Leute da vorhaben, die sich links von uns im Unterholz versteckt haben.«

Rena zuckte zusammen und sah nach links. Warum hatte sie nur den Bäumen nicht zugehört?

Alix schüttelte tadelnd den Kopf und kämmte mit ruhigen Bewegungen eine lange Strähne aus. »Ganz locker bleiben. Lass sie selbst entscheiden, ob sie sich uns bemerkbar machen wollen oder nicht. Sie wollen erst mal feststellen, welcher Gilde wir angehören und was wir so machen, das ist bis jetzt noch ganz in Ordnung. Aber wir sollten trotzdem vorsichtig sein, ich glaube nämlich nicht, dass sie Feuerleute sind. Vielleicht Erdleute. Mal abwarten.«

»Ich finde nicht, dass das normal ist, dass sie sich verstecken«, sagte Rena alarmiert.

»Na ja, normal vielleicht nicht, aber verständlich. Ich hätts vermutlich genauso gemacht. He, na also, da kommt einer von ihnen.«

Mit langen Schritten kam ein großer, magerer Mann auf sie zu. Das Feuer gab nicht sehr viel Helligkeit her, doch plötzlich loderten die Flammen auf. Rena ahnte, dass Alix wieder eine Zauberformel gesprochen hatte. Jetzt konnten sie auch erkennen, dass der Mann der Luft-Gilde angehörte und mit einer Armbrust bewaffnet war. Auf seiner Schulter hockte ein kleiner weißer Vogel, in dessen schwarzen Knopfaugen sich der Schein des Feuers widerspiegelte. Alix seufzte. »Ein verdammter Windhund. Schade.«

In der Entfernung von einigen Armlängen blieb der Mann stehen, wie es der Tradition entsprach, und grüßte. Jetzt konnte sich Alix entscheiden – wenn sie zurückgrüßte, dann durften er und seine Leute ihnen Gesellschaft leisten, wenn nicht, dann musste er sich wieder aus dem Staub machen. Rena wusste nicht, welche der beiden Möglichkeiten ihr im Moment lieber war. Sie mochte die »Windhunde«, Leute der Luft-Gilde, ebenso wenig wie Alix. Hinzu kam noch das schlechte Gewissen, das sie nicht mehr verlassen hatte, seit sie das zerstörte Dorf gesehen hatte. Da sie außerdem nur zu zweit waren, eineinhalbt eigentlich, sie selbst zählte ja noch nicht so richtig, wäre es leicht sie auszurauben. Andererseits hatten Händler immer viel zu erzählen, weil sie so weit herumkamen, und Rena war neugierig.

Alix blieb gelassen. »Friede den Gilden«, sagte sie und winkte dem Mann, er solle sich auf die andere Seite des Feuers setzen. Er hatte weit auseinander stehende Augen, einen langen Hals mit hervorstehendem Adamsapfel und widerspenstiges weißblondes Haar. Das blaue Halstuch, das er trug, leuchtete im Schein des Feuers. Erst jetzt, aus der Nähe, sah Rena, wie jung er eigentlich war, höchstens zwanzig. Rena betrachtete ihn neugierig und ganz unverhofft trafen sich ihre Blicke. Einen Moment lang schaffte es keiner von ihnen, wegzusehen. Rena konnte nie erklären, was in diesen Atemzügen mit ihnen geschah, aber auf einmal fühlte sich Rena so, als würde sie ihn schon sehr lange kennen. Es verwirrte sie und sie stand verlegen auf, um Cayoral zuzubereiten, das traditionelle Getränk ihrer Provinz, ein würzig-scharfer Kräutersud. Aber aus den Augenwinkeln beobachtete sie jede Bewegung des Händlers.

»Ihr kommt aus Canda, nicht wahr, Meisterin?«, fragte der Fremde. »Was ist da im Moment so los?«

»Beljas und Glücksspiel rund um die Uhr«, sagte Alix. »Seit die Soldaten da sind, tut die Stadt nachts kein Auge mehr zu.«

Das entlockte dem Fremden ein Lächeln. »Seid Ihr auf Handelsreise?«

»Ja, ich bin Goldschmiedin, aber in Canda ließ der Umsatz etwas zu wünschen übrig. Was sollte ein Soldat auch mit Schmuck anfangen? Vielleicht wirds in Ekaterin besser... und Ihr?«

»Wir handeln mit Lederwaren. Ich bin auf dem Weg zum Grasmeer, die anderen biegen vorher Richtung Ekaterin ab.«

Er wandte sich um und gab ein Handzeichen. Es raschelte im Gebüsch und die beiden anderen Männer kamen hervor. Diese sahen sehr viel abgerissener und mürrischer aus als der junge blonde Händler. Wenn sie gewusst hätte, was die anderen für Typen sind, hätte Alix bestimmt nicht gegrüßt, dachte Rena.

Die drei Männer setzten sich im Kreis ums Feuer und Rena begann das Cayoral zu servieren. Alix kramte in ihrer Tasche und holte dann ein kleines Amulett aus dunklem Metall hervor, in dessen Mitte ein roter Stein eingelassen war. »Einer dieser Soldaten in Canda hat mir eine Gürtelschnalle abgekauft, hatte aber kein Geld, sie zu bezahlen, also hat er mir dieses Ding hier gegeben. Ich habe keine Ahnung, was es sein soll. Habt ihr 'ne Idee?«

Rena und die Händler reckten neugierig die Hälse, doch dann schüttelten die Männer den Kopf. »Sieht aus wie ein Amulett«, sagte einer von ihnen. »Aber es gehört zu keiner Gilde, die ich kenne. Dieses Muster habe ich schon mal gesehen, aber ich weiß nicht mehr, wo.«

»War es hier in dieser Provinz?«

»Ich sage doch, ich weiß es nicht mehr.«

»Na ja, ist ja auch nicht so wichtig. Also, was gibts Neues?«

Als der blonde Händler merkte, dass keiner der anderen antworten würde, sagte er: »Die Situation in der Provinz der Erd-Gilde wird immer bedenklicher. Einige Dörfer haben sich gegen die Regentin aufgelehnt. Es gibt auch Gerüchte von einem Aufstand der Iltismenschen. Die ganze Gegend ist in Aufruhr, und es greift auch schon auf Tassos und Nerada über. Vanamee ist im Moment noch ruhig. Und die ganze Zeit über bekämpfen sich die Gilden bis aufs Messer.«

»So kann es nicht weitergehen«, sagte Alix und Rena war überrascht, wie bitter ihre Stimme klang. »Es muss doch irgendwie möglich sein, einen Bürgerkrieg zu verhindern.«

Rena rief sich eine Karte von Daresh in Erinnerung. Nerada – dort herrschte die Luft-Gilde, dort war das Grasmeer. Tassos, vermutlich Alix' Heimatprovinz, war eine Hochburg der Feuer-Gilde, Vanamee der Wasser-Gilde. Sie hatte vorher kaum zugehört, aber nun spitzte sie die Ohren. Die Angelegenheiten der Felsenburg hatten scheinbar nie etwas mit ihr zu tun gehabt – bis zu dem Tag, an dem sie die *Quelle* berührt hatte, und erst recht, seit sie das zerstörte Dorf gesehen hatte. Noch immer durchstreifte sie es Nacht für Nacht in ihren Albträumen. Die Bilder der schreienden und weinenden Menschen hatten sich in ihr Gedächtnis eingeprägt.

»Irgendwelche Details bekannt?«, hakte Alix nach. »Wie viele Iltismenschen waren bei dem Aufstand dabei? Wie hat die Regentin reagiert?«

»Sie hat einige von ihnen in die Hände bekommen und hinrichten lassen.«

»Geschieht ihnen recht, diesen Biestern«, sagte einer der Männer und rülpste.

»Ihr werdet sehen, die parieren bald wieder«, pflichtete der andere bei.

Als Alix sprach, klang ihre Stimme gleichmäßig wie zuvor, aber ihre Augen waren kalt. Rena ahnte den Grund – die Feuerleute waren mit den Iltismenschen verbündet, so wie die Erdleute mit den Hirschmenschen verbündet waren.

»Wie stehen die hohen Meister der Luft-Gilde dazu?«

»Wir sind für den Frieden«, tönte der eine Mann, der sicher keinen der hohen Meister je aus der Nähe gesehen hatte. »Ohne Frieden kein Handel. Ohne Handel kein Gewinn. Wir stehen auf der Seite des Siegers, wer auch immer er sei.«

Alix und der blonde Händler lächelten sich resigniert an. »Persönlich glaube ich nicht, dass unsere Leute noch lange neutral bleiben«, sagte er. »Ich finde das alles sehr bedauerlich. Es gibt eigentlich nur eine Chance, diese Angelegenheit ohne Bürgerkrieg zu regeln: Wenn alle Gilden an einem Strang ziehen.«

»Hör doch auf, ständig über Politik zu reden, Rowan«, unterbrach ihn einer der anderen beiden Männer, der während der ganzen Unterhaltung kein Auge von Alix gelassen hatte. »Es gibt doch noch andere Dinge, über die man mit einer schönen Frau reden kann, auch wenn sie nur eine Brandstifterin ist.«

»Und ob«, pflichtete sein Kumpan bei. Der Mann, der am nächsten bei Rowan saß, rückte näher an die Schmiedin heran und grinste anzüglich.

»Wie wärs, wenn wir über Nacht bleiben würden, Schätzchen?«

»Halt den Mund, Tekinay», sagte der blonde Händler scharf und zupfte an seinem blauen Halstuch. »Das geht zu weit.«

Aber die anderen beachteten ihn nicht.

»Na ja, ich habe meine Nächte schon in angenehmerer Gesellschaft verbracht«, sagte Alix.

»Sieh an, sie wird frech!«

Renas Herzschlag raste. Sie wusste, dass es in den nächsten paar Atemzügen ziemlich brenzlig werden konnte. Vorsichtshalber testete sie den Boden mit dem Fuß. Er war locker und weich, gut zum Eingraben. Rena sah zu Alix hinüber. Sie mochte in ihrem einfachen Leinenkleid und mit ihrem offenen Haar friedlich und harmlos aussehen, aber Rena ahnte, dass die Händler es wahrscheinlich bitter bereuen würden, wenn sie das Spiel zu weit trieben.

»Ich glaube, ihr geht jetzt besser«, sagte Alix ruhig.

»Aber wieso denn, gerade jetzt, wos erst so richtig lustig wird«, sagte der Mann, der Alix gegenüber saß und sich gemütlich an einen Colivar lehnte.

Ein Gegenstand zischte durch die Luft und schlug mit einem dumpfen Laut knapp neben dem Hals des Prahlers ein. Es war der Dolch, den Rena schon kannte, rasiermesserscharf und tödlich.

Einen Moment lang herrschte absolute Stille, niemand bewegte sich. Rena hätte am liebsten geklatscht und Bravo gerufen. Es war offensichtlich, dass die Händler ihre Gefühle nicht teilten.

»Ich glaube, ihr wolltet euch gerade verabschieden«, sagte Alix milde.

»Den Teufel werden wir!«, knurrte einer der Männer und sprang auf. Auf einmal blitzte ein Schwert in der Hand. So schnell wie Raubtiere stürzten er und sein Kumpan auf Rena und Alix zu.

Köder

Keinen Atemzug später klirrten die Waffen gegeneinander. Rena flitzte hinter einen Baumstamm und verfolgte von ihrer geschützten Position, wie der Kampf sich entwickelte. Es sah gut aus für Alix. Mit einem ihrer ersten Schläge hatte sie die Armbrust eines Händlers glatt zertrümmert und mit dem Schwert schien er nicht so gewandt zu sein wie seine Gegnerin. Sein Kumpan griff

Alix von der Seite an, aber die Goldschmiedin parierte die Angriffe der beiden Männer ohne erkennbare Mühe und mit der Eleganz einer Tänzerin. Der blonde Händler war aufgesprungen und hielt die Hand am Schwertgriff, schien aber nicht so recht zu wissen, ob er sich einmischen sollte oder nicht. Er war es, den Rena beobachtete. Sie wollte nicht, dass er verletzt wurde.

Erst als die beiden Männer Alix zu umkreisen begannen und dabei ständig aus verschiedenen Richtungen attackierten, sah Rena, dass Alix manchmal erst im letzten Moment herumwirbeln und einen Schlag abfangen konnte. Wie Iltismenschen, die ihre Beute ermüden sehen, zogen die beiden Händler ihren Kreis enger. Rena schluckte. Nicht auszudenken, was geschehen würde, wenn Alix verlor!

Doch Alix schien bisher nur mit halber Kraft gekämpft zu haben. Jetzt hatte sie sichtlich genug von den Spielereien und beschleunigte ihr Tempo. Ihre mit voller Kraft geführten Schläge prasselten auf die Händler herunter und in den Augen der Luft-Gilden-Männer wandelte sich das siegessichere Blitzen zu Besorgnis und schließlich zu nackter Angst. Wenige Atemzüge später sank einer von ihnen wimmernd ins Gras und hielt sich den blutenden Arm, der andere wich vor dem Schwert seiner Gegnerin immer weiter zurück und verlor immer mehr an Terrain. Sein Gesicht war schweißnass und seine Augen weit aufgerissen, als er verzweifelt immer wieder die Klinge hochriss und gerade noch rechtzeitig einen von Alix' Schlägen abfing. Schließlich hatte er endgültig genug, ließ die Waffe fallen und rannte in den Wald hinein, in dem auch schon der verletzte Händler verschwunden war. Schwer atmend, aber gut gelaunt, ließ Alix das Schwert sinken und sah ihnen nach.

»Es tut mir Leid«, sagte der blonde Händler. »Wisst Ihr, ich gehöre eigentlich nicht zu denen, wir reisen nur zusammen, um einen Schutz gegen die Halbmenschen zu haben ...«

Alix antwortete nicht, sie blickte ihn nur verächtlich an. Der Händler lächelte traurig, drehte sich um und folgte seinen Gildenbrüdern.

Rena atmete auf, als die drei im Wald verschwunden waren, und lief Alix entgegen. »He, das war richtig gut! Ihr habts denen ganz schön gegeben!«

Ein amüsiertes Lächeln erschien in Alix' Mundwinkeln. »War keine große Sache, die konnten ja ein Schwert nicht von einer Schöpfkelle unterscheiden.«

Erst als die Frau sich wieder setzte und zwischen den Kohlen zu stochern begann, fiel Rena das Reptil ein, das noch immer im Feuer schmorte.

»So, jetzt müsste es gerade richtig gar sein«, überlegte Alix und knackte die steinhart gebrannte Schlammhülle mit einem Stein auf. Rena musste zugeben, dass der Geruch, der aufstieg, sehr appetitlich war. Aber ihre Gedanken kreisten immer noch um den Zwischenfall mit den Händlern.

»Ihr hättet die beiden auch töten können, wenn Ihr gewollt hättet, nicht wahr?«, fragte Rena gleichzeitig fasziniert und abgestoßen. Ihre Gilde verabscheute Gewalt.

»Klar«, sagte Alix. »Luft-Gilden-Gesocks, um die wärs nicht schade gewesen.«

»Aber der Blonde war doch nett«, wandte Rena ein. Sie konnte sein Gesicht noch vor sich sehen und wollte die Erinnerung noch ein wenig länger bewahren.

»Denen kann man nicht trauen, auch wenn sie nett scheinen – du drehst dich um und schwups, hast du einen Pfeil im Rücken. Verdammte Windhunde!«

»Wo habt Ihr eigentlich so gut kämpfen gelernt? Können das alle von der Feuer-Gilde?«

»Nein, das können nicht alle, aber es ist eine lange Geschichte, wie ich es gelernt habe, und keine besonders lustige«, sagte Alix. Ihr Gesicht wurde hart und verschlossen. »Hier, probier das mal. Es müsste doch mit dem Teufel zugehen, wenn dir das nicht schmeckt.«

Ein dampfend heißes Stück Fleisch wurde ihr entgegengehalten. Rena schloss die Augen und biss tapfer hinein. Ihr wurde nicht schlecht.

In der nächsten Nacht richteten sie ihr Lager unter einem großen Dalama mit weit verzweigten Ästen ein. Alix sagte: »Wenn du mit dem Kochen fertig bist, dann müssen wir noch etwas besprechen. Wir sind morgen in Ekaterin und du musst wissen, was du dort zu tun hast.« Rena panschte irgendeine Suppe zusammen, so schnell sie konnte. Es wurde auch Zeit, dass sie erfuhr, worum es eigentlich ging. Währenddessen absolvierte Alix wie an jeden Tag ihrer Reise die Übungen ihres Schwertdrills. Sie trainieren zu sehen war ein eindrucksvoller Anblick und Rena hatte deswegen schon ein paar Mal fast das Essen anbrennen lassen.

Als sie gegessen hatten und sie das Geschirr weggeräumt hatte, nahm Alix ihr Schwert wieder auf und begann es zu schleifen. Interessiert betrachtete Rena die blanke Klinge, in die ein Flammenmuster eingraviert war, und den kunstvoll geschmiedeten Griff mit dem roten Edelstein. Selbst sie als Laie konnte erkennen, dass es eine sehr teure Waffe war.

»Darf ich es mal ausprobieren?«, fragte sie. Es war das erste Mal, dass sie ein Feuer-Gilden-Schwert aus der Nähe sah, und sie konnte kaum die Augen abwenden.

»Nein.«

»Aber ich könnte es doch wenigstens putzen und so, ich dachte ...«

»Nein«, wiederholte Alix. »Putz meinen ganzen anderen Krempel, aber lass die Finger von dem Schwert. Verstanden?«

»Ja«, sagte Rena niedergeschlagen.

»Wir werden morgen nicht zusammen Ekaterin betreten«, begann Alix, »und wenn du mich zufällig siehst, dann wirst du so tun, als hättest du meine edlen Züge noch nie erblickt. Du wirst in einem Gasthof wohnen, ich bei Freunden. Aber ich behalte dich im Auge. Wenn wir Verbindung miteinander aufnehmen wollen, deponieren wir eine Nachricht in einer Mauerritze der Südseite des zweiten Brunnens. Deine ganze Aufgabe wird darin bestehen, in diesem Gasthof herumzulungern, dich mit den Gästen zu unterhalten und ab und zu bei Nacht durch die Stadt zu schlendern.«

»Ist das alles?«

»Fast«, sagte Alix und polierte einen winzigen Fleck auf der Klinge weg. »Red mit den anderen Leuten, frag am besten nach Arbeit. Nach den ersten beiden Tagen, aber nicht früher, musst du ins Gespräch einflechten: Das ist ja ein ganz schönes Problem, das die Feuer-Gilde da hat. Sie werden ziemlich überrascht sein, wenn sie erfahren, wer dahintersteckt. Ich gebe dir noch ein paar andere Sätze.«

Rena nickte ohne Begeisterung. Das klang nicht sehr Vertrauen erweckend. Sie hätte gerne ein paar Fragen gestellt, aber Alix' Gesicht sagte deutlich genug, dass Fragen nicht erwünscht waren.

Es war eine kalte Nacht, und sie blieben beide mit ihren Decken in der Nähe der Feuerstelle. In der Dunkelheit pulsierten die Kohlestücke wie lebendige Wesen. Rena lag auf der Seite, den Stoff halb über den Kopf gezogen, und starrte in die Glut. Sie zitterte und es war nicht nur der Kälte wegen. Ihr fiel das Messer ein und plötzlich war sie froh, dass sie es nicht weggeworfen hatte. Sie hatte so eine Ahnung, dass sie es in Ekaterin würde brauchen können. Ihre Fingerspitzen kribbelten vor Ungeduld, das Messer sofort zu sich zu stecken. Schlauer war es natürlich, damit zu warten, bis sie sich vor der Stadtgrenze getrennt hatten. Wenn Alix herausbekam, dass ihre Dienerin bewaffnet war, dann ...

Eine Weile lag sie so da, unentschlossen. Blödsinniges Risiko, die reine Dummheit, dachte Rena, drehte fast unmerklich den Kopf und begann Alix zu beobachten. Die Goldschmiedin lag so still wie ein Stück gut durchgetrocknetes Holz und von ihrem Platz aus konnte Rena sehen, dass ihre Augen geschlossen waren. Nach zweimal zehn Atemzügen fühlte sich Rena sicher. Ihre Hand kroch vor, tastete sich zu ihrer Tasche hin, schlich sich hinein und begann das Messer aus dem Geheimfach zu ziehen. Ihre Finger schlossen sich um den geschnitzten Griff. Behutsam, in Zeitlupe, zog Rena ihren Arm wieder zum Körper hin. Gut gemacht, dachte sie zufrieden. Kein verdächtiger Laut hatte sich zwischen die Geräusche des Waldes gemischt.

»Willst mich wohl im Schlaf erdolchen, was?«

Rena blieb vor Schreck einfach so liegen, wie sie lag, das Messer unverdeckt in der Hand. Eisige Furcht jagte durch ihren Körper. Alix warf ihre Decke von sich, stand mit einem Ruck auf und stampfte auf sie zu. »Zeig mal her, los!«

Einen Moment lang dachte Rena daran einfach loszurennen, in den Wald hinein. Aber sie hatte zu lange überlegt, Alix stand schon vor ihr. Hastig rappelte sich Rena hoch. Das Messer wurde ihr grob aus der Hand gerissen.

»Rostfraß und Asche, du bist ja wirklich eine ganz durchtriebene kleine Blattfresserin«, sagte Alix rau und drehte das Messer in den Fingern, prüfte die Klinge mit dem Daumen. »Hast du wirklich gedacht, ich wüsste nicht, dass du das Ding hast? Ich war schon gespannt, wann du versuchen würdest, etwas damit anzufangen.«

Rena fühlte sich schwach und zittrig. »Ich wollte Euch wirklich nichts tun, ich schwöre ...«

»Ach ja?«, fauchte Alix. Ihre Augen glitzerten im schwachen Licht wie die eines Raubtieres. Sie kam noch näher und Rena wich zurück, bis sie die raue Borke eines abgestorbenen Colivars an ihrem Rücken spürte. Renas Blick klebte an dem glatten Stahl des Messers.

»Gibs doch zu! Oder wozu hast du das Ding da in der Nacht rausgeholt? War ne gute Gelegenheit, wo ich gerade schlafe!«

»Ich wollte nur ...«

»Wahrscheinlich gehörst du auch zu der Verschwörung«, gellte es Rena in den Ohren. »Eine Spionin der Blattfresser!«

In diesem Moment schlug etwas in Renas Inneren um. Es war, als hätte Alix sie über eine unsichtbare Grenze gestoßen. Eine rote Welle der Wut schwappte durch sie hindurch und trug ihre Angst mit sich davon, als hätte es sie nie gegeben. Rena brüllte zurück: »Lasst mich doch mal ausreden, verfluchte Blattfäule! Ich habe nie vorgehabt, Euch umzubringen, auch wenn ich jetzt wirklich Lust dazu hätte! Aber was ist mit Euch?! Ihr schickt mich unbewaffnet nach Ekaterin mit einem Auftrag, der eine halbe Tagesreise gegen den Wind stinkt – und wenn ich dann mein Messer mitnehme, bin ich auf einmal eine Spionin! Ihr habt kein Recht, so was zu verlangen!«

Sie starrten sich an.

Viele Atemzüge lang standen sie so da. Langsam verschwand das Blitzen aus Renas Augen und sie senkte den Kopf. Sie spürte mehr als sie sah, dass Alix die Hand, in der sie das Messer hielt, zum Stoß hob. Rena presste sich an den Colivar und drückte das Gesicht an die glatte Rinde, zur Flucht war es zu spät. Ein kurzer, trockener Laut folgte und Rena zuckte zusammen. Vorsichtig drehte sie den Kopf. Ihr Messer steckte halb bis zum Heft im Holz des Baumstammes.

»Schlechte Qualität«, sagte Alix beiläufig. »Keine durchgehende Klinge. Das ist bloß ein Spielzeug.«

Eine schnelle Seitwärtsbewegung ihres Armes und der dünne Stahl brach mit einem hellen metallischen Knacken.

»Wenn wir an einer Schmiede vorbeikommen, mach ich dir ein besseres.«

Rena blickte auf und sah, dass Alix grinste.

Sie setzten sich ans Feuer zurück.

»Woher wusstet Ihr eigentlich das mit dem Messer?«

»Bist du nie auf die Idee gekommen, dass Leute der anderen Gilden ähnliche Talente haben könnten wie ihr – nur mit anderen Stoffen? Ihr spürt Holz und die lebende Pflanze, wir spüren Erz und Metall. Hier im Boden unter uns ist zum Beispiel eine Kupferader. Es weiß nicht jeder, dass wir so was können, also behalts für dich.« Alix warf nachdenklich ein abgebrochenes Ästchen ins Feuer. »Ich muss sagen, ich habe dich ein bisschen unterschätzt. Du hast Mut. Das bedeutet, vielleicht ist es wirklich besser, wenn ich ehrlich dir gegenüber bin. Ja, es wird gefährlich, das in Ekaterin. Aber es muss getan werden. Möchtest du wissen, was dahintersteckt? Überlegs dir gut.«

Rena zögerte nicht lange. »Ja, ich möchte es wissen.«

»Wir haben einen Verräter in der Feuer-Gilde – oder sogar einen ganzen Ring von Verrätern, die auch anderen Gilden angehören können, denn es muss ja auch Zwischenträger geben«, sagte Alix. »Er gibt geheime Informationen der Feuer-Gilde an die Regentin weiter und damit erpresst die Regentin uns, diese Hexe! Sie droht, unsere Formeln an alle zu verraten, stell dir das vor! Im Moment kann sie auf diese Art noch verhindern, dass meine Gilde gemeinsam mit den Iltismenschen gegen ihre Herrschaft und ihren Umgang mit den Halbmenschen rebelliert. Nun ja, ich soll den Verräter ausfindig machen und töten.«

Rena wusste, dass sie blass geworden war, und einen Moment lang wünschte sie sich, sie hätte nicht um eine Erklärung gebeten. Jetzt wusste sie so viel, dass Alix sie nicht mehr gehen lassen konnte – zumindest nicht, bevor sie diesen Auftrag abgeschlossen hatte.

»Das in Ekaterin wird eine Falle. Dieser Mann, bei dem ich wohnen werde – der Gildenrat verdächtigt ihn, einer der Verräter zu sein. Vielleicht ist es auch jemand anders, auf jeden Fall gibt es Hinweise, dass Ekaterin ein Zentrum der Verschwörung ist. Ich kann dort nicht zu stark selbst in Erscheinung treten, weil sonst meine Tarnung auffliegt. Und das würde ich sicher nicht überleben.«

»Also soll ich den Köder spielen«, sagte Rena. »Ein Köder, der vielleicht gefressen wird, bevor die Falle zuschnappen kann.«

»Dazu wird es nicht kommen. Ich werde da sein – unsichtbar, aber immer bereit einzugreifen.«

Rena raffte ihren Mut zusammen und sagte: »Trotzdem. So was muss ich nicht tun, auch als Dienerin nicht.«

Alix blickte wieder amüsiert. »Was schlägst du vor?«

»Ein Geschäft.«

»Klingt ja interessant.«

»Ich spiele für Euch den Köder und helfe Euch auch sonst bei Ihrem Auftrag. Das ist mein Teil der Abmachung. Euer Teil ist – dass Ihr mir beibringt, was ein Lehrling der Feuer-Gilde lernt.«

»Rostfraß und Asche«, sagte Alix lachend und schlug sich auf die Schenkel. »Das ist der Grund, warum du unbedingt meine Dienerin werden wolltest, stimmts? Du willst die Gilde wechseln!«

Rena nickte.

Während die Schmiedin Renas Gesicht beobachtete, verflog ihre Heiterkeit. »Du meinst es wirklich Ernst«, sagte sie. »Und wenn man etwas wirklich will, dann kann man alles schaffen. Na ja, fast alles. In Ordnung. Ich helfe dir. Wenn das in Ekaterin durchgestanden ist. Aber wie weit du kommst, liegt ganz allein bei dir. Du bist anders als die übrigen Blattfr ... die Leute der Erd-Gilde, das habe ich inzwischen gemerkt. Du gehst Konflikten nicht aus dem Weg, du würdest sogar kämpfen. Doch bist du anders genug? Nicht du wählst die Gilde, die Gilde wählt dich. Wenn das Schwert für dich nicht singt, dann kann man da nichts tun.«

»Ich weiß«, sagte Rena. »Aber das Wichtigste ist, dass ichs versuchen darf.«

Sie gaben sich darauf die Hand.

Alix prüfte noch einmal, dass sie die richtige Adresse hatte – aber es war eigentlich nicht mehr nötig. Es war deutlich zu sehen, dass Domarecs Waffenschmiede die größte Schmiede im Ort war. Sie betrachtete das elegante Steinhaus mit den vielen Nebengebäuden. Sogar die schwarze Pyramide, die eigentlich völlig schmucklos zu sein hatte, war so konstruiert, dass sie extravagant wirkte. Offensichtlich war eine Menge Geld hineingeflossen; konnte Domarec das alles in seiner Schmiede erwirtschaftet haben? Alix war skeptisch.

Sie klopfte und ein gedrungener, schwarz gekleideter Mann mit Doppelkinn öffnete. Er hatte nur noch wenige Haare und trug sie in einem verzweifelten Versuch, die bloßen Stellen zu überdecken, quer über den Kopf gekämmt. Als er Alix sah und eine Gildenschwester erkannte, entspannten sich seine Züge zu einem Lächeln.

»Friede den Gilden«, sagte Alix, die ebenfalls lächelte. »Ich bin eine Goldschmiedin auf der Durchreise und brauche für ein paar Tage eine Unterkunft.«

»Und Wohlstand ganz Daresh. Geht in Ordnung, komm nur rein«, kam zur Antwort.

Alix trat ins Innere und sah sich anerkennend um. Edel geschmiedete Waffen und Schilde verzierten die Wände – offensichtlich einige von Domarecs Meisterstücken. Es roch nach Holzrauch und Alix sog den aromatischen Duft genüsslich ein. Schwere Möbel, zum Teil aus altem Nachtholz, das schon fast seine endgültige tiefschwarze Färbung erreicht hatte, waren Geschmackvoll im Raum verteilt.

»Ein schönes Haus hast du, *tanu*«, bemerkte Alix und beobachtete mit heimlicher Verachtung, wie sich der Schmied daraufhin aufblies.

»Nicht wahr? Warte, ich zeige dir die anderen Räume. Du glaubst nicht, wie schwer es war, dieses Nachtholz zu bekommen.«

Alix interessierte sich allerdings weniger für die Möbel als für die Waffen, die sie mit Kennerblick untersuchte.

»Die haben mir eine Meisterschaft dritten Grades eingebracht«, sagte Domarec stolz. »Tolles Zeug, was?«

Alix musste zugeben, dass es wirklich tolles Zeug war, aber wieso ließ er nicht die Qualität der Schwerter für sich sprechen? Er schien es darauf angelegt zu haben, für einen eitlen Gecken gehalten zu werden. Aber Alix wusste, dass sie Domarec nicht unterschätzen durfte. Selbst wenn er lächelte, waren seine Augen hart. Als Waffenschmied mit einer Meisterschaft dritten Grades musste er zudem ein verdammt guter Kämpfer sein.

Alix rollte ihr Bündel auf und zeigte ihm einige der Goldschmiedearbeiten, die sie mitführte. Alles wurde gebührend bewundert, aber zu Alix' Erleichterung kaufte er nichts. Sie hatte keine Lust, dauernd ihre Requisiten ergänzen zu müssen.

Domarec war Witwer, hatte aber zwei kräftige Lehrlinge und eine schüchterne sechzehnjährige Tochter, die Alix schon bald nicht mehr beachtete. Beim Abendessen saßen sie alle um den großen Tisch herum und Domarec und Alix horchten sich auf höfliche Art aus. An dem, was sie Domarec an Informationen servierte, war kaum ein wahres Wort und sie vermutete, dass auch sein Bericht nicht so sonderlich ehrlich war.

»Dass ich dieses Haus hier bauen konnte, war der reinste Glücksfall«, erzählte der Schmied augenzwinkernd. »Eine witzige Sache war das. Vor ein paar Jahren verliebte sich eine reiche Witwe aus dem Seengebiet, die in Ekaterin jemanden besuchte, in mich. Sie wollte mich heiraten, aber ich hatte keine Lust dazu. Bevor sie zurückkehrte, schenkte sie mir zum Abschied einen guten Teil ihres Vermögens.«

Alix bemühte sich gebührend beeindruckt zu wirken. Ich werde dich schon noch kriegen, du Verräter, dachte sie und lächelte den Schmied liebenswürdig an. Sie würde sich morgen mal vorsichtig im Dorf umhören, ob seine Geschichte einen wahren Kern hatte.

Als sie fand, dass der richtige Zeitpunkt gekommen war, legte sie ihren Köder aus. Sie brachte das Gespräch behutsam auf die Gildenpolitik, dann flocht sie ein: »Auf dem Weg hierher bin ich erst in der großen Schenke gewesen und stell dir mal vor, da war eine kleine Blattfresserin aus dem westlichen Weißen Wald, die behauptet, sie wüsste, wer hinter irgendeiner Sache mit der Feuer-Gilde und der Regentin steckt. Was sie wohl gemeint hat? Vielleicht sollte man das mal an die hohen Meister weiterleiten.«

Sie beobachtete den Schmied genau, aber er ließ sich nichts anmerken. »Wie seltsam«, sagte er. »Der westliche Weiße Wald – das ist doch die Gegend der Felsenburg, oder?«

»Ja, das stimmt«, sagte Alix. Einen Moment lang dachte sie, ein Aufleuchten in seinen Augen gesehen zu haben. Aber sie war sich nicht sicher, ob sie richtig beobachtet hatte, denn sofort gab sich Domarec wieder gleichgültig.

»Sie hat mir nicht gesagt, worum es sich genau handelt«, fuhr Alix fort. »Sie tat ziemlich geheimnisvoll.«

»Wie sah die Blattfresserin denn aus?«

»Nicht sehr groß, vielleicht fünfzehn Winter alt, kurze braune Haare. Ich glaube, sie reist allein. Das ist auch komisch – ein Mädchen in dem Alter.«

»Na ja, vielleicht gehe ich morgen mal hin und frage nach«, meinte der Schmied. »Jetzt lege ich mich erst mal aufs Ohr, es war ein langer Tag.«

»Wo kann ich denn schlafen?«, fragte Alix.

»Ich habe die kleine Hütte für dich herrichten lassen.« Einer der Lehrlinge bat sie höflich, ihm zu folgen. Er führte sie zu einer kleinen Hütte gleich neben dem Haupthaus, die einen separaten Ausgang zur Straße hin hatte, aber keine Zwischentür ins Haupthaus. Kritisch sah sich Alix um. Im Gegensatz zum Haus war die Hütte spartanisch eingerichtet, sie enthielt nur Tisch, Stuhl, Bett und Waschschüssel aus rohgeschmiedetem Eisen. Ohne rechte Begeisterung warf Alix einen Blick aus dem winzigen Fenster und stellte fest, dass man immerhin ein Stück der Straße sehen konnte.

»Dann also bis morgen«, teilte sie dem Lehrling mit und schloss hinter ihm die Tür. Als er verschwunden war, wartete Alix noch dreimal zehn Atemzüge, dann begab sie sich auf Erkundungsgang. Vorsichtig, aber ohne verstohlen zu wirken, umrundete sie Haus und Schmiede. Zufrieden kehrte sie schließlich in ihre Hütte zurück. Es gab zwar einen Innenhof, aber nur einen Ausgang zur Straße hin – den des Haupthauses. In ihrer Hütte war sie kaum eine halbe Baumlänge davon entfernt. Wenn jemand das Haus verließ, würde sie es mitbekommen. Sie war sicher, dass Domarec sich die Gelegenheit nicht entgehen lassen würde, die vermeintliche Zeugin noch vor Tagesanbruch mundtot zu machen. Also durfte sie in dieser Nacht kein Auge zutun.

Von draußen hörte sie das schwere Schnaufen erschöpfter Dhatlas und Alix spähte durch ihr Fenster – eine Gruppe von Händlern kehrte zurück. Während sie hinsah, scherten zwei von ihnen aus der Kolonne aus, vermutlich um bei einem in dieser Straße ansässigen Vertreter der Luft-Gilde Quartier zu machen. In dem Lärm, den die Tiere machten, hätte Alix beinahe das leise Klappen einer Tür überhört. Die Tür des Haupthauses!

Durch die verdreckten Scheiben konnte Alix eine Gestalt im schwarzen Umhang in Richtung Gasthof die Straße hinuntereilen sehen. Tausend zu eins, dass es Domarec ist, dachte sie und obwohl sie das schon den ganzen Abend vermutet hatte, ließen sich doch die Wut und Scham in ihr nicht ganz unterdrücken. Musste der Verräter ausgerechnet ein Waffenschmied sein?

Nichts wie hinterher, sagte sich Alix. Domarec hatte vermutlich gleich kiloweise geschliffenen Stahl bei sich. Sie durfte ihn nicht zu nahe an die Kleine herankommen lassen, sonst schnitt der dicke Mistkerl ihr die Kehle durch, ehe sie ihn in die Finger bekam.

Alix wollte hinausstürzen, aber die Tür prallte nach wenigen Fingerlängen gegen ein elastisches Hindernis und ließ sich nicht weiter öffnen. Wütend rammte Alix die Schulter gegen das Holz und drückte mit aller Kraft. Das Ergebnis waren zwei gewonnene Fingerlängen, eine schmerzende Schulter und ein unwilliges Brummen, das draußen wie ein Regiment Basstrommeln durch die Dunkelheit hallte. Alix begriff. Eins der vorhin eingetroffenen Händler-Dhatlas hatte sich ausgerechnet vor ihrer Schwelle niedergelassen. Der Luft-Gilden-Gastgeber hatte wohl keinen Platz mehr im Stall gehabt und das Tier einfach auf der Straße abgestellt.

»Das darf doch nicht wahr sein!«, brüllte Alix und gab der Tür einen Tritt, der sie beinahe aus den Angeln gefetzt hätte. »Kann dieses blöde Vieh nicht woanders sein beschissenes Nickerchen machen!«

So sehr Alix auch tobte, das Dhatla war anscheinend so ausgepumpt, dass ihm der Aufruhr an seiner rechten Seite als das geringere Übel erschien im Vergleich zu der

Aussicht, wieder aufzustehen und sich einen neuen Schlafplatz suchen zu müssen.
Alix begann zu schwitzen. Sie musste hier raus und das schnell. Mit jedem Schritt kam Domarec dem Gasthaus näher.

Das Schwert mit den schwarzen Steinen

»Das macht dann zehn Rumas oder Tauschgut von gleichem Wert«, sagte die Wirtin und hielt die Hand auf. Ihr war wohl nicht entgangen, dass Rena dem Alter nach nur ein Lehrlingsmädchen sein konnte.

Rena ließ ihr Gepäck in ihrer Schlafecke und stieg dann hinunter zur Gaststube. Besonders ausgelassen ging es dort nicht zu. Rena blieb im Türrahmen stehen und wäre am liebsten gleich wieder aufs Dach geklettert, als sie spürte, wie aufgeladen mit Wut die Atmosphäre war. Streng danach getrennt, welcher Gilde sie angehörten, hockten die Männer und die eine oder andere Frau in den Ecken der Gaststube und tauschten düstere Blicke aus. Nicht einmal Kelo-Spiele waren in Gang, es wurde nur Beljas gekaut. Irgendwo findet wieder so eine blödsinnige Fehde statt, riet Rena.

Rena suchte sich einen Platz, wo sie im Notfall schnell Deckung nehmen konnte. Sie hatte das Gefühl, das könnte an diesem Abend noch nötig werden. Unauffällig nahm sie ein Gilden-Grüppchen nach dem anderen unter die Lupe. Beim Erdgeist, wieso reden die denn nicht mal mit jemandem, der nicht zu ihrer Gilde gehört, dachte Rena. Ich wette, die wissen überhaupt nichts voneinander. Sonst würden sie sich bestimmt nicht so angiften.

Plötzlich kam ihr der Gedanke, dass es etwas Besonderes und vielleicht sogar etwas Wichtiges war, dass mit Alix und ihr zwei Leute verschiedener Gilden zusammen arbeiteten. Wir brauchen noch zwei andere, von jeder restlichen Gilde einer, dann wäre das eine runde Sache, dachte Rena, sehr angetan von ihrer Idee. So was hats bestimmt noch nicht gegeben! Vielleicht musste es eine solche Gruppe sein, die zu den Hohen Räten der Gilden reiste und versuchte, sie wieder zum Verhandeln zu bringen ...

In diesem Moment flog der erste Tonkrug. Rena hatte nicht hingesehen, aber sie bekam mit, wo er einschlug – mitten in der Gruppe der Wasser-Gilde. Lauthals schimpfend entledigten sich die Wasserleute der Scherben und antworteten mit ihren eigenen Waffen – Kugeln, die mit ätzender Flüssigkeit gefüllt waren. Einer der Männer zielte schlecht und die giftige Ladung klatschte gegen den Brustpanzer eines Schmieds. Der fackelte nicht lange und zog sein Schwert.

»O nein!«, sagte Rena und kroch unter einen Tisch. Ihr begann zu dämmern, wieso es so eine Vier-Gilden-Gruppe noch nicht gegeben hatte. Vielleicht hatte es doch keinen Sinn, vielleicht war der Bürgerkrieg nicht mehr zu vermeiden.

Jenseits des Tischtuchs klirrte und splitterte es, die Luft vibrierte von Flüchen und Schreien. Renas Blickfeld war voll rennender Beine. Eine Pastete, die eine Armeslänge von Rena entfernt auf den Boden gefallen war, wurde einem braungrauen Matsch immer ähnlicher, da mehrere Wellen von Kämpfern darüber hinwegstampften. Der Tisch, unter dem sie hockte, erzitterte, als ein schwerer Körper dagegen krachte. Rena machte sich in ihrer Ecke noch kleiner.

Mit gerade verbrauchtem Schwung kam eine verirrte Säurekugel unter den Tisch gerollt. Rena zog die Füße ein und die Kugel blieb ein paar Fingerlängen vor ihren Füßen liegen, ein hässliches, aufgeblähtes Ding mit grünlich-öligem Schimmer. Sehr, sehr vorsichtig stupste Rena sie mit dem Finger an, um sie wieder in die Gegenrichtung zu schicken, ohne dass sie platzte. Sie war so konzentriert bei der Sache, dass sie erschrak, als sie plötzlich statt der Beine ein Gesicht sah. Es war ein rundes Gesicht, das von einem Doppelkinn geziert wurde. Die wenigen Haare, die der Mann noch hatte, waren wohl quer über den Schädel gekämmt gewesen, hatten sich aber gelöst und hingen jetzt in voller Länge herunter. Es sah so lächerlich aus, dass Rena sich ein nervöses Kichern kaum verkneifen konnte.

»Schnell«, sagte das Gesicht. »Du musst hier raus. Los, komm! Draußen sind wir in Sicherheit.«

Rena warf noch einen Blick auf das immer heftiger werdende Kampfgetümmel und kam zu dem Schluss, dass der Dicke Recht hatte. Es war Zeit, einen schnellen Abgang zu machen. Sie kroch unter dem Tisch hervor.

Auch die nächsten Versuche, das Dhatla aufzustören, brachten Alix nicht mehr als ein übellauniges Grollen ein. Von menschlicher Seite kam ebenfalls keine Hilfe. Nur nicht einmischen, bloß keinen Ärger, dachte Alix wütend. Tolle Nachbarn!

Sie hatte diesen Gedanken kaum beendet, da fiel ihr ein, dass das ganze auch ein abgekartetes Spiel sein konnte. Vielleicht war es kein Zufall, dass sich das Dhatla ausgerechnet hier zum Schlafen niedergelassen hatte und dass niemand ihre Rufe zu hören schien ...

Alix überlegte, ob sie mit dem Schwert etwas ausrichten konnte. Aber dann betrachtete sie das solide Holz der Tür und die Hornplatten, die durch den Spalt in der Tür zu sehen waren, und verwarf diese Idee. Daran brach sie sich höchstens die Klinge ab.

Doch dann sah Alix etwas. Ganz weit unten, am Türspalt, lugte unter der Panzerung ein Stück der Hinterpfote heraus. Ein Stück weiche, ungepanzerte Hinterpfote!

Hallelujah, dachte Alix und sah sich in der Hütte nach einem geeigneten Gegenstand um. Der gusseiserne Kerzenständer dort auf der anderen Seite des Zimmers sah schön schwer aus. Sie packte ihn und schob ihren Arm so weit durch den Türspalt, dass sie an eine der empfindlichen Zehen heranreichte. Dann hob sie den Arm und ließ den Kerzenständer mit aller Kraft darauf herabsausen. Wenn das Dhatla in seinem Schreck die Hütte einriss, dann hatte Domarec eben Pech gehabt.

Schmerzensgebrüll von titanischer Lautstärke erschütterte die Wände, dann schleiften Grabkrallen über die Straße, das Dhatla machte sich davon.

»Geschieht dir recht, Mistvieh«, murmelte Alix. »Wer nicht hören will, muss fühlen.«

Sie schoss aus der Hütte – natürlich war die Gestalt in Schwarz schon längst nicht mehr in Sicht – und nahm direkten Kurs auf den Gasthof, wo Rena sich einquartiert hatte. Ich hätte der Kleinen das Messer lassen sollen, dachte Alix.

Schon ein paar Straßen vom Gasthof entfernt hörte sie den Kampfeslärm und steigerte ihre Geschwindigkeit. Verblüfft fragte sie sich, ob das alles etwas mit Rena und Domarec zu tun haben konnte. Gleichzeitig fühlte sie, wie ihr Herz schneller schlug, als sie das helle Klingen von Schwertern aus dem Getöse heraushörte. Das war ein Geräusch, das sie liebte.

Eine Anzahl von Neugierigen hatte sich vor dem Gasthof versammelt und verfolgte das Spektakel durch die Fenster. Alix berührte einen, der zur Feuer-Gilde gehörte, am Arm. »Was ist denn da drinnen los?«

Der Zuschauer, ein muskulöser junger Erzsucher in einer eleganten schwarzen Tunika, zuckte die Schultern. Alix hatte das vage Gefühl, dass sie ihn schon einmal gesehen hatte, konnte ihn aber nicht einordnen. »Das Übliche. Ein paar Fischköpfe und Windhunde machen Ärger.«

»Fischköpfe? Die sind doch sonst immer so schüchtern.«

»Ganz recht – die haben auch gar nicht angefangen, ebenso wenig wie wir!«, knurrte ein anderer Zuschauer, der die Insignien der Luft-Gilde trug und die Bezeichnung »Windhund« nicht sonderlich zu schätzen schien. »Welche von euch warns, ihr verdammten Brandstifter!«

Gereizt legte der Erzsucher die Hand an sein Schwert, eine edle Waffe mit schwarzen Edelsteinen im Knauf, aber Alix hielt ihn zurück. »Lass, jetzt nicht. Hier ist schon genug los. Ich glaub, ich sehe mir das mal an.«

»Ich würde da jetzt nicht reingehen, wenn ich du wäre«, sagte ihr Gildenbruder. Alix winkte ihm zu und wollte die Stufen zur Eingangstür hinauflaufen, doch in diesem Moment versuchte der Mann, der sich vorhin über den Namen »Windhund« geärgert hatte, ihr mit seiner Armbrust von hinten einen Schlag ins Genick zu versetzen. Alix fuhr herum und packte den Mann am Hals. Ein Ruck hätte genügt, ihn zu töten, aber nach ein paar Atemzügen ließ Alix ihn los – Aufmerksamkeit konnte sie jetzt nicht gebrauchen. Kleinlaut machte sich der Händler davon.

Alix sah, dass der junge Erzsucher sich bückte und etwas aus dem Staub aufhob. »Du hast etwas verloren«, sagte er und sah sie forschend an.

In seiner Hand lag das nachgeschmiedete Amulett mit dem roten Auge, das Alix bei sich getragen hatte. Verlegen nahm sie es. Noch immer sah der Erzsucher sie an, als warte er auf etwas.

»Ein Soldat in Canda hat es mir als Bezahlung für eine Gürtelschnalle gegeben«, wiederholte Alix mechanisch ihre Tarngeschichte. »Weißt du, was es sein könnte?«

»Nein«, sagte der Erzsucher knapp und sie blickten wieder zum Fenster des Gasthofs. Als Alix sich ihrem Gildenbruder ein paar Momente später wieder zuwenden wollte, war er in der Menge verschwunden. Alix suchte ihn mit den Augen, doch dann lenkte ein Schrei aus der Richtung des Gasthofs sie ab und Rena fiel ihr wieder ein. Rostfraß und Asche, sie vertrödelte hier Zeit, während die Kleine in Gefahr war!

Alix schlüpfte durch die Eingangstür. Ein Wasser-Gilden-Mann auf dem Rückzug vor einem knüppelschwingenden Erd-Gilden-Meister streifte an ihr vorbei. Einen Moment später musste sie sich hastig ducken, um einem Wurfgeschoss zu entgehen. Sie fahndete zwischen den kämpfenden Männern nach dem braunen Haarschopf des Mädchens oder dem glatten Schädel von Domarec. Aber keine Spur von ihnen.

Nicht sehr überraschend, dass sie nicht hier geblieben ist, selbst wenn Domarec sie nicht erwischt hat, dachte Alix, beobachtete einen Moment voller Versuchung das Getümmel und überlegte, ob sie ihren Gildenbrüdern

Hilfestellung leisten sollte. Ach was, die können ganz gut auf sich selbst aufpassen, entschied sie und verließ den Schankraum, um im Laufschritt den Rest des Gasthauses unter die Lupe zu nehmen.

In der Küche fand sie ein paar verängstigte Diener, aber die meisten anderen Räume im Erdgeschoss und in den oberen Stockwerken waren verlassen. Keine Rena, kein Domarec.

Alix fühlte sich schlecht. Das hatte sie ja ganz schön verpatzt. Und sie hatte der Kleinen versprochen, dass sie verhindern würde, dass ihr etwas passierte!

Als sie an der großen Treppe vorbeikam, stutzte sie. Waren da nicht Stimmen gewesen? Sie spitzte die Ohren und versuchte über das Getöse aus der Gaststube hinweg die Richtung festzustellen. An der Treppe zum Keller wurde sie schließlich fündig. Alix hastete hinunter und ließ sich von der Männerstimme leiten, bis sie in einem der Kellerräume ihren Ursprung gefunden hatte. Noch bevor sie ihr Ziel erreicht hatte, hatte sie erkannt, wer da einen Monolog hielt: Domarec!

Alix dachte nicht mehr an Vorsicht, sie war die Jägerin und ihre Beute war in Reichweite ihrer Zähne. Sie zog ihr Schwert und trat die Tür beiseite. Dann stand sie im Eingang des Kellergewölbes und musste feststellen, dass sich ihr doch nicht ganz das Bild bot, das sie erwartet hatte. Domarec lehnte an einem Regal, Rena hockte auf einer Kiste mit gepökelten Reptilbeinen und sah verlegen drein. Alix spürte, dass keine Gewalt in der Luft lag, und erlaubte sich, aufzuatmen. Aber sie zögerte noch, ihr Schwert wegzustecken. »So, Leute. Was genau geht hier eigentlich vor?«

»*Tani*, was machst du denn hier?«, fragte Domarec verdutzt und deutete auf die Waffe in ihrer Hand.

»Im Moment möchte ich das erst einmal von dir wissen, *tanu,* wenn es dir nichts ausmacht.«

»Ich habe der kleinen Blattfresserin hier nur ein paar Fragen gestellt«, sagte der Schmied. »Warum interessiert dich das?«

»Zu welchem Thema?«

»Es ist da in Alaak ein seltsames Gerücht im Umlauf. Ich wollte mal hören, ob sie etwas darüber weiß, die Sache klang interessant.«

»Aja. Würdest du uns bitte entschuldigen? Ich will ihr auch noch ein paar Fragen stellen.«

Domarec knetete sein Doppelkinn, blickte sie düster an und ging dann ohne ein weiteres Wort. Kurz darauf waren Alix und Rena allein im Kellergewölbe des Gasthauses. Nur ganz gedämpft drangen die Geräusche des Kampfes von oben herein.

»Es tut mir Leid, dass ich erst so spät gekommen bin«, sagte Alix.

»Wenn er mich hätte töten wollen, hätte er es geschafft.«

«Ich weiß. Er ist ein gefährlicher Mann. Aber er hat nicht versucht, dich zu töten. Was hat er dich gefragt?«

Zu ihrer Überraschung sah sie, dass Rena rot anlief. Was hatte das jetzt wieder zu bedeuten? Langsam wurde Alix ärgerlich. Irgendetwas ging hier vor und sie kam nicht dahinter, was. »Rücks raus!«, sagte sie in einem Ton, der schärfer klang, als ihr selbst lieb war. »Was hat er dich gefragt?«

»Vor ein paar Wochen gab es in der Felsenburg einen Zwischenfall mit ein paar Iltismenschen ...«

»Ich habe davon gehört. Hat er dich nicht gefragt, ob du irgendetwas von der Regentin und der Feuer-Gilde weißt?«

»Nein, gar nicht«, sagte Rena. »Er hat mich gefragt, ob ich in der Nähe der Felsenburg lebe und ob ich genaueres über diesen Zwischenfall weiß. Er hat vor allem Fragen über die Iltismenschen gestellt.«

Alix war enttäuscht. Das klang gar nicht danach, als sei der Schmied in ihre Falle getappt. War er etwa nur im Gasthaus aufgetaucht, weil er mit jemandem aus dem westlichen Teil des Weißen Waldes sprechen wollte? Aber wenn er nicht der Verräter war, woher kam dann das ganze Geld, das er in sein Haus gesteckt hatte? Beim Feuergeist, dachte Alix, könnte denn seine Witwengeschichte tatsächlich stimmen? Ich hätte vorher Informationen über ihn einholen sollen.

»Und was jetzt?«, fragte Rena

»Wir müssen uns ein anderes Gasthaus suchen. Dieses hier wird anscheinend gerade in seine Einzelteile zerlegt. Dann geht es weiter wie geplant.«

Aber es ging nicht weiter wie geplant.

Am nächsten Abend wanderte Rena beim Brunnen vorbei, wo sie und Alix vereinbart hatten, Nachrichten zu deponieren. Sie zog sich einen Eimer Wasser herauf und schaute dabei unauffällig auf der Südseite nach. Da steckte doch tatsächlich ein kleines zusammengerolltes Colivar-Blatt! Sie pulte es aus der Mauerritze und schob es in die Tasche, wagte aber nicht, es sich an Ort und Stelle anzuschauen – die Straßen waren hier noch zu belebt. Erst in einer stillen Seitengasse faltete sie das dünne Blatt auseinander und begann die Worte darauf zu entziffern.

Ich habe die Nachricht bekommen, dass ich sofort nach Tassos zurückreisen soll, um dem Gildenrat Bericht zu erstatten. Wir brechen noch heute Nacht auf.

Sei zum Aufgang des Mondes Deeowen an der großen Viskarie am östlichen Ortsausgang.

Der dritte Mond war noch nicht aufgegangen, als Rena unter der großen Viskarie eintraf. Das Mädchen hielt nervös Ausschau nach Alix. Was bedeutete das, dass die Schmiedin zurück nach Tassos reisen sollte? So weit sie Alix verstanden hatte, war der ursprüngliche Plan ein ganz anderer gewesen.

Irgendwo weit entfernt hörte sie das Schlurfen eines Dhatlas. Es klang seltsam gedämpft. Sie schrak zusammen, als ganz plötzlich vier Säulenbeine vor ihr standen und eine riesige Schnauze sich ihr entgegenreckte. Jemand hatte dem Dhatla dicke Tücher um die Grabkrallen gewickelt. Deshalb hatten sich die Tritte auch so seltsam angehört. Nervös starrte Rena zum Reiter des Tieres hoch, konnte aber nicht viel erkennen.

»Ich habe mir erlaubt, uns ein schnelleres Fortbewegungsmittel zu besorgen«, erklang Alix' Stimme vom Rücken des Dhatlas und Rena entspannte sich wieder. »Sieh es dir an, es heißt Kollox. Ist es nicht schön?«

»Na ja«, sagte Rena skeptisch. Dhatlas waren gewöhnlich etwa eineinhalb mal so hoch wie ein Mann und hatten einen schweren, keilförmigen Kopf, der praktisch ohne Hals auf dem Körper saß. Ihre kurzen Beine standen seitlich von dem plumpen, tonnenförmigen Rumpf ab. Bis auf den Hals, die Unterseite des Bauches und die hinteren Zehen war die blau gefleckte Haut dick gepanzert.

»War nur ein Scherz. Ich mag diese Reptilviecher auch nicht. Sie stinken, fressen einem die Haare vom Kopf und wenn sie sich erschrecken, dann graben sich diese Trottel ein und man kann sehen, wie man sie wieder da herausbekommt«, sagte Alix. »Nimm ihm die Tücher von den Pfoten. Die habe ich dem Vieh nur angezogen, damit es beim Auszug aus Ekaterin nicht so viel Lärm machen würde.«

Die Grabkrallen, vier an jeder Vorderpfote, waren so lang wie Renas Unterarm, breit und gebogen. Als Rena die Tücher herunterwickelte, spürte sie, wie sich der schwere Kopf ihr zuwandte. Winzige, dunkle Augen betrachteten sie, ohne zu blinzeln, als Kollox ihre Witterung aufnahm. Rena tätschelte dem Tier das Maul. »Na, du?«

An einer Hinterpfote stellte sie fest, dass die eine Zehe etwas geschwollen war. »Ich glaube, es ist krank«, sagte sie zu Alix. »Das war kein guter Kauf!«

»Nein, krank ist es nicht«, sagte Alix und Rena konnte die Schmiedin im rötlichen Mondlicht grinsen sehen. »Es hat nur einen Kerzenständer abbekommen. Los, steig auf!«

Rena kletterte geschickt auf dem Panzer nach oben, dann betätigte Alix den Blasebalg, durch dessen Schläuche das entsprechende Duftsignal zum Kopf des Dhatlas geführt wurde. Kollox setzte sich in Bewegung und es machte nichts aus, dass ihre Schritte eher träge waren, denn mit jedem Schritt kamen sie gleich mehrere Armlängen weit voran. Rena klammerte sich mit den Beinen an der rauen Haut fest. Beim Reiten von Dhatlas, das wusste sie von ihrem Onkel, gab es eigentlich nur eines zu beachten: Wenn es sich erschreckte, dann musste man abspringen, so schnell man nur konnte. Denn wenn es mit einem auf dem Rücken in der Erde verschwand, konnte man ersticken. Sonst waren sie nicht gefährlich, außer sie trampelten versehentlich über einen drüber.

Sie nahmen den großen Weg, der nach Süden stadtauswärts führte. Er war dick mit abgefallenen Blättern belegt und sehr breit, sodass Dhatlas darauf gut laufen konnten. Um diese Tageszeit waren sie die Einzigen, die ihn benutzten.

Alix schien schlechter Laune zu sein, sie fluchte vor sich hin. »Ich verstehe einfach nicht, wieso sie mich gerade jetzt nach Tassos beordert haben. In ein paar Tagen hätten wir vielleicht gewusst, wer der Verräter ist. Irgendetwas ist nicht in Ordnung, das spüre ich. Und wieso soll ich so schnell wie möglich zurückkommen?«

»Stand das nicht in der Botschaft?«

Alix schüttelte den Kopf.

»Wie oft wart Ihr eigentlich schon beim Gildenrat?»

»Ein einziges Mal, vor vielen Jahren, als ich in seinen Dienst getreten bin. Es ist ein ganz besonderes Ereignis, aber dieses Mal hat es sicher nichts Gutes zu bedeuten. Nur um Bericht zu erstatten wird niemand jemals nach Tassos zurückbefohlen.«

»Habt Ihr gestern noch etwas über Domarec herausgefunden?«

Erleichtert hörte Rena, dass Alix lachte. Solange Alix lachte, konnte es nicht so schlimm stehen. »Ja, habe ich. Dieser Bastard hat doch tatsächlich die Wahrheit gesagt. Hätte nie gedacht, dass er tatsächlich ein Frauenliebling ist.«

»Ich fand ihn nicht so besonders toll.«

»Ich auch nicht. Aber du kannst mir glauben, die Männer der Feuer-Gilde sind nicht alle so. Wart mal ab, bis wir in Tassos sind – die wirklich brauchbaren Burschen sind im Kernland geblieben. Na ja, aber du bist ja noch nicht alt genug, um dich für Jungs zu interessieren, oder?«

Rena dachte an Jon, den Lehrling des Schmieds, und spürte, wie sie rot wurde. Da sie hinter Alix saß, war das zum Glück nicht zu sehen. Warum hatte sie eigentlich so lange nicht mehr an ihn gedacht? Wahrscheinlich war einfach zu viel Neues passiert.

»Das Problem ist, ich interessiere mich für sie, aber sie sich nicht für mich«, sagte Rena und wunderte sich darüber, dass es viel leichter war, über solche Dinge mit jemandem zu reden, den sie kaum kannte.

»Ich wette, du bist in einen verliebt, stimmts?«

»Ach, Unsinn«, wehrte Rena verlegen ab und dachte daran, als sie Jon zum letzten Mal gesehen hatte, am Ufer. Es schien viele Winter her zu sein.

»Du darfst nicht so schüchtern sein. Sprich ihn einfach an.«

»Das könnt Ihr vielleicht, aber ...«

»Blödsinn. Du hast doch schon ganz andere Sachen geschafft. Wenn du darauf wartest, dass er dich anspricht, wird es nie was.«

Ich habe wirklich schon ganz andere Sachen geschafft, dachte Rena. Sie erinnerte sich daran, wie nahe sie am letzten Tag daran gewesen war, der Schmiedin zu gestehen, dass sie für den Zwischenfall in der Felsenburg verantwortlich gewesen war. War es klug gewesen, dass sie ihr das dann doch verschwiegen hatte?

Der dritte Mond ging auf, ein rötlich schimmerndes Auge, das den Wald in ein Zwielicht tauchte. Das rote Licht schien durch die weißen Blätter und beleuchtete den Weg, auf dem ihr Dhatla stadtauswärts marschierte.

Ach was, ich weiß auch nichts über Alix, wieso soll sie alles über mich wissen, dachte Rena schließlich. »Wart Ihr auch schon mal verliebt?«

Alix nickte, aber es dauerte ein paar Atemzüge, bis sie ihr Schweigen brach. »Ja, aber es wäre mir besser bekommen, wenn ich es nicht gewesen wäre.«

Mehr war aus ihr nicht herauszuholen.

Ein kräftiger Wind war aufgekommen und die Bäume redeten durcheinander wie Händler auf einem übervollen Marktplatz. Der Wind kam von vorne, fuhr ihnen ins Gesicht und wirbelte Blätter um die Beine ihres Reittieres. Rena duckte sich in Alix' Windschatten und döste vor sich hin. Immer wieder schlief sie für einen kurzen Moment ein und wachte dann blitzartig wieder auf, wenn ihr Kopf vornüber kippte oder sie seitlich ins Rutschen kam. »Wann machen wir eigentlich Pause?«

Alix war unruhig, sie sondierte den Wald ohne Unterlass. »Erst wenn wir in Tassos sind«, sagte sie. »Diese Sache mit dem Wirtshaus ... ich habe ein ganz dummes Gefühl, wenn ich daran zurückdenke.«

»Ihr meint, Domarec war doch ...?«

»Nein, glaube ich nicht. Es hat mit einem Amulett zu tun. Ich habe dir noch nicht davon erzählt.«

Rena war wieder hellwach. »Was für ein Amulett?«

»Es ist ein Zeichen der Verräter. Erinnerst du dich – ich habe es den Händlern gezeigt, als wir am Feuer saßen. Verdammt, wir waren so nah dran! Noch einen Tag länger, dann hätten wir vielleicht einen neuen Hinweis gehabt. Warum muss mich der Gildenrat gerade jetzt zurückpfeifen!«

Alix verfiel wieder in nachdenkliches Schweigen und nach kurzer Zeit holte die Müdigkeit Rena wieder ein. Ihre Augen fühlten sich verklebt an und ihre Lider schienen unwiderstehlich nach unten gezogen zu werden ...

Sie erwachte, als sie mit einem harten Ruck auf der Erde landete. Verdutzt glotzte Rena auf die trockenen Blätter eine Fingerlänge vor ihrer Nase und rappelte sich dann langsam auf. Ihre Ellenbogen und ihre Rippen taten weh, besonders da, wo sie auf die festen runden Rezari-Früchte gefallen war, die in dieser Jahreszeit überall herumlagen. Das würde ein paar dicke blaue Flecken geben, aber es war nichts gebrochen.

»Alles klar da unten?«, rief Alix. »Springst du öfter während der Fahrt ab?«

Sie hatte das Dhatla zum Stehen gebracht, seine Säulenbeine ragten neben ihr auf.

»Eigentlich nicht«, stöhnte Rena. »Glück, dass hier kein Steinboden ist ...«

Mühsam kletterte Rena in ihren Sitz zurück, aber Alix machte keine Anstalten, Kollox das Signal zum Weiterlaufen zu geben. Sie wandte sich halb zu Rena um und Rena erschrak über den Ausdruck in ihren Augen. »Rostfraß und Asche«, sagte Alix und holte tief Atem. »Steine! Schwarze Steine! Der Erzsucher vor dem Wirtshaus, der hatte ein Schwert mit schwarzen Steinen ... Ich habe es damals auf der Lichtung gesehen, ganz kurz nur, als die mich und Lennart damals überfallen haben ...«

In diesem Moment wurde die Stille zerrissen. Gestalten huschten von beiden Seiten des Weges heran und stürzten sich auf sie. Rena schrie auf. Im ersten Moment war schwer zu erkennen, ob die Angreifer überhaupt menschlich waren. Sie sah im schwachen Licht, wie Alix sich vom Dhatla gleiten ließ, ihr Schwert herausriss und die Klingen ihrer Gegner parierte. Diesmal war es nicht ihr beinahe spielerischer, eleganter Kampfstil, mit dem sie die beiden Händler abgewehrt hatte. Jetzt kämpfte Alix um ihr Leben.

Kollox überlegte nicht zweimal. Mit einem Ruck stürzte es nach vorne und Rena kullerte schon wieder von ihrem Rücken herunter und schlug auf dem Boden auf. Der Aufprall trieb ihr die Luft aus den Lungen. Ein paar Armlängen neben sich hörte sie das Schaben der Grabkrallen, und als sie sich ein paar Atemzüge später umsah, gab nur noch frisch aufgeworfene Erde einen Hinweis darauf, dass sich unter dem Waldboden der massige Körper eines Dhatla verbarg.

Rena kroch so schnell sie konnte zu der aufgelockerten Erde hin, um dem Dhatla zu folgen. Ihr Herz hämmerte wie wahnsinnig. Bis jetzt war noch keiner von denen auf sie aufmerksam geworden, aber das war nur eine Frage der Zeit. Und sie hatte keine einzige Waffe! Wenn man sie bemerkte, war sie so gut wie tot. Aber unter der Erde war sie sicher!

Als ihre zitternden Hände den lockeren Boden schon berührten, zögerte Rena und blickte sich um. In der rötlichen Dunkelheit sah sie ein Gewirr aus Körpern und Schwertklingen. In der Mitte des Knäuels stand Alix und drosch verbissen auf die Angreifer ein. Einen kurzen Moment lang wollte Rena einfach hinüberstürzen und Alix helfen. Irgendwie! Sie hätte nie gedacht, dass der Gedanke, dieser seltsamen wilden Frau könnte etwas passieren, so grässlich sein würde. Aber Renas leere Hände erinnerten sie daran, dass sie keine Chance hatte. Halbherzig begann sie, die Erde beiseite zu schaufeln.

Ein Schrei überlagerte die schweren Schritte der Kämpfenden und das Klirren von Metall auf Metall. Alix hatte aufgeschrieen! Rena zuckte zusammen und sah sich noch einmal um. Sie werden sie töten, dachte sie, und etwas in ihr krampfte sich zusammen.

Hastig begann sie auf dem Boden herumzutasten, ob sie irgendwo ihr Gepäck fand, das bei der Tauchfahrt ihres Reittiers wahrscheinlich abgerissen worden war. Dort hatte die Schmiedin mindestens noch ein paar Messer oder sie konnte den eisernen Dreifuß aus den Kochutensilien als Waffe benutzen. Aber das Gepäck war nirgendwo zu finden. Stattdessen berührte ihre Hand eine der abgefallenen Rezari-Früchte. Steinhart und rund lag die Frucht in ihrer Hand. Rena schöpfte Hoffnung. Hastig raffte sie so viele Früchte zusammen, wie sie finden konnte.

Als die Taschen ihrer Tunika sich prall ausbeulten, huschte Rena zögernd näher heran. Es war noch ziemlich dunkel, aber hell genug, dass sie erkennen konnte, wen sie treffen durfte und wen nicht. Drei Männer waren es, mit denen sich Alix herumschlug. Rena zielte sorgfältig auf den Kopf eines Angreifers und warf mit aller Kraft. Kein Aufschlag. Vorbei!

Rena nahm die nächste Frucht und schickte sie hinterher. Diesmal wurde sie durch das ärgerliche Grunzen eines Angreifers belohnt. Alix, deren Gegner einen Lidschlag lang abgelenkt war, verpasste ihm einen Hieb, der ihn rückwärts taumeln ließ. Ermutigt ließ Rena ein Trommelfeuer von Rezari-Früchten folgen. Eine traf Alix am Bein und Rena biss sich verlegen auf die Lippe. Eine andere traf einen der Männer am Hinterkopf und ließ ihn aufschreien.

»Aua! Ol, nimm dir die mal vor!«, brüllte er einem seiner Kumpanen wütend zu. Im gleichen Moment zuckte Alix' Klinge vor und der Angreifer hatte es allein seinen schnellen Reaktionen zu verdanken, dass nur seine Tunika in Fetzen ging.

Einer der Männer, der, den Alix vorhin verletzt zu haben schien, hinkte finster entschlossen auf Rena zu. Er trug weiße Tarnkleidung mit einem metallbeschlagenen Gürtel und hatte ein schmales Gesicht mit einem gespaltenen Kinn. Nirgendwo konnte Rena ein Zeichen entdecken, welcher Gilde er angehörte.

Ein Blick in seine wütenden Augen genügte Rena, ihre Angst kehrte in voller Stärke zurück. Sie warf eine letzte Rezari-Frucht, drehte sich um und rannte. Ein dumpfer Aufprall hinter ihr ließ sie zögern. Sie drehte sich um und ihre Mundwinkel verzogen sich zu einem breiten Grinsen. Der Mann mit dem schmalen Gesicht lag hingestreckt im Gras und rührte sich nicht mehr. Sie musste ihn mit dem letzten Geschoss mitten auf die Stirn getroffen haben. Besorgt spähte sie zu ihm hinüber und hoffte, dass sie ihn nicht umgebracht hatte.

Sie hatte noch eine halbe Tasche voller Früchte übrig. Mit Schwung nahm Rena den Kampf wieder auf und pfefferte sie auf die übrig gebliebenen Angreifer.

Es wurde bereits hell und noch immer wurde gekämpft. Doch nun wendete sich langsam aber sicher das Blatt. Alix wirkte erschöpft, sie schien verletzt zu sein, aber ihre beiden Gegner waren auch nicht mehr in Hochform. Alix drängte sie immer mehr zurück, und es war nur noch eine Frage der Zeit, bis auch die beiden letzten Angreifer aufgeben mussten. Das schien ihnen nicht entgangen zu sein. Ein kurzes Kommando von ihrem angeschlagenen Chef, dann rannten die beiden Männer, die noch laufen konnten, in den Wald zurück. Renas Opfer war mittlerweile wieder munter geworden und wankte hinter ihnen her.

Alix blieb keuchend mitten auf dem Weg stehen und senkte das Schwert. Rena sah, dass sie schwankte, und bemerkte das Blut auf ihrem hellen Leinenkleid. Erschrocken rannte sie zu ihr hinüber.

»Bist du verletzt?«

»Ich fürchte ja«, sagte Alix zwischen zusammengebissenen Zähnen. »Aber nicht schlimm, dafür, dass es drei zu eins stand.«

Rena legte ihren Arm über Alix' Schulter, um sie zu stützen. »Verdammt, der Erzsucher ... das Schwert mit den schwarzen Steinen ...«, stöhnte die Schmiedin. »Er war einer von den Leuten, die Lennart und mich damals überfallen haben ... er hat mich erkannt, da vor dem Wirtshaus ... unsere Falle war eine grässliche Pleite, wir sind sozusagen selbst reingetappt. Das sind die Verräter!«

Rena achtete nicht darauf, was ihre Herrin sagte. Sie schaffte es kaum noch Alix aufrecht zu halten und half ihr, sich ins Gras zu legen. Was sollte sie tun?

Vielleicht war Verbandszeug in ihrem Gepäck. Rena fiel ein, dass ihre Sachen wahrscheinlich mit ihrem Reittier etwa drei Armlängen unter der Erde waren. Also war ihre erste Aufgabe, Kollox so schnell wie möglich herauszulocken. Jetzt erst merkte sie, dass ihre Beine weich waren wie Brei, aber es half, sich auf etwas konzentrieren zu können. Ein Ende der Kette schaute noch aus dem Boden hervor und mit diesem Hilfsmittel und vielen guten Worten schaffte sie es schließlich, das Reptil davon zu überzeugen, dass die Gefahr vorüber war. Ihr Gepäck war noch an seinem Sattelknauf befestigt. Das Blasebalg-Geschirr sah allerdings ziemlich ramponiert aus.

»Du Mistvieh, was hast du dir eigentlich dabei gedacht?«, fuhr Rena das Dhatla an, während sie das Gepäck durchwühlte. Kollox senkte den großen Kopf und hatte den Anstand, schuldbewusst dreinzublicken. Seine lange gespaltene Zunge schoss hervor und wickelte sich um Renas Handgelenk. Rena machte sich los und zog eine kleine Tasche hervor, in der die Heilkräuter waren. Sie kippte den Inhalt ins Gras.

»Hast du gesehen, von welcher Gilde sie waren?«, fragte Alix leise.

Rena schüttelte den Kopf. »Kein Gildenzeichen. Aber Ausgestoßene waren es auch nicht. Sie haben nicht wirklich versucht, uns auszurauben.«

»Nein. Direkt an die Kehle sind sie gegangen, wie Katzen- oder Iltismenschen.«

Alix hatte sich aufgesetzt. Die kurze Pause schien ihr gut getan zu haben. Sie begann die Kleidung um die Verletzungen herum aufzuschneiden. Die wuchtigen Schläge der Angreifer hatten das Kettenhemd unter ihrem Kleid an manchen Stellen aufgerissen. Ihr linker Oberarm war blutüberströmt und über die Rippen zog sich ein tiefer blutiger Schnitt. »Sag mal, was war das denn eigentlich, was du den Kerlen die ganze Zeit an den Kopf geschmissen hast?«

»Rezari-Früchte. Man kann sie essen, wenn man sie einen halben Sonnenumlauf lang kocht. Ich hab mal welche nur einen Viertel Umlauf gekocht und mir einen Zahn daran ausgebissen.«

Alix grinste und verzog dann das Gesicht, als Rena eine grüne Flüssigkeit in ihre Wunden träufelte. »Früchte? Schädelspalter sind das.«

Rena grinste zurück. Ihre Knie hatten aufgehört zu zittern. Sie breitete eins der Tücher aus und begann den Oberarm der Schmiedin zu verbinden. Alix zeigte ihr, wie man einen Druckverband machte, damit es nicht mehr so stark blutete.

»Wir sollten so bald wie möglich von hier weg«, meinte Rena. »Meint Ihr, Ihr schafft das?«

»Glaube schon«, meinte Alix. »Und du kannst mich ruhig wieder duzen.«

Rena wusste, dass das ihre Art war, sich zu bedanken. Sie lächelten sich an und einen Moment lang verband sie eine eigenartige Wärme.

Alix schaffte es, sich auf dem Dhatla zu halten, aber ihre Kraft reichte nicht mehr dazu aus, es zu lenken. Sie versuchte ihre Schmerzen nicht zu zeigen, aber ganz verbergen konnte sie sie nicht.

Während Rena das Tier lenkte, lauschte sie darauf, was die Bäume sich erzählten. Wenn sie Glück hatte, dann beschädigte einer der Kerle eine Pflanze. Dann war er das Gesprächsthema des halben Waldes und vielleicht konnte Rena dann etwas mehr über sie herausfinden – wo sie waren, wohin sie gingen.

Nachdem sie einen halben Sonnenumlauf lang geritten waren, bemerkte Rena, dass Alix immer stiller und blasser wurde. Sie kann nicht mehr, aber sie ist viel zu stolz, um eine Pause zu bitten, dachte Rena. Als sie an eine einladende Lichtung kamen, kündigte Rena schließlich an: »Wir machen hier einen kurzen Halt.«

Halb erwartete sie Widerspruch; es war sonst immer die Sache der Schmiedin gewesen, über solche Dinge zu entscheiden. Doch Alix widersprach nicht und Rena sah, dass sie dankbar war für die paar Atemzüge Rast. Sie ersetzten die blutdurchtränkten Verbände durch frische, dann streckte Alix sich aus, um Kräfte zu sammeln für die nächste Etappe.

Rena schaffte es nicht, sich zu entspannen. Sie hatte gesehen, wie Alix während des Ritts immer ein Auge auf den Weg hinter ihnen gehalten hatte, und wusste, was die

Schmiedin dachte. Was war, wenn sie verfolgt wurden?

»Siehst du irgendwas?«, fragte Rena. »Meinst du, sie bleiben uns auf der Spur?«

Alix nickte. »Gesehen habe ich bisher nichts. Aber wenn sie mich wirklich erkannt haben, werden sie nicht aufgeben. Ein Königreich dafür, Lennart noch einmal für zehn Atemzüge lang Fragen stellen zu können! Dieser Erzsucher, der hängt mit drin, das ist klar. Die Frage ist – wer noch?«

Sie sahen sich an. Beide wussten, dass sie jetzt, wo Alix verletzt war, beim nächsten Angriff in Schwierigkeiten waren.

»Schlüpfen wir doch irgendwo im nächsten Dorf unter.«

»Bei wem? Bei meinen Leuten? Vielleicht servieren wir uns da auf dem Tablett. Und wenn nicht, dann werden sie womöglich wegen uns niedergemetzelt«

»Vielleicht bei meinen Leuten ...«

»So nach dem Motto: Überraschung, Überraschung, seht mal, wen ich da mitbringe? Ich glaube, Begeisterungsstürme würdest du da nicht hervorrufen. Ich gehöre zur Feuer-Gilde, schon vergessen? Nein, wir werden uns selbst durchschlagen.«

»Was meinst du, wie lange es dauert, bis ...«

»Ich wieder gesund bin? Das hängt davon ab, ob die Wunde sich entzündet. Wenn nicht, vielleicht eine Woche. Wenn doch, dann bin ich so gut wie tot. Schau nicht so entsetzt. Das ist mein Berufsrisiko.«

Einen Moment lang hatten Alix' Augen einen leeren Ausdruck, sie waren wie Fenster in eine tiefe innere Dunkelheit. Es würde ihr gar nichts ausmachen, wenn sie stirbt, erkannte Rena und plötzlich war die Schmiedin ihr unheimlich.

Als sie einen Tag später auf dem Waldweg Richtung Tassos entlang ritten, hörte Rena aus dem Wald fremde Stimmen, viele Stimmen, und sie kamen näher. Schon konnte sie einzelne Wörter verstehen. Nervös gab Rena Kollox das Stoppsignal und lauschte.

»Ein Rudel Iltismenschen«, sagte Alix. Sie war wieder schwächer geworden und Rena hatte Mühe, sie zu verstehen. »Nichts wie weg hier. Die Feuer-Gilde ist zwar offiziell mit ihnen verbündet, aber gefährlich sind sie deswegen trotzdem.«

Doch Rena zögerte noch mit der Hand am Blasebalg. Was für Alix wie Fauchen klang, war das Prahlen der Iltismenschen untereinander, dass sie gestern ein paar Vollmenschen in die Flucht geschlagen hatten. Damit mussten sie ihre Verfolger meinen, wer sonst reiste zu dieser Zeit noch in der Gegend?!

Am Abend half sie Alix wieder, den Verband zu wechseln. Hilflos sah Rena, dass die Wunden rot und geschwollen waren. Sie schienen überhaupt nicht zu heilen.

»Normalerweise bin ich ruckzuck wieder auf den Beinen«, stöhnte Alix. Ihre Haut fühlte sich heiß und trocken an. »Vielleicht hatten die ihre Waffen vergiftet.«

Besorgt und ratlos blickte Rena sie an. »Was soll ich tun? Kann ich dir noch irgendwie helfen?«

Doch Alix hatte die Augen wieder geschlossen, sie antwortete nicht.

»Sollen wir weiterreiten oder lagern?«

»Weiter, wir müssen weiter«, murmelte Alix.

Rena überlegte, ob sie ihr sagen sollte, dass jemand ihnen folgte. Aber es schien keinen Sinn zu machen. Es machte auch keinen Sinn Alix weiter mit Fragen zu quälen. Auf einmal war es Renas Entscheidung geworden und das machte ihr Angst. Was sollte sie tun? Weiterreiten, wie Alix es wollte? Das war wohl das Beste. Wenn sie lagerten, würden die Verfolger sie in kurzer Zeit einholen.

Wieso das »wir?«, flüsterte eine Stimme in Renas Kopf. Dich jagen sie nicht – nur sie wird gejagt. Du allein kannst dich durchschlagen, du bist unverletzt. Du kannst bei deiner Gilde untertauchen und alles wird wieder so sein wie früher.

Der Gedanke war verlockend. Sehnsüchtig dachte Rena an das Erdhaus ihres Onkels zurück und einen Moment lang überwältigte sie der Groll auf die Schmiedin – bis sie sich daran erinnerte, dass es nicht Alix' Schuld war, dass Rena jetzt hier war, sondern alles mit ihrer eigenen dummen Neugier in der Burg angefangen hatte.

Als ihr die Felsenburg und die Iltismenschen einfielen, formte sich eine verrückte Idee in Renas Kopf. Vielleicht gab es einen Ausweg für sie beide, aber er war so riskant, dass sie kaum wagte, genauer darüber nachzudenken. Erst einmal brauchten sie Zeit – und wenn der Plan gelingen sollte, durften sie nicht weiterreiten, ja eigentlich mussten sie sogar zurück.

Eilig pflockte Rena Kollox an und ließ ihr Gepäck neben dem Tier liegen, sodass es aussah, als lagerten sie dort. Alix protestierte schwach, aber Rena zog sie weiter. »Schnell, wir müssen tiefer in den Wald hinein.«

Als sie einige Baumlängen entfernt waren, suchte sich Rena eine großblättrige Staude aus und grub darunter zwei Schlafkuhlen, die sie mit Blättern überdeckte, bis nur noch ein Atemloch blieb. Sie arbeitete hastig und nervös. Apathisch folgte Alix ihren Anweisungen. Rena ließ ihre Kuhle unbenutzt. Sie starrte schweigend unter den Blättern hervor in Richtung des Dhatlas, wartete auf eine unvorsichtige Bewegung, die ihr verriet, dass sie nicht mehr allein waren. Sie wusste, dass sie verschwinden musste, bevor jemand ihr »Lager« fand, aber es dauerte eine Weile, bis die Idee von vorhin in ihrem Kopf greifbarer wurde. Außerdem machte ihre Idee ihr Angst – es kostete Kraft, sich nicht bibbernd unter dem Busch zusammenzurollen und sich der trügerischen Geborgenheit der Erdkuhle zu überlassen. Einfach die Augen schließen, alles vergessen.

Geh jetzt, sagte Rena sich. Wenn sie jetzt nicht handelte, waren sie verloren – alle beide.

Lautlos stand sie auf und warf noch einen letzten Blick auf Alix, bevor sie ging. Ihr Atem ging schwer, das Fieber stieg immer noch. Obwohl sie nur noch halb bei Bewusstsein war, schien Alix zu bemerken, dass Rena fort wollte. »Du willst dich davonschleichen, was?«, murmelte sie. »So sind sie alle ... Lassen dich im Stich, wenn du nicht mehr stark bist ...«

»Leise!«, zischte Rena, während das Schuldgefühl sie traf wie eine Faust in den Magen. Hatte Alix ihre Gedanken von vorhin irgendwie gespürt? »Bloß leise jetzt. Ich bin gleich wieder zurück. Bleib einfach liegen.«

»Gleich wieder zurück, dass ich nicht lache ... Sei doch wenigstens ehrlich, du willst weg von hier ... Dir wird der Boden zu heiß, seit du weißt, dass sie hinter mir her sind ... Versteh ich. Los, hau schon ab!«

Rena drehte sich um und lief fort. Wenn sie nicht zurückkam, war sie beim Versuch, Hilfe zu holen, getötet worden – und Alix würde es wahrscheinlich nie erfahren.

Es war fast windstill und der Wald schwieg, eine eigenartige und bedrückende Stille. Rena bemühte sich, leicht aufzutreten, während sie sich geschickt zwischen den Stämmen hindurchwob. Sie brauchte nichts zu sehen, die Aura der Bäume genügte ihr als Orientierung. Aber da war immer noch die schreckliche Ungewissheit, wie sie ans Ziel kommen sollte. In diesem riesigen unbewohnten Territorium eine Gruppe von Iltismenschen ausfindig zu machen, war das nicht völlig aussichtslos? Und selbst wenn sie sie fand, würden sie ihr überhaupt helfen? Wahrscheinlich würden sie Rena nur verhöhnen und sie in Stücke reißen – so wütend, wie sie im Moment auf die Menschen waren.

Je länger Rena lief, desto sicherer war sie, dass es eine völlig hirnverbrannte Idee war, wahnwitzig, irrsinnig. Alix hätte sie lauthals ausgelacht, wenn sie geahnt hätte, wieso Rena wirklich davongelaufen war. Und noch mehr wunderte sie sich, dass sie trotzdem weiterrannte.

An der Gruppierung der Bäume merkte sie, dass sie die Stelle erreicht hatte, an der sie vor einem Viertel Umlauf die Iltismenschen hatte vorbeiziehen hören. Keuchend blieb sie stehen und lauschte, dann schloss sie die Augen und nahm mit ihren neuen Sinnen alle Eindrücke auf, die sie erreichten.

Die Iltismenschen hatten sich von rechts nach links bewegt. Also konnte sie auf der linken Seite anfangen, nach Spuren zu suchen.

Rena heftete den Blick auf den Boden und folgte den Spuren, so gut sie konnte. Sie war so konzentriert bei der Sache, dass sie um ein Haar mitten in die Gruppe hineingelaufen wäre. Im letzten Moment bemerkte sie den leicht beißenden Geruch, den die Spitzgesichtigen ausdünsteten, und blieb stehen. Ihr Körper war gespannt wie eine Bogensehne. Rena wusste, dass sie jetzt ganz in ihrer Nähe war, aber sie konnte sie noch nicht sehen – die Iltismenschen tarnten sich gut, wenn sie wollten. Das Unterholz war dicht hier, überall wuchsen großblättrige Coruba-Gewächse und boten ideale Deckung.

Sie sind hier, dachte Rena und blickte sich um. Auf ihren Armen hatte sich eine Gänsehaut gebildet. Sie spürte, dass sie beobachtet wurde. Sie sind neugierig und warten darauf, dass ich irgendetwas tue, dachte Rena und fühlte ihr Herz schnell und flach schlagen. Und in dem Moment, in dem ich wegzurennen versuche, werde ich vermutlich Reißzähne an der Gurgel haben.

Sie wusste, dass es vielleicht nicht so leicht werden würde, mit den Iltismenschen zu reden. Zwar verstand Rena die Sprache der Halbmenschen, seit sie die *Quelle* berührt hatte, doch sprechen konnte sie sie nicht – ihre Zunge konnte die Fauch-, Pfeif- und Klicklaute nicht erzeugen, selbst wenn sie es gewollt hätte. Sie musste einfach hoffen, dass die Iltisse wie die meisten Halbmenschen einigermaßen Daresi beherrschten.

Rena hätte gerne ihr Messer gezogen, aber dann fiel ihr ein, dass Alix es ja abgebrochen und bisher ihr Versprechen, ihr ein neues zu schmieden, noch nicht eingelöst hatte. Zehn Paar spitzer Fangzähne hätte sie ohnehin auch mit Waffe wenig entgegenzusetzen gehabt.

»Ich habe euch gesucht«, sagte Rena laut. »Jemand von der Feuer-Gilde braucht eure Hilfe. Denkt an das Bündnis!«

Stille. Rena meinte, leises höhnisches Gelächter zu hören, aber sie war sich nicht sicher. Sie wartete fünf Atemzüge lang, dann versuchte sie es noch einmal.

»Wir kämpfen auch gegen die Frau aus Stein! Wir sind auf eurer Seite. Bitte helft uns.«

Keine drei Armlängen entfernt erhob sich ohne ein Geräusch ein braun-cremefarbener, schlangenartig geschmeidiger Körper aus dem Unterholz. Wie ein Schatten kam die Gestalt näher, bis sie nah vor Rena anhielt. Der beißende Geruch wurde stärker. Witternd hob der Iltismensch das Gesicht, seine kurzen pelzigen Ohren waren eng an den Kopf angelegt. In seinen Augen fing sich ein Strahl Mondlicht, als der Halbmensch Rena kühl musterte.

»Wasss willsssst du?«, fauchte er in Daresi und fügte in seiner eigenen Sprache hinzu: »Wenn die Menschenwelpin zu fliehen versucht, zu fliehen, dann fangt sie mir wieder ein. Wenn sie lügt, schändlich lügt, beißt sie tot.«

»Wir fangen sie«, bestätigten die Iltismenschen hinter den großblättrigen Stauden im Chor.

»Wasss weissst du chüber die Frrrau aus Sssstein?«, knurrte der Anführer, der sie keinen Atemzug lang aus den Augen gelassen hatte. »Wasss weisss cheine Menschenwelpin denn schon? Menschen sind ein ggrrässliches Packk, verchlogen und ssschlecht.«

Rena versuchte sich verzweifelt zu erinnern, wie die Iltismenschen damals im Weißen Wald genau gesagt hatten und wie sie sich genannt hatten. Zu ihrer Erleichterung ließ sie ihr Gedächtnis nicht im Stich.

»Ich weiß, dass sie die Caristani schändlich behandelt«, sagte Rena. »Es ist eine Schande, eine Schande.«

Sie konnte sehen, dass sie ins Schwarze getroffen hatte. Die Schnurrhaare des Iltismenschen zuckten verdutzt. In seiner Sprache fragte er: »Wer, wer bist du?«

»Ich bin eine Verfolgte«, antwortete Rena in Daresi. »Die Frau aus Stein lässt mich suchen. Ich reise mit einer Schwester von der Feuer-Gilde, um die Verräter zu finden.«

Ein Aufruhr entstand zwischen den Büschen, sie sah neugierige Schnauzen hervorlugen und sich gegenseitig aus dem Weg drängeln. Die Blätter schwankten, ein paar knickten ab. Ein kleiner Schmerzensschrei ertönte, als zwei Iltismenschen sich vor Erregung gegenseitig auf die Pfoten trampelten. Aufgeregtes Geflüster drang zu ihnen herüber. »Sie versteht unsere Sprache!«

»Die Frau aus Stein verfolgt sie!«

»Wie kann eine Menschenwelpin unsere Sprache verstehen?«

Der Anführer bemühte sich, sich nichts anmerken und seine Stimme nüchtern klingen zu lassen, als er in seiner Sprache sagte: »Aber du bist von den Erdleuten. Du bist nicht mit uns verbündet, du weißt die geheimen Bündnisformeln nicht und ich kenne dich nicht.«

»Ich komme aus dem westlichen Weißen Wald. Ich bin noch eine Menschenwelpin und gehöre zur Erd-Gilde, aber ich kann und werde in die Feuer-Gilde eintreten.«

Das schien zu viel gewesen zu sein. Eine Woge braun- und cremefarbener Leiber ergoss sich aus den Büschen und stürzte auf Rena zu. Rena machte vor Schreck einen Schritt zurück, stolperte über eine Wurzel und fiel rücklings zu Boden. Betäubt sah sie zehn spitze Gesichter mit glänzenden Augen auf sich herabglotzen. »Sei willkommen, Schwester!«, maunzte eines von ihnen, dann streckten sich ihr zwanzig Pfoten entgegen um ihr aufzuhelfen.

Mit einem resignierten Gesichtsausdruck hatte sich der Anführer auf den Waldboden gehockt und beobachtete, wie die zehn Iltismenschen sich um Rena scharten. »Bitte um Verzeihung«, seufzte er und fügte einen unübersetzbaren missmutigen Fauchlaut hinzu. »Das sind noch Welpen, halb ausgewachsen erst, stark sind sie, aber Verstand haben sie wenig im Kopf, wenig.«

Rena hätte beinahe gegrinst, erinnerte sich aber noch

rechtzeitig daran, dass das oft als Zähneblecken missverstanden wurde. »Das macht doch gar nichts. Ihr seid sehr freundlich.«

»Der Bund des Feuers ist stark und gegen die Frau aus Stein müssen wir zusammenhalten. Was war das, was du vorhin gesagt hast, Schwester?«

»Aus dem westlichen Weißen Wald komme ...«

»Nicht das, naaa. Hilfe brauchst du, Hilfe?«

»Ja, die Frau von der Feuer-Gilde ist krank und außerdem werden wir verfolgt. Wir brauchen Schutz, bis sie sich erholt hat.«

»Ihr braucht einen Ort, der sicher ist, so einen Ort. Das lässt sich machen. Cchrlanho, übernimm die Führung, Cchrlorre sichert die Nachhut. Erstmal müssen wir die Gildenschwester holen, holen müssen wir sie.«

»Ja, Caristan, ja«, sagte einer der jungen Iltismenschen, der muntere Augen und eine etwas dunklere Farbe hatte als die anderen. Er schielte neugierig zu ihr herüber, trippelte dann voran und schien Renas Spur zu folgen, denn er fragte sie nicht nach dem Weg. Als sie das Lager erreichten, war der erste Mond gerade untergegangen. Ihre Verfolger waren nirgends in Sicht, aber Rena sah sofort, dass ihr Gepäck durchwühlt und aufgeschlitzt worden war. Doch die versteckten Schlafkuhlen schienen sie nicht gefunden zu haben. Rena riss die Blätter von dem Versteck, kniete sich neben Alix und fühlte ihr den Puls. Sie lebte noch. Als sie die Berührung spürte, öffnete sie halb die Augen. »Wieso bist du zurückgekommen ... Ich habe dir doch gesagt, du sollst abhauen ... Es ist zu gefähr ...«

In diesem Moment sah Alix die Iltismenschen um sie herum und ihre Augen wurden groß. Sie versuchte, sich aufzusetzen. »Rostfraß und Asche!«

»Nein«, sagte Rena. »Diesmal nicht. Das sind Freunde.«

»Das ist die Frau mit der Haut aus Metall!« sagte plötzlich einer der jungen Iltismenschen scheu. »Meine Mutter hat mir von ihr erzählt.«

Rena horchte auf. Haut aus Metall – das musste Alix' Kettenhemd sein. »Was hat sie dir denn erzählt?«

»Schweig, Cchrlivan«, befahl der Caristan. »Dummes Zeug redest du, dummes Zeug.«

Mühsam unterdrückte Rena ihre Neugier. Sie konnte den Welpen ja später noch ausfragen. »Wir sind in Sicherheit«, sagte Rena zu Alix. »Sie werden uns verstekken, bis es dir besser geht.«

»Kommt ... nicht in Frage. Wir reiten weiter nach Tassos«, stöhnte Alix. »Der Gildenrat ...«

»Der Gildenrat wird sicher begeistert sein, wenn du auf halbem Weg verreckst. Und wie soll ich ohne deine Hilfe nach Tassos kommen? Ich denke, das ist keine so zahme Provinz wie Alaak?«

»Ist sie auch nicht. Aber wo ... lassen wir Kollox?«

Rena stutzte. Alix hatte Recht. Wenn sie das Dhatla mitnahmen, konnte ihnen selbst ein blindes Kind mit verwirrtem Geist mühelos folgen.

»Dhatlas können sich eine Zeit lang ganz gut selbst helfen. Hier gibts genug fressbare Pflanzen für sie«, sagte Rena und begann ohne Umstände Kollox das Geschirr abzunehmen. »Wir fangen es einfach wieder ein, wenn wir weiterreiten wollen. Und jetzt nichts wie weg hier!«

Zu ihrer Überraschung gab Alix klein bei. Auf Rena und einen der Iltismenschen gestützt, stolperte sie hinter den Caristani her, die sie tiefer und tiefer in den Wald hinein führten. Drei von ihnen trugen ihr Gepäck hinter ihnen her.

Die Iltismenschen brachten sie zu ihrem Bau, einer Reihe von Erdhöhlen, die von oben von breitblättrigen Coruba-Blättern überwachsen waren. Um sie herum war die Erde mit Pfotenabdrücken übersät. Als Rena sich umblickte, waren fast alle ihrer Begleiter verschwunden, lautlos abgetaucht ins unterirdische Dunkel. Ihr Gepäck lag verwaist herum.

»Lebt ihr immer hier oder nur manchmal?«, fragte Rena den jungen Iltismenschen, der als Einziger bei ihr geblieben war. Er sah sie aus runden Augen an; Rena konnte ihren Ausdruck nicht deuten.

»Nein, ccchrnein, jeder lebt nur einmal hier, nur einmal, und dann nie wieder«, sagte er schließlich und schlüpfte behände in eins der Löcher hinab. Rena kauerte sich nieder und sah ihm fragend hinterher. Einen Moment lang konnte sie das Kratzen seiner Pfoten in der Erde hören, dann war es still. Sollte sie ihm jetzt etwa folgen?

Sie entschied sich dagegen, kehrte zu Alix zurück und machte es ihr unter ein paar Sträuchern auf einem Lager aus Blättern bequem. »Ich glaube, wir bekommen Quartiere unten zugewiesen«, berichtete Rena leise.

»Ich bleibe hier oben«, krächzte Alix. Sie hatte seit dem Kampf nichts mehr gegessen und ihr sehniger Körper war abgemagert und glühte vom Fieber. »Zum Begraben ... ists bei mir doch ... noch ein bisschen früh.«

Rena flößte ihr aus einem Beutel Wasser ein, dann begann sie eine flache Hütte aus toten Ästen zu bauen, damit Alix vor dem Wind geschützt war. Als sie fertig war, sah es immer noch nicht so aus, als würden die Iltismenschen in nächster Zeit wieder nach oben kommen. Kein Laut durchbrach die Stille.

Was solls – was die können, kann eine Erdfrau schon längst, dachte Rena und ließ sich kopfüber in die schmale Öffnung der Höhle hinab. Schnell und geschickt robbte sie durch den engen Gang, der gerade groß genug war für ihren Körper, und hakte ihre Finger in die Wände, um sich weiterzuziehen. Rena fühlte, wie sich ihre Augen in der Dunkelheit weiteten – wenn es kaum Licht gab, waren sie zweimal so groß wie gewöhnlich. Nach ein paar Atemzügen sah sie so gut wie bei Tageslicht.

Obwohl der Gang in gutem Zustand war, roch er muffig, als sei er lange Zeit nicht mehr benutzt worden. Je tiefer sie kam, desto stärker wurde der scharfe Raubtiergeruch der Caristani. Puh, dachte Rena und bedauerte, dass sie keine Hand frei hatte um sich die Nase zuzuhalten. Immer öfter musste sie anhalten um sich zu kratzen. Mit einer Grimasse klaubte sie ein paar Blut saugende Parasiten von sich ab.

Der Bau war riesig. Immer wieder zweigten schmale Seitentunnel vom Hauptgang ab, manche davon so eng, dass Rena beim besten Willen nicht durchgepasst hätte.

Schließlich spürte sie, dass sie zu einer Art größeren Höhle kam, und arbeitete sich vorsichtig die letzten Armlängen bis zum Eingang vor. Die Höhle war so hoch, dass sie hätte stehen können, und groß genug, dass die zehn Iltismenschen problemlos Platz hatten. Sie saßen im Kreis und wandten sich ihr jetzt zu, um sie entgeistert anzustarren. Hatten sie nicht damit gerechnet, dass sie hier herunter kommen würde?

»Bitte um Verzeihung«, sagte Rena und drückte sich in eine Ecke.

»Ruhig, ruhig, Schwester«, flüsterte ihr der Welpe zu,

der ihr am nächsten saß. »Dreimal Ritur heute, die Feinde gelten es.«

»Was?«

»Cchrlorre«, sagte der alte Caristani, der in der Mitte des Kreises saß, und Rena spürte den Iltismenschen neben sich freudig oder ängstlich zusammenzucken. »Ritur!«

In einem einzigen fließenden Sprung stürzte sich der Welpe neben ihr auf seinen Anführer. Von einem Moment auf den anderen war die Mitte der Höhle der Schauplatz eines unheimlichen, wilden Kampfes. Knurrend und fauchend versuchten die beiden Iltismenschen, sich in das Nackenfell des anderen zu verbeißen. Fast so schnell, wie das Getümmel begonnen hatte, war es auch wieder vorbei, das Trainingsgefecht hatte kaum fünf Atemzüge gedauert.

»Ein Späher für heute«, sagte der Caristan anerkennend.

Die Szene wiederholte sich noch viermal. Neugierig beobachtete Rena die Kämpfe, aber alles lief so blitzartig ab, dass sie kaum Einzelheiten erkennen konnte. Die Caristani waren schneller als jeder Vollmensch, selbst diese unerfahrenen Welpen, und Rena verstand nun, warum selbst Schwertkämpfer die Iltismenschen fürchteten.

Einer der Aufgerufenen wurde schon nach ein paar Momenten vom Caristan am Nackenfell erwischt und hielt fiepend still. Geduckt schlich er an seinen Platz im Kreis zurück.

Schließlich sammelten sich die drei Welpen, die erfolgreich gekämpft hatten, um den Caristan, erhielten leise gezischte Anweisungen und hasteten aus der Höhle. Die anderen folgten ihnen langsamer. Rena wartete, bis alle im Gang waren, und kroch dann ebenfalls hinterher. So langsam ahnte sie, was das hier war – eine Art Schule für junge Iltismenschen, die fern von ihrer Gruppe lernten, sich im Leben zu behaupten.

Draußen war es dunkel geworden. Rena hatte Hunger, ihr Magen war zusammengekrampft wie eine Faust. Zum Glück hatte sie noch genug Blätter für einen Brei, das würde Alix und ihr gut tun.

Sie erschrak, als sie merkte, dass einer der Iltismenschen lautlos wie ein Schatten aus der Dunkelheit neben ihr aufgetaucht war. Es war nicht einfach, die einzelnen Caristani zu unterscheiden, aber sie glaubte, dass es der dunkle Welpe war, der auf dem Weg zurück zum Lager die Führung übernommen hatte, Cchrlanho.

»Wenn du Hunger hast, Hunger, dann nimm dies«, sagte er. »Wir waren gestern jagen. Ich habe das beste Stück für dich aus dem Vorrat ausgegraben, das beste Stück.«

In seinen Kiefern hing ein Stück Fleisch, Fellfetzen und Erde klebten noch daran. Rena wollte gar nicht wissen, was für ein Tier es einmal gewesen war und in welchem Zustand der Zersetzung es sich befand, ihr drehte sich auch so schon der Magen um. »Nein, danke, ich ...«

Doch dann sah sie den enttäuschten Ausdruck in seinen Augen.

»Wollte sagen, das war sehr nett von dir«, sagte sie und nahm Cchrlanho das Stück behutsam aus der Schnauze. Als sie ihm zum Dank über den Kopf streicheln wollte, zuckte er instinktiv zurück und fletschte die Zähne. Dann blickte er sie verlegen an. »Entschuldige, war nicht so gemeint.«

Eilig kehrte Cchrlanho zu den anderen zurück, die in der Nähe des Baus herumlungerten.

Geschenk blieb Geschenk. Also holte Rena Alix' Dolch heraus und begann, die Fellfetzen von dem rohen Fleisch abzuschneiden. Alix hatte ihr gezeigt, wie sie aus Steinen einen kleinen Ofen bauen konnte, aus dem nur wenig Licht nach außen drang, darin konnte sie das Zeug braten, ohne dass das Feuer sie den Verfolgern verriet.

Alix konnte noch immer nichts essen. Ihre Haut war fahlgrau und ihr rotes Haar war verfilzt und strähnig. Verzweifelt versuchte Rena, ihrer Herrin wenigstens etwas Brühe einzuflößen, jedoch mit wenig Erfolg.

Nach einer Weile bemerkte Rena, dass die Welpen herüberspähten und neugierig die Witterung des brutzelnden Fleischs aufnahmen. Als der Braten fertig war, schnitt Rena ein Stück davon ab, legte es auf ein Blatt und trug es zu Cchrlanho hinüber.

»Magst du dies mal probieren, es probieren?«, fragte sie und musste grinsen, weil sich die Sprechweise der Caristani aus ihrem Mund so komisch anhörte.

Cchrlanho schnappte das Stück vom Blatt herunter und verschluckte es mit einem Biss. Er fiepte kurz auf, als er sich dabei die Zunge verbrannte. Rena erschrak. Was war, wenn er dachte, dass sie ihn hatte verletzen wollen? Sie konnte von Glück sagen, wenn er ihr nicht gleich an die Kehle sprang.

Aber der Iltismensch blieb nur einen Moment stumm, als suche er nach den richtigen Worten. »Schmeckt nach Feuer«, maunzte er schließlich höflich. »Das ist der Feuer-Gilde wohl würdig, würdig ist es. Wie ist dein Name, Menschenwelpin?«

»Rena ke Alaak.«

»Chrena, du musst eine wahrhaft starke Schnauze haben, wenn du dieses Feuer essen kannst, dieses Feuer.«

»Ich lasse es meistens abkühlen.«

In Cchrlanhos dunklen Augen tanzten kleine Funken. »Morgen werde ich für dich jagen, jagen werde ich. Magst du Natternmensch? Schön saftig das, saftig.«

Es dauerte gute drei mal zehn Atemzüge, bis sie ihn davon überzeugt hatte, dass sie es besser fand, wenn in nächster Zeit keine anderen Halbmenschen aufs Menü gesetzt wurden.

Die Aufregung darüber, dass sie im Lager der Iltismenschen war, hatte Rena wach gehalten, doch jetzt sehnte sie sich nach Schlaf, ihre Augen schlossen sich immer wieder fast wie von selbst. Schließlich gab sie auf. »Ich muss mich eine Weile hinlegen. Haltet ihr Wache gegen die Feinde und seht ihr nach der Feuerfrau?«

Cchrlanho knurrte kurz auf. »Schlaf du nur, schlaf. Wir wachen immer.«

Sie sah noch ein letztes Mal nach Alix und zeigte einem der Welpen, wie sie ihr die Stirn kühlen und ihr Wasser geben mussten. Die Schmiedin hatte die Augen geschlossen und atmete mühsam, aber als sie Rena bemerkte, bewegte sie sich und begann zu sprechen. »Rena ...«

»Was ist?«

»Du musst etwas für mich tun ... wenn ich ... sterben sollte, musst du mein Schwert zum Rat meiner Gilde bringen. Nach Tassos.«

»Aber ich ...«

»Du musst das für mich tun«, sagte Alix, und ihre Hand krallte sich in den Stoff von Renas Ärmel. »Bitte ... Gib es ihnen einfach, sie werden ... wissen, was sie damit zu tun haben.«

Erschüttert versprach es Rena. Sie kroch hinunter in den Bau, suchte sich eine leere Schlafhöhle, die recht sauber aussah, und rollte sich darin zusammen. Es war ein herrliches Gefühl, in Sicherheit zu sein. Aber die Gedanken an Alix, ihr Schwert und ihren Gildenrat hielten sie noch viele Atemzüge lang wach.

Als sie aufwachte und nach draußen robbte, war es noch ziemlich dunkel. Rena hastete hinüber zu der niedrigen Hütte, wo Alix untergebracht war. Die beiden Iltismenschen, die sich davor aufgebaut hatten, wichen respektvoll zur Seite und ließen sie durch.

Alix' erkannte sie nicht, als Rena ihren Namen rief, und ihr Puls war kaum zu fühlen. Niedergedrückt tupfte ihr Rena den Schweiß von der Stirn. Lautlos glitt der Caristan an ihre Seite, seine Schnurrhaare zuckten missmutig.

»Dieses weiße Zeug auf ihrem Arm, wozu soll das denn gut sein? Weißes Zeug!«, fauchte der Caristan angewidert. »Tu lieber das hier drauf, das hier. Zutaten beim Ritur gecchrelt.«

Gecchrelt? Wieder so ein eigentlich unübersetzbares Wort. Skeptisch blickte Rena auf den braunen, ranzig riechenden Brei, den der Caristan ihr hinhielt. Er sah so aus, als könnte er Alix ebenso schnell umbringen wie heilen und ob das für Vollmenschen geeignet war, wusste nur der Gott der Wälder. Aber sie ahnte, dass ihr keine Wahl blieb. Sie hatten fast kein Verbandszeug mehr. Rena nahm das ihr Dargebotene, schmierte Alix mit der braunen Substanz ein und verband sie mit dem frischen Blatt einer Großblatt-Staude.

Sie ließ sich neben Alix' Lager nieder und dachte darüber nach, ob ihre Verfolger schon herausgefunden hatten, dass sie sich zu den Iltismenschen geflüchtet hatten, und wenn ja, was sie dagegen unternehmen würden.

Wenn sie es schafften, eine kleine Armee zusammenzubekommen, dann konnten sie den Bau vielleicht stürmen ...

Ein Schrei ließ Rena aus ihren Gedanken auffahren. Alix lag nicht mehr apathisch da, sondern krümmte sich vor Schmerzen. Entsetzt sah Rena, dass die Schmiedin von einem Moment auf den anderen von Krämpfen geschüttelt wurde. Dort, wo sie sie mit dem Brei des Caristani eingerieben hatte, war die Haut rotgelb angelaufen.

Rena wollte den Verband abreißen, die braune Substanz wegwischen, damit sie nicht noch mehr Schaden anrichten konnte, doch starke Pfoten hielten sie zurück, zogen sie weg von Alix. War es eine Falle gewesen, waren sie verraten worden?

»Das Zeug bringt sie um!«, brüllte Rena. »Lasst mich sofort los!«

Die Pfoten hielten sie hartnäckig fest, sie konnte sich um keine Fingerlänge bewegen.

»Caristan! Cchrlanho! Warum habt ihr das getan?«

Der Caristan antwortete ihr nicht, er betrachtete Alix. »Es ist die Frau mit der Haut aus Metall. Ich wusste es auch, wusste es. Was das Feuer ihr angetan hat, das kann nur mit Feuer ausgetrieben werden, mit Feuer. Das ist der Fluch ihrer Gilde.«

Rena spürte, wie ihr Tränen über das Gesicht liefen. »Wieso tut ihr das ...?«

»Es zieht das Feuer heraus, Menschenwelpin, das Feuer.«

Rena wandte sich ab und hielt sich die Ohren zu. Sie wollte nichts mehr sehen oder hören, es war zu schwer zu ertragen. Als sie ihre Gegenwehr aufgab, ließen die Welpen sie los. Unendlich viele Atemzüge schienen verstrichen zu sein, als Rena schließlich merkte, dass es ruhig geworden war in der kleinen Hütte. Sie zog die Nase hoch, wischte sich mit dem Ärmel über das Gesicht und drehte sich um.

Alix' Augen waren offen. Rena sah sofort, dass sie nicht mehr leer an die Wand starrten, sondern ein Funken von Leben in sie zurückgekehrt war. Ihr Gesicht war noch immer bleich, doch noch während Rena sie beobachtete, breitete sich ein gesunder rosa Schimmer auf ihrer Haut aus. Ihre Hände tasteten auf den Decken herum, schienen etwas zu suchen. Schließlich richtete sich die Schmiedin mühsam auf die Ellenbogen auf und sah sich um.

»Irgendwie«, sagte sie, »irgendwie habe ich das Gefühl, dass ich jetzt was zu Futtern gebrauchen könnte. Wo ist übrigens mein Dolch?«

Nur durch ein blitzschnelles Zurückweichen konnte der Caristan verhindern, dass er von Rena umarmt und abgeküsst wurde.

Von da an ging es stetig aufwärts mit Alix. Sie brauchte noch viel Ruhe, aber bereits am zweiten Tag fühlte sie sich stark genug um aufzustehen und sich wieder ihrem langwierigen Ritual des Haarekämmens zu widmen. Erst als sie wieder Glanz in die kupferfarbenen Strähnen gebracht hatte, gab sie sich zufrieden. Gierig vertilgte sie gewaltige Portionen rohen Fleisches, die die Iltismenschen von ihrer Jagd heranschafften. Am dritten Tag sah Rena, als sie den Kopf aus dem Bau steckte, unter einem großen Colivar den vertrauten Anblick einer schlanken Gestalt, die konzentriert und ernst die Übungen ihres Schwertdrills durchging.

Jetzt, da die Sorge um Alix' Leben von ihr genommen

worden war, fühlte sich Rena wieder richtig jung. Sie begann mit den Welpen herumzubalgen und regelmäßig an den Sitzungen in der unterirdischen Kammer teilzunehmen. Als der Caristan sie zum Spaß einmal zum Ritur aufrief, sprang sie ihn an und schaffte es, ihm einen Atemzug lang mit beiden Händen die Schnauze zuzuhalten, bevor er sich ihr schlangengleich entwand und sie amüsiert mattsetzte. Jubelnd stürzten sich die Welpen auf Rena und sie verschwand unter einem braun- und cremefarbenen Fellberg.

Als Alix bemerkte, dass Rena die Sprache der Iltismenschen verstand, war sie verblüfft. »Ich werde nicht schlau aus dir. Rostfraß und Asche, warum hast du mir das nicht schon längst gesagt? Mit diesem Talent kannst du das Vermitteln zu deinem Beruf machen. Die Iltismenschen fressen dir ja fast aus der Hand, sowas habe ich noch nie erlebt.«

Rena nickte nur und hielt den Mund – sie war froh, dass Alix nicht gefragt hatte, wie sie dieses Talent erworben hatte und welche Sprachen sie noch konnte.

Am vierten Tag nahm der Caristan sie und Alix beiseite und sagte in seiner Sprache: »Es gibt gute Nachrichten, gute. Meine Späher melden, dass die Ungebetenen aufgegeben haben und nach Ekaterin zurückgekehrt sind. Feige sind sie, feige!«

Alix runzelte die Stirn und Rena beeilte sich, seine Worte für sie zu übersetzen.

»Na, sind wir mal froh«, sagte Alix und stützte sich auf ihr Schwert, mit dem sie gerade trainiert hatte. Sie trainierte hart, um schnell wieder Ausdauer zu bekommen und ihr Gesicht war rot und schweißbedeckt. »Mir sind im Moment ausnahmsweise feige Gegner lieber.«

»Bald werrrden sie dirrccch wiederr fürccchten lernen«, sagte der Caristan in Daresi und betrachtete das Kettenhemd, die »Haut aus Metall«, fasziniert.

Alix lachte und nahm ihre Übungen wieder auf.

Rena fiel wieder ein, dass Cchrlivan bei ihrer ersten Begegnung gesagt hatte, dass seine Mutter ihm etwas über Alix erzählt habe. Bevor sie die Caristani verließen, musste sie unbedingt herausfinden, was er wusste.

In dieser Nacht, als Alix schlief, kroch sie tief in den Bau hinunter, zu den Höhlen, in die sich die Iltismenschen zurückzogen. Es war warm hier und in der stickigen Luft hing der ranzige Geruch der Felle. Schließlich fand sie Cchrlivan, einen Welpen mit dem zarten Gesicht eines kleinen Jungen, zusammengerollt in einer der Schlafhöhlen. Vorsichtig rief sie ihn. »Cchrlivan, wach auf, wach auf. Was hat dir deine Mutter über die Frau mit der Haut aus Metall erzählt?«

Schüchtern sah Cchrlivan sie an und sog tief Luft ein, um ihre Witterung aufzunehmen. »Kennst du die Geschichten nicht, die Geschichten, du, die du mit ihr reist?«

»Doch, natürlich«, log Rena. »Aber ich möchte auch gerne hören, gerne, wie man sie sich unter den Caristani erzählt.«

Cchrlivan nickte und begann zu erzählen.

Grau wie das Wasser, rot wie der Mond

»Sie wurde geboren im Land der brennenden Bäume«, erzählte Cchrlivan, »ihr Vater war einst ein berühmter Schmied, berühmt, bis er seinen Schwertarm verlor und die Leute ihn vergaßen. Er hielt sie und ihren Bruder versteckt und lehrte sie alles, was er wusste, bis sie kämpfen konnte, kämpfen, wie der Feuergott selbst.«

»Wie hieß ihr Vater, wie hieß er?«, fragte Rena und dachte: Einen Bruder hat sie also!

»Taros«, sagte Cchrlivan. »Er war der große Taros!«

Rena blieb beinahe der Mund offen stehen. Sie hatte den Namen schon gehört, man kannte ihn selbst in anderen Gilden. »Was geschah dann? Hat er sie ausgeschickt?«

»Ich weiß nicht.« Cchrlivan quittierte die Unterbrechung mit vorwurfsvoller Miene. »Das sagt die Legende nicht, die Legende.«

»Was erzählt man sich noch?«

»Sie liebte einen Mann der Luft-Gilde, doch sie wurde verraten, verraten.«

Kein Wunder, dass Alix nicht gerne darüber sprach! »Was ist passiert?«, drängte Rena.

»Sie wollten sich in Liebe treffen, in Liebe, aber er gab den Ort preis, für Gold und Ruhm in seiner Gilde. Nur knapp entkam sie, knapp.«

»Sie schwor sich Rache?«, fragte Rena, die Alix kannte.

»Das tat sie, das tat sie. In der Fehde von Belén tötete sie dafür hundert von ihnen ganz allein, hundert. Doch sie würde nie einen Caristani töten, nie würde sie das.«

»Hat sie den Mann, den sie liebte, auch …?«

»Er ging fort, in eine ferne Provinz, um seine Schuld zu sühnen, seine Schuld, aber er vergaß sie nie, die Frau mit der Haut aus Metall.« Mit großen Augen sah der Welpe Rena an. »Jetzt ist sie unbesiegbar, denn sie hat die Frau bei sich, die jedes Wesen versteht, jedes Wesen.«

Rena antwortete nicht. Sie spürte den Nachhall seiner Worte in ihrer Magengrube, vor ihrem inneren Auge sah sie das Blut, sah sie die Schwerter und spürte, wie sich eine Gänsehaut auf ihren Armen bildete. So viele Menschen getötet – selbst wenn man die Zahl halbierte, die Cchrlivan genannt hatte –, das konnte, das durfte nicht wahr sein! Alix, von ihrem Vater zum Töten dressiert?

Sie dankte dem Iltismenschen und kroch zurück in ihre Schlafhöhle, aber sie konnte nicht einschlafen. Sie erlebte die letzte Zeit noch einmal und die einzelnen Szenen waren in ein anderes Licht getaucht. Also deshalb hatte Alix nicht geantwortet, als sie sie gefragt hatte, ob sie auch schon einmal verliebt war. Also deshalb verachtete sie die Luft-Gilde so sehr ...

Am nächsten Tag konnte sie Alix kaum ins Gesicht sehen. Rena hielt sich abseits, um sich ihren Brei aus Blättern zuzubereiten – sie hatte eine wilde Viskarie fast kahlgepflückt, um ihren Vorrat zu ergänzen. Nachdem die Schmiedin ihre Übungen absolviert hatte, schlenderte sie zu Rena hinüber. »Ich glaube, wir sind vorerst nicht mehr in Gefahr und ich fühle mich so stark wie ein Dhatla. Wir könnten morgen weiterreiten nach Tassos. Was hältst du davon?«

»Ich habe nichts dagegen«, sagte Rena, den Kopf über ihre Schüssel gebeugt. Der Brei schmeckte herb und faserig, da sie die Blätter roh essen musste. »Die Caristani wissen, wo Kollox ist, wir brauchen sie nur noch einzufangen.«

Sie spürte, dass Alix sie forschend ansah.

»Was ist los?«

»Nichts«.

»Nun gut. Wir reden später darüber. Halte dich bereit. Wenn der zweite Mond aufgeht, sind wir wieder unterwegs.«

In dieser Nacht, ihrer letzten Nacht bei den Caristani,

wachte Rena auf, weil sie spürte, dass sie nicht allein war. Sie erkannte Cchrlanho am Eingang ihrer Schlafhöhle. Er schien traurig. »Chrena, du wirst uns verlassen, verlassen wirst du uns.«

»Ja, wir müssen weiter nach Tassos, nach Tassos, um den Verräter zu finden, der mit der Frau aus Stein zusammenarbeitet.«

»Ihr werdet ihn finden, finden. Doch du wirst Hilfe brauchen können, Hilfe, von den Caristani – jetzt oder später.«

»Ich weiß, die Caristani sind meine Freunde.«

»Sie kennen dich nicht alle, nicht alle, nur wir kennen dich.«, sagte er. »Du musst die geheimen Worte lernen, damit du willkommen bist, willkommen.«

Renas Herz schlug schnell. Die Bündnisformeln gehörten zu den bestgehüteten Geheimnissen der Gilden. Sie war sicher, dass Alix ihr die Bündnisformel für die Ilsmenschen nicht einmal verraten hätte, um ihr Leben zu retten.

»Der Caristan weiß, wer du bist, er weiß es. Es gibt nur eine Möglichkeit, die Sprache der Caristani zu lernen – die *Quelle* zu berühren, die *Quelle.* Du bist es, die die Brüder aus der Felsenburg befreit hat, du bist es. Ist das wahr, ist es das?«

»Ja, das ist wahr.«

Cchrlanho fiepte leise auf. »Wir wussten es, wir wussten es. Du gehörst zu uns, du bist die Frau der tausend Zungen. Deshalb hat der Caristan mir gelobt, dir die geheimen Worte zu bringen. Sprich mir nach: *Grau wie das Wasser, rot wie der Mond, gelb wie die Flamme, weiß wie der Stern.*«

Rena wiederholte die Formel. Beim ersten Mal brachte sie die Farben durcheinander und beim zweiten

Mal vergaß sie einen Teil, aber beim dritten Mal klappte es ohne Fehler. Cchrlanho nickte zufrieden.

»Auf dass dich die Furcht niemals lähmen möge, niemals«, sagte der Iltismensch.

»Das wird sie nicht«, sagte Rena. »Und irgendwann werden wir uns wieder sehen.«

»Ich weiß«, sagte Cchrlanho, blickte sie noch einmal an und verschwand in einem der unterirdischen Tunnel.

»Wir haben so furchtbar viel Zeit verloren«, sagte Alix. »Und der Gildenrat wartet auf mich!«

»Ist es noch weit bis zur Grenze?«

»Nein. Riechst du den Rauch nicht? Siehst du den Widerschein der Flammen nicht nachts am Himmel? Bald sind wir in Tassos.«

Rena hatte es schon gerochen, würzig und etwas bitter, doch sie hatte nicht gewusst, was es war. Hier im Grenzgebiet gingen die weißen Colivars, Viskarien und Dalama in einen ganz anderen Wald über. So sehr Rena Bäume liebte – dieser Wald jagte ihr Angst ein, sie zog unwillkürlich ihren Umhang fester um sich. Dicht an dicht wuchsen auf dem dunklen Boden schwarze, verkrüppelt wirkende Gewächse, von denen manche graues Laub trugen. Einige dieser Bäume brannten – ihre Äste hoben sich vor dem Hintergrund der Flammen wie geschwärzte Skelette ab.

Alix ließ das Dhatla anhalten; ihre Augen wurden schmal, als sie den Wald musterte. »Hier müssen wir durch, der Phönixwald ist das Tor zu Tassos.«

»Freust du dich eigentlich, bald wieder daheim zu sein?«

»Daheim? Was bedeutet das schon. Ich hätte mir einmal fast geschworen, nie wieder den Fuß auf diese verbrannte Erde zu setzen.«

Es lag Rena auf der Zunge zu fragen, ob das nach der Fehde von Belén gewesen war. Aber sie wagte es nicht, sie starrte in den unheimlichen Wald hinein und dachte daran, dass sie noch nie davon gehört hatte, dass jemand aus ihrer Gegend bis zur Grenze von Alaak vorgedrungen war. Jetzt verstand sie, woran das liegen mochte.

Alix holte den Lederbeutel mit ihrem Wasservorrat und schüttete den Inhalt über ihren Umhang. »Tu das auch, zieh dir das Ding über den Kopf und hoffe das Beste. Mehr können wir nicht tun.«

Sie quetschte den Blasebalg, der Kollox das Duftsignal *Schnell laufen* gab. Als das Dhatla nicht sofort reagierte, gab Alix ihm als Strafe eine Dosis eines unangenehmen Geruchs hinterher und wiederholte dann das Signal. Kollox schüttelte angewidert den schweren Kopf, gab auf und stürmte so heftig los, dass Rena beinahe hintenüber gekippt wäre. Das Dhatla lief schnell – aber nicht schnell genug. Entsetzt sah Rena, dass mit einem Baum links von ihnen etwas geschah. Er loderte einfach auf, stand plötzlich in Flammen – ganz von selbst! Von der linken Seite des Weges fegte mit einem lauten Zischen eine Feuerzunge über sie hinweg. Rena konnte sich gerade noch unter ihren Umhang ducken und schrie auf, als die sengende Hitze sie traf. Das Knacken und Prasseln der Flammen toste ihr in den Ohren, sie waren in einem Inferno gefangen. Doch über den Lärm hörte sie es ganz deutlich: Alix lachte. Es war ein wildes, ausgelassenes Lachen, das Rena einen Schauer über den Rücken jagte.

Kollox schlug seine Grabkrallen in den Boden und holte mit den gewaltigen Vorderpfoten aus, um im Boden zu verschwinden. Rena spürte es und verkrampfte sich, doch Alix schaffte es noch einmal irgendwie, das Dhatla weiterzuzwingen.

Dann war die Luft auf einmal wieder kühl, Kollox hatte sie aus der Todeszone herausgetragen. Vorsichtig lugte Rena unter ihrem Umhang hervor und warf einen Blick in die Richtung, aus der sie gekommen waren. Direkt neben dem Pfad war einer der schwarzen Bäume in Brand geraten, von seinen dicht belaubten Ästen loderten die Flammen.

»Deshalb nennen wir sie Phönixbäume«, keuchte Alix. »Der Boden ist so karg, dass sie sich alle paar Wochen entzünden und ihr Laub verbrennen müssen ... um sich selbst zu düngen, sonst sterben sie ... Alles in Ordnung mit dir?«

»Ich glaub schon.« Renas linkes Bein schmerzte, die Haut war gerötet, aber es schien nicht weiter schlimm zu sein. Nur ihre Kleidung war angesengt und sah wüst aus.

Sie waren froh, als der Phönixwald endlich hinter ihnen lag.

Es war leicht zu erkennen, dass sie eine Siedlung der Feuer-Gilde erreicht hatten. Hier gab es nicht wie in Alaak ein oder zwei Pyramiden pro Dorf, sondern sie ragten wie schwarze Zacken überall in den Himmel. Dazwischen spielte ein Rudel Kinder. Obwohl sie erst um die fünf Winter alt waren, trug jedes einen Dolch. Sie scharten sich um ein schwarzrot gemustertes Reptil, das doppelt so groß war wie sie, und amüsierten sich damit, es zum Angriff zu reizen. Es fauchte, biss um sich und spuckte Flammen, während die Kinder johlend um es herumrannten.

»Hat das Spiel irgendeine Pointe?«, fragte Rena erstaunt. »Hast du das früher auch gespielt?«

»Klar. Man versucht, so nah wie möglich an ein Tass heranzukommen oder es sogar zu berühren. Wer danach die wenigsten Verbrennungen hat, ist der Gewinner.«

»Aha. Hast du viele Verbrennungen abbekommen?«

»Beim Spiel – nicht viele. Im Laufe meines Lebens – mehr als genug.«

Bei einer der kleineren Pyramiden hielt Alix an, musterte das Gebäude prüfend und nickte dann zufrieden. »Hier machen wir Quartier. Wir habens zwar eilig, aber für zwei Dinge muss jetzt Zeit sein. Erstens – mein Kettenhemd. Zweitens …«

»Zweitens …?«

»Wirst du schon früh genug feststellen. Ruh dich inzwischen ein bisschen aus.«

Sie baten um Quartier und wurden freundlich empfangen. Alix flüsterte mit dem Meister, dem die Schmiede gehörte, und ging mit ihm direkt zur Pyramide hinüber, während Rena sich Waschzeug erbat und erst einmal den Dreck und den Schweiß abwusch. Im Verbandszeug war noch etwas Salbe. Sie schmierte ihre Haut dort, wo sie sich verbrannt hatte, damit ein und war froh, dass es so glimpflich ausgegangen war. Dann warf sie sich aufs Bett – es war seit Wochen das erste Mal, dass sie in einem Bett schlief – und döste auf der Stelle ein.

Als sie erwachte, war es schon wieder Morgen. Sie hatte die ganze Nacht durchgeschlafen. Rena rieb sich die Augen und stolperte ins Hauptzimmer, wo die Bewohner der Schmiede schon beim Frühstück saßen. »Hallo. Wo ist Alix? Schläft sie noch?«

Der Schmied schüttelte den Kopf. »Schlafen? Sie ist schon wieder bei der Arbeit. Sie isst nicht, sie schläft kaum. Deine Meisterin ist eine seltsame Frau.«

»Ich weiß«, sagte Rena.

Als der zweite Mond am Himmel stand, tauchte Alix schließlich rußgeschwärzt und mit tiefen Schatten der Erschöpfung unter den Augen aus der schwarzen Pyramide auf, bedankte sich höflich bei ihrem Gildenbruder und verabschiedete sich. Bevor Rena es sich versah, waren sie wieder auf dem Weg aus dem Dorf hinaus und ritten über eine von großen Felsen übersäte Ebene mit vereinzelten Phönixbäumen.

»Werden wir noch verfolgt?« fragte Rena. »Spürst du etwas?«

Alix schüttelte den Kopf. »Ich glaube, wir haben sie abgehängt. Jedenfalls folgt uns niemand mehr. Aber wir müssen auf der Hut bleiben. Vielleicht haben sie andere Mitglieder der Verschwörung benachrichtigt, in welche Richtung wir reisen.«

»Wenn sie uns noch einmal überfallen ...«

Die Schmiedin ahnte, worauf sie hinauswollte. »Ich weiß nicht, ob ich sie noch einmal besiegen könnte. Ich bin noch nicht wieder so stark wie vor dem Hinterhalt. Wir müssen einfach auf unser Glück vertrauen.«

Als sie eine halbe Tagesreise zwischen sich und die Siedlung gebracht hatten, ließ Alix ihr Dhatla an einer geschützten Stelle zwischen einigen Felsen anhalten. »So, hier rasten wir. Ich möchte dir etwas geben.«

Sie setzten sich einander gegenüber auf den schwarzen Sandboden, dann nahm Alix ein in weiches dunkles Tuch gewickeltes Bündel aus ihrem Gepäck und schlug den Stoff auseinander.

»Das ist für dich«, sagte Alix. »Ich hatte schon längst vor, dir ein neues zu machen. Du hast es dir verdient.«

Rena nahm das Messer, das vor ihr lag, und zog es vorsichtig aus der Lederscheide. Es war schwer, hatte eine etwas über handlange, leicht gebogene Klinge und einen Griff aus poliertem dunklem Holz, der sich perfekt in ihre Handfläche schmiegte.

»Es ist aus gutem Stahl«, sagte Alix verlegen. »Der beste, den der Schmied hatte. Sei vorsichtig, wenn du es benutzt, es ist verdammt scharf.«

Sie nahm noch einen zweiten Gegenstand aus dem Stoffbündel. Rena holte tief Luft. Es war ein einfaches, schmuckloses Schwert. Die Klinge war nicht blank, sondern von der Hitze des Schmiedefeuers angelaufen. Aber es hatte die gleiche tödliche Schönheit und Eleganz wie Alix' Waffe. Rena starrte es an, aber sie berührte es nicht.

»Ein Schwert wie meins bekommt man erst, wenn man Feuer-Gilden-Meisterin wird«, sagte die Schmiedin. »Dieses hier wird sich noch nicht mit dir verbinden, jeder kann es berühren. Ich werde es für dich aufheben, bis du gelernt hat mit ihm umzugehen. Morgen bekommst du die erste Lektion – wenn du noch immer willst. Die Iltismenschen haben dir gesagt, wer ich bin, nicht wahr? Ich habe es gewusst, als ich dein Gesicht gesehen habe. Und du warst sehr schweigsam gestern.«

Rena nickte.

»Ich habe schon Menschen im Kampf getötet«, sagte Alix. »Aber wenn du das Schwert von mir annimmst, bedeutet das nicht, dass du denselben Weg gehen musst. Du kannst – nein, du musst – deinen eigenen Weg finden. Das Schwert bedeutet nur, dass dir niemand anders seinen Weg aufzwingen kann. Nimmst du es an?«

Rena dachte an das zurück, was Cchrlivan ihr erzählt hatte. Sie dachte an Jon und wusste, dass sie nie für ihn töten könnte. Nicht für ihn und wahrscheinlich für niemanden sonst, vielleicht nicht einmal für sich selbst.

»Du hast ihn sehr geliebt, nicht wahr?«

»Ja«, sagte Alix. »Ich habe ihn sehr geliebt.«

»Ich nehme das Schwert an«, sagte Rena und hob es vorsichtig auf. Kalt und schwer und leblos lag es in ihren Händen und sie fragte sich, ob es jemals für sie singen würde. »Ich weiß noch nicht, welcher mein Weg sein wird, aber ich werde ihn schon noch finden.«

»Da bin ich mir ganz sicher«, sagte Alix, und als sich ihre Augen trafen, hatten sie wieder die Kraft, sich anzulächeln.

Am nächsten Tag, gleich nach Sonnenaufgang, bekam Rena ihre erste Schwertkampf-Lektion. Die Waffe erschien ihr so lang und unhandlich, dass sie erst einmal eine halbe Ewigkeit lang üben musste, es schnell und richtig zu ziehen. Als Alix sah, dass die Muskeln von Renas Arm schon zitterten, seufzte sie und verordnete eine Pause. »Von jetzt ab trainierst du jeden Morgen genauso wie ich«, befahl sie. »Sonst machst du im Ernstfall spätestens nach zweimal zehn Atemzügen Kampf schlapp. Wär schade. 'ne Viertelstunde musst du schon durchhalten, sonst blamierst du uns beide.«

»Das interessiert mich doch sowieso nicht mehr, wenn ich tot bin«, stöhnte Rena.

Alix schnalzte missbilligend mit der Zunge. »Lektion eins: Wenn du zur Feuer-Gilde gehören willst, muss dir deine Ehre genauso wichtig sein wie dein Leben. Du willst ja nicht nur überleben, sondern mit Stil überleben.«

»Geht das?«

»Natürlich, wenn auch nicht immer. So, wir machen weiter. Jetzt zeige ich dir die Grundstellung.«

Sie stellten sich nebeneinander auf und Alix zeigte ihr, wie sie das Schwert richtig in Bereitschaftsposition hielt und wie sie die Füße setzen musste, damit sie jederzeit blitzschnell zur Seite ausweichen konnte und gleichzeitig standfest genug war, um nach vorne zum Angriff überzugehen.

»So?«

»Lockerer im Handgelenk. Lass den Schwertarm die Arbeit tun. Gewicht auf das Standbein. Jetzt leicht mit den Knien abfedern ... ja, gut so.«

Als nächstes erklärte sie Rena einen schrägen Schlag, mit dem sie gleichzeitig das Schwert des anderen abblocken und selbst angreifen konnte. Rena konzentrierte sich, aber der Schweiß lief ihr schon von der Stirn. Der Griff in ihren Händen war glitschig geworden. Wie lange würde es wohl dauern, bis sie im Ernstfall zweimal zehn Atemzüge durchhalten konnte, ganz zu schweigen davon, dass sie jemals so kämpfen konnte wie Alix? Bis jetzt sang das Schwert nicht zu ihr, eher im Gegenteil.

Trotzig spannte Rena ihre Muskeln an und probierte den Schlag noch einmal. Alix hatte sich einen toten Ast gegriffen und hielt dagegen. Doch diesmal hatte sich Rena verschätzt, die Waffe glitt ihr weg, ihre Hand rutschte über den Griff in Richtung Klinge. Instinktiv öffnete Rena die Finger.

»Nicht fallen lassen! Nicht fallen lassen!«, schrie Alix.

Das spitze Schwert sauste zu Boden, genau in Richtung Renas linker Fußspitze. Es bohrte sich eine halbe Fingerlänge daneben in die Erde und blieb stecken. Erschrocken blickte Rena nach unten.

Alix' Mundwinkel zuckten, aber sie schaffte es gerade noch, sich zu beherrschen und ernst zu bleiben.

»Meinst du, aus mir wird noch mal eine Schwertkämpferin?«, fragte Rena sie mutlos.

»Oja, bestimmt«, sagte Alix, packte ihre Ausrüstung ein

und hievte sie sich auf die Schulter. »... in etwa zwanzig Jahren. Vielleicht.«

Rena musste grinsen.

Kaltes Feuer

Sie erkannten den Turm des Gildenrats schon von weitem und sahen ihn in den Tagen, die folgten, vor ihnen immer größer werden, bis er ihr halbes Blickfeld ausfüllte. Es war ein hohes massiges Gebäude, aus grobem schwarzem Stein gehauen, das aus der felsigen Ebene aufragte. Ein Flammenkreis umschloss es, das Feuer loderte mit seltsam silbriger Farbe eine halbe Baumlänge hoch.

»Das sind keine normalen Flammen«, sagte Alix. »Man nennt es kaltes Feuer. Dagegen hilft kein Schutzanzug, nur das geheime Passwort.«

»Kann ich denn überhaupt dort hinein mitkommen? Was ist, wenn die hohen Meister herausfinden, dass ich nicht zur Feuer-Gilde gehöre?«

»Das darf nicht passieren. Es ist ein Risiko, wenn ich dich da mit reinnehme. Für mich und für dich. Zumindest in den nächsten Tagen darfst du dich nicht verraten – in keiner Kleinigkeit, mit keinem Wort, keiner Geste. Ich habe vorsichtshalber in der Schmiede noch etwas anderes für dich gemacht.«

Alix zog ein Amulett der Feuer-Gilde aus der Tasche. »Es ist gefälscht und hat nichts zu bedeuten. Aber du solltest es tragen, solange wir in Tassos sind.«

Zögernd nahm Rena das Metallstück. »Was ist, wenn ich Feuer machen soll oder so etwas?«

»Dann streckst du einfach die Nase in die Luft und fragst sie, wie sie dazu kämen, dich so etwas zu bitten.«

»Vielleicht merken sie, dass ich ... äh ... Angst habe. Habe ich nämlich.«

»Glaube ich dir gerne. Was meinst du, was mir damals durch den Kopf ging, als mich mein Vater zur ersten Audienz mit hergenommen hat.«

Alix hatte vorher eine kurze Rast eingelegt und sich auf die Audienz vorbereitet. Kettenhemd und Waffen trug sie nun ganz offen, nicht unter ihrem Kleid verborgen. Das Schwert an ihrer Seite war frisch poliert, die silbernen Schuppen des Panzers glänzten und sie trug weiche Stiefel aus Torquil-Leder, die Rena noch nie zuvor an ihr gesehen hatte. Ihre langen kupferfarbenen Haare hatte sie mit silbernen, mit Edelsteinen besetzten Kämmen hoch gesteckt. Rena war stolz darauf, dass Alix so prächtig aussah, aber sie selbst kam sich neben ihr unscheinbarer denn je vor.

Sie erreichten den Flammenkreis. Diese Flammen knackten und prasselten nicht, völlig lautlos züngelten sie gen Himmel und strahlten keine Hitze aus. Rena legte den Kopf in den Nacken und sah hinauf zu dem schwarzen Turm, der über ihnen aufragte. Der zweite Mond stand am Himmel, er schien nur eine Armlänge von der Spitze des Turms entfernt zu sein.

Alix murmelte unhörbar einige Worte und vor ihnen verschwand das kalte Feuer, brannte fließend herunter und ließ sie durch. Jenseits des Flammenkreises warteten zwei Männer in eleganten roten Ledercapes auf sie, auch sie waren schwer bewaffnet. Als sie Alix sahen, verbeugten sie sich förmlich. »Euer Name und Anliegen, *tani*?«

»Ich bin Alix ke Tassos von den Waffenschmieden,

Meisterin vierten Grades der Feuer-Gilde. Die hohen Meister erwarten meinen Bericht.«

Mit offenem Mund blickte Rena sie an. Alix war eine Meisterin vierten Grades?! Da es nur fünf Grade gab, hatte sie damit schon fast alles erreicht.

»Ihr werdet schon seit langer Zeit erwartet, Alix«, sagte einer der Männer. Er hatte ein kantiges Gesicht mit einem schwarzen Vollbart und ruhige dunkle Augen. »Wir dachten, Ihr wärt ums Leben gekommen.«

»Hätte auch nicht viel gefehlt. Wir reden später, Elro. Jetzt muss ich erst einmal den offiziellen Teil hinter mich bringen.«

Rena fühlte neugierige Blicke auf sich ruhen, doch zu ihrer Erleichterung forderte niemand sie auf, auch ihren Namen zu nennen. Das falsche Gildenamulett schien auf ihrer Haut zu brennen, es kam ihr so vor, als müsse jeder sofort erkennen, dass es eine Fälschung war. Aber niemand sprach sie an.

Die beiden Männer führten sie durch eine kleine Seitentür in den Turm des Gildenrats. Während sie durch die Gänge schritten, die von Fackeln beleuchtet wurden, unterhielten sich Alix und der bärtige Mann mit leisen Stimmen. Rena folgte ihnen und spitzte die Ohren.

»Wer ist das Mädchen?«

»Ich habe sie als Lehrling angenommen.«

»Ein Lehrling? In deiner Position ist das mehr als riskant. Ich weiß nicht, ob der Gildenrat das billigen wird.«

»Hat sich aber schon gelohnt. Sie hat mir das Leben gerettet. Sag mal, wie ist die Stimmung hier? Ich war gar nicht darauf vorbereitet, vor den Rat zitiert zu werden – was hat das zu bedeuten?«

Doch Elro kam nicht mehr dazu, etwas zu erklärten, er flüsterte hastig: »Komm nachher in meine Räume, dann können wir reden.« Schon standen sie vor den hohen Flügeltüren und wurden von den Wachen eingelassen.

Alix holte tief Luft und straffte die Schultern. Plötzlich wirkte sie wieder so stolz und hochmütig wie damals, als Rena sie kennen gelernt hatte. Ihr Gesicht verriet nicht, was sie dachte.

Sie traten in den großen Saal. Der Raum war rund, er bildete die Achse des Gebäudes. Seine Decke lag so hoch oben, dass sie in der Dunkelheit nicht zu erkennen war, wahrscheinlich bildete sie das Dach des Turms selbst. Rena wurde fast schwindelig, als sie hinaufblickte. Sie sah etwas an den Wänden glänzen und kniff die Augen zusammen, um mehr erkennen zu können. Die inneren Wände des Turmes waren über und über mit Schwertern behangen!

Von oben fiel ein wenig Licht in den Turm wie in einen Brunnenschacht, doch im Saal selbst war es düster und Fackeln waren an den Wänden angebracht worden, um ihn etwas zu erleuchten. Auf einem erhöhten Podest im hinteren Teil des Raumes brannte in einer steinernen Mulde ein großes Feuer. Es warf zuckende Schatten an die Wände.

Zwei Männer und eine Frau in schlichter schwarzer Kleidung, saßen an einem halbkreisförmigen Tisch aus geschmiedetem Eisen. Der Gildenrat der Feuer-Gilde. Sie beobachteten die Neuankömmlinge, die jetzt in den Halbkreis traten, genau.

»Friede den Gilden«, sagte eines der Ratsmitglieder.

»Und Wohlstand ganz Daresh«, erwiderte Alix.

»Wir haben gehört, dass Lennart getötet wurde«, sagte der Mann. »Habt Ihr sein Schwert?«

Alix nickte, trat vor und legte ein längliches Bündel auf den Halbkreistisch. Einer der Männer schlug die Tücher auseinander, berührte die Waffe kurz und bedeutete dann einem der Diener, sie wegzubringen. Rena ahnte, dass das Schwert seinen Platz an den inneren Wänden des Turmes finden würde und dass dort irgendwann auch Alix' Schwert mit den roten Steinen und dem Flammenmuster hängen würde.

Kurz berichtete Alix, was danach geschehen war, wie sie die Falle in Ekaterin aufgestellt hatten, wie sie überfallen worden waren und wie sie Schutz gesucht hatten. Welche Rolle Rena dabei gespielt hatte, ließ sie aus.

»Das sind die aussichtsreichsten Spuren, die wir gefunden haben – das Amulett und der Erzsucher«, fasste Alix zusammen. »Wenn der Rat erlaubt, werden wir diese Spuren weiterverfolgen. So besteht die Möglichkeit, die Verschwörung doch noch aufzudecken, bevor der Bürgerkrieg uns alle verschlingt.«

Schweigend streckte der Mann auf dem mittleren Sessel die Hand aus.

»Der Rat wünscht das fremde Amulett zu sehen«, sagte die Vermittlerin.

Wie befohlen händigte Alix das kleine runde Metallstück aus und trat wieder zurück an ihren Platz im Zentrum des Halbkreises. Nachdem alle Ratsmitglieder das nachgeschmiedete Amulett inspiziert hatten, gab der Mann ein kurzes Zeichen und ein Diener brachte es weg. Alix machte eine kleine Bewegung und öffnete halb den Mund, als wolle sie dagegen protestieren, dass man ihnen das Beweisstück nahm. Doch schließlich sagte sie nur: »Wie hat der Rat entschieden?«

»Alix ke Tassos wird zu unserer Verfügung im Turm des Gildenrates bleiben. Ein anderer Agent wird ausgesandt werden, um die Verschwörung aufzudecken.«

Verständnislos und entsetzt blieben Rena und Alix

stehen, obwohl sie wussten, dass ihre Audienz beendet war. Erst als die Diener auf sie zutraten, drehte Alix sich um und verließ mit langen Schritten den Saal.

Als sie außer Hörweite waren, sprudelte Rena empört hervor: »Das können sie doch nicht machen, das ist doch eine Unverschämtheit! Es war doch nicht deine Schuld, dass dieser Lennart getötet worden ist oder dass du bei dem Überfall hinter Ekaterin verletzt worden bist!«

Alix hob die Hand, um sie zu bremsen. Sie wirkte müde. »Entschuldige, aber mir ist jetzt nicht nach Reden zumute, Rena.«

Ein schrecklicher Gedanke kam Rena. »Meinst du, dass sie das wegen mir gemacht haben? Weil du mich als Lehrling angenommen hast, ohne sie vorher zu fragen?«

»Vielleicht hat es mit dazu beigetragen, aber der wahre Grund war sicher ein anderer.«

»Aber woran lag es denn dann? Du hast doch nichts falsch gemacht, oder?«

»Um herauszubekommen, was wirklich dahintersteckt, werde ich mich unter den Leuten hier herumhören müssen. Vielleicht hat Elro eine Ahnung. Er war es, der mich damals in den Dienst des Gildenrates geholt hat, wir kennen uns schon lange. Er ist ein Sturkopf, nicht jeder kommt mit ihm klar, und er kämpft kaum noch – hat sich nie um eine Meisterschaft zweiten Grades beworben, kannst du dir das vorstellen? Aber er hat inzwischen eine Menge Macht hier, der Gildenrat hört auf ihn.«

»Vielleicht setzt er sich für dich ein! Bestimmt wird er das, wenn ihr euch schon so lange kennt. Lass dich nicht unterkriegen, Alix.«

»Hat dir schon mal jemand gesagt, dass du zu viel redest?«

Alix beschleunigte ihre Schritte. Jetzt ging es eine Rampe hinauf, die in den oberen Teil des Gebäudes führte. Rena musste fast rennen, um Schritt zu halten. Sie war nicht eingeschnappt darüber, dass Alix sie anfuhr. Wut war jetzt gut für sie, denn mit ihrer Wut hatte Alix ein kaltes Feuer, das sie vorantreiben konnte, das ihr neue Kraft gab.

Elros Gemächer waren nicht so schlicht wie der Saal des Gildenrates, er hatte kunstvoll geschmiedete und geschnitzte Möbel mit Einlegearbeiten aus verschiedenfarbigen Edelmetallen. Die Felle seltener Tiere bedeckten den kalten Steinboden. Erschrocken entdeckte Rena auch die Haut eines Natternmenschen darunter.

Elro saß am Fenster und las in einem Bündel Papiere. Als er sie hereinkommen sah, legte er die Dokumente weg und begrüßte sie mit einem Lächeln. »Wie ists gelaufen?«

»Beschissen. Sie haben mir den Auftrag weggenommen.« Alix trat nach einem kleinen Hocker, sodass er durch den Raum flog, dann ließ sie sich in einen Stuhl fallen. »Und ich habe keine verdammte Ahnung, warum. Hast du schon was darüber gehört, wen sie an meiner Stelle ausschicken wollen?«

Elro schüttelte den Kopf. »Ich vermute, sie denken, dass du noch zu jung bist. Die Leute, die sich in den anderen Provinzen nach dem Verräter umhören, sind alle mindestens so lange im Dienst wie Lennart. Wenn die Spur nach Alaak führt, will der Rat seine erfahrensten Leute dort, das ist ganz natürlich.«

»So lange im Dienst wie Lennart, Rostfraß und Asche! Lennart war ein kluger Kopf, aber über seine besten Zeiten hinaus. Wenn die anderen noch erfahrener sind, dann Gnade ihnen der Feuergeist, denn dann werden sie wahrscheinlich an ihrem gesammelten Wissen ersticken.«

»Wenn du dich ein bisschen abgekühlt hast, wirst du einsehen, dass die Entscheidung des Rates richtig war. Du bist noch recht jung, du arbeitest noch nicht lange hier, du bist eine auffallende Erscheinung, an die sich die falschen Leute erinnern könnten. Nimms mir nicht übel.«

Elros Hände spielten mit einem scharfen kleinen Dolch, fast zärtlich strichen seine Finger über die Klinge, ohne sich daran zu verletzen. Fasziniert beobachtete Rena das Spiel. Währenddessen lief Alix rastlos im Zimmer auf und ab, völlig eingesponnen in ihre Probleme. »Ich habe nicht vor, hier im Turm auf meinem Hintern zu sitzen und zu versauern«, knurrte sie. »Sollen sie mich meinetwegen in Tassos einsetzen, aber hier beim Gildenrat bleibe ich nicht.«

»Wieso nicht?« Elro deutete mit einer Handbewegung auf seine geräumigen Gemächer. »Es gibt schlimmere Orte. Hier bist du im Machtzentrum der ganzen Provinz. Hier werden die Entscheidungen getroffen, die dort draußen Leben oder Tod bedeuten. Der Rat hat große Pläne und ich werde meinen Teil dazu betragen können, sie zu verwirklichen und unsere Gilde größer zu machen als je zuvor.«

»Hast du überhaupt eine Ahnung, was da draußen vorgeht?«, fragte Alix rau. »Wir sind fast schon im Bürgerkrieg! Die Gilden gehen sich an die Kehle, statt zusammenzuhalten, und die Regentin besetzt eine Provinz nach der anderen mit ihren Truppen. Es gibt praktisch jeden Tag Tote! Das kann so nicht weitergehen!«

»Was da draußen vorgeht, das weiß ich besser als du.« Mit einer heftigen Bewegung rammte Elro den Dolch in einen Stapel Dokumente und nagelte sie damit an den Holztisch. »Hier gehen alle Berichte der Agenten ein, täglich kommen Boten und Wühler aus allen Provinzen an und ich bin einer der Ersten, die die Nachrichten zu sehen bekommen. Versuch nicht, mir zu erzählen, was da draußen vorgeht!«

»Erspar mir den verdammten Sermon!«, fauchte Alix. »Wir müssen dafür sorgen, dass diese verfluchte Verschwörung aufgedeckt wird, das ist es, was zählt!«

»Das werden wir. In den anderen Provinzen sind meine tüchtigsten Leute mit dem Fall beschäftigt und ich werde einen guten Agenten ausschicken, um die Spur in Alaak weiterzuverfolgen, darauf kannst du dich verlassen.«

»Tu das!«, zischte Alix und stürmte hinaus. Sie schnappte sich den ersten besten Diener, befahl ihm, ihr ihre Zimmer zu zeigen und stampfte mit düsterer Miene hinter ihm her. Rena hob sich das Gepäck auf die Schultern und folgte ihnen.

Sie bekamen ein Quartier hoch oben im Turm zugewiesen, von dem aus sie fast bis zum Phönixwald blicken konnten. Es war das erste Mal, dass Rena so hoch über dem Erdboden war, und bei dieser Gelegenheit konnte sie gleich feststellen, dass sie unter Höhenangst litt.

Als sie wieder allein waren, wurde Alix allmählich wieder ruhiger. Als sie Rena ansah, lächelte sie schon wieder – doch es war ein bitteres Lächeln. »Na, Rena, was hast du jetzt vor? Was mir blüht, weißt du. Ich gebe dich von deiner Dienstverpflichtung frei. Hier beim Gildenrat kann ich keine Dienerin und kein Lehrlingsmädchen gebrauchen.«

»Was?« Rena schrie es beinahe. Nach dem, was sie

durchgemacht hatten, um hierher zu kommen, war das zu viel der Enttäuschung. War ihre Lehrzeit bei der Feuer-Gilde beendet, noch bevor sie richtig angefangen hatte? »So einfach machst du dir das?«

»Tut mir Leid. Aber du siehst ja selbst ...«

»Na gut, dann bin ich also nicht mehr dein Lehrlingsmädchen«, sagte Rena wütend und ein wenig ratlos. Was sollte sie jetzt mit ihrem Leben anfangen? Der Gedanke war noch nicht verhallt, als schon eine Antwort tief aus ihr hervorstieg: Sie wollte etwas gegen die Feindschaft der Gilden tun. Schon so oft hatte sie daran gedacht, dass irgendjemand die Gilden an einen Tisch bringen musste. Wieso nicht sie selbst? »Ich weiß schon, was ich tue. Ich werde vermitteln gehen.«

»Vermitteln gehen? Vermitteln gehen! Was soll denn das sein?«

Rena ließ sich nicht aus der Fassung bringen, obwohl sie sich schon jetzt fragte, ob das eben nicht eine Idee vom gleichen Kaliber wie das mit der *Quelle* gewesen war. Kam sie da vielleicht vom Regen in die Traufe? »Es steht so schlimm mit den Gilden im Moment. Im Weißen Wald habe ich ein Dorf gesehen, das bei einer Gildenfehde zerstört worden ist, und dann diese Prügelei im Wirtshaus von Ekaterin ... du hast doch selbst gesagt, dass es so nicht weitergehen kann! Man müsste es hinbekommen, dass die Gilden sich wieder austauschen. So, wie es jetzt ist, hat keiner eine Ahnung vom anderen.«

Alix seufzte. »Schon richtig. Ich finde es auch scheußlich, in welche Richtung Daresh sich bewegt. Aber jetzt mal ehrlich, so lobenswert das alles ist, ein vierzehnjähriges Mädchen, das mit einem solchen Vorschlag kommt, wird doch keiner ernst nehmen ...«

»*Sech*zehn bin ich!«

»Seis drum. So was hat es noch nicht gegeben, dass sich die vier Gilden zusammenfinden, und du willst es fertig bringen.«

»Wieso nicht? Sonst macht es ja keiner«, sagte Rena. Sie nahm es Alix nicht übel, dass sie sich gegen ihre Idee stellte, und hatte nicht vor, ihre bissigen Worte auf die Goldwaage zu legen. Die Verzweiflung in Alix' Gesicht war so deutlich, als hätte sie sie heraus geschrieen. »Sonst tut es ja keiner.«

»Was wirklich nicht der schlechteste Grund ist.«

»Ich könnte zu den Gildenräten reisen und fragen, ob sie überhaupt Frieden wollen, und wenn ja, unter welchen Bedingungen«, sagte Rena. Doch dann packte sie die Angst vor ihrer eigenen Courage und sie verstummte verlegen.

»Was soll das bringen? Sie werden dich nicht hineinlassen, sofort wieder hinauswerfen oder töten lassen!«

Rena war noch nicht bereit, ihre Idee aufzugeben. »Aber stell dir doch mal vor, was das bewirken würde. Die Gilden könnten anfangen zu verhandeln, und wenn sie verhandeln, dann können sie auch gemeinsam etwas gegen die Regentin unternehmen.«

»Kann ich mir nicht vorstellen«, knurrte Alix. »Wie soll das gehen?«

»Na ja, jeder Rat könnte eine Delegation zur Felsenburg schicken. In drei Monaten, zurzeit der nächsten Sonnenfinsternis, treffen sich dann alle auf der Lichtung in Alaak, die man den Kahlen Fleck nennt, und fordern zusammen eine Audienz.«

Alix nickte und sah zum ersten Mal interessiert drein. »Könnte sogar klappen, aber alleine hast du keine Chance. Und du brauchst den offiziellen Segen irgendeiner Gilde.«

»Was ist, kommst du mit? Du könntest den Gildenrat bitten, dich stattdessen auf diese Mission zu schicken.«

Die Schmiedin schüttelte den Kopf, ging zum Fenster und blickte hinaus über die schwarze Ebene von Tassos. Rena hatte den Verdacht, dass sie es tat, damit man ihre Augen nicht sah. Als sie sprach, klang es seltsam verzerrt. »Tut mir Leid. Selbst wenn es nicht verrückt wäre, der Gildenrat würde mich nicht gehen lassen. Du hast gehört, was er beschlossen hat.«

»Ich glaube nicht, dass sie wirklich etwas dagegen hätten, wenn du gehen würdest«, sagte Rena und fügte hinzu: »Vielleicht sind sie ganz glücklich, dich auf diese Weise los zu werden.«

»Das ist doch Blödsinn«, fauchte Alix, riss ihren Umhang von der Stuhllehne und warf ihn sich über. »Ich werde jetzt noch ein paar Worte mit Elro allein reden. Wir haben uns lange nicht mehr gesehen und es gibt viel zu erzählen. Bis nachher!«

Es war dunkel über der Ebene von Tassos, als Alix zurückkehrte. Rena wachte vom vertrauten Geräusch ihrer Schritte auf, blieb liegen und beobachtete die Schmiedin aus den Augenwinkeln.

An der ungeschickten Art, wie Alix nach der Fackel tastete und dabei über ihr Gepäck stolperte, merkte Rena, dass Alix nicht sehr gut im Dunklen sah. Das war wohl auch etwas, was die Erd-Gilde den Feuerleuten voraus hatten. Aber noch während sie das dachte, merkte Rena, dass es nicht nur daran lag. Plötzlich ging ihr auf, dass Alix Beljas genommen hatte, und zwar eine ganze Menge, wenn sie in einem solchen Zustand war.

»He, Rena«, flüsterte Alix. »Ich weiß, dass du wach bist ... Aua, was war denn das ... Scheißschwert ... was habe ich gerade gesagt? Ach ja ... weißt du was, kleine Blattfresserin? Ich komme mit!«

Rena entging keine ihrer Bewegungen. Sie versuchte nicht, sich schlafend zu stellen. »Wieso?«

»Wieso was? Ähm, ich habs mir überlegt. Du hattest Recht, so geht es nicht weiter. Ich kämpfe gern, aber auf einen Bürgerkrieg habe ich keine Lust. Daresh braucht Frieden. Beim Feuergeist, ja! Und wenn ich bei dir bin, dann werden dich die verdammten Mistkerle der anderen Gilden gefälligst ernst nehmen.«

Rena grinste in die Dunkelheit. Das war wirklich Originalton Alix: Entweder ihr macht jetzt Frieden oder ich mache euch einen Kopf kürzer. Aber sie würde schon noch merken, dass das nicht der Sinn der Sache war. Das war jetzt nicht so wichtig. Wichtig war, dass sie mit von der Partie war. Sie hoffte nur, dass Alix es sich nicht am nächsten Morgen anders überlegen würde, sobald der Rausch des Beljas verflogen war.

»Aber glaubst du denn, dass der Gildenrat dich gehen lässt?«

»Ich glaube, äh, nicht nur, ich weiß es! Ich war noch einmal da drin bei diesen drei lächerlichen Gestalten. Ha, wie die geguckt haben. Und was glaubst du, was die gesagt haben?«

»Die fanden die Idee gar nicht schlecht.«

»Verdammt, woher weißt du das? Elro hat ihnen geraten mich gehen zu lassen. Es ist doch wirklich eine völlig blödsinnige Idee. Blödsinnig. Völlig. Absolut. Aber der Gildenrat glaubt, dass wir, so wie wirs bisher gemacht haben, nicht herausbekommen, wer die Verräter sind. Jetzt wollen sie mit den anderen Gilden Kontakt aufnehmen. Das soll ich machen. Ganz offiziell. Ich habe eine Kante, äh, Karte meine ich natürlich, mitgebracht. Nur damit du sehen kannst, worauf du dich eigentlich einlässt.«

Mit einer gemurmelten Formel schaffte es Alix doch noch, eine der Fackeln zu entzünden. Die Fackel zuckte wild, brannte in einem Moment herunter, loderte im nächsten Moment hoch auf. Rena erschrak, als sie Alix bei Licht sah, und hoffte, dass sie nicht so zum Gildenrat hineingegangen war. Ihre Augen waren gerötet und sie sah zerzaust aus; ihre Waffen waren verrutscht, das Kleid fleckig.

»Der Rat war bestimmt sehr beeindruckt davon, dass du extra deine Orgie abgebrochen hast, um mit deiner Idee zu ihnen zu eilen«, sagte Rena unschuldig.

»Orgie? Ich hatte eine ernsthafte Diskussion mit Elro, sehr ernsthaft. Erzähl mir nichts von Orgien.«

»Verstehe, du hast das Beljas genommen, um dein Bewusstsein zu erweitern und mit Elro angemessen diskutieren zu können.«

»Das bisschen Beljas! Ha! Ich fühle mich wunderbar.«

Rena grinste. »Wenn sich Elro genauso wunderbar fühlt, dann wird der Gildenrat heute Nacht wahrscheinlich kein Auge zutun.«

»Geschähe denen recht, dieser Krötenbande«, knurrte Alix und Rena hoffte, dass die Wände hier keine Ohren hatten.

Nach kurzem Kampf mit dem Pergament hatte Alix die Karte erfolgreich entfaltet. Sie beugten sich darüber und Alix' unsteter Zeigefinger zeichnete lange Linien. »So, Tassos haben wir hinter uns. Mein Gildenrat will Frieden, damit nicht noch mehr unserer Formeln preisgegeben werden und die Regentin keinen Druck mehr auf uns ausüben kann. Sie schicken eine Delegation zum Treffpunkt.«

»Toll!«

»Wart mal ab. Als nächstes ist die Luft-Gilde dran, weil ihre Provinz an meine grenzt. Das bedeutet, wir müssen durchs Grasmeer und zur Stadt Eolus. Weißt du eigentlich, wie viele Leute durch dieses verdammte Grasmeer reisen wollten und nie wieder gesehen worden sind? Dann gehts weiter in die Provinz Vanamee, zu unseren wässrigen Freunden in der Schwimmenden Stadt. Und dann gehts heim, zumindest für dich. Alaak, der Weiße Wald und die Felsenburg der Regentin sind unsere letzte Station. Aber ich warne dich, es gibt da so ein Sprichwort darüber, was der Prophet im eigenen Lande gilt. Na, wie klingt das?«

»Schrecklich«, musste Rena zugeben.

»Aber du willst trotzdem gehen, richtig?« Alix schüttelte den Kopf. »Kleine, ich hoffe nur, dass wir aus dieser ganzen Sache in einem Stück rauskommen.«

Es war das letzte Mal, dass Alix sie »Kleine« nannte.

Als der erste Mond aufging, verließen sie den Turm des Gildenrats.

II

Wind und Wasser

Der Gesang der Gräser

Alix und Rena standen auf einer kleinen Anhöhe. Vor ihnen führte der Pfad ins Tal hinunter. Es sah fast so aus, als sei die ganze Ebene mit einem weichen, blauen Fell bedeckt. Der leichte Wind kräuselte die Oberfläche wie eine Flüssigkeit. An ein oder zwei Stellen war das gleichmäßige Muster durchbrochen, das waren Siedlungen der Luft-Gilde, doch ansonsten erstreckte sich der glatte Teppich bis zum Horizont.

Sie hatten das Grasmeer erreicht.

Die drei Wochen, die hinter ihnen lagen, waren hart gewesen. In Alaak gab es neben den Halbmenschen keine Raubtiere, Tassos dagegen war voll davon, selbst die Pflanzen schienen es ohne Unterlass auf einen abgesehen zu haben. An jeder Ecke brannte es, was niemanden zu stören schien, und die Menschen neigten dazu, erst ihre Waffe zu ziehen und dann Fragen zu stellen. Alix und Rena hatten vier Gildenfehden miterlebt und mit heiler Haut überstanden, wären dafür jedoch beinahe Truppen der Regentin in die Hände gelaufen.

Das hellblaue, sanft wogende Grasmeer dagegen sah so friedlich aus, dass Rena es förmlich mit den Augen verschlang. Sie konnte ihm beinahe verzeihen, dass sie seinetwegen in der letzten Siedlung vor der Grenze Kollox hatten verkaufen müssen. Alle Wege, die durchs Grasmeer führten, waren zu schmal für Dhatlas. Ab jetzt hieß es also, sich zu Fuß durchzuschlagen.

»Sie sagen, dass jeder, der sich seiner selbst nicht sicher ist, für immer vom Grasmeer verschluckt wird«, sagte Alix. »Ich hatte noch nicht das Vergnügen, es je ausprobieren zu dürfen. Los, gehen wir. Jedenfalls sind wir da drin vor den Verschwörern sicher – ich glaube nicht, dass sie uns dort hinein folgen können oder folgen möchten.«

Von einem Moment auf den anderen sah Rena das Grasmeer mit anderen Augen. »Warte ... ähm, wir können das Ding nicht irgendwie umgehen, oder?«

»Fühlst du dich deiner selbst etwa nicht sicher genug? Das klingt aber gar nicht nach der Rena, die mich beim Gildenrat dazu aufgestachelt hat, mit ihr auf diese Reise zu gehen! Außerdem ist das nur ein blödes Gerücht.«

Was man von oben nicht gesehen hatte, war, dass das »Fell« der Ebene aus daumendicken Halmen von etwa drei Armlängen Höhe bestand. Neugierig versuchte Rena, einen Grashalm abzuschneiden. Er war zäh wie Leder.

»Das Zeug brennt bestimmt gut«, sagte Alix mit leuchtenden Augen. »Wie das wohl aussehen würde, wenn es alles in Flammen steht – das ganze Grasmeer?«

Entsetzt starrte Rena sie an.

»Wunderschön«, beantwortete Alix ihre eigene Frage. »Wunderschön und schrecklich.«

Rena hoffte, dass Alix nicht auf dumme Gedanken kam. Sie wusste inzwischen, dass die Leute der Feuer-Gilde den Spitznamen »Brandstifter« nicht ganz zu Unrecht trugen.

Als sie über den Fußpfad hinuntergestiegen waren, entdeckten sie, dass sie sich nicht, wie sie zuerst befürchtet hatten, durch die Halme hindurchpflügen mussten. Ein Netz von Pfaden – so schmal, dass sie hintereinander gehen mussten – durchzog in Schlangenlinien das Grasmeer.

Schon nach einem Tagesmarsch hatten sie diese Pfade herzlich satt. »Hoffentlich finden wir überhaupt nach Eolus, der Hauptstadt der Luft-Gilde«, sagte Alix.

»Wir müssen nach Osten gehen. Beim Feuergott, diese Wege sind so gewunden wie der Gedankengang eines Wahnsinnigen!«

»Vielleicht kann man auch den direkten Weg nehmen.« Rena testete den Boden abseits des Pfades mit dem Fuß und machte dann ein paar Schritte zwischen die Halme. Doch ihre Schuhe versanken in einer klebrigen, muffig riechenden Masse. Hastig versuchte Rena zum Pfad zurückzukommen, doch es war schon zu spät. Sie steckte fest wie in Fliegenleim, es gelang ihr nicht einmal, einen Fuß herauszuziehen. Mit jedem Atemzug sackte sie tiefer, schon nach Momenten war sie bis zu den Schienbeinen darin.

»Alix! Ich stecke fest!«, brüllte Rena.

»Nur keine Panik, wir sind alle unheimlich selbstsicher heute«, schrie Alix zurück, die Rena gerade so vom Pfad aus erreichen konnte. Sie stemmte die Füße in den Boden und packte Rena unter den Achseln. Zum ersten Mal spürte Rena am eigenen Leib, welche Kraft in den Armen ihrer Freundin steckte. Es fühlte sich an, als würde sie zerrissen. Aber selbst das half kaum etwas.

»Das Zeug saugt dich hinunter«, keuchte Alix. »Kannst du schon den Grund fühlen?«

»Nein! Da ist nichts!« schrie Rena zurück und versuchte sich an den harten Grashalmen festzuklammern. Sie spürte, dass sie noch tiefer gesackt war, als Alix ihren Griff neu ansetzen musste. »Ich bin längst erstickt, bis ich unten ankomme!«

»Wart nur, in ein paar Atemzügen habe ich dich raus«, sagte Alix. Ihr Gesicht war rot angelaufen und die Sehnen an ihrem Hals standen hervor. Schweiß floss ihr über Gesicht und Hals.

Sehr, sehr langsam merkten sie, dass der Schlamm

nachgab. Fingerlänge für Fingerlänge zog Alix sie auf den trockenen Pfad zurück. Nur Renas Sandalen blieben für immer in den klebrigen Tiefen zurück.

Zu Tode erschöpft und kalkweiß stolperte Rena auf den Pfad, brach in die Knie und musste sich hinlegen. Ihr drehte sich alles vor Augen. Hinter sich hörte sie Alix schwer atmen. Angeekelt versuchte Rena die braune Masse von ihren Beinen abzustreifen. Doch es klebte nur noch mehr an ihr, sie bekam es in die Haare und in die Augen, und schließlich gab Rena auf. Sie war ja nicht auf dem Weg zu einer Audienz. Hauptsache, sie lebte noch.

»Das war knapp«, sagte Alix. »Kann mir denken, dass der eine oder andere Reisende auf diese Art verschwunden ist.«

Die Halme des Grasmeeres sprachen auch im Wind, aber Rena konnte nicht verstehen, was sie sagten, es war nur ein papiernes Rauschen. Sie schienen alle anderen Geräusche außer ihren eigenen zu schlucken. Der Boden federte so stark, dass Rena nicht einmal ihre Schritte hören konnte. Wie eine undurchdringliche blaue Wand erhoben sich die hohen Halme zu beiden Seiten des Weges. Man konnte wahrscheinlich auf Parallelpfaden in zwei Armlängen Entfernung aneinander vorbeilaufen, ohne sich jemals zu sehen oder zu hören. Ein schmaler Streifen Himmel war alles, was man vom Pfad aus sah, und man musste sich mehr schlecht als recht am Stand der Sonne orientieren. Wer sich hier verlief, der war verloren.

Während der nächsten Tagesmärsche trafen sie keinen Menschen. Alix führte – mit ihren ausgreifenden Schritten ging sie voran. Sie hatte es anscheinend ebenso eilig wie Rena, aus diesem blauen Gefängnis herauszukommen. Rena fühlte sich nicht wohl in ihrer Rolle als Nachhut. Sie hielt das Messer gezückt, so, wie Alix es sie gelehrt hatte: locker, sodass die Klinge in einem rechten Winkel zu ihrem Arm nach unten stand.

Ein paar geknickte Halme waren über den Pfad gefallen. Alix stieg über sie hinweg und ging weiter, aber Renas Fuß blieb in dem Geflecht hängen und sie stolperte. Als sie fiel, ließ sie die Waffe los, um sich abzufangen, und das Messer rollte über den Pfad und platschte in den Morast. Verzweifelt blickte Rena ihm nach, und es war ihr, als durchbohre eine lange Nadel ihr Herz. Das Messer, das Alix ihr geschmiedet hatte – in ein paar Momenten würde es für immer verloren sein!

Alix war schon um die nächste Biegung verschwunden.

»He, warte doch mal!«, rief Rena hinter ihr her, ließ sich auf die Knie fallen und versuchte das Messer zu erreichen. Es versank schnell, man sah nur noch den Griff. Vorsichtig, um nicht selbst hineinzufallen, streckte sich Rena danach. Ihre Anstrengungen wurden belohnt. Ihre Finger schlossen sich um den Messerknauf und nach ein paar Atemzügen hatte sie es frei. Es war zwar völlig verdreckt, aber Rena wusste ja inzwischen, dass das nach ein paar Tagen von selbst abbröckeln würde. Sie richtete sich auf und steckte das Messer in ihren Gürtel. Dann sah sie sich um.

Alix war weg.

Sie hat mich nicht gehört, dachte Rena. Dieser verdammte Gesang der Gräser! Wahrscheinlich ist sie schon ein Stück voraus. Sie rannte los, um Alix einzuholen. Nach ein paar Armlängen kam sie an eine Stelle, wo der Weg sich gabelte. Sie schätzte ab, wo Osten war, und rannte den Weg in diese Richtung weiter. Doch als sie ihm dreimal zehn Atemzüge lang gefolgt war, ohne jemanden zu sehen, blieb sie keuchend stehen. So viel Vorsprung kann sie nicht haben! fuhr es ihr durch den Kopf. Ich habe die falsche Abzweigung genommen.

Sie lief zurück zur Wegkreuzung und nahm den anderen Weg. Doch auch dort war niemand und nach ein paar Atemzügen erreichte sie wieder eine Gabelung. Wieder wählte Rena den Weg, der nach Osten zu führen schien, rief Alix' Namen, kam wieder an eine Kreuzung, schrie »Alix?« und erhielt keine Antwort, rannte weiter. Es war wie an dem Tag, als sie ihren Onkel im Labyrinth der Felsenburg verloren hatte. Erst als sie völlig erschöpft war, ließ sie sich auf den schmalen Pfad fallen und rang keuchend nach Atem. Das Pfeifen der Halme im Wind fegte durch sie hindurch und sie hätte am liebsten die Hände auf die Ohren gepresst. Rena wusste nicht genau, was geschehen war, aber sie wusste, dass sie sich verirrt hatte.

Sie wird mich suchen, dachte Rena. Ihr dämmerte, dass sie das gleich hätte tun sollen – sich auf den Pfad setzen und warten, bis Alix umkehrte. Aber vielleicht war es noch nicht zu spät dafür.

Einen halben Tag lang wartete sie. Niemand kam. Es dauerte lange, bis sie sich schließlich eingestand, dass es keinen Sinn mehr hatte, hier zu bleiben. Wenn sie sich nicht alleine durchschlug, würde sie an Ort und Stelle verdursten.

Rena machte sich auf den Weg nach Osten.

Zum ersten Mal seit Monaten reiste sie allein und es war ein ungewohntes Gefühl. Wenn Rena daran dachte, dass sie sich vielleicht nie mehr sehen würden, wurde ihr die Kehle eng. Sie vermisste Alix' Kraft, ihren Sachverstand, selbst ihre Flüche. Doch dann beruhigte sie sich mit dem Gedanken, dass sie es nur nach Eolus schaffen musste. Das war der Treffpunkt. In Eolus würden sie sich wieder sehen.

Nach drei einsamen Tagen wurde Renas Wasservorrat knapp. Sie hatte sich immer nur wenige Schlucke gegönnt, um ihre trockene Kehle anzufeuchten, aber auch das war schon zu viel gewesen. Beunruhigt schüttelte sie ihre Lederflasche und schätzte, dass das, was da drinnen noch gluckerte, höchstens noch für einen Tag reichte. Wenn sie nicht bald ein Dorf fand, würde sie enden wie die anderen Reisenden, die nie wieder aus dem Grasmeer herausgefunden hatten.

Nur hundert Atemzüge später fingen ihre Ohren ein ungewohntes Geräusch auf. Ihr Herzschlag begann zu rasen, als sie das Rumpeln der Karren und das Klimpern der kleinen Metallstücke hörte, die manchmal am Geschirr von Antilopenmenschen befestigt wurden. Da zog ganz in der Nähe eine Gruppe von Händlern vorbei!

»He! Hört ihr mich? Hilfe!«, brüllte Rena, aber es kam keine Antwort. Nach wenigen Atemzügen waren die leisen Stimmen und Hufschläge verklungen und sie war wieder der einzige Mensch in der Einöde.

Als sie am nächsten Morgen langsam die Augen öffnete, hörte sie nur wenige Armlängen von sich entfernt ein leises Schnaufen und sprang auf. Aber ihr Schrei wurde zu einem verdutzten Ausatmen, als sie zu ihren Füßen einen grauen Katzenmenschen sah.

Es war ein Weibchen, zierlich, aber gut genährt. Ihr weiches hellgraues Fell glänzte im ersten Licht und sie hatte ein schönes Gesicht mit ruhigen grünen Augen. Sie musste sich während der Nacht lautlos genähert haben. Endlich wieder ein lebendes Wesen! dachte Rena und strahlte über das ganze Gesicht. Doch nachdem der erste Überschwang verflogen war, wurde ihr bewusst, dass sie es hier nicht mit einem der friedlichen, verbündeten Halbmenschen aus den Dörfern des Weißen Waldes zu tun hatte. Plötzlich fiel Rena auf, dass die Katzenfrau über eindrucksvoll blitzende Eckzähne verfügte und ihr Blick nicht gerade sehr Vertrauen erweckend wirkte.

Rena verbeugte sich, ohne sie aus den Augen zu lassen. »War die Jagd gut?«

»Na jaaarrr«, sagte die Katzenfrau und sah gierig drein. Renas Hand fuhr an ihren Hals. Sie wusste, dass die Katzen ihren Opfern am liebsten das Genick brachen. »Ich wärre jarr schorrn länrrgst weiterrrgegangen, aber durr musstest jarr mitten auf drrem Weg schlafen und irrch wollte nircht auf dirr herumtrrampeln. Werrgen dir habe irch mindestens eine halbe Tagesreise wrreniger gescharrfft.«

»Das wollte ich nicht«, entgegnete Rena in Daresi und fühlte sich gleichzeitig betroffen und erleichtert. Wenn sie so rücksichtsvoll gewesen war, nicht über Rena drüberzulaufen, war es wohl unwahrscheinlich, dass sie Schlimmeres im Sinn hatte. »Wohin bist du denn unterwegs?«

»Narrch Dar Brredin«

»Ist das hier in der Nähe? Ich habe nicht mehr viel Wasser.«

Die Katzenfrau nickte.

»Wir könnten zusammen reisen«, sagte Rena, froh, dass sie jemanden getroffen hatte, der den Weg ins nächste Dorf zu kennen schien.

Wieder nickte die Katze. »Errrs ist nirrcht weit. Du bist arrllein, nicht wahrrrr?«

Renas schrak auf. Der letzte Satz hatte ziemlich

scheinheilig geklungen. Aber was konnte die Katze vorhaben? Sie sah nicht hungrig aus und befand sich ganz offensichtlich nicht auf der Jagd. Wie auch immer, Rena bedauerte ihr vorschnelles Angebot zusammen zu reisen bereits.

Nach einer Tagesreise kamen sie auf breite, ausgetretene Pfade, auf denen frische Fußspuren zu erkennen waren. Renas Herzschlag beschleunigte sich. Ein Dorf war in der Nähe! Gleich war sie wieder unter Menschen, in Sicherheit! In einer Siedlung würde die Katzenfrau nie wagen, einen Vollmenschen anzugreifen.

Ein dutzend Baumlängen um das Dorf herum waren die Grashalme dicht über den Wurzeln abgeerntet worden. Gesang und die Geräusche einer Getreidemühle klangen zu ihnen hinüber.

»Darr Brredin«, sagte die Katzenfrau.

»Toll«, meinte Rena. »Vielen Dank. Ich glaube, ich hätte das allein nie gefunden. Weißt du, wo man hier Wasser bekommen kann?«

»Komm mit.«

Sie schlugen den Weg zur Mitte der Siedlung ein, an den aus Gras geflochtenen Gebäuden vorbei, von denen keins ohne ein surrendes Windrad war. Jedes hatte ein anderes Muster auf den flirrenden Speichen, wohl eine nimmermüde Visitenkarte der Familie, der es gehörte. Im Zentrum ragte das größte Windrad von allen auf, ein riesiges Geschöpf mit Hunderten von kleinen Flügeln in einer komplizierten Farbfolge.

Sie kamen an einem großen, flachen Gebäude vorbei, das viel zu groß schien, um als Wohnhaus für einen einzigen Meister zu dienen, und das aus Holz bestand, nicht aus Grasmatten. Rena musterte es erstaunt und registrierte automatisch: Dalama-Holz, während der Lanzenbaum-Saison geerntet, ziemlich schlecht verarbeitete Planken. Es musste sehr aufwendig gewesen sein, das Holz herzubringen – warum sie das wohl getan hatten?

Schließlich kamen sie zu einem großen Platz aus festgestampfter Erde. Einige Dorfbewohner hatten in einer tiefen Erdkuhle ein Feuer aus aufgeschichteten Halmen entfacht. Das Gras brannte hell und heiß, mit einem beißenden Geruch, der Rena in der Nase brannte. Aber den Dörflern schien das gar nichts auszumachen. Sie saßen mit gekreuzten Beinen auf dem Boden und beobachteten, wie dreißig oder vierzig faustgroße Vogelkörper auf Spießen langsam geröstet wurden.

Als sie Rena und die Katzenfrau bemerkten, wandten sich die Dorfbewohner ihnen zu und Willkommensrufe ertönten. Rena wurde schnell klar, dass der freundliche Empfang nicht ihr galt, sondern der Katze. »Na, hast du wieder jemanden mitgebracht, Shari?«

Die Katze setzte sich in den Kreis, ihre Augen warfen das Licht der Flammen zurück wie zwei Leuchtkäfer. Rena stand eine Weile verlegen herum und beschloss, als sie immer noch niemand beachtete, sich einfach dazuzusetzen. Immerhin grüßte ihr Nachbar jetzt freundlich. Rena lächelte dankbar zurück.

»Hallo«, sagte der Mann. »Du bist nicht aus der Gegend, oder?«

Rena schüttelte den Kopf. Sie wollte von Alix und ihrer Reise erzählen, davon, dass sie sich verloren hatten, doch dann entschloss sie sich zur Vorsicht. »Ich bin auf der Suche nach einer neuen Lehrstelle.«

»Erd-Gilde, nicht wahr?«

Rena nickte und freute sich, dass er nicht »Blattfresserin« gesagt hatte. Hier im Grasmeer schien die Gildenfeindschaft noch nicht so schlimm zu sein.

Der Mann lehnte sich zur Seite, um leise mit einem anderen Dörfler zu sprechen, und Rena warf schnell einen Blick auf sein Gesicht. Seine Haut war glatt und gebräunt und seine Haare hatten einen hellen Goldschimmer. Er sah fast so gut aus wie Jon.

Der Händler wandte sich wieder ihr zu und lächelte. »Hast du Durst?«

»Ziemlich. Mir ist das Wasser ausgegangen.«

»Gut, dass du kein Sumpfwasser getrunken hast. Es verklebt einem den Hals, man kann nichts mehr essen«

»Wäh. Zum Glück war es so unappetitlich, dass ichs gar nicht erst probiert habe ...«

»Wir kennen den Trick, wie man es mit Pflanzenextrakten reinigt. Sonst könnten wir hier im Grasmeer nicht überleben. Bevor du dich wieder auf den Weg machst, kannst du von uns Wasser bekommen.«

Ein Becher wurde von Hand zu Hand gereicht, ohne dass jemand daraus trank, und landete schließlich bei Rena. Sie bedankte sich höflich, hätte das Gefäß aber am liebsten zurückgegeben, als sie sah, dass kein Wasser darin war. Was für ein Gebräu war denn das? Es roch nach irgendeinem Pflanzensaft. Rena zögerte. Ihr Nachbar schien enttäuscht. »Was ist, schmeckt es dir nicht? Das ist das traditionelle Getränk unserer Gilde.«

»Doch, natürlich«, sagte Rena um ihn nicht zu verletzen. Kurzerhand nahm sie einen kräftigen Schluck. Es schmeckte bitter und sie musste sich beherrschen, um das Gesicht nicht zu verziehen.

In diesem Moment wandte sich die Katze um und Rena bemerkte, dass auch sie sie beobachtet hatte. Ihre Augen glitzerten, als sie sich an Renas Nachbarn wandte. »Narrr also. Warrnn kann irrch meine Prrovision abholen?«

»Sobald wir einen Käufer für sie gefunden haben«, sagte der Händler leichthin. »Sprich mich in zwei Tagen noch mal deswegen an.«

Wovon redet ihr eigentlich? wollte Rena sagen, aber als sie den Mund öffnete, blieben ihr die Wörter auf der Zunge liegen wie Bleiklumpen, sie brachte es nicht einmal bis zur ersten Silbe. Was passiert hier?

Ihr Mund fühlte sich taub und gefühllos an. Etwas rann ihr über die Zehen – der Becher war ihr aus der Hand gefallen. Aber das war weit entfernt, gar nicht wichtig. Die Katze blickte sie noch immer an und ihre Augen schienen immer größer zu werden, bis sie zu gewaltigen, goldenen Monden geworden waren. Rena verlor den Halt und sank hinein in dieses Gold wie in einen Kessel flüssigen Metalls.

Was ist los? Verdammt! Die Menschen, die verschwinden …!

Um sie herum löste sich die Welt in flirrende Lichtpunkte auf.

Die Menschen, die verschwinden

Renas Kopf fühlte sich an, als sei er mit Watte gefüllt, aber sie hatte keine Schmerzen. Sie lag auf dem Bauch und ihre Nase war nur eine halbe Fingerlänge von einer zerschlissenen Grasmatte entfernt, die genauso muffig roch wie das Sumpfwasser. Um sie herum Dunkelheit, stickige Hitze. Rena spannte vorsichtig die Halsmuskeln an, hob den Kopf etwas und sah sich um. Obwohl sie es diesmal von innen sah, erkannte sie das Holzgebäude sofort wieder, das sie bei ihrer Ankunft im Dorf gesehen hatte. Entlang der Innenwand waren Ringe aus Metall angebracht und in den Ecken standen Töpfe, aus denen es nach Unrat stank. Ein paar Armlängen entfernt lag eine gesprungene Wasserschale. Das war alles, was das Haus an Einrichtung zu bieten hatte, wenn man die von vielen Füßen abgenutzten Grasmatten außer Acht ließ. Es war nicht schwer zu raten, dass hier gewöhnlich Menschen aufbewahrt wurden, auch wenn Rena im Moment das einzige Lebewesen darin war.

Ihr wurde fast übel, als ihr klar wurde, wohin sie geraten war und dass auch sie nie an ihrem eigentlichen Ziel ankommen würde. Es war ihre eigene Art, die diese Gegend so gefährlich machte. Menschenhändler! Das war das dunkle Geheimnis des Grasmeeres.

Niedergeschlagenheit breitete sich in ihr aus. Alix kann mir hier nicht raushelfen – niemand wird mir helfen, dachte sie. Niemand weiß, wo ich bin. Wieso passiert gerade mir das?

Um ihr Handgelenk lag ein Lederband, das mit einer stabilen Kette an der Hüttenwand festgeschmiedet war. Die Kette war ziemlich lang, sie konnte die gegenüber liegenden Wände erreichen, aber es war unmöglich, das Lederband abzustreifen.

Nur ganz gedämpft drangen die Stimmen des Dorfes herüber, das Schnurren der Windräder, die vergnügten Schreie der kleinen Kinder und der Klang eines Steinhammers. Lange Zeit blieb Rena so sitzen, lauschte und dachte nach. Allmählich wurde ihr Kopf klarer und das Denken fiel ihr leichter. Sie sah sich noch einmal um, konnte ihre Tasche aber nirgendwo entdecken. Auch das Messer war weg, Alix' Geschenk an sie, mit dem alles angefangen hatte.

Rena zuckte zusammen, als sie Schritte näher kommen hörte. Ein Riegel wurde zurückgeschoben, dann fiel ein breites Lichtband ins Innere des Langhauses. Die Silhouette eines Mannes hob sich gegen das helle Viereck der offenen Tür ab. Noch bevor sie ihn erkannte, ahnte Rena, dass es der gut aussehende Händler war, der ihr gestern – war es gestern gewesen? – den Becher mit dem Betäubungsmittel gegeben hatte.

»Hallo«, sagte der Händler schließlich. Seine Stimme klang genauso wie gestern am Lagerfeuer, obwohl seine Gesprächspartnerin diesmal in einem Sklavenhaus in einer Ecke kauerte. »Ausgeschlafen?«

Wütend funkelte Rena ihn an.

»Ich werde dir nichts tun«, sagte der Mann der Luft-Gilde nüchtern. »Morgen geht ein Transport nach Nehiri, da wird sich zeigen, wer eine Dienerin wie dich gebrauchen kann.«

»Das war nicht fair, das mit dem Getränk!«, brüllte Rena ihn an.

»Du wirst schnell herausfinden, dass das Leben selten fair ist«, sagte der Händler. »Und wenn Shari dich nicht hergebracht hätte, wärst du ohne Wasser in ein paar Tagen tot gewesen. Das ist im Grasmeer schon vielen Fremden passiert, das kannst du mir glauben. Findest du nicht, dass diese Rettung ein paar Winter deines Lebens wert ist?«

Rena schwieg verzweifelt. Sie wusste, dass Nehiri im Norden lag, weit weg von Eolus. Selbst wenn sie von dort fliehen konnte, würde sie ohne Hilfe nie nach Eolus finden, das war ihr klar.

Wieder knarrte die Tür und ein weiterer Mann betrat den Raum. »Na, Moog, wieder einen guten Fang gemacht?«

»Ja, eine kleine Blattfresserin.«

Die Stimme des Neuankömmlings kam Rena irgendwie bekannt vor. Mit zusammengekniffenen Augen starrte sie ins Gegenlicht und sah eine lange, schlanke Gestalt. Sie erkannte den Mann erst, als er näher kam und sie sein verstrubbeltes weißblondes Haar, das blaue Halstuch und den hervorstehenden Adamsapfel darunter sah. Es war der junge Händler der Luft-Gilde, mit dem sie damals am Feuer gesessen hatten, kurz vor Alix' Prügelei mit seinen Reisegefährten!

Mit einem Schlag schöpfte Rena wieder Hoffnung. Er war nicht so gewesen wie die anderen, er hatte sich aus dem Kampf herausgehalten und sogar entschuldigt. Daran erinnerte sie sich noch genau, auch wenn sie seinen Namen vergessen hatte. Ein netter Kerl. Irgendwie hatte sie das Gefühl gehabt, dass er etwas Besonderes war. Vielleicht würde er ihr jetzt helfen!

Noch während sie das dachte, kamen ihr Zweifel. War er wirklich so nett? Man lernte einen Menschen nicht wirklich kennen, wenn man einen halben Abend lang mit ihm redete. Außerdem war er ein »Windhund« – er gehörte einer anderen Gilde an und das in einer Zeit, in der überall auf Daresh Fehden aufflammten. Konnte sie es wirklich erwarten, dass er ihr jetzt gegen seine Gildenbrüder half?

Als Rena merkte, dass der Mann sie nicht zu erkennen schien, verlor sie den Mut wieder. Er hatte sie längst vergessen. Er hatte ja auch nur mit Alix gesprochen, wahrscheinlich hatte er ihre kleine Dienerin gar nicht bemerkt.

Rena stand auf und versuchte, auf die beiden Männer zuzugehen, so weit die Kette reichte. »Friede den Gilden!«, sagte sie höflich. »Erinnert Ihr euch nicht an mich?«

Der Händler mit dem blauen Halstuch wandte nur

kurz den Kopf, runzelte die Stirn und beachtete sie dann nicht mehr. »Na, Moog, auf was für einen Transportpreis hast du dich mit Ellroy geeinigt? Er will seiner Geliebten ein neues Haus bauen, deshalb ist er so knauserig.«

»Ist ja nicht mein Problem, wofür er spart«, sagte Renas Gefängniswärter. »Er soll mir anständige Transportpreise bieten, sonst war ich die längste Zeit bei ihm Kunde.«

»Wisst Ihr nicht mehr, der Kampf im Wald?«, rief Rena verzweifelt und erntete dafür von dem Händler namens Moog einen Stoß, der sie ins Stroh zurückstolpern ließ. Instinktiv versuchte Rena zurückzuschlagen, aber Moog konnte ausweichen.

»Miststück!«, zischte Moog. »Wer die mal kauft, wird einen Haufen Ärger haben. Weißt du, wovon die redet?«

Der andere Händler lachte und schüttelte den Kopf. »Wahrscheinlich Grasfieber.«

Dann gingen sie hinaus, ohne Rena noch weiter zu beachten. Mit einem knirschenden Geräusch wurde von draußen ein schwerer Riegel vorgeschoben.

»Verfluchte Blattfäule!«, sagte Rena. Kaum waren die Schritte außer Hörweite, sprang Rena auf und begann die Tür und die Wände zu untersuchen, die sie am Ende der Kette erreichen konnte. Doch sie merkte schnell, dass das Haus sehr solide gebaut war. Sie konnte sich vorstellen, dass allein der Aufenthalt in einem solchen festen Haus für einen Menschen der Luft-Gilde Folter bedeutete. Und hier auszubrechen war schwer, wenn nicht unmöglich. Deshalb also das Holz! Warum war sie bloß nicht früher misstrauisch geworden!

Nachdem Rena viele hundert Atemzüge lang hartnäckig und vergeblich versucht hatte, eins der Wandbretter zu lockern, gab sie auf. Ihre Finger waren zerschrammt und blutig. Mit verzogenem Gesicht klaubte sich Rena die Splitter aus der Haut. Das hatte keinen Sinn, sie kam hier nicht raus. Also blieb ihr nur noch die Möglichkeit, auf dem Transport oder in Nehiri selbst zu fliehen. Völlig erschöpft rollte sich Rena in einer Ecke zusammen und schlief ein.

Sie wachte auf, als die Tür sich knarrend öffnete. Es geht los, dachte Rena und ihr Puls raste. Der Transport.

Doch warum sagte der Neuankömmling nichts und warum kam er so leise und vorsichtig herein? Es war dunkel draußen, der zweite Mond war untergegangen, doch er zündete kein Licht an. Und was war dieses Ding da auf seiner Schulter?

Dann drehte sich der Mann um. Rena erkannte ihn, obwohl sie nur seine Silhouette sah, und wunderte sich nicht mehr. Es war der junge blonde Händler mit dem blauen Halstuch. Ein kleiner weißer Vogel mit großen verängstigten Augen krallte sich auf seiner Schulter fest und suchte verzweifelt seine Balance zu halten, um nicht abzustürzen. Über dem Rücken des Mannes hing an einem Lederriemen eine Armbrust, ein Köcher mit Pfeilen und eine große Lederflasche.

»Ich bins«, flüsterte der Händler. »Leise!«

»Also habt Ihr mich doch erkannt!«

»Ja, natürlich. Aber ich konnte mir nichts anmerken lassen. Moog lässt sich ungern seine Beute wegschnappen. Beinahe hättest du alles verdorben, als du mich auf dich aufmerksam machen wolltest. Warte, ich mache die Kette los.«

Sie spürte seinen Atem neben sich in der Dunkelheit, dann die Berührung langer sensibler Finger am Handgelenk. Geschickt untersuchten sie das Lederband, dann hörte Rena das schleifende Geräusch eines Messers und spürte, wie es sich durch das Band hindurchfraß. Als er es fast durchschnitten hatte, zog er es mit einer letzten Kraftanstrengung auseinander. Mit einem leisen Klirren fiel die Kette auf die Strohmatten.

Rena fühlte seine Hand auf ihrem Arm. »Bist du in Ordnung?«

»Ja!«

»Dann los.«

Rena sprang auf und ihre bloßen Füße schabten über die Grasmatten, als sie zur offenen Tür stürzte.

»Leise, beim Nordwind!«

Sie schlichen schweigend durch das dunkle Dorf. Nur das nie verstummende Surren der Windräder begleitete sie. Es war eine kleine Siedlung, in ein paar Atemzügen waren sie am Rand angelangt. Schaudernd grub Rena die Zehen in den Boden, als sie vor dem Weg standen, der ins Labyrinth des Grasmeeres hinausführte. Der Gedanke, wieder von diesen blauen Wänden eingeschlossen zu sein, war grässlich. Jetzt, im Mondlicht, waren sie nicht blau, sondern grauschwarz, und der Pfad war nur ein schmaler Einschnitt zwischen den hohen, trügerisch weichen Wänden der Halme.

»Komm«, sagte ihr Begleiter.

Es war eigenartig: Rena kam es vor, als würden sie sich schon seit Jahren kennen. Waren es diese wenigen Momente in der Dunkelheit gewesen, die diese Nähe geschaffen hatten? Auf jeden Fall wusste sie jetzt schon, dass sie ihn mochte. »Wird uns die Katzenfrau nicht aufspüren?«

»Shari? Nein, sie arbeitet auf der anderen Seite des Dorfes. Der Katzenmensch, der diese Seite überwacht, ist ein Freund von mir. Wo willst du hin?«

»Nach Eolus.«

Seine Stimme war leise und weich. »Ich begleite dich das erste Stück, dann gebe ich dir den Pfadfinder mit. Ach ja, bevor ichs vergesse, hier sind ein paar deiner Sachen, den Rest hatte Moog leider schon verteilt. Außerdem ein bisschen Proviant.«

Renas Hand schloss sich um den kühlen glatten Griff ihres Messers. Wenigstens das hatte sie wieder! Das andere Zeug war nicht so wichtig, das konnte man ersetzen.

Der junge Händler ging voraus und sie folgte ihm auf dem Pfad in die Freiheit. Sie blickte nicht zurück und schon nach ein paar Baumlängen verschluckte der Gesang der Gräser alle Geräusche. Es war, als hätte es Dar Bredin nie gegeben.

Während Rena die hoch gewachsene Gestalt vor sich beobachtete, dachte sie darüber nach, wie seine Stimme geklungen und wie es sich angefühlt hatte, als seine Hand sich in der Dunkelheit auf ihren Arm gelegt hatte. Sie konnte sich kaum erinnern, je etwas so intensiv gespürt zu haben wie diese Berührung. Sie wusste nicht einmal mehr, wie er hieß, doch sie wusste, dass sie diese eigenartige Wärme für ihn schon gespürt hatte, als er damals bei ihnen am Lagerfeuer gesessen hatte. Luft-Gilde, dachte Rena besorgt, ich bin dabei, mich in jemanden von der Luft-Gilde zu verlieben. Wird es in Verrat enden – wie es Alix passiert ist?

Nach einer Weile hielt Rena es nicht mehr aus. »Wie heißt du?«, flüsterte sie. Sie wusste, dass sie ihn nicht mehr mit der Höflichkeitsformel anzureden brauchte.

Zum ersten Mal wandte sich der junge Händler zu ihr um, und sie konnte ihn lächeln sehen. »Rowan ke Nerada«, sagte er. »Was ist eigentlich aus deiner streitbaren Freundin geworden? Reist ihr nicht mehr zusammen?«

Rena erzählte, wie sie sich verloren hatten, und Rowan nickte. »Selbst unseren Leuten passiert das manchmal noch. Aber natürlich nicht so oft wie den Fremden.«

»Hoffentlich verdurstet sie nicht.«

»Ich glaube, sie kann ganz gut auf sich aufpassen. Aber du solltest nicht länger als eine Woche in Eolus auf sie warten. Wenn sie bis dahin noch nicht eingetroffen ist, kommt sie nicht mehr.«

Sie liefen eine Weile schweigend hintereinander her. Rowan legte ein gutes Tempo vor. Rena starrte auf den Rücken des Mannes und der weiße Vogel starrte mit schwarzen Knopfaugen zurück. In ihr klumpten sich die Fragen zusammen und versuchten, alle gleichzeitig ihre Zunge zu erreichen. Die, die sie am meisten interessierte, drängte sich nach vorn. »Wird niemandem auffallen, dass du weg bist? Werden sie dich nicht vermissen heute Nacht – deine Frau oder deine Familie?«

»Frau? Familie? Habe ich beides nicht.«

»Und die anderen – können sie nicht irgendwie erraten, dass du mich befreit hast?«

»Wenn ich Pech habe. Moog ist kein Dummkopf, er vertraut mir nicht völlig, glaube ich. Er weiß, dass ich mich immer aus dieser Art von Handel herausgehalten habe. Aber er wird mir nicht beweisen können, dass ich dich befreit habe.«

»Vielleicht hätten wir eine falsche Spur legen sollen ...«

»Zu spät. Sag mal, was zum Nordwind habt ihr eigentlich im Grasmeer gemacht? Ihr gehört nicht hierher«

»Wir sind auf dem Weg zum Gildenrat.«

»Oh, dann ist Eolus aber genau die falsche Richtung. Zum Rat deiner Gilde, nach Alaak, musst du nach Westen.«

»Klar, weiß ich. Wir wollen ja auch zum Rat der Luft-Gilde.«

Mit einem Ruck wandte sich Rowan um. Sein Mund war plötzlich hart, und als er sie ansah, waren seine Augen nur Schlitze. Rena erschrak. Er ging mit langen Schritten auf sie zu, drängte sie aus dem Weg, sodass sie beinahe in die Halme hineingetaumelt wäre, und marschierte in Richtung Dar Bredin zurück.

»Das habe ich nicht nötig, mir solchen Mist erzählen zu lassen, den nicht mal ein Dhatla glauben würde«, murmelte er ärgerlich vor sich hin, seine Stimme verklang schon zwischen den Halmen. Verzweifelt rannte Rena hinter ihm her. »Bleib doch stehen, verdammt noch mal! Ich habe dir die Wahrheit gesagt!«

Sie musste schon rufen, mit jedem Schritt seiner langen Beine entfernte sich der junge Händler weiter von ihr. Gleich war sie wieder allein, hoffnungslos allein.

»Wir sind auf einer Friedensmission!«, brüllte Rena. Der Wind riss ihr die Worte aus dem Mund und die Mauern aus Gras sogen sie auf. »He, warte! Wir wollen alle Gilden an einen Tisch bringen, damit sie verhandeln und sich gegen die Regentin zusammenschließen, warte!«

Doch Rowan war schon um eine Biegung verschwunden. Rena blieb keuchend auf dem Weg stehen und sah ihm hinterher. Dann gaben die Beine unter ihr nach und sie ließ sich ganz langsam auf den Pfad sinken. Sie konnte kaum fassen, dass er verschwunden war, dass sie ihn schon wieder verloren hatte. Sie hätte sich ja denken können, dass für die meisten Menschen das, was sie und Alix taten und tun wollten, abartig und bedrohlich erscheinen musste. Hatte überhaupt jemals ein Fremder vor dem Rat der Luft-Gilde gestanden? Wahrscheinlich nicht!

Warum hatte sie nicht den Mund halten können? Die

Freiheit war schon so nah gewesen und sie hatte es verpatzt! Jetzt blieb ihr nichts anderes übrig, als nach Dar Bredin zurückzukehren und sich wieder auszuliefern. Sie hatte nicht genug Proviant, um den Versuch zu wagen und sich nach Eolus durchzuschlagen.

Zweimal zehn Atemzüge lang saß sie so da, als sie eine schlaksige Gestalt auf dem Weg auftauchen sah. Ungläubig rappelte sich Rena auf. Mit misstrauischem Blick kam der junge Händler näher, bis er wieder vor ihr stand. »Das, was du eben gesagt hast. Kannst du das wiederholen?«

Rena schwieg einen Moment lang und sah ihn einfach nur an. Sein Mund hatte den harten Zug verloren, doch seine Augen waren noch immer halb zusammengekniffen und musterten sie skeptisch. Sein Pfadfinder hatte sich zu einer weißen Federkugel aufgeplustert und glotzte Rena erschrocken an.

»Wir reisen zu den Gildenräten ...«, begann sie langsam.

»Stopp. Wer ist wir?«

»Ich und Alix – die Frau von der Feuer-Gilde«, sagte Rena und erklärte, was sie vorhatten. Als sie geendet hatte, sah sie nur noch Verblüffung in seinem Gesicht.

»Das ist nicht dein Ernst.«

»Doch. Ich schwöre es beim Erdgeist.«

Er seufzte und schüttelte den Kopf. »Dann bist du entweder sehr mutig oder sehr dumm. Sie werden dich nie zum Rat meiner Gilde vorlassen, um dein Anliegen vorzubringen, das musst du doch wissen.«

»Warum bist du zurückgekommen?«

Rowan zuckte die Schultern, die unter seinem Umhang schmal und knochig wirkten. Er sah sie nicht mehr an. »Los, gehen wir.«

Von einem Moment auf den anderen wusste Rena, dass Alix und sie ihn brauchten. Sie wollte, dass er, er und kein anderer, mitkam auf ihre Reise zu den Gildenräten. Er hatte Recht – so wie sie es geplant hatten, war es verrückt. Sie mussten zu viert sein, ein Mensch von jeder Gilde. Außer Rowan kannte sie niemanden von der Luft-Gilde, der auch nur annähernd offen genug war, um der dritte im Bunde zu werden. Rena ahnte, dass es nicht leicht werden würde, ihn zu überreden. Doch sie musste es versuchen – wenn sie es nicht tat, würden sie sich in ein paar hundert Atemzügen an irgendeiner Weggabelung trennen und sehr wahrscheinlich nie mehr wieder sehen.

»Vielleicht bist du zurückgekommen, weil du selbst schon an so etwas gedacht hast«, sagte Rena. »Wieso kommst du nicht mit uns?«

Rowan schüttelte den Kopf. »Mein Leben ist hier, im Gras.«

»Du bist anders als die anderen.« Sie musste gegen seinen Rücken ansprechen. Hörte er ihr überhaupt zu? »Du passt nicht hierher.«

»Ich bin glücklich hier. Es ist ein gutes Leben.«

»Handeln, Tauschen, Feilschen, zurück in dieses Dorf mitten im Nichts und dann alles wieder von vorne ...«

»Na und? Was ist daran so schlimm?« Seine Stimme war schärfer geworden. Rena spürte, dass sie einen wunden Punkt getroffen hatte. »So lebt nun einmal die Luft-Gilde.«

Sie war nun auf gefährlichem Terrain, aber Rena ließ trotzdem nicht locker. »Gibt es hier jemanden, der dir etwas bedeutet? Bedeutet dir deine Arbeit was?«

»Ja!« Er schrie es. »Ja! Und was geht dich das eigentlich an?«

»Nichts«, gab Rena zu. »Aber es interessiert mich.«

Rowan stöhnte. »Wieso lässt du mich nicht ...«

Er unterbrach sich, blieb stehen und hob ruckartig den Kopf. Der weiße Vogel hätte beinahe den Halt verloren. »Verdammt, ich glaube, es ist jemand in der Nähe.«

Rena verkrampfte sich sofort. »Hörst du etwas?«

»Hören kann man hier nichts. Aber der Wind hat gedreht, er trägt es heran.«

»Kommt jemand aus dem Dorf?«

Der junge Händler antwortete nicht. Langsam ging er weiter, setzte einen Fuß vor den anderen. Vor ihnen machte der Pfad eine Biegung und wand sich weiter gen Osten. Sie bogen um die Kurve ...

Moog, der Händler, dessen Gefangene Rena gewesen war, hatte sich breitbeinig auf dem Pfad aufgepflanzt, in der perfekten Balance des Kämpfers. Seine gespannte Armbrust hielt er locker und entspannt in Hüfthöhe, jederzeit zum Schuss bereit. Der Wind wehte ihm die goldenen Haare ins Gesicht und er strich sie mit einer lässigen Handbewegung zurück.

»Hallo, Storchenbrut. Hab mich schon gefragt, wieso ihr so lange gebraucht habt«, sagte er.

Storchenbrut

»Hallo Moog«, sagte Rowan ruhig. »Du hast also geahnt, dass ich es tun würde.«

»Klar habe ich das. Hab nur drauf gewartet, dass dus mal versuchst. Du bist viel zu zart besaitet, Storchenbrut. Warst immer schon ein Sensibelchen.«

Rena sah, dass der junge Händler vor ihr zitterte.

»Versteh mich nicht falsch«, fuhr Moog fort. »Ich habe

nichts gegen sensible Menschen. Hat Spaß gemacht, wie wir dich die Windräder raufgejagt haben, damals, weißt du noch? Aber inzwischen bist du ein Risiko fürs Geschäft.«

»Euer Geschäft ist miese Halsabschneiderei!«

»Du bist zu leicht in Rage zu bringen«, sagte Moog. Seine Augen waren kühl, als er langsam die Armbrust hob und auf den jungen Händler anlegte. »Geh vor der Blattfresserin weg.«

Rowan schluckte. »Nein.«

»Ach, sie bedeutet dir was? Klar, sie ist ein hübsches Ding, aber ist das wirklich ein Loch in deinem Gefieder wert, Stelzenbein?«

»Sie hat einen wichtigen Auftrag. Du darfst sie nicht aufhalten.«

»Red ruhig weiter. Hab lang nicht mehr so gelacht.«

Doch als Rowan sprach, waren seine Worte nicht mehr für den anderen Händler bestimmt. Er flüsterte eine Formel und der weiße Vogel auf seiner Schulter hob ab und jagte mit vorgestrecktem Schnabel, wie ein Geschoss, auf Moogs Kopf zu. Fluchend musste der Händler eine Hand von der Waffe nehmen und damit seine Augen vor der Attacke schützen. In diesem Moment setzte sich Rowan in Bewegung. Rena hatte noch nie jemanden so laufen sehen. Seine langen Beine überwanden die Entfernung so schnell, dass es fast aussah, als flöge er. Er brauchte nur drei Schritte, bis er Moog erreicht hatte, dann schlossen sich seine Finger um die Kehle des Mannes. Die Armbrust fiel zu Boden und kippte in den klebrigen Matsch, wo sie schnell versank.

Röchelnd und um sich schlagend versuchte Moog, sich aus dem Griff zu befreien, doch Rowan ließ nicht locker.

»Lass ihn laufen!«, rief Rena. »Das reicht – nichts wie weg hier!«

Doch Rowan schien sie nicht zu hören und besorgt musste Rena mit ansehen, wie Moogs Bewegungen immer schwächer wurden und sein Gesicht sich verfärbte, erst aschgrau wurde und dann bläulich. Das war keine Notwehr mehr! Rena konnte kaum glauben, was sie sah. War das der friedliche, zurückhaltende Mann, mit dem sie damals am Feuer gesessen hatten, dessen Finger so sanft gewesen waren, als er sie befreit hatte?

Ihre Hand fuhr an ihr Messer, doch sie konnte sich nicht dazu entschließen, es zu ziehen. Musste sie Rowan verletzen, damit er aufhörte? Nein! Das schaffte sie nicht! Aber was war, wenn er den anderen Händler wirklich umbrachte?

Staub wirbelte auf und nahm ihr die Sicht: Moog versuchte, um sich zu treten und seinen Gegner zu treffen. Doch seine Bewegungen waren schon zu ungeschickt geworden. Ein paar Momente später hörte er auf, sich zu wehren, und sackte zusammen. Seine Augen blickten starr.

Jetzt, dachte Rena, jetzt, sonst ist es zu spät.

Doch noch bevor sie ihr Messer ziehen konnte, riss Rowan die Hände zurück, als sei der Hals seines Gegners ein glühendes Stück Metall geworden. Hustend und nach Luft ringend krümmte sich Moog auf dem Pfad.

»Wir müssen weg hier«, zischte Rena und packte ihren Begleiter am Arm. »Los!«

Sie lief voran, ziellos hinein in das blaue Nichts des Grasmeeres, und zerrte Rowan hinter sich her. Erst als sie merkte, dass er ihr von selbst folgte, wagte sie es, ihn loszulassen. Etwas berührte ihre Haare, sie spürte winzige raue Krallen auf ihrer Kopfhaut. Rena schrak zusammen, ihre Hand zuckte hoch, um das Wesen von sich herunterzuwischen, doch dann merkte sie, dass es nur der Pfadfinder war. Er zeigte ihr den Weg, damit sie auf der Flucht nicht im Kreis liefen.

Nachdem sie einige hundert Atemzüge lang gerannt waren, war Rena endgültig außer Puste. Sie hielt an und ließ sich auf den Pfad fallen, um zu verschnaufen. Mit herabhängenden Armen blieb Rowan stehen. Sein Gesicht war verschlossen. Er schwitzte nicht einmal.

Rena beobachtete ihn aus den Augenwinkeln und überlegte, was sie sagen konnte. Wenn sie die Sätze in Gedanken ausprobierte, klangen sie plump und überflüssig. Schließlich war es dann doch Rowan, der als Erster das Schweigen brach. »Ich weiß gar nicht, was in mich gefahren ist ... ich ... einen Moment lang ...«

Einen Moment lang wolltest du ihn töten, dachte Rena und sagte vorsichtig: »Auf jeden Fall ist das einer, der dich nie wieder Storchenbrut nennen wird.«

Mühsam, voller Anstrengung, formten seine Lippen ein kleines Lächeln. »Das stimmt wohl.«

»Aber dafür haben wir jetzt das ganze Dorf auf dem Hals. Was meinst du, sind die jetzt hinter uns her?«

»Kann gut sein. Wahrscheinlich wird Moog sie gegen mich aufhetzen ... Er hat viele Freunde im Dorf. Vielleicht ist es ihm aber auch peinlich, dass ich ihn besiegt habe, ihn, den großen Helden, und er hält den Mund.«

»Tut mir Leid, dass du wegen mir so viel Ärger hast. Wenn du nicht versucht hättest, mich zu befreien ...«

»... dann würde ich jetzt in meiner Hütte sitzen und mir erbärmlich vorkommen. Nein, lass mal.« Rowan seufzte und setzte sich neben sie.

Hat er es für mich getan? fragte sich Rena und einen

Moment lang wünschte sie sich das mit aller Kraft. Oder hatte er sie nur herausgeschmuggelt, um seinem alten Quälgeist eines auszuwischen?

Geh vor der Blattfresserin weg! – Nein. Sie spielte sich die Worte immer und immer wieder aus dem Gedächtnis vor und kostete ihren Klang aus und die Gefühle, die sie in ihr auslösten. Ja, sie mochte diesen seltsamen Mann. Er brauchte sich wirklich keine Sorgen zu machen: Feige war er nicht. Aber vielleicht musste man vor ihm Angst haben. Auf seine Art war er gefährlicher als Alix, denn sie kannte das kalte Feuer in sich besser und hatte Übung darin, damit umzugehen.

»Willst du nicht doch mitkommen?«, fragte sie und wunderte sich, dass sie ihn dennoch nicht fürchtete. »Auf die Reise, meine ich?«

Rowan nickte. »Zumindest werde ich dich bis Eolus begleiten. In Dar Bredin kann ich mich ja nicht mehr sehen lassen. Seltsam, es macht mir nichts aus. Vielleicht hast du Recht – ich passe nicht in dieses Dorf, vielleicht nicht einmal in diese Gilde.« Sie hörte die Wut in seiner Stimme. »Ich habe es satt, so tun zu müssen, als würde ich dazugehören. Aber wie hast du das gemerkt?«

Verlegen knickte Rena einen Grashalm zwischen den Fingern und versuchte ihre Freude zu verbergen. »Ich glaube, weil ich das Gefühl kenne.«

Sie lächelten sich an, einen Atemzug lang, dann noch einen. Rena konnte spüren, dass sie rot wurde.

»Weißt du«, sagte Rowan plötzlich, »als ich gesehen habe, dass du es bist, da in diesem Schuppen ... Ich habe mich gefreut.«

»Dass sie mich gefangen haben?« Rena lachte nervös auf.

»Dass du nicht eine von den vielen Menschen sein

würdest, denen ich auf meinen Reisen einmal begegne und die ich dann nie wieder sehe. Es sind so viele und zu manchen fühlt man sich hingezogen und dann sind sie auch schon wieder aus deinem Leben verschwunden.« Er wandte sich ihr zu, und plötzlich waren seine Augen weich. Die Art, wie er sie ansah, ging ihr durch und durch. Es war, als wolle er Rena völlig in sich aufnehmen – jede winzige Geste, jeden Gesichtsausdruck, jedes Wort. »Du hast mir gefallen, damals am Feuer.«

»Komisch manchmal, wie man es plötzlich weiß, dass man jemanden mag – einfach so«, sagte Rena leise. »Dabei haben wir nicht mal miteinander geredet.«

»Du warst sehr scheu und deine Freundin sehr selbstbewusst. Ich hatte Angst um euch, ich wollte nicht, dass euch etwas geschieht.«

»Ich hatte auch Angst, das kannst du mir glauben.«

Sie schwiegen beide, aber es war kein leeres Schweigen. Er saß keine Armlänge von ihr entfernt, sie konnte die feinen hellen Haare auf seinen Armen sehen. Sie stellte sich vor, wie es sich anfühlte, wenn man mit der Hand darüber fuhr. Ob sie so weich waren, wie sie aussahen?

In diesem Moment beugte sich Rowan vor und zog sie an sich. Er fühlte sich gut an. Er war lange nicht so knochig, wie er aussah. Sein Hemd roch nach Schweiß und dem Rauch der Grashalme. Unter ihrer Hand waren seine Haare wirklich seidig weich.

Sie brauchten nichts zu sagen, sie rückten einfach näher aneinander heran und hielten sich so. Ihre Lippen kosteten sich erst scheu und dann mutiger. Seine langen Finger fuhren durch ihr Haar, spielten mit den weichen Strähnen, strichen köstlich langsam über ihre Kehle.

»Was für ein Glück wir haben«, sagte er leise. »Dieses Mal können wir ein Stückweit zusammen reisen.«

Rena konnte nur nicken. Sie wusste, dass sie bei ihm sein wollte, dass dieser seltsame Hunger in ihr nur schweigen würde, wenn sie mit ihm zusammen sein konnte. War das Liebe? Es war anders als mit Jon. Sie hätte nie gewagt, Jon zu berühren. Das hier war etwas anderes. Etwas viel Besseres.

Doch der Moment konnte nicht ewig dauern. Schließlich spürte sie, dass Rowan unruhig wurde. »Wir sollten uns auf den Weg machen«, sagte er. »Wenn wir hier bleiben, bis sie uns erwischen, sind wir wirklich selbst schuld.«

»Gehen wir«, sagte Rena.

Rowan musterte den schmalen Pfad vor ihnen mit zusammengekniffenen Augen, dann wandte er sich an Rena. »Willst du mal die Führung übernehmen?«

»Ja, gerne.«

Rowan murmelte leise ein Wort, und gehorsam flatterte der Pfadfinder auf Renas Schulter. Rena schob sich an Rowan vorbei und versuchte, seine langen, gleichmäßigen Schritte nachzuahmen. Sie spürte Rowans Blick auf sich. Es war schon einen halben Umlauf her, dass er sie berührt hatte, aber ihre Gedanken liefen immer noch aufgescheucht durcheinander. Eine Woche Marsch war es noch bis Eolus. Eine Woche allein mit Rowan. Sie fragte sich, wie das alles weitergehen würde. Es war schön gewesen, als sie sich umarmt hatten, aber beim Gedanken daran, dass sie vielleicht miteinander schlafen würden, packte sie die Angst.

Wenn ein Mädchen zum ersten Mal blutete, war es üblich, dass eine Frau aus dem Dorf ihr erklärte, was das bedeutete. Aber irgendwie war das bei Rena von Anfang an schief gegangen. Es war ausgerechnet Margo, die Frau des Blattschneiders aus dem Dorf, die ihr Onkel dafür holte. Sie war eine ältliche Frau mit verkniffenem Gesicht und streng zurückgekämmtem Haar, die den jüngeren Kindern aus diesem oder jenem Grund oft hinterher schimpfte. Meist nörgelte sie an ihrem Mann herum, der mürrisch an einem Stück Beljas kaute und mit plumpen Bewegungen Blätter erntete. Rena konnte sich beim besten Willen nicht vorstellen, dass die beiden bei Nacht irgendetwas miteinander anstellten, was mit Spaß oder Lust zu tun hatte. Schon bei dem Gedanken wurde ihr übel. Nachdem Margo ihr knapp und brutal deutlich erklärt hatte, wie Menschen miteinander Kinder machten, hatte Rena nur den einen Wunsch – diese ganze Sache möglichst zu vermeiden. Jetzt erinnerte Rena sich an diesen Tag. Ich will noch kein Kind, dachte sie. Mit einem Kind kann ich nicht mehr weiterreisen.

Rowan war in Gedanken versunken und Rena wusste, dass er an sein altes Leben dachte. Bis auf seine Ausrüstung, Armbrust und Pfadfinder hatte er nichts daraus in seine ungewisse Zukunft hinüberretten können. Doch als sie Mittags rasteten und nebeneinander auf dem Pfad hockten, nahm er ihre Hand. Einen Moment lang wurden seine Augen wieder so warm wie an diesem Morgen im Grasmeer. »Na, hältst du noch eine Weile durch?«

Rena nickte und wünschte sich, er würde sie noch einmal küssen. »Wie weit wollen wir heute noch laufen?«

»Nicht mehr weit, ich kann kaum noch die Augen offen halten. Letzte Nacht habe ich höchstens ein paar hundert Atemzüge Schlaf bekommen. Wenn wir einen toten Gang abseits des Hauptpfads finden, in dem wir uns verstecken können, dann sollten wir den nehmen und erstmal ausruhen.«

Am Nachmittag fanden sie endlich eine Stelle, an der sie sich verstecken konnten. Der kleine Pfad war noch viel schmaler als der Hauptpfad, aber er endete in einer winzigen Lichtung, kaum zwei mal zwei Armlängen groß. Rowan legte Armbrust und Köcher ab, ließ sich auf der festgestampften Erde nieder und streckte sich mit einem Seufzer darauf aus. Unschlüssig stand Rena dabei, dann legte sie sich neben ihn. Ihr Körper war steif wie ein Brett, sie schaffte es nicht, sich zu entspannen. Rowan legte den Arm um sie, aber dann geschah nichts weiter. Ein paar Atemzüge später merkte sie an dem Rhythmus seines Atems, dass er eingeschlafen war. Erst lange nach ihm schaffte es Rena, ebenfalls wegzudämmern.

Am nächsten Abend fanden sie wieder eine Sackgasse, die sie mit Beschlag belegen konnten. Den Pfadfinder ließ Rowan als Wächter am Hauptpfad zurück »Irgendwie habe ich heute keine Lust, auf dem Boden zu schlafen«, sagte Rowan, nahm sich den Umhang ab und begann, Gras zu schneiden und auf dem Boden aufzustapeln. »So ists viel bequemer, wart nur ab.«

»Gute Idee.« Rena kramte ihr Messer heraus. Die gehärtete Klinge schnitt die zähen Halme so leicht wie Butter. Übermütig kitzelte sie Rowan mit einem Stück Gras am Hals und bekam dafür einen Armvoll Halme über. Grinsend warf Rena eine Ladung zurück. Im nächsten Moment hatten sie jeder einen Halm gepackt und fochten gegeneinander, bis das Gras knickte. Rowan duckte sich unter ihrer letzten Finte hindurch und stürzte sich auf sie. Glucksend verschwanden sie unter einem Berg von trockenem Gras und rauften dort weiter.

Nach einer Weile verlor der Kampf den letzten Rest seiner Schärfe, ihre Bewegungen wurden immer weicher. Schließlich packten Rowans langfingrige Hände nicht länger zu, sondern strichen über ihren Hals, ihren Rücken, ihre Schenkel. Nebeneinander lagen sie zwischen den Grashalmen, noch immer erregt von dem Kampf und ihrer Nähe. Als Rowan diesmal den Arm um sie legte und sie an sich zog, fühlte es sich so natürlich, so richtig an, dass Rena sich unwillkürlich an ihn drückte, bis sie die Wärme seines Körpers spürte und sich ihre Nasen berührten. Sie erschrak nicht mehr, als er die Hand langsam unter ihre Tunika schob und ihre Brüste streichelte.

»Du hast es noch nie gemacht, oder?«, fragte Rowan sanft.

Rena schüttelte den Kopf. »Ich will noch kein Kind«, platzte es aus ihr heraus.

»Ich auch nicht«, sagte er und lachte. »Glücklicherweise wächst in Vanamee eine ganz spezielle Wasserpflanze. Wenn man sie kaut, verhindert sie, dass in dir ein Kind heranwächst. In der Proviantasche ist etwas davon.«

»Hast du etwa gedacht, dass ich das brauchen würde? Du wusstest doch noch gar nicht, dass du mitkommen würdest.«

»Na ja, eine junge Frau wie du kann so was doch immer gebrauchen ...«

Rowan küsste sie und Rena, mutiger geworden, schob ihre Zungenspitze in seinen Mund und ließ sie mit seiner Zunge spielen. Seine Hand wanderte tiefer, lag einen Moment auf ihrem Po und glitt dann zwischen ihre Schenkel. Dann hielt Rowan kurz inne, um Renas Tunika abzustreifen und sich selbst das Hemd aus hellem Stoff über den Kopf zu ziehen. Rena konnte den kühlen Wind auf der Haut spüren. Rowan murmelte eine Formel und eine Böe fuhr über das Gras und in ihre Haare. »Der Wind mag dich«, sagte er. »Das ist gut.«

Es war noch hell genug, dass sie sich deutlich sehen konnten. Scheu stellte sich Rena seinen Blicken und streckte die Hand aus, um seinen langen, mageren Körper zu berühren. Quer über seine Brust und seinen linken Arm zogen sich eigenartige lange Narben, und Rena fuhr sie mit den Finger nach. »Was ist dir denn da passiert?«

»Es ist schon viele Winter her«, sagte Rowan. »Das waren Moog und seine Freunde – und ein Windrad.«

Rena begriff. »Und jetzt seid ihr quitt?«

»Mehr als quitt, glaube ich«, sagte er. Sie küssten sich und diesmal ließ Rena selbst ihre Hand nach unten wandern und legte sie über den harten Hügel in seiner Hose. Rowan streifte sich die letzten Kleider ab, sodass sie nackt nebeneinander lagen. Rena erschrak, als sie sein Glied sah. Es sah viel zu groß aus, um in sie hineinzupassen. Würde es deswegen wehtun, so wie die alte Margo gesagt hatte? Einen Moment lang kam die Angst zurück, aber nicht mehr so schlimm.

Sie wollte nicht mehr warten. Rowan schien es zu spüren, aber er ließ sie noch zappeln, senkte den Kopf über ihre Brüste und saugte erst an der einen, dann an der anderen. Es fühlte sich schön an, aber Rena musste kichern, weil sein Gildenamulett kalt auf ihrem Bauch lag und er sein geliebtes Halstuch nicht ausgezogen hatte, sodass es sie kitzelte. Rowans Gesicht war ganz nah vor ihrem und sie sah einen Funken in seinen blauen Augen tanzen.

Dann schob er sich über sie. Ein scharfer Schmerz

zuckte durch ihren Körper und einen Moment lang traten Tränen in ihre Augen. Rowan zog sich sofort zurück. »Alles in Ordnung?«

Es tat immer noch weh, aber Rena nickte, weil sie ihn nicht enttäuschen wollte. Sanft glitt er in sie zurück und nach ein paar Atemzügen fühlte sie seinen langen Körper zucken und beben. Schwer atmend ließ er sich in ihr Grasbett zurücksinken. War das schon alles? dachte Rena enttäuscht.

»Das nächste Mal wirds schon besser sein«, sagte Rowan, als hätte er ihre Gedanken erraten, und ließ seine Fingerspitzen zärtlich über ihren Körper wandern. »Wart nur ab.«

Die Worte lagen ihr auf der Zunge. Ich mag dich. Ich liebe dich. Ich will dich. Sie sprach sie sich lautlos vor und versuchte zu entscheiden, welches davon sie aussprechen wollte. Schließlich sagte sie alle drei und Rowan lächelte, beugte sich zu ihr hinüber und küsste sie lange.

»Hast du eine große, rothaarige Frau der Feuer-Gilde gesehen – draußen im Gras, oder hier in der Stadt? Ich muss es wissen, *tanu*.«

Der fremde Händler, einer von vielen, die sich in Eolus herumtrieben, spuckte auf den Boden und betrachtete Rena an Rowans Seite misstrauisch. »Eine verdammte Brandstifterin suchst du? Warum suchst du so eine verdammte Brandstifterin?«

»Äh, sie – äh – schuldet mir Geld«, sagte Rowan und zupfte an seinem blauen Halstuch.

»Ach so! Nein, so eine Hexe habe ich nicht gesehen. Ich glaube nicht, dass sie in Eolus ist, ich hätte bestimmt davon gehört. Das Gras wird sie gefressen haben. Kannste abschreiben, die Taler.«

Als der Händler zwischen den Hütten verschwunden war, lehnte sich Rena niedergeschlagen an die Stützen eines Windrads und ließ den Kopf hängen. »Das ist jetzt schon der zehnte, den wir gefragt haben, und niemand hat sie gesehen, niemand weiß etwas von ihr.«

»In Eolus ist sie jedenfalls nicht, das hätte sich herumgesprochen. Vielleicht ist sie in irgendeiner anderen Stadt oder einem Dorf angekommen. Der Weg hierher ist nicht so leicht zu finden.«

Rena wusste, dass Rowan sie trösten wollte, und versuchte zu lächeln.

»Sie wird herkommen. Ich weiß es. Wir haben Eolus als Treffpunkt ausgemacht und sie wird alles versuchen, um herzukommen«, sagte Rena trotzig. »Bis dahin habe ich meine Aufgabe vielleicht schon erfüllt. Ich werde heute noch versuchen, eine Audienz beim Gildenrat zu bekommen. Danach sehen wir weiter.« Sie spürte, dass es noch lange nicht sicher war, dass Rowan wirklich mit von der Partie war, und sie hatte Angst vor dem Moment, in dem es sich entscheiden würde.

Als sie nach einer Woche der Flucht schließlich in Eolus eintrafen, waren sie völlig erschöpft und übernächtigt. Ein trockener, heißer Wind bog die Halme des Grasmeers und Renas Mund fühlte sich völlig ausgetrocknet an. Ihre Reserve war knapp geworden, da Rowan ja nicht damit gerechnet hatte, dass sie zu zweit reisen würden. Trotzdem waren es glückliche Tage gewesen, Tage voller Zärtlichkeit. Rena wusste, dass sie in schlechten Zeiten noch lange daran zurückdenken würde.

Am Ortseingang saß eine alte Bettlerin, in eine staubige Kutte gehüllt, und bat die Vorbeigehenden um Wasser. Rowan drehte entschuldigend seine leere Lederflasche um und die Alte nickte. Rena gönnte der

Bettlerin keinen Blick, denn gerade in diesem Moment bog eine Abteilung von etwa zwanzig Soldaten in der grün-grauen Uniform der Regentin in die Straße ein und bewegte sich in Keilformation vorwärts. Rena packte ihren Freund am Arm und zog ihn in eine Seitengasse.

»Hier ists also auch nicht besser als in Alaak. Kann sie denn niemand aufhalten?«, knurrte Rowan, als sie davon hasteten. »So, jetzt werde ich mal bei meinen Gildenbrüdern um Quartier bitten.«

»Leben hier auch Leute meiner Gilde?«, fragte Rena eingeschüchtert, doch sie wusste schon, wie die Antwort lauten würde. Man konnte sich hier nicht eingraben – schon in wenigen Fingerlängen Tiefe sickerte einem Sumpfwasser entgegen – und es gab keine Bäume mit essbaren Blättern. Sie seufzte. »Na ja, dann werde ich auf einem der Sackgassen-Pfade im Grasmeer schlafen müssen. Mein Geld ist weg, alles in Dar Bredin geblieben, ein Wirtshaus kommt also nicht in Frage.«

»Blödsinn, du kommst mit«, sagte Rowan. »Wenn du dein Amulett wegsteckst, sieht dir keiner an, dass du zu den lichtscheuen Gesellen gehörst.«

Lichtscheue Gesellen? Rena war verblüfft. Meinte er damit etwa die Erd-Gilde?

Es funktionierte so, wie Rowan es geplant hatte, und sie nahmen Quartier in einer Hütte, in dem ein älteres Luft-Gilden-Paar wohnte, Geschichtenerzähler, die sich zur Ruhe gesetzt hatten. Rowans Pfadfinder machte es sich auf dem Dach bequem, einem rohgeflochtenen Gitter, das Sonne und Luft durchließ, und die beiden Menschen bekamen Räume im Inneren.

Zum ersten Mal seit zwei Wochen konnte Rena wieder in einen Spiegel schauen – auch wenn die Geschichtenerzähler nur ein poliertes Stück Metall hatten. Fast wünschte sie sich, sie hätte es nicht getan. Ihr Haar stand in allen Richtungen zu Berge und sah aus wie altes Stroh, ihre Haut war verbrannt und dreckverkrustet. Außerdem hatte sie den Verdacht, dass sie fürchterlich roch. So hatte Rowan sie also kennen gelernt! Rena stöhnte, wusch sich, so gut es ging, mit dem wenigen Wasser, das sie bekam, und lieh sich eine gute Tunika von ihren Gastgebern.

Als sie in den frischen Sachen in den Hauptraum kam, musterte Rowan sie von oben bis unten und in seinen Augen war ein ganz neuer Ausdruck. »Jetzt weiß ich, was Moog gemeint hat«, sagte er.

»Womit?«

»Dass du so hübsch bist.«

Rena war so verlegen, dass sie ihm kaum in die Augen sehen konnte. »Na ja, dieser Matsch bei euch da ... und zwei Wochen ohne Waschwasser ... klar, dass man da die meiste Zeit aussieht wie ein ... na ja, ich weiß nicht ...«

Rowan lachte. »Ich sah bestimmt auch nicht viel besser aus.«

Da sie bemerkten, dass die Bewohner der Hütte sie neugierig beobachteten, zogen Rowan und sie sich schließlich in einen der anderen Räume zurück, um ungestört reden zu können, soweit das bei den dünnen Wänden aus Gras überhaupt ging. Doch kaum waren sie allein, hatten sie erst einmal anderes zu tun als zu reden. Ihre Kleider flogen in allen Richtungen, als sie sich gegenseitig auszogen und aneinander klammerten. Ja, Rowan hatte Recht gehabt, es war mit jedem Mal besser. Als sie erschöpft nebeneinander lagen, stützte sich Rowan auf einen Ellenbogen und betrachtete sie.

»Wann gehst du zum Rat?«, flüsterte er.

»Eigentlich sollte ich auf Alix warten, sie hat den offiziellen Auftrag der Feuer-Gilde. Aber ich werde mir die Residenz gleich morgen, wenn der Mond Ellowen aufgegangen ist, mal anschauen gehen. Kommst du mit?«

Rowan schüttelte den Kopf und griff nach seiner Hose. »Nein. Es ist *deine* Reise.«

Enttäuscht sah Rena weg und zog sich die Tunika wieder über den Kopf. Ich darf nicht zu viel von ihm erwarten, dachte sie.

»Aber ich werde dir alles sagen, was ich über den Rat weiß«, sagte Rowan. Er ließ sich im Schneidersitz auf den kratzigen Grasmatten nieder, den langen sehnigen Körper zusammengefaltet, und stützte das Kinn auf die Hände. »Vielleicht hilft es dir irgendwie weiter. Wie bist du denn überhaupt bei den Brandstiftern reingekommen?«

»Durch Alix, sie ist eine Meisterin vierten Grades. Sie hat selbst gefragt.«

»So etwas kann ich dir sowieso nicht bieten. Ich bin gerade erst Meister geworden und nur ein kleiner Windhauch in meiner Gilde.«

Rena nickte und setzte sich ihm gegenüber. Er sah sie nicht an, sondern zog eine Grasmatte aus dem Weg und begann, in den Sand darunter Linien zu zeichnen. Abwesend strich er sich mit der anderen Hand durch die wirren blonden Haare, auf denen die Sonnenflecken tanzten. »Hier ist die Residenz des Gildenrats, in der Mitte von Eolus. Es ist der höchste Punkt des ganzen Grasmeers, sie haben den Sand von weither gebracht und aufgeschüttet.«

Sollte nicht allzu schwer sein, sich da durchzugraben, dachte Rena und stellte es sich vor: Plötzlich fängt es unter dem Boden des Gildensaals an zu rumoren, eine der Bodenplatten bewegt sich und unter den großen Augen des Rats steigt ein Mädchen heraus, klopft sich betont locker die Sandkörner ab und sagt: »Seid gegrüßt, Freunde.«

»Von unten kommt man nicht rein, sie haben schwere Gitter in den Boden eingezogen«, sagte Rowan, als habe er ihre Gedanken gelesen. »Siehst du, überall bewaffnete Wachen postiert, hier und hier und hier. Es gibt zwei Eingangstore, im Westen und Osten. Der Eolan wacht außerdem rund um die Residenz und darüber.«

»Ein Eolan? Ist das eine Art Wind? Aber wie kann denn ein Wind zahm sein?«

»Eigentlich ist er nicht besonders zahm. Sie können ihn mit den Geheimformeln kontrollieren. Sonst würde er den Palast in einem Atemzug in Stücke reißen, er besteht ja auch nur aus geflochtenem Gras. So begnügt er sich damit, ungebetene Besucher ins Grasmeer hinauszuschleudern, damit sie dort versinken.«

»Oh«, sagte Rena. »Das habe ich nicht gewusst.«

»Wie solltest du auch, du bist ja keine von uns. Der eigentliche Rat besteht aus den drei Meistern fünften Grades. Ich habe sie natürlich nie gesehen, aber man redet über sie. Eigentlich sollten sie alle den gleichen Rang haben, aber Setahaya genießt den größten Respekt. Doch sie ist schon sehr alt, hundertzwanzig Winter.«

»Und die beiden anderen?«

»Avius versucht schon lange, sie zum Abdanken zu bringen. Aber sie ist zu beliebt bei den Leuten und sein Ehrgeiz macht vielen Angst. Ich glaube, er würde sogar seinen *Pfadfinder* verkaufen, wenn der Preis stimmt. Eigentlich braucht er ihn ja auch nicht mehr, er geht sicher nicht mehr allzu oft raus ins Gras. Na ja, egal. Jedenfalls hat er die beiden anderen dazu gebracht, vor der Regentin zu kuschen. Der dritte, Terek, hat noch nicht viel Einfluss im Rat. Er ist ziemlich neu, aber angeblich sehr intelligent.«

»Gibt es eine ständige Garnison der Regentin hier?«

»Normalerweise sind keine Truppen hier stationiert, nur einige Abgesandte der Regentin, deren Diener und deren Leibgarde. Aber was wir heute gesehen haben ...«

Rowan hob den Kopf und sah sie an. Die Muskeln seines Gesichts waren angespannt. »Sei bloß vorsichtig bei dieser ganzen Angelegenheit. Es wäre schade um dich.«

»Ich werde vorsichtig sein. Und was hast du vor?«

»Ach, ich werde versuchen, mich einem Händlertrupp anzuschließen, der nach Süden zieht, so weit weg wie es geht. Vielleicht nehme ich Toleno als neue Basis, das ist eine schöne Stadt.«

»Als was, als Händler?«

»Als was sonst?« Rowan hob die Hände. »Ich kann nichts anderes. Wenn ich Pech habe, wirds mich irgendwann doch wieder ins Gras ziehen, dann muss ich mich dem stellen, was ich getan habe.«

Plötzlich hatte Rena genug. Sie sprang auf und stellte sich vor ihn. »Wenn du einen neuen Anfang wagst, dann machs aber auch richtig. Jetzt hast du die Chance dazu. Du kannst sein, was und wer du willst. Oder hast du etwa Angst davor?«

Rowan nickte stumm und wandte sich ab.

»Ich habe mich getäuscht. Du bist doch wie die anderen«, sagte Rena und ein bitterer Geschmack lag plötzlich auf ihrer Zunge. Die Kehle wurde ihr eng, wenn sie daran dachte, dass sie vielleicht beide verlieren würde – vielleicht schon verloren hatte: Alix und Rowan. Wieder spürte sie ihre Augen feucht werden und ärgerte sich darüber.

Rowan drehte sich um, um etwas zu sagen, doch dann sah er ihr Gesicht. Betroffen blickte er sie an. Er hob die Hand und legte sie langsam auf ihre Wange. Seine Berührung war so leicht, als sei es die weiche weiße Schwinge des Pfadfinders, die nach ihr tastete. Was die Gefahr und das Unglück nicht geschafft hatte – sie zum Weinen zu bringen –, das schaffte Rowan durch die einfache Geste. Sie ließ den Kopf sinken und spürte die Tränen über ihr Gesicht rinnen. Seine Arme schlossen sich fest um sie.

»Du hast eine Menge mitgemacht auf dieser Reise, was?«, sagte Rowan leise.

»Eigentlich war nichts davon wirklich schlimm, aber alles zusammen ...« Rena ärgerte sich darüber, dass ihr schon wieder Rotz und Tränen über das Gesicht liefen. Jetzt konnte er sie nicht küssen. »Ich weiß nicht, wie Alix das immer schafft.«

»Diese Alix«, sagte Rowan und plötzlich hörte sie wieder die Anspannung in seiner Stimme. Rena erschrak. Was sollte das in diesem Moment? »Alix hier, Alix da. Vielleicht musst du dich erst von ihr lösen, um wirklich erwachsen zu werden.«

»Du kennst sie doch gar nicht«, sagte Rena. Sie spürte, wie die Wut in ihr aufstieg, halb Zorn, halb Enttäuschung. »Mich kennst du auch nicht – nicht wirklich. Wie kannst du das sagen? Sie hat mich doch erst zu einer Erwachsenen gemacht.«

Seine Hände wurden schlaff und glitten von ihr ab.

»Da hast du sicher Recht«, sagte Rowan. »Ich kenne dich nicht wirklich. Aber eins weiß ich: Du hast auch Angst davor, die zu sein, die zu sein willst. Also wirf mir nicht vor, dass ich aus meiner Haut nicht herauskann.«

Er ließ sie los und ging mit schnellen Schritten hinaus. Einen Moment lang hörte sie noch das Schaben seiner bloßen Füße auf den Grasmatten, dann wurde es überlagert vom immerwährenden Surren der Windräder und dem leisen Gemurmel der beiden alten Geschichtenerzähler im anderen Raum.

Die Residenz

Als die Sonne aufging, wusch sich Rena die Tränenspuren aus dem Gesicht, schlich sich aus der Grashütte der Geschichtenerzähler und machte sich auf den Weg zur Residenz des Gildenrats. Die Bettlerin saß schon an ihrem Platz und hielt die Hände auf, als sie Rena vorbeigehen sah. Geistesabwesend kippte ihr Rena aus ihrer Feldflasche ein paar Schluck Wasser in die Handflächen und ging weiter.

Rena war noch nie in einer so großen Stadt wie in Eolus gewesen, hier gab es sicher dreißigtausend Vollmenschen und zwei oder drei Storchenmensch-Kolonien. Auf einigen Schultern sah sie die zierlichen Körper von Pfadfinder-Vögeln; in allen Farben und Formen schien es sie zu geben, sand- und zimtfarben, schwarz und rötlichbraun, nur den einen weißen, nach dem sie Ausschau hielt, sah sie nicht. Geduldig schob sich Rena durch die Menge. Sie konnte sich auf dem Weg zur Residenz gar nicht verirren – sie brauchte nur den Kopf zu heben, und da war die Burg aus Gras und Sand, sie schien über den Dächern von Eolus zu thronen. Am Fuß des Hügels, am äußeren Tor, standen die bewaffneten Wachen.

Einen Versuch ist es wert, dachte Rena und ging direkt auf das Tor zu. Auf den wenigen Armlängen Weg, die blieben, versuchte sie ihre ganze Würde zu sammeln und um sich zu legen wie eine schimmernde Rüstung. Ich bin kein Niemand, sprach sie sich lautlos immer wieder vor. Ich habe eine wichtige Mission.

Rena ging auf das Tor zu, das kunstvoll aus Gras geflochten war wie der ganze Palast. Eine Hand und ein Flügel, die Zeichen der Luft-Gilde, waren hineingewoben.

»Na, junge Dame? Was wollt Ihr?«, fragte der eine Wachmann und sah auf sie herab. Er hatte ein schmales, von Runzeln durchfurchtes Gesicht und tiefliegende, blassblaue Augen. Auf seiner Uniform waren drei Federn eingraviert, das Zeichen für einen Offiziersrang. Auf seinem Namensschild stand »Okam«. Er ging gebeugt, seine Jugend lag schon lange hinter ihm, aber er strahlte Autorität aus.

»Wie stellt man es an, eine Audienz beim Rat zu bekommen?«, fragte Rena.

»In wessen Namen verlangt Ihr Einlass?«

»Meine Reisegefährtin ist im offiziellen Auftrag der Feuer-Gilde hier. Unsere Mission ist, den Frieden zu verhandeln.«

»Euer Name?«

»Rena ke Alaak und Alix ke Tassos.«

»Ich glaube kaum, dass der Rat Euch sehen möchte«, sagte der Offizier der Wache, und ein spöttischer Funke glühte in seinen blauen Augen auf. »Müsst Ihr nicht zu Eurem Meister zurück, junge Dame?«

Rena antwortete mit einem steinernen Blick. Das fing ja katastrophal an!

Ach was, das ist sowieso nur ein erster Versuch gewesen, tröstete sie sich, als sie sich umdrehte und ging.

Wenn sie mit Alix wiederkam, würde sie mehr Glück haben – wenn Alix noch lebte und es nach Eolus schaffte!

Rena suchte sich einen Punkt, ein Stück vom Palasteingang entfernt, wo die Wachen sie nicht sehen konnten, und setzte sich mit gekreuzten Beinen in den Sand. Geduldig beobachtete sie, was die Wachen den ganzen Tag taten, wie oft sie um den Palast patrouillierten und wie oft sie abgelöst wurden. Doch neue Pläne wollten ihr nicht einfallen, ihr Kopf schien wie ausgetrocknet von dem Sand und dem Wind. Wenn ihr nicht einmal jemand zuhörte, wie sollte das klappen? Sie musste es mit einem Trick versuchen. Aber sie durfte sich auch nicht einfach so in die Residenz hineinschmuggeln – wer verhandelte schon mit einer Einbrecherin?

Gedankenversunken wanderte sie schließlich zwischen den Grashütten zurück. In der Mittagshitze war kaum noch jemand auf den Straßen. Abwesend bemerkte sie, dass sie schon wieder bei der Bettlerin angekommen war, die immer noch an der gleichen Stelle saß. Rena wollte an ihr vorbeigehen, doch in diesem Moment schoss ein schlankes gebräuntes Bein unter der Kutte hervor. Ehe Rena es sich versah, lag sie mit dem Gesicht im Staub, einem hellen, pudrigen Staub, der ihr die Nasenflügel verklebte und ihr die Luft nahm.

»Wurzelfäule und Blattfraß!«, schrie Rena und sprang wieder auf die Füße.

Die Gestalt kicherte. »Ich wusste gar nicht, dass du so gut fluchen kannst, Rena. Nur die Ruhe. Ich bins.«

Renas Wut verflog und eine wilde Freude stieg in ihr auf. Wie war es möglich, dass sie die ganze Zeit an Alix vorbeigelaufen war, ohne etwas zu ahnen? Sie hätte es spüren müssen, dass Alix in der Nähe war. Doch das braune Tuch verbarg Gesicht und Haare fast völlig. »Du bist also nicht im Sumpf versunken! Beim Erdgeist, ich habe mir schon Sorg ...«

»Nicht so laut, es muss nicht jeder wissen, dass ich hier bin«, sagte Alix' vertraute Stimme. »Sie mögen das Feuer nicht in dieser Gegend. Geh jetzt weiter, schnell, bevor jemand kommt. Wir treffen uns bei dir.«

»Weißt du, wo ich ...?«

»Natürlich.«

Als Rena im Haus der Geschichtenerzähler angekommen war, schaute sie als erstes in die Ecke des Zimmers, wo Rowan seinen Umhang gelassen hatte, als er hinausgerannt war. Er war noch da. Einen Moment lang hatte sie Angst gehabt, er wäre ohne Abschied einfach so verschwunden. Aber Rowan war noch in der Stadt. Er würde zurückkommen.

Sie setzte sich auf die Grasmatten und wartete. Es dauerte keine zehn Atemzüge, bis sie Schritte hörte, dann schlurfte die Bettlerin herein. Sobald sie die Schwelle des Zimmers überschritten hatte, veränderte sich ihr Gang, wurde wieder der einer Schwertkämpferin, und als die Frau die Kapuze zurückwarf, quoll Alix' kupferfarbenes Haar darunter hervor.

»Ich habe gedacht, ich würde dich nie wieder sehen«, sagte Rena.

»So leicht wirst du mich nicht los«, erwiderte Alix mit ihrem alten Draufgängergrinsen und sie umarmten sich fest. Es ist das erste Mal, dass wir das tun, dachte Rena amüsiert. Anscheinend muss immer erst eine größere Katastrophe eintreten, um uns in unserer Freundschaft einen Schritt weiterzubringen.

Alix ließ sie los und setzte sich auf den Boden. »Ich habe mich irgendwie durchgeschlagen, frag mich nicht, wie. Drei Tage lang musste ich ohne Wasser auskommen. Bin froh, dass dus auch geschafft hast. Wo warst du denn plötzlich, verdammt? Ich habe mir Sorgen gemacht!«

Nachdem sie sich erzählt hatten, was sie auf dem Weg nach Eolus erlebt hatten, richtete Alix ihren Blick auf die Ecke des Zimmers und den Umhang, der dort lag. »Wo ist eigentlich der Windhund geblieben, der Kerl, mit dem du durch die Gassen gezogen bist?«

Sofort sank Renas Stimmung wieder. »Erinnerst du dich an ihn – den Blonden damals bei deinem Kampf mit den Händlern?«

Alix nickte, ihre Miene war undurchdringlich. »Ich habe ihn erkannt. Er hat nicht gegen uns gekämpft damals.«

»Wir brauchen ihn. Wir brauchen jemanden von der Luft-Gilde und am besten noch jemanden von den Wasser-Leuten. Nur wenn wir gemeinsam auftreten, haben wir bei den Räten eine Chance.«

»Uargh«, sagte Alix. »Das ist nicht dein Ernst. Feuer und Wasser. Das ist eine Zumutung.«

»Du vermutest immer gleich das Schlimmste. Rowan ist sehr nett!«

»Das glaube ich dir gerne. Verliebt?«

Rena nickte schweigend und Alix lächelte. Wahrscheinlich ahnte sie, was zwischen Rowan und Rena geschehen war in dieser letzten Woche. Sah man es ihr irgendwie an, dass sie keine Jungfrau mehr war?

»Na gut, von mir aus kann er mit«, sagte Alix. »Aber wird er überhaupt mit uns kommen wollen – vor allem auch mit mir?«

»Ich muss ihn noch überreden und das wird nicht leicht. Aber unsere Aufgabe ist erst einmal in den Palast hineinzukommen. Wenn die Feuer-Gilde hier wirklich nicht beliebt ist, dann steht es in den Sternen, ob wir das selbst mit deinem offiziellen Auftrag schaffen. Hast du schon eine Idee?«

Die roten Strähnen ihrer Haare ringelten sich über Alix' Schultern und tanzten im Luftzug, der durch die grobporigen Wände drang. »Wir könnten die Wachen ablenken, indem wir im Palast ein wenig zündeln.« Alix' schräge grüne Auge blickten nachdenklich. »Ich glaube nicht, dass die hier wirklich dagegen gerüstet sind. Aber wir würden eine Menge riskieren. Ich kann Feuer zwar kontrollieren, aber nur bis zu einem bestimmten Punkt. Je größer die Flamme ist, desto mächtiger ist ihr Wille zu fressen, zu verzehren, und dann kann ich auch nichts mehr ausrichten. Wir könnten es höchstens mit Kaltem Feuer versuchen.«

»Der Gedanke gefällt mir nicht«, sagte Rena ruhig. »Wir sind keine Krieger mehr. Wenn wir Gewalt anwenden, verlieren wir jede Glaubwürdigkeit. Nein, wir müssen einen Weg finden, den Rat so neugierig auf uns zu machen, dass er uns von selbst einlädt.«

Alix hob warnend eine Hand. Ihr Gesicht spannte sich, dann deutete sie auf ihre Ohren und dann auf die Wände der Hütte. Jemand belauschte sie.

Sie wussten beide, was das bedeutete. Wenn jemand Alix' Worte gehört hatte und sie weitergab, dann wartete eine furchtbare Strafe auf sie.

Ein, zwei Atemzüge lang saßen sie sich gegenüber und sahen sich einfach nur an, jeden Muskel angespannt. Dann sprang Alix auf, das Schwert in der Hand. Rena blieb, wo sie war, sie konnte sich nicht bewegen. Ihr Magen war nur noch ein schwerer Klumpen in ihrem Inneren. Saß sie schon wieder in der Falle?

Es gab ein kurzes reißendes Geräusch und sie sahen

Klingen, die die Graswände blitzschnell von oben bis unten aufschlitzten. Halme und Grasfetzen flogen durch die Luft und Rena kauerte sich erschrocken in der Mitte der Hütte zusammen. Schon drängten sich uniformierte Gestalten durch die Öffnungen und in wenigen Momenten waren sie von einem Dutzend Soldaten mit den Insignien der Luft-Gilde umringt. Von dem Graszimmer war nicht mehr viel übrig als ein paar zerfetzte Halme.

Alix hatte wohl erkannt, dass jede Verteidigung aussichtslos war, denn sie versuchte nicht, sich zu wehren. Mit einem schnellen Ruck rammte sie ihr Schwert in den Boden und hob die Hände. »Nur ruhig, Jungs. Wir haben nichts getan.«

Eine Stimme hinter Rena sagte: »Ah, die junge Dame.« Als sie sich umdrehte, erkannte sie den Offizier mit dem zerfurchten Gesicht und den blassblauen Augen, der sie am Tor des Palasts abgewiesen hatte. Er blickte sie nachdenklich an. »Bitte entschuldigt die Unannehmlichkeiten. Aber es ist nie verkehrt, solchen Dingen auf den Grund zu gehen.«

Alix hob fragend die Brauen, aber in Renas Kopf jagten sich beunruhigende Gedanken. Wie viel von dem, was Alix und sie vorhin besprochen hatten, hatte er gehört? Rena entschied sich, auf Nummer sicher zu gehen und erst einmal Protest einzulegen. »Behandelt Ihr Durchreisende immer so?«

»Nur, wenn sie düstere Pläne haben«, erwiderte Okam. »Der Rat mag Spitzel nicht.«

»Wir sind keine Spitzel«, widersprach Rena heftig.

»Mag sein. Echte Agenten sind nicht so unvorsichtig. Aber das könnt ihr dann in den Kerkern des Palasts beweisen.«

Alix begann plötzlich zu grinsen. Ungläubig sah Rena

sie an, doch dann begriff sie. Es sah fast so aus, als hätten sie ihr erstes Ziel erreicht. Sie hatten es nicht mehr nötig, in den Palast einzudringen – man brachte sie hinein. Jetzt konnte sie nur hoffen, dass sie das auch überlebten.

Es war vollkommen dunkel in der kleinen Zelle. Rena tastete die Wände ab und versuchte festzustellen, woraus sie bestanden. Eine Wand bestand aus einer Gittertür, die anderen aus einer Schicht aus geflochtenem Gras. Als sie den Finger hindurch steckte, rieselte ihr Sand entgegen. »Wir sind im Sandfundament des Palasts!«

»Mach kein zu großes Loch, sonst werden wir verschüttet«, warnte Alix. »Es bringt nichts, da kannst du dich nicht durchgraben. Da ist ein Caradiumgitter dahinter, ich kann seine Aura spüren.«

»Oh, verdammt.« Rena setzte sich wieder in eine Ecke der Zelle. »Sie werden bald kommen, um uns ...«

»Glaubst du, dass der Storch uns verraten hat?« Ein leiser, dunkler Ton schwang in Alix' Stimme mit. Rena wusste, woran sie dachte.

»Nein, Rowan hat nichts getan«, erwiderte Rena hitzig und starrte in die Dunkelheit. Sie konnte die Umrisse von Alix' Gestalt erkennen, aber nicht viel mehr. Halb hoffte sie, dass Rowan schon aus der Stadt verschwunden war. Dann war er sicher, denn sonst konnte es sein, dass der Rat auch ihn verhaften ließ. Aber wenn er Eolus verließ, dann würde sie ihn wahrscheinlich nie wieder sehen. Der Gedanke tat weh, dass sie sich im Streit getrennt und keine Chance mehr hatten, sich zu versöhnen. Das war fast noch schlimmer als der Abschied selbst.

»Wohin ist er denn auf einmal verschwunden? Rostfraß und Asche, schließlich habt ihr euch gestritten. Die meisten Männer, die ich kenne, wären danach direkt in die Schenke und hätten sich eine Hand voll Beljas reingeschoben. Vielleicht hat er danach geplaudert.«

»Vielleicht kennst du keine Männer wie ihn.«

»Liebe Rena, ich kann dir versichern, dass ich eine ganze Menge Männer kenne, darunter auch einige von seiner Sorte – ruhig, sensibel, intelligent, unberechenbar.«

Rena war erstaunt. »Du hast ihn doch nur ein paar Atemzüge lang gesehen!«

»Stimmt es oder nicht?«

»Doch, genau so ist er«, gab Rena zu. Ja, unberechenbar war er – konnte diese dumme Bemerkung, die er über die Erd-Gilde gemacht hatte, ein Warnsignal gewesen sein? Aber so leicht war ihr Vertrauen nicht zu erschüttern. »Selbst wenn er geplaudert hätte, einen Unterschied hätte das nicht gemacht. Der Offizier wusste ja schon von mir selbst, was wir wollen.«

»Oder er kann zum Rat gelaufen sein und ...«

»Alix, bitte hör auf.«

Sie schwiegen wieder, aber schon nach wenigen Atemzügen schreckten sie hoch. Jemand kam den Gang entlang in ihre Richtung. Es waren drei bewaffnete Wachen, die Fackeln hielten. Das zuckende Licht erleuchtete den Gang.

Alix bewegte sich zur Gittertür. »Was wollt ihr?«

»Die Kleine da soll mitkommen«, befahl einer der Männer. »Das ist der Befehl.«

Mit weichen Knien ging Rena zur Tür. Sie spürte Alix' Hand auf der Schulter. »Viel Glück. Denk daran: Ein Mensch der Feuer-Gilde würde unter der Folter eher sterben als auch nur ein Wort sagen.«

»Leider gehöre ich noch nicht zur Feuer-Gilde«, sagte Rena. »Aber ich habe ja auch nichts zu verbergen.« Ihre Stimme klang im unterirdischen Sandtunnel dünn und kindlich, ihre Worte versickerten ohne Echo.

Hinter sich hörte sie: »Und jetzt du, Feuerfrau«, und den Strom von Flüchen, den Alix von sich gab, als die Wachen auch sie aus der Zelle holten. Aber sie führten die Schmiedin in eine andere Richtung, die Stimmen verklangen schon.

Eine der beiden anderen Wachen ging voran, die anderen beiden nahmen Rena in die Mitte, die Armbrüste geschultert. Sie gingen über Sandstufen nach oben, zurück zu Licht und Luft. Je höher sie kamen, desto lauter wurde das Heulen des Windes. Das musste der Eolan sein, der den Palast bewachte, dachte Rena, als sie den Kopf hob, um zu lauschen. Er klang nicht wie ein normaler Wind, er fauchte und schrie. Dennoch prasselte kein einziges Sandkorn an die Graswände.

Schließlich standen sie in einem hohen, vollständig leeren Saal, in dessen Wände überall kunstvoll das Flügelmuster geflochten war. Die Wachen zogen sich an die Eingangstüren zurück und ließen sie mitten im Raum stehen. Rena wandte sich um, als sie Schritte näher kommen hörte. Sie erkannte den Offizier Okam. Er lächelte. So schlimm kann es nicht um uns stehen, dachte Rena erleichtert. Aber als sie näher kam, sah sie, dass Okam nicht wirklich lächelte. Es sah nur so aus, weil seine Züge wie im Krampf verzerrt waren. Rena erschrak über die tiefe Trauer, die sie sah. Einen Moment lang vergaß sie, dass sie eine Gefangene und er ihr Wärter war. »Alles in Ordnung mit Euch?«

»Mir kann niemand helfen«, sagte Okam so leise, dass sie sich erst gar nicht sicher war, ob er wirklich gesprochen hatte oder ob sie es sich nur eingebildet hatte. Dann wandte er ihr sein zerfurchtes Gesicht zu und er war wieder der Mann, der Alix und sie gefangen genommen hatte. Er blickte sie so aufmerksam an, als wolle er in sie hineinlauschen, und trat näher an sie heran. Sein Gesicht war nur eine Fingerlänge von Renas entfernt. »Wer möchte, dass ihr in die Residenz der Gilde gelangt?«

»Es war alles meine Idee …« Rena erzählte kurz von ihrem Plan, die vier Gilden an einen Tisch zu bringen, und von ihrem offiziellen Auftrag. Doch noch während sie sprach, merkte sie, dass es vergeblich war. Okam hörte ihr nicht wirklich zu.

»Es gibt einen einfachen Grund, warum ich dir das alles nicht glaube«, sagte der Offizier und beobachtete sie aufmerksam. Ruhig streckte er die Hand aus. Rena erkannte den kleinen Gegenstand in der Handfläche des Offiziers und zuckte zusammen. In diesem Moment wusste sie, dass das dunkle Etwas, das Alix schon so lange auf den Fersen war, sie eingeholt hatte. In Okams Handteller lag ein kleines, rundes Stück dunkles Metall, in dem ein Auge eingraviert war. In der Mitte glühte ein roter Edelstein.

»Du kennst es«, sagte der Offizier. Es war keine Frage.

Rena nickte. Sie konnte kaum sprechen, ihr Mund war zu trocken. Sie konnte sich noch genau daran erinnern, wie Alix ihr das Amulett gezeigt hatte. Aber das war vor der Audienz beim Rat der Feuer-Gilde gewesen. Dem Rat hatte sie das Ding ausgehändigt. Es musste ein anderes Exemplar sein – ein echtes. Oder Alix hatte noch eins von den Dingern nachgeschmiedet. »Woher habt Ihr das?«

»Das müsstest du doch am besten wissen.«

»Ich schwöre beim Erdgeist, dass ich es nicht weiß.«

»Dein Erdgeist hat hier keine Macht. Du hast es schon einmal gesehen, das leugnest du nicht.«

»Ja, aber ich weiß nicht, was es bedeutet. Wo habt Ihr es her?«

Die tief liegenden blassblauen Augen schienen sich in Renas Kopf zu bohren. Rena konnte nur versuchen, diesem Blick standzuhalten. »Die Frau des Feuers, die dich begleitet, hat es getragen.«

»Es gehört ihr nicht«, sagte Rena, aber im gleichen Moment kamen ihr Zweifel. Woher hatte Alix das Amulett? Konnte sie es von ihrem Gildenrat zurückbekommen haben? Oder hatte sie sie die ganze Zeit über schrecklich belogen und gehörte sie selbst zu dem Geheimbund? Beim Erdgeist, nein. Bloß das nicht. Nein, das konnte nicht sein, einen solchen Verrat traute sie Alix nicht zu. Außerdem gäbe es dann keine Erklärung für diesen Überfall, bei dem sie fast getötet worden wäre ...

Okam schnalzte mit der Zunge. »Du hast Angst, weil du weißt, dass diejenigen, die es tragen, einen finsteren Dienst leisten.«

»Was für einen finsteren Dienst?« Rena war aufgeregt. Okam war der erste Mensch, der ihr begegnete, der etwas über das Amulett wusste. »Was wisst ihr über diese Leute? Wir versuchen mehr über sie herauszufinden um sie aufzuhalten.«

»Wann haben sie dich angeworben?«

»Niemand hat mich angeworben!«

Rena ahnte nicht, dass das nur der Anfang war. Einen ganzen Sonnenumlauf lang stellte Okam Fragen über Fragen und Rena konnte nur wenige davon beantworten. Bald fühlte sie sich so erschöpft wie nach einem tagelangen Marsch durch das Grasmeer, aber sie hielt die

Ohren offen und merkte sich die Fragen. Mit ihnen verriet der Offizier der Luft-Gilde viel mehr, als er eigentlich wollte. Rena reimte sich zusammen, dass die Leute, die das rote Amulett trugen, eine Art Geheimbund waren, die für die Regentin die Gilden auskundschafteten. Doch was dieser Bund genau tat, das schien Okam auch nicht zu wissen. Spione waren sie, ja, aber was genau spionierten sie aus? Waren sie Träger von Nachrichten? Waren sie Attentäter?

Als Okam schließlich seine letzte Frage gestellt hatte, war es sehr still, viel zu still, und Rena ahnte, dass es nicht gut aussah für sie und Alix. »Du wirst dir bald wünschen, du hättest dieses rote Auge nie gesehen«, sagte der Offizier langsam. Einen Moment lang meinte sie, einen Anflug von Mitleid in seinem Gesicht zu sehen. »Das Amulett ist Beweis genug, um euch beide in den Sand einzukerkern – so lange, bis diese Gildenfehden Vergangenheit sind. Wir können kein Risiko eingehen.«

Rena spürte, dass er es ernst meinte. Ihr war schwindelig und ihr Atem kam in kurzen Stößen, als hätte sie einen Lauf hinter sich.

»Ich möchte einen guten Freund von mir wieder sehen, bevor ihr uns einsperrt«, krächzte Rena. »Bitte.«

»Jemand, der zur Erd-Gilde gehört? Ich glaube nicht, dass das gehen wird.«

»Nein, er ist einer von euch.«

Okam schien interessiert. »Ihr habt jemand, der für euch bürgen kann? Jemanden, der zur Luft-Gilde gehört?«

Rena schöpfte wieder Hoffnung. »Ja, er ist ein Meister ersten Grades. Er heißt ...« Rena verstummte. Konnte sie das tun? Woher sollte sie wissen, dass sie Rowan damit nicht in Gefahr brachte?

»Du weißt nicht einmal, wie er heißt?« sagte Okam ironisch. »Das kann kein besonders guter Freund sein.«

Rena kämpfte mit sich. Sie würde seinen Namen nie preisgeben, wenn sie ihm dadurch schadete, das wusste sie. Aber schließlich war dies hier seine Gilde. Es kam darauf an, ob sie von dem Kampf mit Moog bereits erfahren hatten. »Woher soll ich wissen, dass Ihr ihn nicht verhaftet?«

»Ich garantiere freies Geleit für ihn, im Namen des Rates und der Ehre meiner Gilde. Bist du sicher, dass er für dich aussagen wird?«

»Ja, ich bin sicher«, sagte Rena und hoffte, dass das stimmte. Sie flüsterte die Worte wie eine Zauberformel, denn es war ein Name, der sie eigenartig bewegte, wenn sie ihn aussprach. »Rowan ke Nerada. Er heißt Rowan.«

Okam nickte. »Wenn er in der Stadt ist, werden meine Leute ihn finden. Wenn du ihn nicht nur erfunden hast, um deine Haut zu retten und die der Feuerfrau.«

Plötzlich war Rena beinahe fröhlich. Ihre Zeit in diesem Sandloch war gezählt, dieser Okam würde schon bald einsehen müssen, dass er einen Fehler gemacht hatte. Und über allem der Gedanke: Sie würde Rowan wieder sehen, bald schon.

Endlich kamen die Soldaten zurück, die Okam ausgeschickt hatte. Ihre Gesichter waren von Wind und Sonne zerklüftet und auf ihren Schultern hockten Pfadfinder mit Gefieder in verschiedenen Brauntönen. Doch Renas Augen suchten in ihrem Trupp vergeblich nach einer großen mageren Gestalt mit blauem Halstuch, nach einem weißen Pfadfinder. Was war geschehen? Wo war er?

Ungeduldig wandte sich der Offizier ihnen zu. »Habt ihr diesen Rowan gefunden?«

Eine der Soldaten trat vor und verbeugte sich kurz vor

Okam. »Meister, niemand dieses Namens befindet sich in Eolus. Er ist durchgereist, einige Leute haben ihn gesehen und erkannt, aber nun ist er verschwunden.«

Rena starrte ihn an. Es dauerte eine Weile, bis sie begriff. Rowan war wirklich einfach so aus der Stadt verschwunden und hatte sie ihrem Schicksal überlassen. »Bestimmt ist er noch nicht weit weg, er könnte Richtung Süden reisen!«, schrie sie. »Er muss noch im Grasmeer sein. Könnt ihr nicht ein paar Leute über die Pfade schicken und nach ihm suchen?«

Okam seufzte. »Du weißt nicht viel über das Gras, junge Dame. Um es zu durchkämmen, selbst wenn es nur im Umkreis der Stadt wäre, müsste man eine Hundertschaft von Leuten ausrücken lassen. Bringt sie in den Kerker zurück!«

Hände packten Rena dicht über den Ellenbogen und versuchten, sie zum Ausgang zu zwingen, aber sie stemmte die Füße in den Sandboden. »Ihr verspielt die einzige Chance, die wir auf Frieden haben! Wisst Ihr wirklich, was Ihr ...«

Die Tür öffnete sich mit einem schleifenden Geräusch und ein Bote spähte herein und grüßte. »Meister, der Rat möchte die Gefangene sehen.«

Okam runzelte die Stirn. »Warum das? Wann?«

»Jetzt gleich. Der Befehl kommt von Avius!«

»Seid vorsichtig, junge Dame«, sagte Okam, bevor er sie zum Rat führte. Seine Augen maßen sie nachdenklich. »Setahaya spürt jede Lüge, sie wird wissen, ob du die Wahrheit sprichst oder nicht.«

»Dann habe ich nichts zu fürchten«, sagte Rena und begegnete seinem Blick offen und gerade.

Tribunal

Als sie die inneren Räume der Residenz betraten, bemerkte Rena eine winzige Frau, die ganz in ockerfarbene Gewänder gekleidet war. Sie ging Rena nicht einmal bis zur Schulter und war so knochig, dass ihre Finger dünn wie Zweige wirkten. Fasziniert und schockiert starrte Rena auf die kurzen Federkiele an ihren Händen, die abgeknickt und vom Alter vergilbt waren. Das musste die Setahaya sein, von der Rowan ihr erzählt hatte. Sie sah fast so aus, als habe sie irgendwo in ihrer Ahnenreihe einen Storchenmenschen!

Einen Lidschlag lang betrachtete die alte Frau Rena mit schräggelegtem Kopf, dann schritt sie an ihr vorbei und steuerte den Offizier an. »Ich habe davon erfahren, was geschehen ist«, sagte sie, legte Okam die dünne Hand auf den Arm und blickte mitfühlend zu ihm auf. »Wir werden alles tun, mein Guter, das verspreche ich Euch.«

»Wisst Ihr, wo sie ist?«

»Nein, noch nicht. Sie halten es geheim. Aber keine Sorge, wir finden Eure Frau.«

Rena ahnte nun, woher die Traurigkeit in Okams Augen kam. Einen Moment lang bekam sie Mitleid mit ihm.

»Ich glaube nicht, dass es so einfach wird. Eure Zuversicht kann ich leider nicht teilen, Setahaya«, drang es aus einer geflochtenen Glocke hervor, die mitten im Raum von der Wand hing. Ein großer, schlanker Mann mit einem blonden Bart und eisblauen Augen erschien in der Öffnung. Das musste Avius sein! »Bisher haben wir noch keinen einzigen Gefangenen lebend wiederbekommen, denkt daran.«

Aus einer anderen Glocke lugte ein jungenhaftes Gesicht hervor. Das war wohl Terek, das dritte Mitglied des Gildenrates. Zuerst wirkte er höchstens so alt wie Rowan, aber als Rena näher hinsah, entdeckte sie die Falten in seinem Gesicht. »Wir sollten es noch einmal mit einem Austausch versuchen.«

Beunruhigt befeuchtete Rena die Lippen mit der Zunge. Es war kein gutes Zeichen, dass diese Meister so offen vor ihr sprachen. Solche Informationen durften niemals nach außen dringen.

Okam ging zu seinem Gildenmeister hinüber und unterhielt sich leise mit ihm. Rena wusste, dass er ihm mitteilte, was er durch das Verhör erfahren hatte.

Ganz plötzlich wandte sich Avius ihr zu. »Wie ist dein Name, Blattfresserin?«

»Rena ke Alaak«, sagte Rena und schluckte ihren Ärger herunter. Schließlich war sie nun sozusagen Diplomatin. »Ich und meine Reisegefährtin sind in einer Friedensmission hier. Natürlich verstehe ich, dass Ihr uns zuerst für Spione gehalten habt, aber jetzt sollten wir verhandeln.«

Mit gerunzelter Stirn starrte der Gildenmeister sie an. Es dauerte eine ganze Weile, bis er sprach. »Okam hat nichts davon gesagt, dass Ihr in offiziellem Auftrag kommt.«

Befriedigt stellte Rena fest, dass er sie nicht mehr duzte. »Der Hohe Rat der Feuer-Gilde möchte, dass wir mit den Gilden Kontakt aufnehmen, damit Verhandlungen beginnen können.« Sie schilderte kurz noch einmal, was sie vorhatte. Avius nickte.

»Meister, ich glaube nicht, dass sie zum Roten Auge gehört«, sagte Okam plötzlich. »Ich habe ein paar von denen gesehen und sie sind anders.«

»Mag sein«, erwiderte Avius und winkte ab. Rena

spürte, dass ihn das überhaupt nicht interessierte, und war erstaunt. Was ging hier vor?

Avius ging auf sie zu und legte ihr väterlich einen Arm um die Schultern. Rena konnte gerade verhindern, dass sie zurückzuckte, die Berührung war ihr unangenehm. »Du hast die Geheimformeln deiner Gilde noch nicht erfahren?«, fragte er. Seine Stimme war freundlich, einschmeichelnd. »Du bist keine Meisterin, nicht wahr?«

Rena schüttelte den Kopf. Das musste ihn überzeugen, dachte sie. Eine Spionin, die keine Meisterin war, was sollte das für einen Sinn haben? Doch Avius lächelte, als habe sie ihm einen Gefallen getan.

»Ich weiß, was du vorhast, Avius«, sagte Setahaya und in ihrem Ton schwang Missbilligung mit. »Es ist ein Ritual, das besser vor langer Zeit vergessen worden wäre!«

»Mein Vater hat es nicht ohne Grund gepflegt«, gab Avius zurück. »Es ist damit viel leichter, den Eolan unter Kontrolle zu halten. Oder willst du, dass er sich gegen uns wendet und den Palast zerreißt?«

Rena ahnte endlich, worum es ging, und die Knie wurden ihr weich. Das alte Ritual, von dem Rowan einmal ganz nebenbei erzählt hatte! Früher hatte der Rat dem Wind regelmäßig einen Menschen geopfert ...

»Wir dürfen uns dem Eolan nicht unterwerfen – er ist unser Werkzeug, nicht wir seins!«

»Auch ein Werkzeug muss man pflegen, wenn es von Nutzen sein soll, verehrte Setahaya. Sonst sind wir in diesen gefährlichen Zeiten irgendwann schutzlos.«

»Wollen wir es öffentlich tun?«, warf Terek munter ein. »Vielleicht ist das gut für die Moral unserer Leute. Es wird sie von ihren Sorgen ablenken.«

Avius nickte nachdenklich. »Das ist wahr. Aber das Ritual ist keine Volksbelustigung, Terek.«

»Unsere Gilden werden sich rächen!«, schleuderte Rena dazwischen. Selbst wenn die Erd-Gilde keine Rache nahm – wollten diese Dummköpfe wirklich riskieren, eine Frau der Feuer-Gilde öffentlich hinzurichten? »Ihr Zorn wird auf euch herabfahren wie ein Blitz!«

»Lässt sich leicht vermeiden«, sagte Avius und lächelte sie an. »Niemand braucht es erfahren. Es sind schon so viele Leute im Grasmeer verschwunden, da kommt es auf zwei mehr auch nicht an.«

Mit einem Blick, der wortlos um Hilfe bat, wandte Rena sich Setahaya zu. Einen Moment lang ruhten die dunklen Vogelaugen der Ratsfrau auf ihr. Dann raschelten ihre Gewänder wie das Gras im Wind, als sie sich vor Avius hoch aufrichtete. Es sah würdevoll, aber ein wenig lächerlich aus, wie ein Pfadfinder, der versucht, einem Dhatla zu trotzen. »Das werdet Ihr nicht tun, Avius, jedenfalls nicht, solange ich noch am Leben bin! Es wird Proteste geben, selbst wenn sie noch keine Meisterin ist. Unsere Handelswege könnten abgeschnitten werden und damit versiegt das Blut in unseren Adern. Ihr tätet besser daran, wirklich um Frieden zu verhandeln!«

Alle Menschen im Raum waren sich dessen bewusst, dass Setahaya wohl kaum mehr lange zu leben hatte. Niemand sprach es aus.

»Verzeiht, Meister, aber es wäre vielleicht besser, sie noch einige Monate in der Residenz zu behalten«, sagte Okam ruhig und brach damit das Schweigen. »Vielleicht erfahren wir doch noch etwas von ihr oder der Feuerfrau.«

»Nein«, widersprach Avius. »Wenn wir es tun, dürfen wir nicht zu lange warten. Heute Nacht entscheidet es sich. Es gibt da etwas, Okam, von dem du nichts weißt.«

Okam hielt sich gerade, sein Gesicht war ausdruckslos.

»Einer der unsrigen hat am Tor nach ihr gefragt und die Wache hat ihn hereingelassen. Ein junger Meister. Zum Glück hat die Wache ihm nicht gesagt, dass sie hier ist, aber es könnte sich herumsprechen.«

Rena wusste sofort, wer dieser junge Meister sein musste, und heiße Freude überschwemmte sie. Rowan! Er hatte die Stadt nicht verlassen, im Palast hatten Okams Leute ihn nur nicht vermutet.

»Was will er von ihr?«, fragte Terek erstaunt.

»Ich weiß es nicht«, sagte Avius. »Lassen wir ihn hereinrufen ...«

Sie würden sich wieder sehen, so bald schon! Rena kam es so vor, als könne sie keinen Moment mehr warten. Doch dann gab Avius ein winziges Zeichen und zwei Wachen packten sie an den Armen und zerrten sie hinaus. Überrascht und wütend sträubte sich Rena, doch bevor sie es sich versah, war sie aus dem großen Saal hinaus und wurde einen Gang entlanggeschoben. »Nein, wartet!«, schrie Rena.

»Was ist?«, grunzte eine der Wachen. Immerhin hatten sie angehalten und ihren Griff etwas gelockert.

»Lasst mich doch wenigstens draußen warten«, bettelte Rena. »Das würde doch nichts schaden, oder? Ich will nur seine Stimme hören.«

Die beiden Wachen tauschten Blicke.

»Diesen letzten Wunsch könnt ihr mir ja wohl erfüllen, wenn ich schon dem Eolan übergeben werde!«

»Na gut. Aber nur für ein paar Atemzüge. Und kein Wort!«

Rena hatte mehr Glück, als sie zu hoffen gewagt hatte; die Wachen ließen sie bis zur Außenwand des

Saales. Im gewebten Schilf der Wand entdeckte sie einige kleine Löcher. Wenn sie das eine Auge daran presste, konnte sie ein Stück des Raumes erkennen: Sie schaute direkt auf den Hinterkopf von Avius. Offenbar war sie nicht die Erste, die dem hohen Rat von hier aus hinterherspionierte.

Rowan kam herein! Mit klopfendem Herzen lugte Rena durch das Schilf. Er sah aus wie immer, er trug sogar noch dieselbe staubige Tunika, anscheinend hatte er sich nicht einmal die Zeit genommen, sich für den Rat fein zu machen. Nervös nestelte er an seinem blauen Halstuch, doch dann beherrschte er sich und sprach die traditionelle Begrüßung: »Friede den Gilden, Hoher Rat.«

»Weshalb bist du hier, junger Meister? Ist dieses Mädchen wichtig für deinen Handel? Gehört sie dir und ist sie dir vor dem Verkauf geflohen?« Avius' Stimme klang streng.

»Nein, Avius. Ich bin gekommen, um ihr etwas zu sagen.«

»Sonst nichts?«

»Sonst nichts«, erwiderte Rowan schlicht. »Ich bin gekommen, um ihr zu sagen, dass ich sie auf ihrer Reise begleiten werde.«

Rena konnte spüren, wie der Rat im Schock erstarrte.

»Dass einer von uns so etwas sagt!«, knurrte Avius.

»Diese verrückte Reise!«, schrillte Terek, seine Grasglocke schaukelte bedenklich.

»Du nimmst es ernst, was sie vorhat?«, fragte Setahaya leise. »Du willst wirklich wagen, zu den Räten einer anderen Gilde zu gehen, *tanu*? Diese Gefahr auf dich nehmen?«

Spätestens jetzt musste Rowan wissen, dass sie von der Reise gehört hatten, dass Rena in der Residenz sein musste und dass sie versucht hatten, es ihm zu verschweigen. Doch er ließ sich nichts anmerken. Respektvoll verbeugte er sich vor der alten Ratsfrau, bevor er antwortete. »Ja, das werde ich tun. Daresh braucht wieder Frieden, die Gilden müssen alle an einem Strang ziehen.«

Die nehmen ihn viel ernster als mich, dachte Rena innerlich seufzend. Er gehört zu ihrer Gilde und ich nicht. Deshalb müssen wir zu viert sein, anders geht es nicht.

Avius war aus Renas Blickfeld verschwunden, stattdessen bekam sie jetzt ein Stück von Setahayas Kleid zu sehen. Dann sah sie gar nichts mehr, denn die Wachen waren offensichtlich der Meinung, dass die »paar Atemzüge« abgelaufen waren und sie jetzt endgültig ins Verließ zurück musste.

Tief unter der Erde im Dunkel, der Sand rieselte leise flüsternd um sie herum, wartete schon Alix auf sie. »Bist du in Ordnung? Haben sie dich auch so lange verhört?«

Rena erzählte schnell, was sich ereignet hatte. Sie hörte Alix leise lachen. »Ich habe dir ja gesagt, dass er sofort zu seinem Rat laufen würde. Glaubst du, dass der Storch uns hier herausholen kann?«

»Er wird jedenfalls alles versuchen«, sagte Rena. Er kommt mit! jubelte ihre innere Stimme. Er kommt mit! Wenn ... ja, *wenn* sie ihren Aufenthalt hier überstanden.

Es schien unendlich lange zu dauern, bis die Fackeln den Gang vor ihrem Kerker wieder erleuchteten. Rena rechnete schon damit, dass die Wachen sie wieder grob herauszerren würden, doch es war Offizier Okam persönlich, der sie holen kam. »Folgt mir«, sagte er nur. Rena und Alix sahen sich an – würde man sie jetzt heimlich und still dem Eolan übergeben?

Die drei hohen Meister der Luft-Gilde saßen in ihren Grasglocken und blickten ihnen würdevoll entgegen. Unauffällig sah sich Rena nach Rowan um. Dort stand er, eine halbe Baumlänge entfernt! Sie wusste, dass er sie gesehen hatte, aber sein Gesicht zeigte keine Regung. Enttäuscht wandte sich Rena wieder dem Rat der Luft-Gilde zu. War Rowan ihr noch böse? War er wütend darüber, dass er ihr jetzt helfen musste, obwohl er sie ja gewarnt hatte?

»Rena ke Alaak.« Es war die hohe weiche Stimme der Setahaya. »Ich hoffe, Ihr nehmt unsere Entschuldigung an.«

Rena entspannte sich langsam, ganz langsam. Sie wusste, dass sie jetzt etwas erwidern musste, aber sie war so erleichtert, dass ihr kaum etwas einfiel. »Natürlich«, sagte sie schließlich. »Es war ein Missverständnis.«

»Wir wären glücklich, wenn Ihr bei den Räten der anderen Gilden ausrichten würdet, dass wir ebenfalls für den Frieden sind. Wir werden gerne verhandeln.«

Das Gesicht von Avius zeigte, dass er alles andere lieber täte. Sein Lächeln war verkniffen. Aber er schwieg.

Rena verbeugte sich kurz. »Das werde ich ausrichten, Setahaya. Unsere nächste Station ist der Rat der Wasser-Gilde. Werdet Ihr eine Delegation zur Felsenburg schicken? Wir treffen uns dann zurzeit der nächsten Sonnenfinsternis auf der Lichtung in Alaak, die man den Kahlen Fleck nennt, und fordern geschlossen eine Audienz.«

»Unsere Leute werden dabei sein.«

Ein Diener näherte sich und reichte Alix und ihr einen kleinen Gegenstand, eine in einem komplizierten Farbmuster gefärbte Feder.

»Ihr werdet es brauchen, wenn Ihr Eolus verlasst und

wieder durch das Grasmeer reist«, sagte Setahaya. »Das sichert euch freies Geleit. Zeigt es einfach vor und jeder Mann und jede Frau der Luft-Gilde wird euch mit Respekt begegnen.«

Bevor sie sich versahen, waren sie wieder draußen. Alix hatte es eilig, den Saal zu verlassen. Rowan schloss sich ihnen schweigend an und ging ein paar Schritte hinter ihnen. In der Vorhalle der Residenz waren sie auf einmal allein. Als hätten sie es verabredet, gingen sie langsamer, wandten sich einander zu und sahen sich an – drei Menschen aus drei verschiedenen Gilden.

Rena bat den Erdgeist, dass Alix Rowan nicht »Storch« oder »Windhund« nannte und dass er ihr nicht vor die Füße spuckte oder so etwas. Sie liebte sie beide und sie wollte auf keinen Fall, dass die beiden aneinander gerieten und es sich Rowan vielleicht noch einmal anders überlegte. Wieso war er überhaupt so still?!

Alix war eine halbe Fingerlänge kleiner als Rowan, aber ihr schlanker Körper war perfekt ausbalanciert wie ein gutes Messer, die Muskeln zeichneten sich unter ihrer glatten Haut ab. Ohne eine Miene zu verziehen stützte sie sich auf ihr Schwert und sah den jungen Händler an, der seinen Pfadfinder mit dem Finger am Bauchgefieder kraulte.

»So, *Ihr* seid das also, dieser berüchtigte Rowan«, sagte Alix zu ihm. Es klang weder feindselig noch freundlich.

»Ja, das bin ich«, sagte der Mann der Luft-Gilde ruhig.

Einen Moment lang musterten sie sich gegenseitig, schätzten sich ab. Wie beiläufig legte Rowan den Arm über Renas Schultern und Rena freute sich und verkrampfte sich gleichzeitig einen Moment lang. Ob Alix es akzeptierte, dass er sie so offen beanspruchte?

»Na, wir werden sehen«, sagte Alix milde und drehte

sich zu Rena, ohne den jungen Händler noch weiter zu beachten. »Los, gehen wir. Nichts wie weg.«

Rena war erleichtert, dass die erste Begegnung zwischen den beiden so glimpflich abgelaufen war. Doch bei Alix' Worten schreckte sie auf. »Nein, wir können noch nicht gehen. Ich muss noch mit jemandem reden. Wird nicht lang dauern.«

»Bist du wahnsinnig? Die können sichs jeden Moment anders überlegen!«

Doch Rena hörte nicht mehr zu, sie rannte zurück. Alix und Rowan folgten ihr nicht und sie ahnte, dass die beiden sich gerade einträchtig an die Stirn tippten.

Sie fand Okam in den Tiefen der Residenz, im Gespräch mit einem Schreiber. Als er sie sah, hob er eine Augenbraue und schickte den anderen Mann mit einer kurzen Geste weg.

Außer Atem stieß Rena hervor: »Vielleicht können wir bei der Wasser-Gilde etwas für Eure Frau erreichen. Es wäre einen Versuch wert.«

Langsam wandte sich Okam um. »Das haben schon andere vergeblich versucht, junge Dame.«

»Na ja, aber es würde doch nichts schaden, wenn wir es auch noch tun, oder? Schließlich haben wir den Vorteil, dass wir sozusagen neutral sind.«

Okam lachte bitter. »Ihr werdet den Rat der Wasser-Gilde nicht einmal finden. Niemand weiß, wo er wirklich ist. Man sagt, dass er wie ein Trugbild verschwindet, wenn man ihm zu nahe kommt.«

»Mag sein«, meinte Rena. Sie war noch nicht bereit aufzugeben. »Was ist denn mit Eurer Frau geschehen?«

»Es war eine Gildenfehde«, sagte der alte Offizier und wandte sich ab. Er presste die Fingerspitzen an die Schläfen, als wolle er die Erinnerung daran hindern, aus seinem Kopf auszubrechen. »Unsere Leute haben eine Schwimmende Stadt nahe der Grenze überfallen, weil die Bewohner ständig frech im Gras geerntet haben. Aus Rache ist die Wasser-Gilde in eine unserer Siedlungen eingedrungen. Ich war unterwegs im Gras, auf Patrouille. Als ich zurückkam, war meine Frau fort. Sie haben sie als Geisel behalten, damit wir sie nicht noch mal angreifen.«

»Wie heißt Ihre Frau?«

»Cara ist ihr Name«, sagte Okam und seine Stimme wurde wieder so leise, dass Rena ihn kaum verstand. »Sie ist wie der warme Südwind, wie der Pfadfinder meiner Seele. Wenn ihr es wirklich schaffen würdet, sie zu befreien, dann gäbe es nichts in meiner Macht, das ich nicht für Euch tun würde.«

»Fällt Euch noch irgendetwas ein, was uns bei der Suche weiterhelfen könnte?«

»Einmal habe ich von ihr geträumt und ich habe das Gefühl, dass es kein gewöhnlicher Traum war«, meinte Okam. »Cara war in Silber gefangen, wie ein Stein in einem Schmuckstück, wie eine Fliege auf klebrigem Harz. Sie lebte, aber sie konnte nicht sprechen und sich nicht bewegen.«

Rena schluckte. Das hörte sich an, also ob es ziemlich gefährlich werden würde, sie zu befreien. »Wir werden auf jeden Fall unser Bestes tun.«

»Aber haltet euch fern von den Leuten, denen das Rote Auge gehört!«

Rena versprach auch das, dann kehrte sie zu ihren Freunden zurück. Als sie den Palast aus Sand und Gras verließen, stieß Rena Alix in die Seite: »Sag mal, woher hattest du eigentlich das Amulett? Hast du es von deinem Gildenrat zurückbekommen oder was?«

»Sei nicht albern«, sagte Alix. »Der Gildenrat gibt nie etwas zurück. Ich habe es in Tassos nachgeschmiedet, als ich dein Schwert gemacht habe. Oder hast du etwa gedacht, ich würde selber zu diesem Geheimbund gehören?«

»Natürlich nicht«, log Rena.

Quecksilber

Es musste ein seltsamer Anblick gewesen sein, wie sie so durchs Gras zogen – Rowan mit dem Pfadfinder auf der Schulter voran, Rena ging in der Mitte und Alix sicherte die Nachhut. Als sie sich schließlich zum Essen in einen toten Gang hockten, bemühten sie sich, sich möglichst ungezwungen zu verhalten – und versagten kläglich.

»Könntet Ihr mir bitte die Wasserflasche reichen?«, sagte Alix ausgesucht höflich zu Rowan und der gab sie ihr mit einem Nicken und einem etwas gezwungenen Lächeln. »Aber natürlich.«

»Meinst du, er hält mich für eine Brandstifterin?«, flüsterte Alix Rena besorgt zu, als Rowan sich entschuldigt hatte, um einem natürlichen Bedürfnis zu folgen. »Meinst du, er hält mich für gefährlich?«

»Wahrscheinlich schon«, sagte Rena und musste sich das Lachen verbeißen. »Aber du musst zugeben, Alix, du *bist* gefährlich und du zündelst gerne.«

»Aber ja. Nur nicht im Grasmeer, jedenfalls nicht, solange ich da drin bin.«

Dann war Alix an der Reihe, auf den Weg hinauszuschlendern, und plötzlich waren Rena und Rowan allein

– das erste Mal seit Tagen. »Glaubst du, sie nimmt mich für voll?«, fragte Rowan. »Wahrscheinlich muss man mit einem Schwert genauso gut umgehen können wie sie, damit sie einen akzeptiert.«

»Blödsinn! Ich hätte mir bei den ersten Übungen beinahe den Fuß abgehackt und deswegen hat sich zwischen Alix und mir gar nichts verändert.«

Sie blickten sich an und die Verlegenheit zwischen ihnen tat Rena weh. Warum nahm er sie nicht einfach in den Arm? Warum küsste er sie nicht? Was war los?

»Ich habe mich noch gar nicht bedankt«, sagte Rena schließlich und legte ihm die Hand auf den Arm, ganz leicht, so wie er es manchmal getan hatte, damals im Grasmeer. »Wenn du nicht gewesen wärst, hätte uns der Eolan getötet.«

»Du brauchst dich nicht zu bedanken«, sagte Rowan düster. »Es ist alles meine Schuld. Wenn ich dich zur Residenz begleitet hätte, wäre euch nichts geschehen. Aber ich wollte mich nicht einmischen, verstehst du? Beim Nordwind, nicht einmischen! Ich kann kaum glauben, dass Avius wirklich vorhatte, diese barbarische alte Tradition wieder zu beleben – ausgerechnet an Friedensboten. Verstehst du?«

»Ja«, sagte Rena, zog seinen Kopf heran und küsste ihn lange und ausgiebig. »Mir ist es viel lieber, dass du dich einmischst.« Seine Finger streichelten ihren Nacken und eine genüssliche Gänsehaut überzog ihren Rücken. Frech ließ sie ihre Hand unter sein Hemd schlüpfen und über seinen langen Körper gleiten. In diesem Moment wünschte sie sich Alix sonst wohin, damit sie sich einfach gehen lassen konnten, ohne befürchten zu müssen, dass sie jeden Moment zurückkam und sie ertappte.

Doch sie hatte Alix unterschätzt. Taktvoll blieb Alix so lange weg, bis es längst Zeit zum Aufbruch war, dann raschelte es laut in den Gräsern und sie stand wieder auf der kleinen Lichtung. Sie lud sich ihre Sachen auf den Rücken und setzte sich an die Spitze ihres kleinen Trupps. »He, Rowan, kann ich mal Euren Pfadfinder ausleihen?«

Rowan zuckte zusammen und Rena sah besorgt zu ihm hinüber. Alix konnte ja nicht wissen, was ein Pfadfinder einem Menschen der Luft-Gilde bedeutete. Gerade wollte sie den Mund öffnen, um es ihr zu erklären, da kam ihr Rowan zuvor. »Ja, natürlich«, antwortete er und flüsterte ein leises Kommando. Der kleine weiße Vogel sah ihn fragend an, dann flatterte er auf Alix' Schulter hinüber.

Rena wäre fast der Mund offen stehen geblieben. Sie klappte ihn zu und bedankte sich mit einem Blick bei Rowan.

Doch ihre Erleichterung hielt nicht lange vor. In den nächsten Tagen wurde die Stimmung zwischen Alix und Rowan immer schlechter. Schon bald war Rena froh, dass sie in der Mitte der kleinen Gruppe eine Art lebenden Puffer bildete, wenn sie reisten. »Ihr trinkt nicht genug«, sagte Rowan einmal besorgt zu Alix. »Ihr müsst mindestens fünf Liter am Tag zu Euch nehmen, der Wind zieht die Feuchtigkeit aus den Poren.«

»Aus meinen Poren nicht«, gab Alix kurz zurück.

Rowan kniff die Lippen zusammen und schwieg.

Immer wieder gerieten sie wegen Kleinigkeiten aneinander. Rowan beschwerte sich über den Lärm, den Alix und Rena beim Schwerttraining machten, und behauptete, sie würden verräterische Spuren auf dem Pfad hinterlassen. Alix beachtete seinen Einwand kaum.

»Kommst du, Rena? Zeit, noch ein bisschen an deinem Abwehrschlag zu arbeiten.«

Rena zögerte, sie wollte nicht Partei ergreifen, aber es ging nicht anders – was das Training anging, war Alix streng. Also folgte sie ihrer Freundin. Die Quittung bekam sie später: Auf einen Kuss wartete sie in dieser Nacht vergebens.

Wie immer auf ihrer Reise wechselten sie sich mit den Pflichten des Lagers ab. Als Rowan mit Kochen dran war, merkte man, dass er sich besonders Mühe gab: Er suchte vorher tagelang Kräuter, schälte den zarten Kern aus jungen Grashalmen und jagte essbare Vögel. Sorgfältig schmeckte er das Resultat seiner Kochkünste ab und gab jedem von ihnen eine Portion. Rena probierte und fand, dass es köstlich schmeckte. Doch Alix warf die Schüssel so angewidert beiseite, als enthielte sie Dhatla-Kot. »Bäh, was ist denn das?«

»Das ist eine traditionelle Speise der Luft-Gilde, man nennt sie Kor'a'hat«, sagte Rowan und Rena sah, dass er sich bemühte, sich zu beherrschen.

»Verdammt, Alix, wie wärs mit einem klein bisschen Diplomatie?«, zischte Rena ihr später zu. Doch Alix zuckte nur die Schultern.

Als sie einmal zwei tote Gänge in unmittelbarer Nähe fanden und endlich wieder einmal allein sein konnten, meinte Rena zu ihrem Freund: »Versuch einfach, es mit Humor zu nehmen. Sie meint es nicht persönlich.«

»Da irrst du dich«, sagte Rowan. »Merkst du nicht, dass hier ein Kampf im Gange ist? Ein Machtkampf, aber auch ein Kampf um dich.«

»Um mich?!«

»Ich glaube, sie ist eifersüchtig, weil du jetzt mich anhimmelst statt sie.« Rowan grinste plötzlich. »Sie wird sich daran gewöhnen müssen, denn ich habe nicht vor, dich wieder herzugeben.«

Am nächsten Abend setzten sie sich zusammen, um ihre weitere Reiseroute zu besprechen. »Wir werden in ein paar Tagen an den Rand des Grasmeeres kommen«, erklärte Rowan. »In Vanamee wird die Hauptschwierigkeit sein, die Residenz überhaupt zu finden. An Frieden wird die Wasser-Gilde aber sicher interessiert sein, sie sind keine kämpferischen Gesellen.«

»Ach, Ihr meint, die werden einfach so Frieden machen, wenn wir es ihnen sagen?« Mit einem zynischen Lächeln hob Alix ihren staubigen Umhang auf. »Schaut uns doch an: drei heimatlose Wanderer, zwei davon sind aus ihrer Provinz geflohen, die andere hat man aus ihrer Berufung herausgedrängt. Eine schöne Gruppe!«

Damit wandte sie sich ab und stampfte den Pfad hinunter. Rowan kniff die Lippen zusammen. »Haut sie jetzt einfach so ab?«

»Sie wird wiederkommen«, sagte Rena. Und tatsächlich: Noch vor Einbruch der Nacht war Alix zurück. Hundert Atemzüge lang widmete sie sich andächtig dem Ritual, ihre langen Haare zu entwirren. Dann rollte sie sich ohne ein weiteres Wort in ihre Decken.

Am nächsten Morgen war sie schlechterer Laune denn je. Der Wind hatte aufgefrischt und strich unaufhörlich durch die blauen Halme, sodass das Rauschen und Pfeifen noch lauter war als sonst. »Dieses verdammte Gejammere der Gräser geht mir auf die Nerven«, murrte Alix und trank einen Schluck aus ihrer Lederflasche. »Verstehe gar nicht, wie die Windhunde es hier aushalten. He, Rowan, wie haltet Ihr es hier aus?«

Rowan stand auf. Seine hellen Augen waren kalt. »Es

reicht jetzt«, sagte er. »Ich habe die Nase voll davon, dass Ihr Euch wie ein verzogenes Gör benehmt! Ich verlange nichts als das normale Gebot der Höflichkeit, das ist wohl nicht zu viel.«

In den nächsten Momenten bewegte sich nichts auf der Lichtung, Alix und Rena waren so verdutzt, dass sie einfach sitzen blieben und ihren Reisegefährten anglotzten. Dann sprangen sie auf. Vor Schreck atmete Rena flach und schnell. Wusste Rowan denn nicht, was für ein Risiko er einging? Wusste er nicht, dass Alix ihn so leicht töten konnte, wie sie einen trockenen Ast abbrach? In der Stimmung, in der die Schmiedin im Moment war, genügte ein Funke wie dieser, um sie explodieren zu lassen.

Alix stand da wie der Feuergeist persönlich, sie hatte die Hand am Schwert, aber Rowan stand ihr ruhig gegenüber, den Pfadfinder auf der Schulter. Er will sich um keinen Preis wieder unterkriegen lassen, erkannte Rena. Irgendwie flößte ihr das Respekt ein, sie merkte, dass er sich verändert hatte seit damals, als er Moog beinahe erwürgt hätte. Aber gleichzeitig hatte Rena auch Angst – Angst um ihn, um die Gruppe, ja auch um Alix, denn sie hatte gesehen, was Rowan im Jähzorn anrichten konnte. Und wenn Alix Rowan tötete, konnte Rena keinen Atemzug länger mit ihr verbringen.

Doch Alix knurrte nur etwas Unverständliches, packte ihr Bündel und ging los. Mit ein paar Meter Abstand folgten ihr Rena und Rowan vorsichtig.

»Wie lange sie das wohl durchhalten wird?«, flüsterte Rena Rowan zu, als sie in der nächsten Nacht ihr Lager aufgeschlagen hatten. »Trotziges Schweigen kann ganz schön anstrengend sein.« Renas Lippen berührten beinahe sein Ohr, denn Alix lag nur ein paar Armlängen weiter weg.

»Frag mich lieber, wie lange ich das noch durchhalte«, sagte Rowan. »Ich wusste, dass es nicht einfach werden würde, mit Leuten anderer Gilden zu reisen.«

Rena schwieg hilflos. Was konnte sie noch tun, um die beiden zu versöhnen?

»Warte, ich möchte dir etwas geben.«

Rowan kramte ein paar Atemzüge lang herum, dann drückte er ihr einen kleinen, flachen Gegenstand in die Hand. Rena rieb das glatte Metall zwischen den Fingern. »Was ist es?«

»Es ist ein Stück vom Windrad meiner Großeltern. Es wird dich immer an mich erinnern.«

Er zog sie an sich, ihre Gesichter waren sehr nah. Sie spürte seine weichen Lippen auf ihrer Haut. »Weißt du, wenn du nicht hier wärst, würde mich nichts mehr halten, dann würde ich meiner eigenen Wege gehen.«

»Aber du darfst nicht meinetwegen ein Duell mit Alix riskieren«, sagte Rena, obwohl ihr das Herz wehtat dabei. »Noch so ein Zwischenfall, und sie würde bestimmt das Schwert ziehen. Mir ist es lieber, du verlässt uns und wirst dafür nicht verletzt.«

Rowan schloss die Arme noch enger um sie. Lange Zeit sagte er nichts. Dann hörte sie ihn etwas flüstern, was er noch nie zu ihr gesagt hatte. »Ich liebe dich«, sagte er.

Danach versuchte Rena nicht mehr ihn umzustimmen.

Am nächsten Tag sah sie sich sein Geschenk bei Licht an. Es war einfach ein Stück bläulichsilbern schimmerndes Metall, in Amulettform geschmiedet, mit einem Loch, um es an einer Kette tragen zu können. Rena wusste, dass dieses Stück Windrad sie von jetzt an begleiten würde.

Endlich kamen sie an den äußeren Rand des Grasmeeres. An der Grenze zwischen den Provinzen stießen sie auf ein großes silbernes Band, das sich durch die Landschaft zog. Eine Holzbrücke führte hinüber.

Neugierig besah sich Alix das alles. »Was ist denn das? Ist das gefährlich?«

Die anderen beiden verzogen die Mundwinkel – mehr als ein kümmerliches Lächeln brachten nach dem, was geschehen war, weder Rowan noch Rena zustande. »Das ist ein Fluss! Hast du noch nie einen Fluss gesehen?«

»In meiner Provinz gibt es kein offenes Wasser und ich war noch nie in Vanamee«, sagte Alix säuerlich. »Sagt mal, kann eigentlich einer von euch schwimmen?«

»Ja, ich«, antworteten Rena und Rowan gleichzeitig.

»... aber nicht besonders gut«, schob Rena verlegen nach. »Ich glaube, es ist jetzt schon wieder fünf Winter her, dass ich zuletzt im Wasser war.«

Am Fluss waren einige alte Kanus vertäut. Wahrscheinlich hatten Händler sie zurückgelassen, die ins Grasmeer weitergereist waren und dort keine Verwendung für so ein Transportmittel mehr hatten. Alix lieh sich kurzerhand eins davon aus, das für drei Personen und ihr Gepäck groß genug war. Es war so leicht, dass sie es tragen konnten, wenn sie über Land reisten.

Sie paddelten gerade über einen großen See, als Alix plötzlich sagte: »Sag mal, wie hast du das eigentlich bei der Luft-Gilde hinbekommen, dass sie unsere Mission anerkannt und uns wieder rausgelassen haben? Ich habe ganz vergessen, dich zu fragen.«

»Da war kein Trick dabei«, meinte Rena und zog das Paddel durchs Wasser. »Ich habe ihnen einfach erklärt, was wir vorhaben.«

Alix seufzte. »Ich glaube, du hast mehr Talent für solche

diplomatischen Dinge als ich. Vielleicht wäre es besser, wenn du auch bei der Wasser- und Erd-Gilde die Verhandlungen übernimmst, auch wenn ich den offiziellen Auftrag bekommen habe. Du bist diejenige, die redet, und ich nicke ab und zu und schaue würdevoll drein.«

»Kann ich machen«, sagte Rena erstaunt. »Aber glaubst du denn, dass sie mich ernst nehmen werden?«

»Es sieht fast so aus. Außerdem war die ganze Reise sowieso deine Idee.«

Rena freute sich, doch sie ahnte, dass die Verhandlungen nicht leicht werden würden.

Mehrere Tage lang sahen sie in Vanamee kein lebendes Wesen. Manchmal meinte Rena, einen Natternmenschen aus dem Weg gleiten zu sehen, doch er war jedes Mal verschwunden, bevor sie ihn sich genauer anschauen konnten. Doch all das änderte sich an ihrem dritten Tag in der Provinz der Wasser-Gilde. Nach einem langen Tagesmarsch rasteten sie auf einer der vielen kleinen Inseln in der von Flüssen und Seen durchzogenen Landschaft, als plötzlich ein alter Mann in einem langen, dunkelblauen Umhang auf sie zuhumpelte. Alix war so verdutzt, dass sie ihr Schwert zog. Sie hatten ihn nicht kommen sehen.

Der Alte kicherte. »Bisschen schreckhaft, was? Den Prügel da könnt Ihr ruhig unten lassen, schöne Frau. Ich wollte nur fragen, ob ich Euch weiterhelfen kann.«

»Ihr kennt Euch doch sicher hier aus, oder?«, fragte Rowan freundlich.

»O ja!« Der Mann nickte eifrig. »Bin hier aufgewachsen, hab mein ganzes Leben hier verbracht. Jede Fingerlänge Land in dieser Provinz kenn ich, jede einzelne Fingerlänge.«

»Könnt Ihr uns sagen, wie wir zum Gildenrat kommen, zur Residenz?«

»Die Residenz!« Der Alte begann zu lachen. »Ihr wollt zu meiner Gilde!«

»Was ist daran so komisch?«, brachte Alix, die weniger Geduld hatte als Rowan, zwischen zusammengebissenen Zähnen hervor. Wenn es nach ihr gegangen wäre, hätte der Alte wahrscheinlich schon ein Messer an der Kehle gehabt.

»Entschuldigt, schöne Frau«, sagte der Mann und verbeugte sich galant vor Alix. Jetzt kam Rena dazu, ihn genauer zu betrachten: Fröhliche blaue Augen blitzten aus einem verwitterten Gesicht. »Hab lange keine Fremden mehr gesehen. Nun, zu eurer Frage – reist immer weiter nach Süden, genau nach Süden, dann stoßt ihr direkt auf die Residenz, ihr könnt sie gar nicht verfehlen. Die Frage ist, wollt ihr wirklich dorthin? Das wird euch nicht viel bringen, nur einen leergefegten Kopf und vielleicht den Tod.«

»Lasst das nur unsere Sorge sein. Wie weit ist es noch?«

»Ach, so fünf oder sechs Tagesreisen. Viel Glück wünsche ich euch.«

Mit einem freundlichen Gruß humpelte der Alte davon.

»Na, dann mal los«, sagte Rena und wollte sich umwenden, aber Rowan hob die Hand. Seine Stirn war gerunzelt. »Warte. Irgendetwas an diesem Mann kommt mir seltsam vor. Ich habe ein ziemlich gutes Gespür dafür bekommen, wann mich jemand übers Ohr hauen will, und ich bin ziemlich sicher, dass wir gerade angelogen worden sind.«

»Seid Ihr sicher?«, fragte Alix. »Mir wärs nicht aufgefallen. Ein lustiger Vogel war das.«

Rena grinste. Sie hatte gemerkt, dass Alix sich durch das »schöne Frau« doch irgendwie geschmeichelt gefühlt hatte.

»Alle Händler haben ein Ohr dafür«, erklärte Rowan. »Wer weiß, warum er es getan hat – vielleicht will er uns in eine Falle locken. Wenn ihr meine Meinung hören wollt: Wir sollten genau in die entgegengesetzte Richtung reisen, nach Norden!«

Alix' Lippen war zusammengekniffen. »Und wenn Ihr Euch irrt, dann verlieren wir ganze zwölf Tage.«

Wie auf Kommando wandten sich beide an Rena. Rena gefiel es, dass ihre Freunde ihr das letzte Wort in solchen Entscheidungen zugestanden. »Probieren wirs mal mit Norden.«

Doch damit begannen die Probleme.

In der nächsten Nacht, kaum dass es dunkel wurde, überfiel eine Horde von leuchtenden Tierchen ihr Lager. Es schienen Tausende zu sein, und sie schwirrten um sie herum und gönnten ihnen keinen Moment Schlaf. Ihr Stich fühlte sich an wie eine glühende Nadel. Alix hielt es nicht lange aus und ging mit dem Schwert auf die Tierchen los. Doch obwohl sie mit jedem Schlag zwei oder drei erledigte, schienen es einfach nicht weniger zu werden. Der Einzige, der sich wirklich über die Invasion freute, war der Pfadfinder. In sicherer Entfernung von Alix' Schwert flatterte er in den leuchtenden Schwarm hinein, schnappte links und rechts Tierchen auf und schlug sich den Bauch voll.

»Üble Gegend. Ziehen wir schnell weiter«, schlug Rowan vor.

Am Tag stellten sich die Biester als große grüne Insekten heraus. Je weiter nach Norden sie kamen, desto schlimmer wurde es mit ihnen. Nach der zweiten Nacht ohne Schlaf stöhnte Alix: »Keine Frage, wir sind hier falsch. Wir hätten nach Süden reisen müssen.« Sie zerquetschte eins der Biester, das sich gerade an ihrem Bein zu schaffen machen wollte, und gelbes Blut spritzte herum.

»Was sagt denn der Pfadfinder dazu?«, erkundigte sich Rena. Doch der Pfadfinder hatte sich krankgemeldet. Offensichtlich hatte er sich an den Leuchttierchen entweder überfressen oder den Magen verdorben, denn er hockte wie das verkörperte Elend auf Rowans Schulter.

»Wenn es in zwei Tagen mit den Biestern nicht besser wird, kehren wir um«, entschied Rena schließlich. »Länger als vier Tage ohne Schlaf halten wir es nicht aus.«

Es dämmerte gerade, sie paddelten in ihrem Kanu den Arm eines morastigen Flusses entlang, da hörten sie schräg vor ihnen ein furchtbares Kreischen, das wie eine Säge aus Diamant in ihre Schädel zu schneiden schien. Hastig zündete Alix eine kleine Fackel an und hielt sie hoch. Doch der rote Schein drang nur eine Baumlänge weit vor, dahinter blieb die glitzernde Wasserfläche dunkel.

Der Schrei wiederholte sich und alle drei schraken zusammen. »Beim Nordwind, das klingt scheußlich«, sagte Rowan. »Ich möchte gar nicht wissen, wie das Vieh aussieht, das so einen Krach macht.«

»Ich auch nicht«, sagte Alix. »Morgen früh gerne, aber jetzt muss es wirklich nicht sein.«

Sie versuchten, mehr schlecht als recht im Kanu zu schlafen, ihre Umhänge über die Bordwände gebreitet, damit die Insekten nicht an sie herankamen. Rena war froh, als es endlich wieder hell war.

»Eine eigenartige Provinz«, sagte Rowan und sah sich nervös um. »Komisch kommt mir auch vor, dass wir noch auf keine einzige Siedlung gestoßen sind. Wo sind die Schwimmenden Städte, in denen die Wasserleute angeblich leben?«

Als ihre Nerven schon fast völlig zerrüttet und sie entschlossen waren, so bald wie möglich umzukehren, hörte der Spuk genauso plötzlich auf, wie er begonnen hatte. An diesem Tag stießen sie mitten im Wald auf einen See – einen See, wie keiner von ihnen einen jemals gesehen hatte, obwohl sie in den letzten Tagen mehr Wasser als Land überquert hatten. Nichts kräuselte seine Oberfläche, er war glatt und silbern wie flüssiges Metall. Man konnte nicht in ihn hineinblicken – er war ein perfekter Spiegel, der dem lila Himmel sein eigenes Bild zurückwarf.

»Diese Seen sind zwar ganz hübsch, aber man bekommt sie schnell über«, sagte Rowan enttäuscht. »Hoffentlich sind wir bald in der Residenz.«

Er hob einen Stein vom Ufer auf und schleuderte ihn in den See. Der Stein ging sofort unter, ohne einen Spritzer und ohne einen einzigen Wellenring zu hinterlassen. Er wurde einfach verschluckt, es war, als habe es ihn nie gegeben. Verblüfft starrten ihm die drei Reisegefährten hinterher. Mit einem mulmigen Gefühl beobachtete Rena den See. Einen Moment lang bildete sie sich ein, Schatten unter der quecksilbernen Oberfläche entlang huschen zu sehen, aber ihre Augen mussten sie wohl getäuscht haben, die Erscheinung war im selben Augenblick schon verschwunden.

»Hier ist was faul«, sagte Rowan.

Alix nickte grimmig. »Haltet euch lieber fern davon. Fass diesmal bloß nicht rein, Rena!«

»Ja, gehen wir lieber ein Stück weg«, stimmte Rena zu. Doch dann erinnerte sie sich plötzlich an den seltsamen

Traum des Offiziers Okam. »Wartet«, schrie sie. »Gefangen im Silber ... wie ein Stein im Schmuckstück ... wie ein Fliege auf Harz ... das könnte der See sein, sie könnte im See sein!«

»Wovon redest du eigentlich?«, fragte Rowan und Rena erklärte es ihnen hastig.

»Ich habe einfach das Gefühl, das ist unsere erste Spur zu Okams Frau!«

»Eine verdammt dünne Spur«, sagte Alix grimmig. »Suchen wir lieber weiter nach der Residenz, wir haben schon viel zu viel Zeit verloren.«

»Ich bin auch dafür, weiterzuziehen«, meinte Rowan. »Hier können wir nichts ausrichten. Wenn Cara dort unten ist, ist sie tot. Außerdem war es ja nur ein Traum.«

»Wir sollten wenigstens einen Versuch machen, herauszufinden, was es mit dem See auf sich hat!«

»Na prima. Soll das heißen, wir sollen da hineintauchen?« Alix schüttelte sich angewidert und verschränkte dann die Arme »Niemals. Ich gehöre zur Feuer-Gilde. Mit so viel Wasser will ich nichts zu tun haben. Außerdem gefällt mir die Art, wie dieser Stein in dem Zeug verschwunden ist, ganz und gar nicht.«

Rena merkte, wie ihre Entschlossenheit wankte. Der See machte ihr genauso Angst wie den anderen.

Also zogen sie weiter. Doch es war schon spät und sie waren alle drei so erschöpft, dass sie fast im Stehen einschliefen und sich nur noch mit Mühe vorwärts schleppten. »Wollen wir nicht allmählich mal lagern?« schlug Rowan schließlich vor.

»Wir sind noch ziemlich nah am See, vielleicht sollten wir noch ein bisschen weiter weg von dem Ding«, wandte Alix ein.

Doch nun begann auch Rena zu gähnen. »Es wird

wohl weit genug sein. Ich bin jedenfalls grässlich müde. Endlich ein insektenfreier Ort! Bleiben wir doch einfach hier.«

Nach kurzem Suchen fanden sie eine kleine Wiese und rollten darauf ihre Decken aus. Alix übernahm die Aufgabe, Feuer zu machen und für sich und Rowan das Abendessen zu jagen, während Rena im Umkreis des Lagers nachsah, ob sie essbare Pflanzen fand. Rowan war wortkarg, selbst als sie sich wie immer abends zusammenkuschelten. Doch diesmal beachtete er sie kaum und starrte nur in den Himmel. Rena versuchte vergeblich in seinem Gesicht zu lesen. Dachte er an seine Heimat, die er verloren hatte? Sehnte er sich schon zurück? Schließlich hielt sie es nicht mehr aus. »Woran denkst du?«

»An die Wasser-Gilde«, sagte Rowan. »Ich kann mir nicht helfen, aber ich glaube, dass wir irgendwas übersehen haben. Etwas Wichtiges.«

Ein Schauder überlief Rena. »Hat es was mit dem See zu tun?«

»Vielleicht. Ich weiß noch nicht.«

Als er nichts mehr sagte, überließ Rena ihn seinen Gedanken, rollte auf die Seite und dämmerte weg. Sie träumte, dass Rowan in einer Masse geschmolzenen Silbers steckte wie eine Fliege in einem Harzklumpen. Er konnte sich nicht bewegen und langsam überzog sich sein Gesicht mit einer Metallschicht und erstarrte. Verzweifelt rief er nach ihr, aber sie konnte nichts tun als verstört beobachten, wie er verschlungen wurde...

An dieser Stelle erwachte sie. Ihr Körper war schweißgebadet und ihr Herz raste. Sie wollte sich nach Rowan umdrehen, ihr Gesicht an seine warme Haut drücken ...

Rowan war fort.

Verstört setzte Rena sich auf und blickte sich um. Dann entdeckte sie ein Rindenstück, das auf seiner zerknüllten Decke lag. Darauf stand:

Versuche herauszufinden, ob an meiner Idee etwas dran ist. Bin in einem Viertel Umlauf zurück. Mach dir keine Sorgen. R.

»Verfluchte Blattfäule!«, schrie Rena und stolperte zu Alix hinüber. Der Ausruf hatte die Schmiedin geweckt, sie war schon auf den Beinen. Schweigend reichte Rena ihr das Stück Rinde.

»Er muss schon eine Weile weg sein«, sagte Alix knapp. »Der dritte Mond geht schon auf.«

»Er hätte uns wecken sollen! Wieso hat er mich nicht geweckt?« Hastig streifte sich Rena ihre Sachen über, steckte sich den Dolch in den Gürtel und fuhr in ihre Sandalen. »Glaubst du, dass er in Gefahr ist?«

Alix nickte. »Ich glaube, wir sollten keine Zeit verlieren.«

Sie ließ eine ihrer Fackeln auflodern und der Schein warf einen rötlichen Kreis auf den Waldboden. Aufmerksam beugte sich Rena über den Boden und nahm die Spur auf, wo Rowan ihr Lager verlassen hatte. Den Blick auf die Erde geheftet, ging sie im Laufschritt voran, Alix folgte. Nach knapp hundert Atemzügen wusste Rena, wohin die Spur sie führen würde.

Rowan war zum See zurückgegangen.

»Dieser Idiot!«, fluchte Alix, die leicht mit Rena mithielt. »Hat er dir von seiner Idee erzählt? Irgendwas? Jede Kleinigkeit ist wichtig.«

»Nur dass er über die Wasser-Gilde nachdenkt. Aber das hilft uns ja nicht viel weiter ...«

Dann standen sie im Zwielicht des dritten Mondes vor der silbernen Fläche, dem gewaltigen Spiegel mitten in der Tiefe des Waldes, und sie verstummten vor diesem Anblick. Die Stille, die sie umgab, war so dick wie Sirup. Es war kühl hier, von dem See schien eine Art Kälte auszugehen, die sich bis in die Knochen fraß – aber vielleicht war das auch nur ihre Angst.

Rena ging in die Hocke und untersuchte den Boden ein paar Armlängen vom Ufer entfernt. Was sie fand, erschreckte sie. An einigen Stellen hatten sich Rowans Füße tief eingegraben, der Sand war an einem Dutzend Stellen aufgewühlt, das ganze Ufer war völlig zerstampft. Neben und über Rowans Spuren fanden sich andere Abdrücke ... seltsame, breite Abdrücke, die ein bisschen an die Form von Blättern erinnerten, aber vielleicht von Pfoten stammten, die keiner von ihnen je gesehen hatte.

Voller Angst verfolgte Rena die Zeichen weiter Richtung See. Auch hier war der Boden mit Abdrücken übersät, doch dann verwandelten sie sich in Schleifspuren, als sei etwas Schweres über den Sand gezogen worden. Sie führten mitten ins quecksilbrige Wasser hinein ...

Rena kauerte sich auf dem Ufer zusammen, presste den Kopf gegen den Boden und ließ ihre Tränen in den Sand sickern. Doch eine harte Hand packte Rena an der Schulter und zerrte sie zurück, sodass sie wieder auf die Füße taumelte.

»Weg vom Wasser!«, brüllte Alix. »Rostfraß und Asche, das hätte uns gerade noch gefehlt, dass es dich auch noch erwischt!«

»Glaubst du, dass er noch lebt?«, brachte Rena irgendwie heraus.

Alix untersuchte die Spuren einen Moment lang

schweigend, bevor sie antwortete. »Hier ist Blut, aber es ist nicht viel, und es könnte auch von dem Ding stammen, was auch immer es war. Aber wenn es ihn in den See hineingezerrt hat, dann gibts nicht viel Hoffnung.«

Wütend brach Alix einen toten Ast von einem Baum in der Nähe und schleuderte ihn mit aller Kraft auf den silbernen Spiegel. Obwohl der Ast mit Wucht auftraf, versank er sofort und ohne auch nur den kleinsten Spritzer. Doch dafür geschah etwas anderes – keine zwei Armlängen von ihnen entfernt flatterte ein verängstigter Vogel auf, wirbelte hoch wie ein kleines weißes Blatt im Sturm. Doch statt vor ihnen zu fliehen, kam das Tier auf sie zu. Es landete zu Renas Füßen und blieb dort zitternd hocken. Rena erkannte den Pfadfinder und streckte die Hand nach ihm aus. »Komm schon her, du armes Vieh ... du kennst mich doch ... keine Angst ...« Vertrauensvoll ließ der kleine Vogel sich von ihr hochnehmen und hockte dann mit zerzaustem Gefieder auf ihrer Schulter. Alix und Rena tauschten Blicke. Sie wussten beide, dass Rowan und sein Pfadfinder unzertrennlich waren.

Rena starrte auf die Stelle, wo das Holz verschwunden war, und umklammerte das Stück von dem Windrad in ihrer Tasche. Sie sah Rowan vor sich, sein sensibles Gesicht, sein widerspenstiges weißblondes Haar. Das konnte doch nicht sein – vor einem halben Umlauf war sie neben ihm eingeschlafen und jetzt sollte er tot sein? Nein, solange sie seinen leblosen Körper nicht gesehen hatte, konnte sie nicht daran glauben. Was der Spiegel verschluckt hatte, das konnte er vielleicht auch wieder hergeben.

»Es sieht so aus, als gäbe es nur eine Sache, die wir tun können ...«, sagte Rena.

»... weiterzureisen und ihn nie zu vergessen«, ergänzte

Alix. Ihr Gesicht war angespannt und – konnte das sein? – ihre Augen hatten einen seltsamen feuchten Schimmer. »Wir haben eine Aufgabe zu erfüllen.«

Rena zog ihre Sandalen aus, ließ die weichen geflochtenen Riemen aus Pflanzenfasern noch einmal durch die Hand gleiten und legte sie beiseite. Dann band sie ihre Haare, die in den letzten Monaten ein gutes Stück gewachsen waren, mit einem Stück Schlingpflanze hinten zusammen. Ihr war furchtbar kalt.

»Ja, und was zum Feuergeist wird das jetzt?«, fragte Alix.

»Ich gehe nachsehen, ob ich irgendeine Spur von ihm finde.«

»Im See?!« Alix vertrat ihr den Weg. »Rena, hör auf damit. Was soll das? Du wirst elend ersaufen. Er gehört nicht mal zu deiner Gilde!«

»Mag sein«, sagte Rena. »Aber das ist ja schließlich nicht alles.«

»Ach, Scheiße!«, schrie Alix und hieb in hilfloser Wut mit dem Schwert auf das Ufergestrüpp ein, so dass die Splitter nur so herumwirbelten. »Du sture kleine Blattfresserin! Glaubst du etwa, ich hätte das nicht auch für ihn getan? Aber ich kann nun mal nicht schwimmen!«

»Tust du mir einen Gefallen – hältst du hier Wache, bis ich wiederkomme?«

»Drei Tage lang«, sagte Alix. »Drei Tage und keinen Atemzug länger. Dann gehe ich davon aus, dass ihr beide ersoffen und zu euren jeweiligen Göttern gegangen seid. Ich werde verschwinden und niemand wird mich je wieder bei dem hirnrissigen Versuch ertappen, diese Hohlköpfe zum Frieden bekehren zu wollen!«

»Danke«, sagte Rena und sie umarmten sich verlegen. »Machs gut, Alix.«

»Viel Glück«, knurrte Alix.

Mit kleinen Schritten ging Rena auf den silbernen Spiegel zu. Doch als ihre Zehen nur noch ein paar Fingerlängen davon entfernt waren, wollten ihre Füße einfach nicht weiter. Zähl bis drei, dachte sie. Dann gehts vielleicht leichter.

Eins ... zwei ... drei ...

Ihre Füße bewegten sich immer noch nicht. Dafür zitterte Rena jetzt am ganzen Körper so stark, dass ihre Zähne aufeinander klickten. Es war ihr ein bisschen peinlich, dass Alix sie so sah. Los jetzt, sagte sie sich streng und dann berührte ihre Haut das Silber. Das Wasser war warm wie Blut, so warm, als sei der See ein lebendes Wesen. Irgendwie beruhigte das Rena. Ganz langsam watete sie weiter hinaus.

Kurz bevor sie ganz eintauchte, drehte sie sich noch einmal um. Still wie eine Statue saß Alix im Schneidersitz am Ufer, ihr Schwert auf den Knien. Um sich zu schützen, hatte sie einen Kreis aus Kaltem Feuer um sich gezogen.

Ein letztes Mal trafen sich ihre Augen, dann holte Rena tief Luft und tauchte unter.

Die Wette

Ungeschickt bewegte Rena Arme und Beine in Schwimmbewegungen und tatsächlich, sie kam voran, sie tauchte. Als sie ihre Augen unter Wasser öffnete, sah Rena im ersten Moment nur verschwommene Umrisse. Seltsame Formen ... Gestalten, die sich ihr näherten! Was auch immer das war, es hatte ganz nah unter der Oberfläche auf sie gewartet, unsichtbar und geduldig! Luftblasen strömten aus Renas Mund hervor, als sie zu schreien versuchte.

Zwei gummiartige Pfoten schlossen sich um ihre Arme und dann spürte sie, wie das Wasser schneller an ihr vorbeiströmte, wie sie in die Tiefe gezogen wurde. Rena wehrte sich nicht. Doch der Druck in ihrer Lunge und ihren Ohren wurde immer quälender. Immer tiefer kamen sie. Hatten sie nicht endlich den Grund des Sees erreicht? Ihr war schwindelig, sie wusste nicht mehr, wo oben und unten war. Ihre Brust krampfte sich zusammen, das Blut dröhnte ihr in den Ohren und sie dachte, dass sie es keinen Moment mehr aushalten würde. Doch unbarmherzig zerrten die Pfoten sie vorwärts, schoben sie weiter.

Da, plötzlich, fester Boden unter Renas Füßen und feuchte, klamme Luft um sie herum. Keuchend und hustend sog ihre Lunge voll, während das warme Wasser ihr aus den Haaren lief und aus ihren durchtränkten Kleidern tropfte. Sie befand sich unter einer kleinen, mit starken Fäden am Boden befestigten Kuppel aus silbrigem Material. Ein dunkler Tunnel führte von hier aus weiter.

Erst als sie sich ein bisschen erholt hatte, fand Rena den Mut, ihre Begleiter genauer zu mustern. Sie waren gerade einmal so groß wie sie, aber doppelt so breit, mit einem untersetzten Körper, kräftigen Schenkeln, die in Schwimmflossen ausliefen, und einer gelbbraunen, glänzenden Haut. Ihre großen, flachen Köpfe hatten menschliche Züge und im Moment betrachteten die beiden Rena drohend aus großen, goldenen Augen. Es muss eine Halbmenschenart sein, die ich noch nie gesehen habe, dachte Rena fasziniert. Krötenmenschen? Sie war froh, dass Alix die Idee gehabt hatte, einen Ring aus Kaltem Feuer um sich zu ziehen: Keine dieser seltsamen Amphibien würde wagen, einen Menschen anzugreifen, der das Feuer auf seiner Seite hatte. Solange sie nicht ins Wasser ging – und das würde sie bestimmt nicht tun –, war Alix sicher.

Rena hoffte, dass die Krötenmenschen miteinander sprechen würden, sie konnten ja nicht ahnen, dass Rena ihre Sprache verstand. Vielleicht bekam sie dann einen Hinweis darauf, wo sie hier gelandet war und was mit ihr geschehen sollte. Doch bis jetzt hatten die beiden noch kein Wort gewechselt.

»Friede den Gilden«, sagte Rena höflich, um vielleicht ein Gespräch anzufangen, aber die beiden Wesen wandten den Kopf ab – vielleicht verstanden sie kein Daresi – und bedeuteten ihr, durch den Tunnel weiterzugehen. Sie selbst blieben an Ort und Stelle, bereit für den nächsten unfreiwilligen Gast.

Rena folgte dem Befehl, setzte vorsichtig einen Fuß vor den anderen und gelangte immer tiefer in das Ganglabyrinth. Als sie hinter sich eine Stimme hörte, schrak sie zusammen.

»Tag auch«, sagte die Stimme. »Herzlich willkommen in der Residenz des Gildenrates, werte Dame. Ich sehe, Lügen ist bei Euch zwecklos.«

Rena fuhr herum. Sie erkannte den Mann in dem einfachen dunkelblauen Umhang, der gesprochen hatte, sofort – es war der Alte, der versucht hatte, sie in die Irre zu schicken. Nur sah er nicht mehr so alt und tattrig aus. Er hatte zwar schon viele Winter hinter sich und sein dichtes Haar war grau wie Wasser unter einem Regenhimmel, aber seine Stimme klang jung und seine blauen Augen glänzten verschmitzt unter den buschigen

Brauen hervor. Mit übertriebener Ehrerbietigkeit verbeugte er sich vor Rena.

In Renas Kopf wirbelten die Gedanken herum. Gildenrat? Residenz? War das hier etwa der Ort, den sie gesucht hatten? Ja natürlich! Wieso waren sie nicht schon längst darauf gekommen, dass es eigentlich nur einen Ort für den Rat der Wasser-Gilde gab, nämlich im Wasser? Wahrscheinlich waren sie auf diese Weise auch an vielen Siedlungen vorbeimarschiert – wahrscheinlich lagen sie alle in den großen Seen, unter der Wasseroberfläche!

»Wisst Ihr eigentlich, dass Ihr meinem Ruf schwer geschadet habt?«, fragte der Mann vorwurfsvoll. »Hat Euch meine Warnung an der Brücke nicht abgeschreckt?«

Rena zuckte die Schultern. »Nein.«

»Und was war mit dem Schwarm und dem Schrei?«

»Na ja, das kam uns zwar ein bisschen komisch vor und hat eine von uns auch beinahe in den Wahnsinn getrieben, aber ausgemacht hat uns das eigentlich nichts.«

»Was war mit dem See? Hat Euch wenigstens das ein bisschen Angst gemacht?«

»Eigentlich nicht so sehr«, log Rena.

In komischer Verzweiflung griff sich der Mann mit beiden Händen in die Haare und zerrte an ihnen. »Ich Unglücklicher! Wahrscheinlich werden demnächst Horden von Händlern, Bittstellern und Neugierigen über uns herfallen.«

»Glaube ich nicht«, versuchte Rena ihn zu beruhigen. »Schließlich muss man dazu ziemlich gut schwimmen können.«

»Ach, Ihr wollt mich nur trösten«, stöhnte der Mann. »Am besten ist, ich bringe Euch gleich zum Gildenrat. Da werden wir beide schön was zu hören kriegen!«

»Ja, bitte!«

»Wahrscheinlich werden sie Euch das Gedächtnis löschen und Euch irgendwo an einem anderen Ort wieder freilassen, damit Ihr nicht verraten könnt, wo die Residenz sich befindet.«

Rena musste schlucken. »Äh, löschen?«

»Komplett! Total! Zurück auf null!«, sagte der Mann und grinste fröhlich. »Sagt bloß, das habt Ihr nicht gewusst!«

»Woher denn – wenn hier nie jemand mit Erinnerungen rauskommen kann!«

»Aaach, das sagen sie alle. Aber ich kann mich genau erinnern, dass ich Euch gewarnt habe. Nur schön hinter mir her jetzt.«

Während Rena dem Mann durch die Gänge folgte, arbeitete ihr Kopf auf Hochtouren. Wenn sie nicht verhindern konnte, dass der Rat mit ihrem Gedächtnis herumpfuschte, dann endete ihre Reise genau hier! Doch noch grässlicher war der Gedanke daran, dass sie das möglicherweise Rowan schon angetan hatten. Dann sah sie ihn vielleicht schon bald wieder – einen Rowan, der sich nicht mehr an sie erinnerte, der sie ansehen würde wie eine Fremde ...

»Eigentlich komme ich nur, weil ich einen Freund von mir suche«, sagte Rena.

»So einen großen, blonden?«

Rena nickte.

»Ja, den haben wir. Er war einfach zu neugierig und hat die Luftröhren gesehen.«

»Luftröhren? Was für Luftröhren?«

»Oh, wir leben ja hier unter Wasser, wie Ihr sicher bemerkt habt, und tagsüber sind wir wunderbar verborgen. Aber irgendwann müssen wir die Luft hier unten austauschen, also führen wir nachts große Röhren nach oben, knapp über die Wasseroberfläche, und holen uns feine frische Seeluft. Gut, was? Aber wenn jemand genau hinschaut, dann sieht er mit einem bisschen Pech etwas von diesen Röhren und merkt, dass auf dem Grund des Sees jemand wohnt.«

»Und dann wird er von Ihren Krötenmenschen geschnappt.«

Der Alte schien sich über ihre schnelle Auffassungsgabe zu freuen. »Genau!«

»Ich hoffe, ihr habt meinen Freund dabei nicht verletzt«, sagte Rena in strengem Ton. »Wir sind nämlich in offizieller Mission hier.«

»Er hat nur ein paar Kratzer abbekommen – nichts Schlimmes. Diese Leute von der Luft-Gilde sind alles zähe Hunde, die könnte man nicht mal mit einem zahmen Kugelblitz umbringen. In offizieller Mission? Was für eine Mission denn?«

Rowan verletzt?! Rena musste sich zwingen, sich so weit zu konzentrieren, dass sie erklären konnte, was sie vorhatten. Sie war froh, dass Alix sie mit den Verhandlungen betraut hatte, sodass sie hier gleich an Ort und Stelle für ihren Plan werben konnte. Als sie fertig war, zog sich ein breites Grinsen über das zerfurchte Gesicht des Mannes. »Oh, das klingt ja wirklich ganz witzig. Nicht dass uns das hier interessieren würde, unsere Leute mischen sich selten in solche Fehden ein, aber es ist doch eine ganz witzige Idee.«

»Ja, das habe ich in Ekaterin gemerkt, dass eure Leute sich nicht in solche Fehden einmischen«, bemerkte Rena leichthin. »Da im Wirtshaus gings ganz schön rund – von der einen Seite flogen die Säurekugeln, von der anderen Seite die Pfeile.«

Das Grinsen wurde ein bisschen schief. »Na ja, kann sein. Vielleicht können wir uns ein andermal darüber unterhalten, jetzt hat erst Mal die Gildenmeisterin Ujuna das Wort, werte Dame.«

»Wie heißt Ihr eigentlich?«, rief Rena über die Schulter zurück, bevor sie von zwei menschlichen Wachen in einen großen Saal geschoben wurde.

»Dagua stets zu Euren Diensten«, schallte die Antwort zurück und bevor Rena noch einmal blinzeln konnte, stand sie vor dem Hohen Rat der Wasser-Gilde.

Zu ihrer eigenen Überraschung stellte Rena fest, dass sie nicht mehr aufgeregt war. Das Zittern war verschwunden. Mit ruhigem Blick sah sie dem Gildenrat entgegen. Wahrscheinlich ist es die Übung, dachte Rena. Irgendwie bin ich in den letzten Monaten in die Sache hineingewachsen.

Der große Saal war ein großer, lang gestreckter Raum mit niedriger Decke, der von Leuchttierchen erhellt wurde, die in Käfigen überall an den Wänden hingen. Der Boden glänzte seltsam und Rena stellte fest, dass es gar kein richtiger Boden war, sondern eine Wasserfläche, die von gewundenen Pfaden und kleinen Inselchen durchzogen wurde. Rena wäre beinahe zurückgezuckt, als sie in einer der Wasserflächen ein großes gelbes Augenpaar bemerkte und dann noch eins und noch eins. Krötenmenschen, dachte sie, Wachen.

Auf zwei der größeren Inseln saßen zwei Frauen, die in weite dunkelblaue Gewänder gehüllt waren. Eine von ihnen fiel sofort auf – ihr blasses ovales Gesicht, das von langem schwarzem Haar umrahmt wurde, war vollkommen ebenmäßig. Sie war noch jung, aber aus ihrer Haltung sprachen Kraft und Entschlossenheit. Rena war beeindruckt. Das musste die hohe Meisterin Ujuna sein.

Die zweite Gildenmeisterin war älter, sah gemütlich aus und machte einen gelangweilten Eindruck. Nach dem dritten Ratsmitglied sah sich Rena vergeblich um – die Insel, wo er oder sie hätte sitzen müssen, war leer.

»Ihr seid ohne Erlaubnis in die Residenz eingedrungen«, sagte die Frau mit dem dunklen Haar. »Wer seid Ihr?«

»Rena ist mein Name«, gab Rena ebenso kühl zurück. »Ich muss scharf dagegen protestieren, dass ein Mitglied meiner Gruppe von Ihren Leuten entführt worden ist!«

Sie bemerkte einen kleinen Funken der Verblüffung in der Gildenmeisterin. »Ihr redet von dem Mann der Luft-Gilde, den wir gestern Nacht gefasst haben? Wollt ihr damit sagen, dass ihr zusammen reist? Aber das ist lächerlich. Als nächstes werdet Ihr noch behaupten, dass die Feuerfrau am Ufer ebenso dazugehört.«

»So ist es! Und nicht nur das, sie ist von der Feuer-Gilde zu euch entsandt worden. Unser Auftrag ist, mit euch Kontakt aufzunehmen. Es geht um einen Frieden zwischen den Gilden.«

»Hundert zu eins, dass sie lügt«, sagte die zweite Gildenmeisterin.

»Na ja, sagen wir achtzig«, sagte Ujuna.

»Geht dir etwa der Vorrat aus, meine Liebe? Nur nicht so geizig!«

»Also gut, die Wette gilt. Rück raus mit der Geschichte, kleine Fremde!«

Rena erklärte, weswegen sie hier war, und sah das Gesicht der zweiten, älteren hohen Meisterin immer länger werden, als ihr dämmerte, dass ihre Wette so gut wie verloren war. Niemand sagte etwas, nachdem Rena geendet hatte. Ujuna schnipste mit den Fingern und einer der Krötenmenschen kroch aus seinem Tümpel heraus und watschelte eilig davon. Innerhalb von zweimal zehn Atemzügen war er zurück und nickte mit dem breiten Kopf. Ujuna lächelte. »Der Mann der Luft-Gilde bestätigt die Geschichte. Du schuldest mir hundert Wasserdiamanten, liebe Lorana!«

Renas Ohren fingen leises Gemurmel auf, das aus den Teichen zu kommen schien. Die Krötenmenschen unterhielten sich. *»Schon wieder, schon wieder sind sie dabei.«*

»Hoffentlich verwetten sie mich diesmal nicht, hoffentlich. Gerne hier bleiben würde ich.«

»So eine gute Arbeit finde ich nie wieder, den ganzen Tag nichts zu tun und reichlich saftige Larven jeden Tag.«

»Weshalb grinst Ihr, junge Fremde?«, fragte Ujuna scharf.

»Weil ich euch eine Wette anbieten möchte«, sagte Rena. Es war ihr einfach so herausgerutscht und im selben Moment wusste sie, dass sie sich um Kopf und Kragen redete. Jetzt musste sie sich etwas einfallen lassen, und zwar ziemlich schnell!

Ujuna lachte. Ihr Lachen war sanft und glucksend wie der Klang von strömendem Wasser und Rena konnte sich gut vorstellen, wie die Frauen ihrer Gilde zu dem Ruf gekommen waren, jeden Mann auf Daresh betören zu können. »Was für eine Wette?«

»Ich wette, dass Ihr nicht erraten könnt, wie viele Sprachen ich verstehe.«

O Gott, dachte Rena, hätte mir nicht was besseres einfallen können? Aber nun war es zu spät.

Ujunas Augen glitzerten. »Gut ... Aber was habt Ihr mir schon anzubieten? Den Frieden vielleicht? Das liegt nicht in Eurer Hand. Wir sehnen uns nach Frieden, wir von der Wasser-Gilde, und wir würden auch verhandeln, aber das ist eine andere Sache.«

»Ihr würdet also eine Delegation zur Felsenburg schicken?!«

»Das habe ich nicht gesagt. Ich habe gefragt, worum Ihr wetten wollt?«

Ja, was hatte sie schon anzubieten? Ihre Kleidung war wertlos und sonst besaß sie nicht gerade viel – einen Dolch, ein Übungsschwert, ihr Gildenamulett. Das war es schon. Kein einziger Wasserdiamant, kein Gold, keine Schnitzereien ...

»Ich könnte Euch meinen Dolch und ein Schwert anbieten«, sagte Rena und fühlte sich elend bei dem Gedanken, dass sie Alix' Geschenke verlieren würde. Aber es ging nun mal nicht anders. »Es sind Waffen der Feuer-Gilde.«

»Zeigt her!« Die Gildenmeisterin inspizierte die Waffen kurz und verzog skeptisch den Mund. »Und was wollt Ihr dafür? Wasserdiamanten? Einen Krötenmenschen?«

»O nein!«, stöhnte es leise aus einem der Becken. *»Nicht schon wieder!«*

»Zwei Eurer Geiseln. Den Mann der Luft-Gilde und eine Frau namens Cara, die von Euch gefangen gehalten wird. Aber bitte unbeschädigt und inklusive Gedächtnis.«

»Das ist zu viel. Dann reichen die Waffen nicht. Könnt Ihr noch was drauflegen?«

Es gab nur noch einen Gegenstand, der in Frage kam: Der Talisman, den Rowan ihr geschenkt hatte. Rena hatte Mühe, die Tränen zu unterdrücken, als sie ihn vorsichtig hervorzog, noch einmal mit dem Finger über das glatte bläulichsilberne Metall rieb und ihn der Gildenmeisterin hinhielt. »Ja, das hier.«

»Ganz nett«, sagte Ujuna gleichgültig. »Aber das reicht noch nicht.«

Verzweifelt drehte Rena ihre Taschen um – heraus

flatterten ein großes, weiches Coruba-Blatt, mit dem sie sich schon einmal die Nase abgewischt hatte, eine runde schwarze Rezari-Frucht, die noch von ihrem Kampf gegen die Verräter stammte, und ein paar der Metallstäbchen, die man bei der Luft-Gilde als Zahlungsmittel verwendete.

»Halt!«, sagte die Gildenmeisterin scharf. »Das da!«

Verblüfft blickte Rena auf die Dinge hinunter, die vor ihr lagen. »Was denn?«

»Das da.« Ihr Finger zeigte auf die Rezari-Frucht. »Wo habt Ihr das her!«

»Äh, aus Alaak. Es ist wirklich nicht besonders gut zum Essen.«

»Zum Essen?« Ujuna griff sich an den Kopf. »Wisst Ihr nicht, dass Pulver daraus gut ist gegen das Einschrumpeln der Haut, wenn man zu lange im Wasser gewesen ist? Gebt sie her – seid vorsichtig.«

»Es reicht also?«, fragte Rena kühn und die Gildenmeisterin lächelte. »So, jetzt muss ich nur noch raten, wie viele Sprachen Ihr versteht. Aber ich warne Euch, ich habe schon lange keine Wette mehr verloren und wenn ich gewinne, dann sind die Köpfe Eurer Freunde verloren. Wollt Ihr trotzdem wetten?«

Rena zögerte, doch dann nickte sie. Es war ihre einzige Chance. Wenn sie verlor, dann war sowieso alles aus.

»Nun ja«, sagte Ujuna und drehte eine lange Strähne ihres seidigen Haares um ihren Finger, ohne Rena aus den Augen zu lassen. »Da wäre einmal der Dialekt Eurer Heimat, denn Ihr kommt aus Alaak ...«

Rena verkrampfte sich. Verdammt, konnte es sein, dass man bei der Wasser-Gilde wusste, wer sie war? Vielleicht hatte sie Erkundigungen eingezogen! Wenn sie wusste, dass Rena das Mädchen war, das die *Quelle* berührt hatte, konnte sie auch wissen, dass man dadurch die Sprachen aller Halbmenschen konnte!

»Ich habe gehört, dass sie ein Mädchen aus dem Weißen Wald suchen«, fuhr Ujuna langsam fort. Sie lächelte genüsslich. »Meine Späher haben einiges über sie berichtet. Es könnte sein, dass ich dieses Mädchen kenne. Vielleicht seid Ihr es sogar.«

Rena versuchte, sich nichts anmerken zu lassen. Aber es war sinnlos – sie wusste genau, dass sie blass geworden sein musste.

»Dieses Mädchen hat die *Quelle* berührt. Es gibt da ein Gerücht ... dass derjenige, der das tut, die Sprachen aller Halbmenschen versteht. Ob das stimmt, weiß niemand.«

»Aber Ujuna!«, schrie die zweite Gildenmeisterin. »Dann weiß sie ja, was unsere Krötenmenschen vorhin gesagt haben! Man muss ihr sofort die Ohren zubinden!«

Doch Ujuna achtete nicht auf sie. »Lass mich mal aufzählen ... es gibt fünfzehn Halbmenschenarten auf Daresh. Ihr seid nicht lange genug auf der Flucht, dass Ihr die Dialekte anderer Provinzen gelernt hättet. Also sind es sechzehn. Sechzehn Sprachen, die Ihr verstehst. Sprecht – stimmt das?«

Einen Moment lang fühlte sich Rena wie betäubt. Doch dann fiel ihr etwas ein und ein Lachen kitzelte ihre Kehle. Sie musste sich furchtbar anstrengen, es zu unterdrücken. Wenn es so aussah, als würde sie eine hohe Meisterin auslachen, dann ersäufte man sie wahrscheinlich sofort in einem dieser Tümpel. »Ihr habt die Wette verloren, Ujuna«, sagte Rena, als sie wieder zu Atem gekommen war. »Siebzehn. Ich verstehe siebzehn Sprachen.«

»Siebzehn???«, donnerte die Gildenmeisterin.

»Ja. Die Sprache der Bäume habt Ihr vergessen. Ich habe sie schon als Kind gelernt, sie besteht aus endlosen

Gedichten. Menschen anderer Gilden können sie nicht hören.«

Anscheinend spürte die Meisterin, dass Rena nicht log. Wahrscheinlich kannten die Wasserleute etwas ganz Ähnliches, vielleicht mit Wellen.

Nach einer langen Pause sagte Ujuna mit zusammengekniffenen Lippen. »Ihr seid frei. Was die Gefangenen angeht, so holt sie Euch!«

Die Handbewegung, die dann folgte, bedeutete wohl, dass Rena gehen konnte. Sie nahm ihren Besitz wieder an sich – Schwert, Messer und Talisman. »Die Rezari-Frucht könnt ihr behalten«, sagte Rena. Verblüfft blickten die beiden Gildenmeisterinnen sie an.

»Das ist ein sehr großherziges Geschenk«, sagte Ujuna schließlich. Der Ärger war aus ihrem Gesicht gewichen. »Seid sicher, dass wir es weise verwenden werden. Ich danke Euch.«

Rena verbeugte sich, drehte sich um und marschierte in den Gang zurück, durch den sie gekommen war. Dann stand sie im Innersten der unterseeischen Residenz und stellte fest, dass sie völlig allein war. Kein Lichtstrahl durchdrang die Dunkelheit, der einzige Laut, der an ihre Ohren gelangte, war das leise »Platsch« von Wassertropfen. Das ist wohl wieder der seltsame Humor der Wasser-Gilde, dachte Rena und seufzte. Ich habe zwar gewonnen, aber man rechnet damit, dass ich mich in diesem Labyrinth hier hoffnungslos verirre und Rowan und Cara nicht finde. Ein paar hundert Atemzüge wanderte Rena die Gänge und kam an vielen leeren Räumen vorbei, die nur dunkle Löcher in der Wand zu sein schienen. Was die Gefangenen angeht, so holt sie Euch! hallten Ujunas Worte höhnisch durch ihr Gedächtnis.

»Nun denn«, sagte sich Rena und lächelte. Sie holte tief

Luft, pumpte sich die Lunge voll, bis nichts mehr hineinpasste. Dann stieß sie einen lang gezogenen Schrei aus, so schrill und laut sie es schaffte. In dem engen Gewölbe kam ihre Stimme wunderbar zur Geltung, ihr Gebrüll rollte wie eine Schockwelle durch die Gänge.

Lange musste Rena nicht warten. Schon nach ein paar Atemzügen hörte sie das eilige Platschen von Krötenfüßen, dann tauchten vier Wachen um die Ecke auf.

»Ihr wisst nicht, wer ich bin, nicht wahr?«, fragte Rena und legte die Stirn in düstere Falten. »Nehmt euch in Acht. Ich habe Kräfte, die ihr euch nicht vorstellen könnt. Bringt mich jetzt sofort zu den Gefangenen.«

Das wirkte. Aufgeregt begannen die Krötenmenschen in ihrer eigenen Sprache untereinander zu flüstern. Rena lauschte interessiert.

»Das ist doch das Mädchen, das eben vor dem Rat stand, Brüder? Dem wir nicht mehr begegnen sollten?«

»Kräfte hat sie vielleicht wirklich, wir müssen aufpassen. Wir sollten ihr sagen, dass die Gefangenen im Südflügel sind, und dann verschwinden.«

»Sie hat keine Angst, warum, wenn sie keine geheimen Kräfte hat, warum?«

Rena mischte sich wieder ein. Sie sprach mit leiser, ruhiger Stimme in Daresi und setzte dabei ein Lächeln auf, da sie ahnte, dass die Krötenmenschen genauso gut im Dunklen sahen wie sie selbst. »Ihr werdet mich jetzt in den Südflügel bringen, Brüder, und dann werdet ihr mir und meinen Freunden helfen, ans Ufer zurückzukehren.«

In der nun folgenden Stille konnte Rena einen fetten Wassertropfen zu Boden platschen hören.

»Sie hat Kräfte, es ist wahr«, flüsterte einer der Krötenmenschen und fuhr in Daresi fort: »Was würdest du

mit uns anstellen, Mädchen, wenn wir das nicht tun?«

»Ich werde euch durch die Kraft meiner Gedanken zu vier kleinen Häufchen Asche machen. Aber wenn ich gute Laune habe, verwandle ich euch vielleicht auch nur in vier Steine und werfe sie an der tiefsten Stelle in den See.«

Ein unübersetzbares Quaken des Schreckens begann. Einer der Krötenmenschen kippte ohnmächtig hintenüber. Besorgt blickte Rena auf ihn herab. »Schon gut!«, sagte sie schnell. »Das war nur Spaß. Aber jetzt führt mich zu den Gefangenen.«

Die vier Wachen watschelten eilig voran. Nach zweimal zehn Atemzügen standen sie nicht etwa vor Zellen oder Käfigen, wie Rena gedacht hatte, sondern vor vielen kleine Inseln, die von breiten Gräben einer quecksilbrig schimmernden Flüssigkeit umgeben waren. Auf jeder Insel hockte oder stand ein Wesen. Kleine Käfige mit Leuchttierchen erhellten die große Grotte notdürftig.

»Ich suche eine Frau namens Cara«, sagte Rena zu einer der Wachen und gab ihrer Stimme einen drohenden Ton. »Wisst ihr, ob ihr Kopf schon gelöscht worden ist?«

»Nein, das ist er nicht, sonst wäre sie nicht mehr hier«, antwortete stattdessen ein Mann auf einer der Inseln, die am nächsten gelegen waren. »Cara sucht ihr? Das ist gut. Ich glaube, sie hat die Hoffnung schon fast aufgegeben. Sie sitzt fünf Inseln weiter hinten. Seid vorsichtig, berührt die Flüssigkeit zwischen den Inseln nicht! Es ist Säure.«

Rena fragte sich, weswegen der Mann hier eingekerkert saß – er sah nett aus. Aber dann riss sie sich zusammen: Sie durfte keine anderen Gefangenen befreien als die, die sie gewonnen hatte, so sehr es sie auch in den

Fingern juckte. Sonst waren alle ihre diplomatischen Anstrengungen zunichte.

Auf der sechsten Insel saß eine zierliche blonde Frau, den Kopf in die Hände gestützt. Als sie Rena herankommen spürte, sah sie auf. In ihrem schmalen Gesicht stand erst Verblüffung und dann eine so starke Sehnsucht, dass es Rena ins Herz schnitt.

»Seid Ihr Cara?«

Langsam nickte die Frau. »Woher wisst Ihr das?«

»Okam hat mir gesagt, dass Ihr der Pfadfinder seiner Seele seid«, sagte Rena.

Mit einer heftigen Bewegung sprang die Frau auf. »Beim Nordwind! Ihr kommt von meinem Mann? Wie geht es ihm? Habt Ihr eine Botschaft von ihm?«

»Es geht ihm nicht besonders«, sagte Rena. »Aber da ich Euch gerade, äh, bei einer Wette gewonnen habe, könnt Ihr ihn schon bald wieder aufheitern.«

Tränen liefen der kleinen Frau über die Wangen. »Ich weiß zwar nicht, wer Ihr seid, aber ich danke Euch.«

Alles weitere war eine Kleinigkeit. Die Wachen legten Planken über den breiten Graben mit der Säure und Cara kletterte ans sichere Ufer.

Doch was war mit Rowan? Rena sah ihn nicht, er war auf keiner der Inseln. »Der lange Blonde«, herrschte sie einen der Krötenmenschen an. »Der, den ihr gestern entführt habt. Den will ich auch, und zwar schnell!«

»Er hat noch keine eigene Insel bekommen. Mein Bruder wird ihn holen«, sagte der Wächter unterwürfig und sein Kollege eilte davon.

Als sie das Gefängnis verließen, merkte Rena plötzlich, dass sich die kleinste der vier Wachen näher an sie herangeschlichen hatte. »Mädchen«, flüsterte sie schüchtern, so leise, dass die anderen Krötenmenschen es nicht hören konnten. »Wenn du wirklich alles verwandeln kannst – könntest du mich dann auch zu einen Vollmenschen machen?«

Rena blickte den Krötenmenschen mitleidig an. Sie wollte etwas antworten, doch in diesem Moment sah sie, dass am Ende des Ganges eine kleine Gruppe von Menschen und Halbmenschen auf sie wartete ... Es waren Dagua, Rowan und einige Wachen.

Rowan sah sehr blass aus und sein hellblondes Haar war blutverkrustet. Zwei Krötenmenschen hielten ihn am Arm gepackt, aber wohl weniger um seine Flucht zu verhindern als ihn zu stützen. Als sie ihn losließen, taumelte er. Rena vergaß die Frage des Krötenmenschen, vergaß Cara und Ujuna, vergaß ihre Mission, vergaß alles andere und stürzte ihm entgegen. Sie spürte sofort, wie schwach er war, sein langer Körper lehnte schwer auf ihr. »Wir müssen ihn hier irgendwo hinlegen«, sagte Rena und half ihm, sich auf dem kahlen schwarzen Boden auszustrecken.

»Rena«, murmelte Rowan. »Bin in Ordnung. Nichts passiert.«

»Nein, verdammt, du bist nicht in Ordnung. Los, helft mir! Wir müssen ihn an Land bringen.«

Der alte Archivar

Alix sprang auf und ließ das kalte Feuer herunterbrennen, als sie Rena und Rowan aus dem See auftauchen sah, gefolgt von noch zwei anderen Menschen und einer ganzen Schar von krötenähnlichen Wesen. Sie öffnete den Mund, aber kein Ton kam heraus. Rena umarmte sie und durchnässte sie dabei völlig. »Ich komme gerade aus der Residenz des Gildenrates!«

Alix begriff sofort. »Der See?«

»Genau, der See.«

Alix wandte sich Rowan zu, dessen Augen noch ein bisschen glasig wirkten, und legte ihm spontan eine Hand auf die Schulter. »Gute Arbeit«, sagte sie, und in ihrer Stimme waren weder Spott noch Nadeln. »Ohne dich hätten wir uns in die falsche Richtung schicken lassen und wären glatt an der Residenz vorbeigereist.«

»Das ist wohl wahr«, sagte Rowan und grinste schwach.

Alix betrachtete den jungen Händler besorgt. »Ruh dich erst Mal ein paar Tage aus, in dem Zustand kannst du nicht mit uns weiterreisen. So viel Zeit muss sein.«

Jetzt erst wandte sie sich den beiden anderen Menschen zu – die Wachen hatten sich lautlos wieder in den See zurückgezogen, offensichtlich froh, dass sich die gefährliche Zauberin nicht mehr für sie interessierte. Höflich begrüßte Alix die zarte blonde Cara, dann wandte sie sich dem Mann von der Wasser-Gilde zu und musterte ihn mit durchdringendem Blick.

»Friede den Gilden, schöne Frau«, sagte Dagua fröhlich und verbeugte sich vor Alix, die ihn plötzlich erkannte und sich das Lachen verbeißen musste. »Ich habe eine Nachricht für euch alle, meine Freunde. Der Gildenrat möchte auch, dass die Fehden aufhören und die Regentin einen Dämpfer bekommt. Eine Delegation kann er nicht entbehren, aber dafür habt ihr jetzt mich – ich würde gerne mit euch reisen.«

»Das ist eine sehr erfreuliche Mitteilung, o Meister des nassen Elements«, konterte Alix und verbeugte sich mit ebenso viel Schwung. Da wusste Rena, dass sie sich um diese beiden keine Sorgen zu machen brauchte: Feuer und Wasser verstanden sich blendend.

Drei Tage lang lagerten sie am Ufer des Sees. Rowan hatte seinen Pfadfinder zur Residenz der Luft-Gilde geschickt und eine Eskorte angefordert. Zurück kam erst einmal ein kleiner brauner Vogel, der sich sofort auf Caras Schulter hockte wie dort angewachsen. »Jetzt kann ich mich schon mal auf den Weg machen«, sagte sie. »Wie kann ich euch nur danken? Okam und ich stehen in eurer Schuld.«

»Richte ihm einfach einen Gruß aus«, sagte Rena verlegen.

»Das werde ich tun!« sagte die Frau der Luft-Gilde und verabschiedete sich.

In den nächsten Tagen, während Rowan sich ausruhte und langsam wieder zu Kräften kam, eilten Renas Gedanken voraus, zur Felsenburg, ihrem nächsten Ziel. Doch je mehr sie darüber nachdachte, desto düsterer wurde ihre Stimmung. Am dritten Abend, als die Dunkelheit sie umfing und der Flammenschein ihres Feuers über die Spiegelfläche des Quecksilbersees zuckte, bemerkte Alix schließlich, dass etwas nicht in Ordnung war. Sie hörte auf, in der Glut zu stochern, über der ihr Abendessen brutzelte, und setzte sich neben sie. »He, ich merks doch, du machst dir Sorgen. Stimmt was nicht?«

»Ich glaube, ich war ganz schön naiv«, sagte Rena langsam. »Hast du eigentlich schon daran gedacht, wie wir die Regentin dazu bringen wollen, dass sie mit uns verhandelt?«

»Alles zu seiner Zeit.« Alix' Gesicht wurde von den Flammen in ein warmes orangefarbenes Licht getaucht. Genüsslich sog sie den Rauch ein.

»Inzwischen glaube ich nicht mehr, dass sie mit uns reden wird«, meinte Rena. »Wozu auch? Wir haben ohnehin keine Chance, gegen sie anzukommen.«

»Wir sind inzwischen eine offizielle Delegation«, mischte sich Rowan ein. »Sie wird uns ganz sicher zumindest einlassen.«

»Wenn sie uns überhaupt so weit kommen lässt. Was hindert sie denn daran, uns noch vorher an irgendeinem Ort im Weißen Wald abzufangen und still und leise verschwinden zu lassen? Sie hat sicher schon von uns erfahren.«

»Eigentlich hindert sie nichts daran«, sagte Alix. Ihr Gesicht war plötzlich angespannt.

Eine Weile schwiegen sie alle. Rena spürte die Angst, die in der Luft lag, und wusste, dass sie alle an die schweigende Gestalt dachten, die in der Felsenburg lauerte wie eine Spinne im Netz. Die mit einer winzigen Bewegung den Befehl geben konnte, sie alle zu vernichten. »Allein der Gedanke, wieder in die Felsenburg zu müssen ...«

»Jetzt mach dir mal nicht ins Hemd. Es gibt eine Chance!«, sagte Alix heftig. »Die Regentin ist mächtig, aber nicht allmächtig. Allerdings wäre es mir lieber, wenn es die Farak-Alit nicht gäbe, ihre gildenlose Elitetruppe. Schickt sie die gegen uns, dann haben wir wirklich schlechte Karten.«

Rena zog ihren Umhang fester um sich und blickte ins Feuer. »Was sind denn die Farak-Alit genau? Ich glaube, ich habe schon einmal von ihnen gehört, aber gesehen habe ich sie noch nie.«

»Man erkennt sie gleich, ihre Uniformen sind schwarz-silbern«, sagte Alix leise. »Sie töten, wie andere Leute eine Fliege zerdrücken würden, ohne Ehre, aber schnell und geschickt. Die Regentin benutzt sie nur für besondere Aufgaben.«

Rowan, der an diesem Abend das Kochen übernommen hatte, hatte ihre Worte nicht gehört; er war damit beschäftigt, einen mit Kräutern gefüllten Fisch über dem Feuer zu wenden. »Das Vieh ist gar. Wer möchte wie viel davon?«

»Danke, ich habe keinen Hunger«, sagte Rena. Es roch köstlich, aber ihr Magen hatte sich zusammengezogen wie eine Faust.

»Ich auch nicht«, sagte Alix abwesend. »Wassertiere waren noch nie so recht nach meinem Geschmack.«

»Jetzt macht keine Zicken! Ich verliere ja völlig das Vertrauen in meine Kochkunst!«, schimpfte Rowan. »Dagua, was ist mit dir?«

Der Wasser-Gilden-Mann hatte ungewohnt schweigsam auf der anderen Seite des Feuers gesessen und der Diskussion gelauscht. Jetzt blickte er auf. »Ich glaube, ihr habt Recht, es könnte schlimm für uns ausgehen«, sagte er langsam. »Doch es gibt jemanden, der vielleicht weiß, wie man die Regentin besiegen und zu Verhandlungen zwingen kann.«

Rowan ließ den Spieß mit dem Fisch sinken. Alix und Rena starrten ihren neuen Reisegefährten an.

»In dieser Provinz soll es der Legende nach einen Ort geben, an dem Wissen gesammelt wird, Wissen aus ganz Daresh«, erklärte Dagua. »Er wird, so heißt es, schon seit hundert Jahren von einem Menschen gehütet, den man nur noch den Archivar nennt, sein wirklicher Name ist in Vergessenheit geraten. Ich habe einmal gehört, dass er mehr über die Regentin und die Felsenburg weiß als jeder andere Mensch dieser Welt. Vielleicht kann er uns weiterhelfen.«

Alix schnaubte. »Das wäre fantastisch, aber leider werden nicht gerade viele Kerle hundert Jahre alt.«

»Der Archivar hat, so sagt man, das Blut von Krötenmenschen in den Adern und solche Leute werden sehr alt. Aber ich fürchte auch, dass wir zu spät kommen könnten.«

»Außerdem ist das alles sowieso nur eine Legende.« Rowan blickte skeptisch drein. »Wir aus dem Grasmeer haben Hunderte von Legenden und sie sind alle komplett erfunden. Man kann sie sogar maßgeschneidert bei einem Geschichtenerzähler bestellen.«

»Ihr seid eben ein Volk der Erzähler«, sagte Dagua augenzwinkernd, »während wir ein Volk sind, das nach der Wahrheit sucht.«

Beleidigt packte Rowan den ganzen Fisch auf seinen eigenen Teller – er war so groß, dass Kopf und Schwanz an den Seiten herunterhingen –, und murmelte dabei etwas vom Nordwind und wässrigen Burschen.

»Lebt der Archivar eigentlich auch in einem See wie der Hohe Rat?«, wollte Alix wissen.

»Nein, nein«, versicherte Dagua. »So weit ich weiß, wohnt er zwar an einem See, aber nicht direkt darin, sondern auf der Gedächtnisinsel.«

»Weißt du, wie man da hinkommt?«

»Ja, so ungefähr. Aber auf der Gedächtnisinsel liegt seit Jahrzehnten ein Bann der Regentin, es ist bei Todesstrafe verboten, sie zu betreten.«

Sie blickten sich gegenseitig an. Nachdenklich polierte Alix ihren Dolch mit einem speckigen Lappen. »Gibt es dort Wächter, Truppen – irgendjemanden, der überwacht, dass der Bann eingehalten wird?«

Dagua zuckte die Schultern. »Da bin ich überfragt. Wie gesagt, ich war nie dort.«

»Eigentlich dumm von der Regentin, die Insel mit einem Bann zu belegen«, meinte Alix. »So brüllt sie doch wirklich in die Welt hinaus, dass es dort etwas gibt, was ihr schaden könnte, wenn es in die falschen Hände gelangt.«

»In unserem Fall die richtigen Hände«, meinte Rena. »Ich bin dafür, es zu versuchen. Wir haben jede Hilfe dringend nötig. Außerdem ...«

Sie brauchte den Satz nicht zu beenden. Rena wusste genauso gut wie die anderen, dass ihr Leben ohnehin in der Hand der Regentin lag, wenn sie zur Felsenburg zurückkehrten. Da kam es kaum noch darauf an, ob sie auch noch einen Bann gebrochen hatten.

Schließlich nickten Rowan, Alix und Dagua. »Einverstanden«, sagte Rowan.

An diesem Abend redeten sie nicht mehr viel und rollten sich schon früh in ihre Decken. Im ersten Morgenlicht brachen sie in die ungefähre Richtung auf. Sie kamen gut voran, bis sie die Idee hatten, nach dem Weg zu fragen. Sie erkundigten sich beim Erstbesten, einem etwa zehn Winter alten Jungen, der ihnen zufällig begegnete. Er hatte ein rundes Gesicht, schwarzes glattes Haar und ein ansteckendes Lächeln.

»Friede den Gilden, *tanu*«, rief Dagua. »Lebst du hier in der Gegend? Kennst du den alten Archivar, der auf der Gedächtnisinsel lebt?«

»Ja, Meister«, antwortete der Junge und schaute zu ihnen auf.

»Sind wir hier richtig? Wie umgehen wir den Violettsumpf am besten?«

»Ihr seid goldrichtig, Meister. Nur immer geradeaus und beim verkrüppelten Otterbaum nach Nordwesten abbiegen.«

»Netter Junge«, sagte Rowan und Rena nickte.

Kurze Zeit später hatten sie ihre Meinung geändert. Sie steckten in einem dunkelvioletten Sumpf, dessen zäher Matsch nach allen möglichen verfaulenden Dingen stank und über dem Irrlichter tanzten. Nur noch ihre Köpfe schauten heraus. Aus der Ferne tönte das begeisterte Gelächter des Jungen herüber.

»Unglaublich witzig«, sagte Alix mit saurer Miene.

Es gab ein schmatzendes Geräusch, als Rena versuchte, einen Arm herauszuziehen. »Ich glaube, wir sollten aufhören, in dieser Provinz nach dem Weg zu fragen.«

»Das ist eine gute Idee. Manchmal vergesse ich selbst, dass es bei uns ein Volkssport ist, Reisende in die Irre zu führen«, sagte Dagua heiter und wischte sich schwarzen Schleim aus dem Gesicht. »Und bis dahin sehts von der guten Seite: Sumpfmatsch ist gut für die Haut.«

Er murmelte ein paar Formeln, die es möglich machten, sich aus dem stinkenden Brei herauszuarbeiten. Als sie endlich aufs feste Land gekrochen und sich am nächstbesten See abgespült hatten, stellten sie fest, dass es in der Mitte des Gewässers eine Insel gab. Aus der Entfernung war sie nur ein Schatten im Morgennebel. Rowan sah nur kurz hinüber und beschäftigte sich dann damit, seine tropfende Tunika auszuwringen. »Puh, endlich ist das stinkende Zeug ...«

Dagua hob warnend die Hand. »Still. Moment. Lasst mich etwas nachprüfen.«

Er beschirmte die Augen mit der Hand und spähte hinaus. Dann steckte er eine Hand in das schwarzblaue Wasser, schloss die Augen und schien sich zu konzentrieren. »Erstaunlich, wie tief der See ist. Ich kann es spüren«, murmelte er. »Tausend Baumlängen, vielleicht mehr. Das findet man selten. Genau, wie es die Legende sagt. Es könnte sein, dass wir unserem Ziel näher sind, als wir geglaubt haben.«

»Du meinst, das da drüben ...«

Der Mann von der Wasser-Gilde öffnete die Augen wieder und richtete sich auf. »Ja, ich glaube, das da drüben ist die Gedächtnisinsel.«

Alix gab ihnen keine Zeit, staunend Insel und See anzuglotzen. »Runter, Deckung, los!«, zischte sie und schob Rena und Rowan grob in Richtung einiger Büsche. »Ich gehe jetzt erst Mal nachsehen, ob Leute der Regentin in der Gegend sind.«

Die Schmiedin glitt davon. Viele Atemzüge lang kauerten sie am Ufer und warteten unruhig darauf, dass Alix zurückkam. Renas Muskeln verkrampften, und nach einer Weile wurde die gebückte Stellung zur Qual. Als ihre Feuer-Gilden-Freundin endlich zurückkam – weit weniger lautlos, mit langen Schritten –, seufzte Rena erleichtert.

»Niemand hier«, sagte Alix und hob die Schultern. »Verdammt komisch. Vielleicht ist das doch nicht der richtige See. Oder hier ist etwas faul.«

Dagua runzelte die Stirn. »Ich bin mir ziemlich sicher, dass es der Gedächtnissee ist.«

»Was wohl die Truppen der Regentin verjagt hat?«, fragte Rena unsicher.

Nur einen Moment lang zögerten sie, dann sagte Dagua: »Es gibt nur einen Weg, herauszufinden, was dahinter steckt. Wir müssen zur Insel hinüber.«

Sichtlich beunruhigt blickte Alix in das schwarzblaue Wasser hinunter. »He, ich will ja gar nicht wissen, was da unten in den Tiefen alles kreucht und fleucht.«

»Besser, wenn du es nicht weißt, schöne Frau«,

stimmte Dagua zu. »Boote gibt es hier nämlich keine.«

»Was ist, wenn der Archivar selbst auf der Seite der Regentin ist und uns ausliefert?«, wollte Rowan wissen.

»Dann haben wir Pech gehabt. Bis wir wissen, ob wir beim Archivar willkommen sind, sollten wir vorsichtig sein. Er hat den Ruf, ein bisschen schrullig zu sein. Wer weiß, vielleicht ist er dafür verantwortlich, dass die Soldaten verschwunden sind.«

Alix schüttelte den Kopf. »Ein einzelner gebrechlicher hundertjähriger Mann? He, das glaubst du doch selbst nicht. Viel eher ist er schon längst tot, deshalb sind Soldaten unnötig geworden.«

»Im Moment glaube ich noch gar nichts. Ich will es einfach herausfinden.« Dagua zog ein Messer mit einer langen, aber sehr dünnen Klinge und begann am Ufer Blätter von großblättrigen Stauden abzuschneiden und sie geschickt zusammenzuheften. Verwundert beobachtete ihn Rena, bis es ihr schließlich dämmerte: Der Wasser-Gilden-Mann baute ihnen je ein schmales Floß, das gerade so viel Auftrieb hatte, dass ihre Körper knapp unter Wasser waren und sie vom Ufer aus schwer zu sehen waren.

Rena erwartete, dass Alix diese Zumutungen empört ablehnen würde, aber sie grummelte nur ein bisschen vor sich hin. Dagua scheint einen guten Einfluss auf sie zu haben, dachte Rena und lächelte in sich hinein.

Ein paar Minuten später waren sie unterwegs zu der Insel. Niemand schien sie zu bemerken, und als sie im Flachwasser angekommen waren, konnten sie ihr Ziel in Ruhe betrachten. Rowan rief etwas Wind, damit die leichten Wellen ihre Köpfe etwas versteckten. Auf der kleinen Insel, die kaum größer war als ein Erdhaus für vier Personen im Weißen Wald, stand nichts als ein schmales silbernes Sonnensegel, das an fünf Seiten am Boden befestigt war, und ein paar dürre blattlose Bäume, auf denen Insekten hockten. Darunter lag eine gepolsterte Seegrasmatte, auf der es sich ein Mensch bequem gemacht hatte, ein Tisch und ein flaches rundes Wasserbecken voll algengrünen Wassers, in dem sich silberne Punkte bewegten. »Fische«, flüsterte Rowan, der von ihnen die schärfsten Augen hatte. »Tausende von ihnen. Winzige Fische, jeder nur so lang wie ein Fingernagel.«

Sonst gab es auf der Insel nichts. Keine Bände voller Aufzeichnungen oder Stapel von Schriften.

»Tja, eigentlich müsste das der Archivar sein«, sagte Dagua und kratzte sich am Kopf. »Ganz sicher kann ich es euch leider nicht sagen, ich sehe ihn ja auch zum ersten Mal.«

»Aber ... sollte er nicht irgendwo ein paar beschriebene Blätter haben?« flüsterte Rena zurück. »Oder hat er ein perfektes Gedächtnis?«

»Ich wette, er ist es«, zischte Alix. »Oder könnt ihr euch jemanden vorstellen, der mehr nach einem Menschen mit Krötenvorfahren aussieht?«

Rena betrachtete den Alten auf der Matte genauer. Er war tatsächlich keine Schönheit: Sein Kopf war breit und flach, mit einem großen Mund und hervorstehenden Augen. Seine Haut sah ungesund gelblich aus und wurde von tiefen Falten durchfurcht. Ein dünner runder Haarkranz zierte den hinteren Teil seines Schädels.

»Vielleicht ist er schon im Ruhestand und will nichts mehr mit dem Wissen von Daresh zu tun haben«, schlug Rowan vor.

»Psst!«, machte Alix, denn in diesem Moment regte sich der Alte. Aus Angst, er könne sie entdeckt haben, duckten sich die vier tiefer. Doch der Archivar blickte gar nicht in ihre Richtung, sondern schlurfte zu einem der kahlen Bäume und zog einen der Äste zu sich herunter. Jetzt wurde klar, warum so viele Insekten darauf saßen – anscheinend war der Baum mit einer klebrigen Flüssigkeit beschmiert, denn die Insekten flogen nicht davon, sondern versuchten es nur und zappelten hilflos herum. Der Alte pflückte eines nach dem anderen herunter, schob sie sich in den Mund und kaute genüsslich. Rena schaute weg, sonst wäre ihr eigenes Mittagessen wieder hochgekommen.

»Aha, er hat von seinen Vorfahren auch die Essensvorlieben übernommen«, sagte Dagua.

»Was macht er jetzt?«, fragte Rena, die noch immer in eine andere Richtung blickte.

»Spricht anscheinend mit seinen Fischen.«

Der Alte war zu dem Wasserbecken hinübergehumpelt, hatte sich darüber gebeugt und vollführte einige seltsame Handbewegungen. Am silbernen Aufblitzen im Becken konnte Rena sehen, dass die Fischlein wie verrückt durcheinander stoben.

»Entweder er macht gerade Frühsport oder er fängt sich seinen Nachtisch«, ätzte Alix und vergaß ganz ihre Stimme leise zu halten.

Die Reaktion ließ nicht auf sich warten: So schnell sein klappriger Körper es erlaubte, fuhr der alte Archivar herum und starrte zu ihnen herüber. Verlegen richteten sie sich auf und standen wie ertappte Sünder im flachen Wasser.

»Schert euch weg, ihr fremden Barbaren!«, schrie der Archivar und fuchtelte mit den Fäusten. Seine Stimme war dünn und klang ein bisschen krächzend, als habe er sie lange nicht benutzt. »Hier ist nichts für euch zu holen, ihr fetten Weißlinge!«

Rena spürte, wie sich das Temperament ihrer Freundin entzündete, und legte ihr die Hand auf den Arm. Aber es war schon zu spät. Alix schüttelte ihren Griff ab und marschierte zornig auf den Alten zu. »Moment mal!« schnarrte sie und arbeitete sich mit platschenden Schritten durch das Flachwasser. »Erstens sind wir keine fremden Barbaren und erst recht keine fetten Weißlinge, zweitens wollen wir hier überhaupt nichts holen und drittens wäre es freundlich, wenn Ihr mal Euer Krötenmaul halten und Euch anhören würdet, was wir überhaupt wollen!«

Rena stöhnte auf. Diplomatie à la Alix!

Flink holte der Archivar eine kleine silberne Pfeife aus der Tasche und blies hinein. Ein hoher sirrender Ton war zu hören, so hoch, dass er ihnen allen in die Knochen fuhr und sich die kleinen Härchen auf Renas Armen aufrichteten.

»Ihr werdet schon sehen, was ihr davon habt, arme alte Gelehrte zu belästigen!«, schrie der Archivar mit seinem dünnen Stimmchen. »Morok! Hierher, Morok!«

Misstrauisch blickten sich die vier Reisegefährten um. Alix und Rena zogen ihr Schwert und Rowan hielt seine Armbrust bereit. Doch im ersten Moment tat sich nichts in ihrer Umgebung. Alix zog die Augenbrauen hoch. »Gute Masche, um Eindringlinge einzuschüch...«

Doch dann fiel ihnen das tiefe Gurgeln auf, das in ein Rauschen überging. Es klang wie Wassermassen, die über eine Klippe hinabstürzen, wie ein Wasserfall, der sich plötzlich ganz in der Nähe gebildet hatte. Der Boden der kleinen Insel begann leicht zu vibrieren. Das Geräusch schwoll an, wurde zu einem Donnern.

»Was kann das sein?«, brüllte Rena gegen den Lärm zu Dagua hinüber.

»Ich fürchte fast, es ist eine Raubqualle«, schrie Dagua zurück. Er war blass geworden. Zum ersten Mal, seit sie ihn kannte, sah Rena Furcht in seinem Gesicht. Er kam nicht mehr dazu, zu erklären, was das genau war. Es war auch nicht mehr nötig, denn in diesem Moment durchbrach das Wesen die Wasseroberfläche.

Gefährliches Wissen

Die Welle, die die Raubqualle beim Auftauchen auslöste, schwappte über die Insel und hätte Rena fast von den Füßen gerissen. Der riesige, durchsichtige Leib des Wesens, der das Sonnenlicht brach wie eine Säule aus Glas, türmte sich über ihnen auf. Nach Algen und Fisch riechende Wasserkaskaden strömten davon herab und regneten auf sie nieder. Im Inneren sah Rena Organe pulsieren, jedes einzelne so groß wie ein Mensch – oder waren es vielleicht die Reste seiner letzten Mahlzeiten? Am Kopfende des Wesens saßen ein halbes Dutzend baumdicke Tentakel, die durch die Luft sausten und sich in ihre Richtung schlängelten.

Alles war nur noch Lärm und Chaos. Rena schrie, brüllte sich die Angst aus dem Leib, versuchte rückwärts zu gehen, stolperte und fiel mit einem Platschen in die Lagune zurück. Dagua watete hastig an Land, in Richtung des Sonnensegels, Rowan auf den Fersen. Rena wollte ihnen folgen, aber ihre Knie hatten nachgegeben, sie konnte sich nur flach ins Wasser ducken und den Kopf mit den Armen schützen. Sie erwartete jeden Moment, von einem glitschigen nassen Arm gepackt und in die Tiefe gezerrt zu werden. Auch Alix war in Deckung gegangen, sie hielt das Schwert über sich und Rena, versuchte die Tentakel von ihnen fern zu halten und schrie irgendetwas. Als Rena kurz zum Ufer schielte, ob Rowan in Sicherheit war, erhaschte sie einen Blick auf den alten Archivar: Er stand am Ufer, die Arme verschränkt, die silberne Pfeife noch zwischen den großen faltigen Händen, und sah sehr zufrieden aus.

Wie Peitschenschnüre knallten die Tentakel der Qualle aufs Wasser, schlängelten sich dann schnell und geschickt um sie herum. Einer von ihnen schaffte es Rena am Fuß zu packen. So durchsichtig die Greifarme auch aussahen, sie fühlten sich hart und sehnig an, als würden sie nur aus Muskeln bestehen. Doch der erste Griff saß nicht richtig, und als die Qualle erneut zupacken wollte, konnte Rena den Tentakel abschütteln. Zitternd versuchte sie noch einmal, an Land zu kommen, aber durch das Wasser zu waten ging so langsam, als versuche sie sich durch dicken Sirup zu kämpfen. Sie sah, dass Dagua und Rowan sie mit hilflosem Entsetzen beobachteten – und nicht merkten, dass der Alte ein Stück von seinem klebrigen Baum abgebrochen hatte und nun hinter ihrem Rücken über ihnen schwang. »Dagua! Achtung!«, schrie Rena und tauchte unter Wasser, um einem tastenden Greifarm zu entgehen.

Der grelle Pfiff einer Pfeife schnitt durch Luft und Wasser. Auf einen Schlag kam alles zum Stillstand: Die Tentakel des Monsters bewegten sich nicht mehr, der riesige Leib zog sich ein Stück zurück und verharrte leicht schwankend über ihnen. Alix ließ das Schwert sinken. Rena tauchte prustend auf, schob sich das tropfnasse Haar aus den Augen und blickte zur Insel hinüber.

Es war so still, dass Rena die dünne Stimme des alten Archivars jetzt deutlich hören konnte. »Dagua?

Doch nicht etwa *der* Dagua aus dem See der Residenz?«

»Genau der«, knurrte Dagua.

»Wenn ich das gewusst hätte, wäre ich lieber tausend Tode gestorben als Euch auch nur einen Atemzug lang mit Morok bekannt zu machen, *tanu*!« rief der Alte und bedeutete seinem Haustier mit einer Geste, es solle sich zurückziehen. Einen Moment lang sah es so aus, als wolle er auf die Knie fallen. »Verzeiht dem Archivar, er bittet Euch!«

»Tja, und wenn ich gewusst hätte, dass Ihr Gäste auf diese Art begrüßt, hätte ich Euch erst einen Aal mit einer Nachricht geschickt«, meinte Dagua mit säuerlicher Miene und wrang einen Zipfel seines Umhangs aus.

»Soso, mit Morok *bekannt machen* nennt er das«, murmelte Alix und steckte ihre Waffe weg. »Kein Wunder, dass die Soldaten so schnell wie möglich wieder abgehauen sind.«

Der Alte schien gute Ohren zu haben – er hatte ihre Bemerkung gehört.

»Oh, Morok ist ein gutmütiger Kerl und tut niemandem was, wenn ich es ihm nicht befehle. Er ernährt sich von Kleinstlebewesen. Für ihn ist das mit den Besuchern nur ein Spiel.« Jetzt, da der Archivar freundlich gestimmt war, war sein krötiger Mund nicht mehr hässlich, sondern erlaubte ihm das breiteste Grinsen, das Rena je gesehen hatte. Seine Augen schimmerten wie zwei goldene Murmeln, helle Sonnenfunken tanzten in ihnen. »Ihr könnt ihn ruhig tätscheln, er mag das.«

»Nein, danke«, sagte Alix und stapfte spritzend ans Ufer. »War ja nett, ihn kennen gelernt zu haben, aber als Freund brauche ich ihn nicht unbedingt.«

Doch Rena fand die Idee gar nicht so abstoßend. Langsam watete sie ins Wasser zurück und streckte die

Hand nach dem Tier aus. Es hatte sich hinabsinken lassen und ragte nur noch eine Menschenlänge weit über die Oberfläche. Seine Tentakel tasteten langsam, fast schüchtern herum. Als sie Rena bemerkten, ringelte sich ihr einer von ihnen mit unheimlicher Geschwindigkeit entgegen. Rena schrak zurück. Doch der Greifer rollte sich nur ganz leicht um ihren Arm und sie strich mit der anderen Hand darüber. Die durchsichtige Haut fühlte sich ledrig und kühl an.

»Braucht er das tiefe Wasser?«

»Ja, er lebt ganz unten, am Boden des Sees, wo es Nahrung für ihn gibt. Aber er hat ein ausgezeichnetes Gehör und hört die Pfeife auch dort. Leider kann er mir nicht allzu oft Gesellschaft leisten, weil er hier oben sehr leicht Sonnenbrand bekommt, ein paar Minuten Licht und schon hat er einen hässlichen Hautausschlag, was, Morok, mein Kleiner?«

Der Kleine beschloss in diesem Moment anscheinend, das nicht zu riskieren, und tauchte endgültig außer Sicht. Ein paar Minuten lang konnte man noch das Gurgeln des Wasserstrudels hören, den er dabei hervorrief.

»Er ist einer der Letzten seiner Art«, sagte der Archivar und seufzte.

Sie gingen zum Sonnensegel hinüber und setzten sich dem Alten gegenüber in den Sand, da es nur die eine Seegrasmatte gab. »Tut mir Leid, wenn ich Euch einen Schrecken eingejagt habe«, meinte der Alte noch einmal und man musste schon ganz genau hinsehen, um den Schalk in seinen Augen zu entdecken. »Aber bei der letzten Sonnenfinsternis bin ich von einer Bande Jungen überfallen worden, sie wollten meinen Vorratsbaum fällen, einfach so, könnt ihr euch das vorstellen? Auch die Soldaten der Regentin sind wirklich eine Plage.«

Dagua runzelte die Stirn. »Ich werde Euch eine Schutztruppe schicken lassen.«

»Oh, nicht nötig, danke, *tanu.* Solange ich meinen Morok habe, ist alles in Ordnung.«

Rena erklärte, warum sie quer durch Daresh reisten und was sie vorhatten. Der Archivar nickte und versank dann in Gedanken. Rena nutzte die Gelegenheit, sich genauer auf der Insel umzuschauen, aber das Rätsel um die fehlenden Aufzeichnungen löste sich dadurch nicht.

»Habt Ihr alles Wissen in Eurem Gedächtnis gespeichert?«, platzte sie schließlich heraus.

»Ach, wo denkt ihr hin«, kicherte der Archivar und verzog den Mund zu einem schiefen Grinsen. »O ja, mein Kopf ist noch ganz gut in Form, darauf bin ich auch ein bisschen stolz, jaja, aber das eigentliche Gedächtnis ist der See. Meine Aufgabe ist nur, das Wissen in ihn hineinfließen zu lassen und es wieder an die Oberfläche zu rufen, wenn jemand es braucht. Das ist eine alte Kunst, sehr alt, und ich bin der Letzte, der sie beherrscht. Durch den Bann konnte ich keinen Nachfolger ausbilden.«

»Rostfraß und Asche!«, entfuhr es Alix. »Die Seen hier haben es wirklich in sich!«

Mühsam erhob sich der Archivar von seiner Matte und humpelte langsam zu dem flachen Glasbecken hinüber. »Kommt. Fangen wir an.«

Rena beugte sich über das Becken und konnte erkennen, dass die winzigen silbernen Fischchen darin so unruhig umherwimmelten wie ein Mückenschwarm in der Sommerluft. Doch als der Archivar seine Hand hob und ihr Schatten über das Wasser fiel, erstarrten sie. Mit sanften, gleichmäßigen Bewegungen begann der alte Mann Zeichen über dem Becken zu formen. Flink setzen sich die Fischchen in Bewegung, schossen hierhin und dorthin, bildeten Muster, die gleich wieder zerfielen und sich neu formten, jedes Tier ein kleines Teilchen einer Schriftseite oder eines Symbols.

»Ja, meine Memo-Fische«, lächelte der Archivar. »Sie sind ein bisschen außer Übung, so wie ich. Schon seit vielen Jahren hat mir niemand mehr eine Frage gestellt. Niemand hat sich hergetraut. Also, was wollt ihr wissen?«

»Die Regentin«, sagte Rena schnell. Ihr Herz schlug schnell. »Wir müssen mehr über die Regentin erfahren. Niemand scheint besonders viel über sie zu wissen. Die Leute sagen nur, dass damals alles besser war.«

Der Archivar nickte. Lange Zeit bewegte er die Hände über dem Becken, während die vier Reisenden warteten. Rena versuchte die Symbole mitzulesen, die die Fische bildeten, aber es ging alles viel zu schnell.

Schließlich kehrte der Alte wieder zu seiner Matte zurück und bedeutete ihnen, sich zu setzen. »Sehr aufschlussreich«, bemerkte er. »Das meiste davon hatte ich schon wieder vergessen. Nun, das Gedächtnis sagt, dass es schon sehr lange Regentinnen auf Daresh gibt. Früher hat man sie verehrt und geschätzt, weil sie zwischen den Gilden, die sich noch nie leiden konnten, den Frieden gehalten haben und bei Streitfällen entschieden, wer Recht hatte. So konnte ein Krieg verhindert werden. Um ihr Schutz zu gewähren, hat ihr jede Gilde jedes Jahr eine bestimmte Zahl von Männern für ihre Palastwache geschickt – es war ein Ehrenamt. Sie mussten allerdings ihrer Gilde abschwören, um ihr zu dienen.«

»Beim Feuergeist, er meint die Farak-Alit!« stöhnte Alix. »Was ist bloß geschehen, dass sich im Laufe der Zeit alles so verändert hat?«

»Die Dokumente sagen, dass es vor etwa hundertfünfzig Wintern begann. Eine Regentin erkrankte schwer und hatte nur wenig Zeit, ihre Nachfolgerin auszuwählen, bevor sie starb. Ihre Wahl war keine glückliche. Die neue Regentin war jung und unerfahren. Sie brauchte Berater und ihre Berater gaben nicht immer gute Ratschläge. Vielleicht lag es an ihnen, dass die junge Regentin so ehrgeizig wurde. Sie war nicht zufrieden, dass die Gilden sich selbst regierten und sie nur dazu da war, das Gleichgewicht zu halten. Jahr für Jahr, in winzigen Schritten, sodass es kaum jemand merkte, zog sie mehr Macht an sich. Auch der Clan ihrer Berater wurde immer wichtiger, obwohl sie versuchten, das geheim zu halten. Aber es gelang ihnen nicht ganz, nein!« Der Archivar lachte heiser. »Eines Tages tauchte einer von ihnen, der die Felsenburg verlassen hatte, bei meinem Vorgänger auf und erzählte ihm die ganze Geschichte.«

Rena wagte kaum zu atmen und merkte, dass es ihren Freunden ähnlich ging. Das war ungeheuerlich! Berater? Meinte der Archivar etwa diese unterwürfigen Gestalten in schlichten schwarzen Kapuzenmänteln, die der Regentin dann und wann etwas ins Ohr flüsterten?

»Nach einer Weile kamen die Berater fast nur noch aus zwei oder drei Familien. Sie wurden so mächtig, dass sie bei der Auswahl der Nachfolgerin mehr zu sagen hatten als die Regentin selbst«, berichtete der alte Wasser-Gilden-Mann. »Um ihre Macht zu behalten und auszubauen, wählten sie schwache, boshafte Frauen für die Rolle aus. Die vorletzte Regentin wollte sich nicht an diese Spielregeln halten und starb nach zwei Jahren im Amt an einer geheimnisvollen Krankheit. Die letzte Regentin – sie wurde vor neunzig Wintern bestimmt – war bereits vollkommen von den Schwarzen Kutten abhängig. Ich glaube nicht, dass sie mehr als eine Marionette war. Tja, und die neue Regentin, die seit fünf Monaten im Amt ist ... Man sagt, dass sie die Tochter eines Beraters und ihm völlig ergeben ist. Was seither geschehen ist, wisst ihr selbst. Meine Vermutung ist, dass die Berater die Herrschaft über die Gilden bekommen wollen, um die absolute Macht auf Daresh zu gewinnen.«

Ein paar Minuten lang war es auf der Lichtung vollkommen still. Dann atmete Alix tief ein. »Meister, Ihr habt enormes Glück, dass Ihr noch am Leben seid.«

»Kein Glück – Morok«, sagte der Archivar. »Die Regentin und ihre Helfer haben schon oft versucht, mich töten zu lassen.«

»Wie viele von diesen Schwarzen Kutten gibt es eigentlich?«, fragte Rena.

»Das weiß niemand. In einem Dokument wird ihre Zahl auf zwischen zehn und fünfzehn geschätzt, alles Männer. Aber es ist schon einige Jahrzehnte alt.«

»Die Kerle sind mir nie aufgefallen, wenn ich in der Felsenburg war«, gestand Alix.

Dagua war aufgestanden und ging ruhelos auf und ab. »Was sie mit Daresh machen, dürfen wir nicht hinnehmen. Archivar, gibt es eine Möglichkeit, die Macht der Regentin zu brechen und die Schwärzlinge auszuräuchern?«

»Ja, die gibt es«, bemerkte der Alte. Seine Zuhörer riss es von ihren Plätzen im Sand.

»Dem Erdgeist sei Dank«, seufzte Rena. »Wie müssen wir es anfangen?«

»Langsam, langsam«, sagte der Archivar und lehnte sich bequem zurück. »Was bekomme ich dafür?«

»Was Ihr dafür bekommt?«, brauste Dagua auf. »In der Legende steht kein Wort darüber, dass man etwas dafür bezahlen muss, wenn man das Wissen im Gedächtnissee nutzen will!«

Der Archivar winkte ab. »Die blöde alte Legende ist sowieso längst überholt.«

Dagua und Alix knirschten fast mit den Zähnen, aber offensichtlich dachten sie an die Raubqualle und beherrschten sich.

»Gold braucht ihr nicht, ein Boot scheint ihr noch nie nötig gehabt zu haben – was könnte euch überhaupt etwas nützen? Ich werde euch mit Vergnügen ein neues Sonnensegel schneidern lassen, wenn Ihr eins braucht«, sagte Dagua kühl.

»Oh, nein, nein, danke. Ich hatte eher an einen Nachfolger oder zumindest etwas Gesellschaft gedacht. Es ist ein bisschen einsam hier, wisst ihr, und Morok ist nicht so besonders gesprächig.«

Daguas Gesichtsausdruck wurde wieder milder. »Natürlich. Entschuldigt. Ich werde euch jemand schicken lassen und der Bann soll uns egal sein. Dieses Wissen darf nicht verloren gehen, es ist wichtig für ganz Daresh.«

»Ich danke Euch. Ich habe mich nicht in Euch getäuscht, Dagua«, sagte der Archivar und lächelte. »Wisst Ihr, meine ersten Dokumente über Euch sind bereits dreißig Winter alt. Ich habe schon früh von Euch erfahren, o ja ...«

»Mag sein, aber das ist nicht wichtig«, unterbrach Dagua den Archivar verlegen. »Was wir brauchen, sind mehr Informationen darüber, wie wir mit den Schwarzen Kutten fertig werden können.« Er bewegte die Hand schnell in einem Zeichen, das Rena nicht verstand. Doch sie vergaß ihre Neugier darüber, was der Mann der Wasser-Gilde wohl zu verbergen hatte, schon bald, denn der

Alte nickte und beugte sich dann wieder über das Becken mit den Memo-Fischen. »Mit der Kraft des Schwertes sind sie jedenfalls nicht zu besiegen, dazu sind sie zu raffiniert. So, mal sehen, was ich dazu habe ...«

Die winzigen Fische glitzerten im flachen grünen Wasser, als sie hin- und herschossen und Muster bildeten. Zwanzig Atemzüge lang sah ihnen der Archivar zu, dann setzte er sich wieder zu ihnen und fragte. »Was wisst ihr über die *Quelle*?«

Mit einem Schlag war Rena hellwach. Sie setzte zum Sprechen an und verstummte dann doch wieder. Beinahe hätte sie sich verraten!

»Was für eine Quelle?«, fragte Rowan mit hochgezogenen Augenbrauen.

»Man sagt, dass die Regentin in ihrer Burg so ein Ding hat, einen Springbrunnen mit magischen Kräften«, erklärte Alix. »Angeblich verwandelt sie dich in einen haarigen Halbmenschen, wenn du das Wasser trinkst.«

Rena musste lächeln. Ein kleiner wahrer Kern war wohl in jedem Gerücht.

»Ich habe gehört, dass die Regentin jeden Tag daraus trinkt, um länger zu leben«, widersprach Dagua. »Aber die meisten Leute glauben das nicht und ich halte es auch für Unsinn. Schließlich gab es auch Regentinnen, die früh gestorben sind.«

»Ihr irrt euch, meine Freunde. Die *Quelle* hat nie einen Tropfen Wasser von sich gegeben. Sie ist der Ursprung einer besonderen Kraft«, sagte der Archivar. Seine seltsamen goldenen Augen ruhten auf Rena, als ahnte er, dass sie mehr über die *Quelle* wusste als die anderen, obwohl sie still blieb. Vielleicht spürt er es an mir, weil er das Blut von Krötenmenschen in den Adern hat, überlegte Rena und merkte, wie Gänsehaut ihre Arme überzog.

»Sie lockt die Halbmenschen an und hält sie fest, indem sie ein Stück ihrer Lebenskraft aufsaugt und erst loslässt, wenn man es ihr befiehlt«, erklärte der Archivar. »Man sagt, dass ein Volk sie geschaffen hat, das viel, viel älter ist als die Gilden, das es schon gab, als die Felsenburg noch nicht existierte. Ein Volk, das auf Daresh lebte und noch nicht aus Voll- und Halbmenschen bestand, sondern das eins war. Doch sie gebrauchten ihre große Macht nicht gut, ihr Erbe teilte sich und seither gibt es zwei Völker auf unserer Welt. Vielleicht spielte die *Quelle* dabei eine Rolle, das weiß man nicht mehr. Man weiß, dass sie tief in der Erde vergraben wurde, an dem Ort, den man heute den Kahlen Fleck nennt, weil danach nie mehr etwas darauf wachsen wollte. Lange Zeit war das ein heiliger Ort der Halbmenschen.«

»Ein passender Treffpunkt für die Delegationen!«, murmelte Rowan, und Alix zischte ihm zu, er solle still sein, für Bemerkungen sei später noch Zeit.

»Nun ja, vor hundertzwanzig Wintern entschied die Regentin nachzuforschen und ließ dort graben. Sie gruben die *Quelle* aus und brachten sie in die Felsenburg. Das ging nicht ohne einen großen Kampf ab, bei dem viele der Verteidiger ihr Leben verloren. Damals kam ein Halbmensch, der alles mit angesehen und überlebt hatte, zu meinem Vorgänger und berichtete davon. So kam das Wissen in den See. Kurz darauf begann die Regentin, Halbmenschen als Sklaven in ihre Burg zu holen; ich kann nur vermuten, dass es etwas mit der *Quelle* zu tun hat.«

»Aber was für eine Rolle spielen die Schwarzen Kutten dabei?«, entfuhr es Rena.

»Eine große«, kicherte der Archivar. »Denn die Regentin und ihre schlechten Berater wussten nicht, *was* sie sich da eigentlich in die Burg holten. Ich glaube, sie wissen es bis heute nicht. Die *Quelle* hat viel mehr Macht, als sie ahnen.«

»Ein Krötenmensch hat mir mal so was angedeutet«, meinte Dagua. »Aber sie halten es vor den Vollmenschen geheim.«

»Ja. Aber einer von ihnen hat sich entschieden, es für den See zu erzählen. Er hat mich darum gebeten, es nur an Menschen weiterzugeben, die würdig sind, es zu wissen. Ich finde, das seid ihr.«

Sie murmelten ihren Dank und ernst fuhr der Archivar fort: »Die *Quelle* hat große Kräfte. Sie kann die Wände der Felsenburg wackeln und den Berg über ihr einstürzen lassen. Sie kann jedem, auch Vollmenschen, Tieren und Pflanzen im Umkreis von zwanzig Baumlängen die Lebenskraft entziehen und in sich speichern. Aber das würde nur geschehen, wenn man sie entfesselt. Man kann sie auch auf ein bestimmtes Ziel richten und ihr das Signal geben, etwas zu bewirken.«

»Beim Feuergeist«, sagte Alix. Sie war blass geworden. »Was für eine Waffe!«

»Wie steuert man sie?«, fragte Rena neugierig. »Steht darüber auch etwas im Gedächtnis?«

»Mit seinem Geist. Man muss sie in der Hand halten und seine Gedanken auf ein Ziel bündeln. Nicht jeder kann mit ihr umgehen, es heißt, dass man mit ihr Kontakt haben muss«, erklärte der Archivar. »Ich weiß auch nicht, was damit gemeint ist, aber so ist es überliefert.«

Rena nickte. Sie wusste, was damit gemeint war! Es musste ein schreckliches und wunderbares Gefühl sein, die *Quelle* nicht nur zu berühren, sondern sogar in der Hand zu halten. Nicht nur eine Sekunde lang, sondern eine Stunde oder mehr.

Als sie sich von dem alten Archivar verabschiedeten, waren sie alle aufgeregt und noch ein bisschen betäubt von den vielen Dingen, die sie erfahren hatten.

»Jetzt wissen wir wenigstens, mit was für einem Gegner wir es zu tun haben«, sagte Dagua. Rowan nickte. »Ein mächtiger Gegner, aber mit der *Quelle* haben wir auch eine mächtige Waffe.«

»Noch haben wir sie nicht«, wandte Rena ein. »Und ohne die Unterstützung aller Gilden und der Halbmenschen wäre unser Sieg hohl, dann wären wir nicht mehr als billige Attentäter. Vergessen wir nicht, worum es uns eigentlich geht.«

Unwillkürlich blickten sie nach Norden, zur Felsenburg hin. Noch ein paar Wochen, dann war sie zurück im Weißen Wald. Rena war nicht die Einzige, die sich fragte, ob sie diese Rückkehr überleben würden.

III

Der Pakt

Zurück im Weißen Wald

»Wie lange waren wir eigentlich unterwegs? Ein paar Winter?«

Alix lachte. »Ich glaube, du lebst in einer anderen Welt, Rena. Wir haben jetzt die Woche des Phönix, das bedeutet, es war gerade mal ein einziger Herbst. Aber du bist aufgeschossen wie ein Lanzenbaum. Rostfraß und Asche, du gehst mir ja schon fast bis zum Kinn!«

»Nicht mehr lange – ich hol dich schon noch ein.«

»Aber nicht bevor wir in der Felsenburg stehen!«

Sie waren übermütig, denn sie wussten alle, dass sie bald am Ziel waren und auch noch rechtzeitig. Es blieben noch vier Tage bis zur Sonnenfinsternis. Dagua tanzte um Alix herum und tat so, als wolle er Schwerthieben ausweichen. »He, he! Ein bisschen langsam seid Ihr ja geworden, meine Gute!«

Alix tat so, als wolle sie ihn ohrfeigen, doch im letzten Moment schoss ihre andere Hand vor und eine Hand voll Erde verteilte sich auf Daguas grauen Haaren.

»Na warte, du Hexe!« sagte Dagua und nahm eine Wasserkugel von seinem Gürtel. Flink glitt Alix hinter einen breiten Baumstamm und lugte grinsend dahinter hervor. »Auf was soll ich warten?«

Die Kugel klatschte neben ihrem Gesicht auf und Alix brachte sich wieder hinter dem Baum in Sicherheit. Rowan applaudierte und auch in seine Richtung sauste eine Wasserkugel. Sofort murmelte er ein Kommando, der Pfadfinder hob ab und schlug so schnell mit den Flügeln, dass er über Dagua in der Luft hing. Wahrscheinlich lautete sein Befehl, den alten Mann mit einem dicken weißen Klecks zu treffen.

Keiner bemerkte, dass eine von ihnen kein einziges

Wort mehr sagte und sich auch nicht an dem Herumgealber beteiligte. Rena achtete nicht darauf, was die anderen taten. Ihre Muskeln waren gespannt, alle ihre Sinne auf einen Punkt jenseits des Horizonts gerichtet. Die anderen ahnten noch nicht, dass sie beinahe da waren, doch Rena spürte es längst. Klar wie der Ton einer großen Glocke vibrierten die Stimmen der Bäume durch sie hindurch und Renas Herz schlug schnell. Noch ein Viertel Sonnenumlauf, vielleicht ein halber – dann war sie daheim! Sie war zurück im Weißen Wald von Alaak!

Ihr erster Weg führte zur Residenz von Renas Gilde. Rena war nervös – zwar waren das sozusagen ihre Leute, aber vielleicht war es gerade deshalb schwierig, sie für ihren Plan zu interessieren. Schließlich war Rena noch nicht einmal eine Meisterin.

Doch sie erlebte eine Überraschung. Als sie ihr Amulett vorzeigte, wurde sie sofort eingelassen, und als sie vor dem Rat von ihrer Mission erzählen wollte, ließ man sie kaum den ersten Satz aussprechen. »Aber ja«, sagte der älteste hohe Meister, ein rundlicher Mann, über den Rena schon seit ihrer Kindheit Geschichten gehört hatte. »Wir haben schon von Euch und Eurer Mission gehört, *tani*. Gute Sache, das. Wundert mich, dass *ich* nicht auf die Idee gekommen bin. Ja, ich bin ziemlich sicher, dass ich vor fünfzehn Jahren mal so was Ähnliches vorgehabt habe.«

»Ihr – habt von mir gehört ...?«

Ein Diener rückte einen Stuhl für sie heran. Ein anderer Diener drückte ihr einen Becher Orchideensaft und einen Teller mit delikaten Pflanzensprossen in die Hand.

»Selbstverständlich kennen wir Euch. Unter den Händlern erzählt man sich von Eurem Besuch in der Residenz von Eolus und selbst die Wasserleute kennen Euren Namen.«

»Äh, ja?«

»Ihr wollt also, dass wir zur Sonnenfinsternis eine Delegation zum Kahlen Fleck schicken? Ein paar Leute, die die Vollmacht haben, im Namen unserer allseits geliebten und geschätzten Gilde mit der Regentin den Frieden zu verhandeln?«

Rena nickte. Sie machte sich Sorgen. Wenn der hohe Meister Zeit und Ort des Treffens erfahren hatte, konnte es der Regentin auch schon zu Ohren gekommen sein.

»So soll es geschehen«, sagte der Gildenmeister. »Glaubt mir, junge Rena, wir haben alle genug von der Regentin und von diesen ewigen Gildenfehden. Ihr habt doch sicher gehört, dass sie angefangen hat, in den vier Bezirken lebende Bäume zu fällen? Wir haben uns schon bitter beschwert, aber sie antwortet nicht einmal. Unter den Füßen muss man ihr die Macht wegziehen, sonst hört das nie auf. Braucht Ihr eine Eskorte?«

Bevor es sich Rena versah, stand sie vor der Tür der Residenz, mit vielen guten Wünschen und einer halben Wagenladung Geschenken und Köstlichkeiten versehen, die sie unmöglich alle mitschleppen konnte. Die Eskorte hatte sie dankend abgelehnt.

»Hast du einen Handelsposten ausgeraubt?«, fragte Rowan verblüfft, als Rena zurückkam.

»Quatsch«, sagte Rena und lud die wenigen Geschenke, die sie mitgenommen hatte, bei ihm ab. »Halt mal. Meine Arme sind schon ganz lahm ...«

Die Wälder waren ruhig an diesem Tag, nur ein leichter Wind wehte. Das Geräusch ihrer Füße in den abgestorbenen Blättern trug weit in der klaren Luft. In diesem Teil des Waldes gab es an jeder Ecke Erinnerungen für

Rena. Zu gerne hätte sie Rowan davon erzählt, aber es war besser, jetzt nicht zu sprechen. Nicht weit von hier hatten sie einmal einen Nachtholz-Baum gefunden. Sein Holz hatte fast für einen ganzen Winter Arbeit ausgereicht. Selbst jetzt meinte sie, seine intensive dunkle Aura spüren zu können ...

In diesem Moment sah Rena aus den Augenwinkeln, dass eine cremefarbene Schnauzenspitze zwischen den schneeweißen Blättern hervorlugte. Sie erstarrte. Ohne den Kopf zu wenden, sagte sie: »Ganz ruhig, sagt nichts. Dort im Gebüsch ist ein Iltismensch. Den müssen wir uns schnappen. Wir brauchen ihn dringend, um mit den Halbmenschen Kontakt aufzunehmen.«

Als der Iltismensch ihre Stimme hörte, zog er den Kopf zurück, ganz langsam, Fingerlänge für Fingerlänge.

»Jetzt«, drängte Rowan flüsternd. »Sag die verdammte Formel jetzt, sonst ist er weg!«

Rena schloss die Augen und da waren sie wieder, die Worte, sicher in ihrem Gedächtnis. Sie brauchte sie nur noch laut auszusprechen: »*Grau wie das Wasser, rot wie der Mond, gelb wie die Flamme, weiß wie der Stern ...*«

Fünf Atemzüge lang passierte nichts. Dann kam aus den schwankenden Blättern ein Gesicht zum Vorschein, ein braun- und cremefarbenes Gesicht mit menschlichen Zügen und pelzigen Ohren.

»Wer bist du, wer, dass du diese Worte kennst?«, sagte der Iltismensch in seiner Sprache.

»Ich bin Rena von der Erd-Gilde. Wir brauchen eure Hilfe! Kannst du Cchrlanho für mich finden und ihm das sagen? Wir werden hier auf ihn warten.«

»Ich werde ihn für dich finden, finden werde ich ihn«, sagte der Iltismensch. Es raschelte kurz, dann war er verschwunden.

Sie beschlossen, sich zu verstecken, bis Cchrlanho kam, um nicht der ersten besten Patrouille in die Hände zu fallen. Rena zeigte Rowan und Dagua, wie sie im Stil der Erd-Gilde flache Gruben im Boden schaufeln mussten.

Als der zweite Mond gerade aufgegangen war, fühlte Rena, wie sie jemand am Fuß zog. Dagua stand neben ihr und starrte aufmerksam in eine bestimmte Richtung. »Riechst dus auch?« fragte er leise. »Sie müssen nah sein.«

Es war lange her, dass Rena den etwas ranzigen Geruch der Iltismenschen in der Nase gehabt hatte, aber sie erkannte ihn trotzdem sofort. »Sehr nah ...«

In diesem Moment raste eine dunkle Gestalt aus dem Wald hervor und warf sich auf Rena. Sie wurde umgeworfen und lag plötzlich mit dem Gesicht in einem Stapel muffig riechender toter Blätter. »Chrena«, hauchte eine Stimme in ihr Ohr und ein Atemhauch, der nach fauligem Fleisch roch, streifte sie. »Du bist da!«

»Cchrlanho, bist du das?« Rena schob den pelzigen Körper mühsam von sich herunter.

»Ja, Schwester, ja«, knurrte es zurück. »Die geheimen Worte hast du gesprochen, die Formel. Cchrlanho hat es nicht vergessen, nein, gekommen bin ich mit vier Brüdern.«

»Ich danke dir«, sagte Rena und freute sich. »Wir haben viel erlebt, viel. Wie geht es dem Caristan und den anderen?«

»Jammerhaft. Im tiefsten Wald sind sie, wo die Frau aus Stein keine Bäume tötet. Viele von uns sind jetzt dort, viele.«

»Sind auch die anderen Halbmenschen dort?«

»Viele, viele. Schande, es ist eine Schande.«

»Ja, das ist es, mein Freund.«

Daran, wie Rowan an seinem Halstuch zupfte, merkte Rena, dass er nervös war. Vielleicht hatte er noch nie einem lebenden Iltismenschen so nah gegenübergestanden. Als Rena ihren pelzigen Freund musterte, verstand sie, dass man leicht vor ihm Angst haben konnte. In seinem Mund glänzten die Fangzähne eines echten Raubtiers.

»Ich weiß nicht, ob du es verstehen wirst, ich weiß es nicht«, sagte Rena. »Cchrlanho, in den letzten Monaten bin ich zu allen Gildenräten gegangen. Alle möchten den Frieden. Aber wie ist es mit den Halbmenschen? Ich bitte dich, für mich zu gehen und zu fragen. Bitte die anderen Halbmenschen, in drei Tagen um Mitternacht auf die Lichtung zu kommen, die man den Kahlen Fleck nennt. Wenn die Frau aus Stein keinen Frieden macht, dann werden wir ihr ihre Macht nehmen.«

Cchrlanho blickte Rena an. Seine dunklen Augen schienen groß und spiegelnd. »Ich verstehe, ja. Wir kämpfen gegen die Frau aus Stein.«

Dann wirbelte er herum und verschwand lautlos im Wald.

Die vier sahen sich an. »Glaubst du, er hat es verstanden?«, fragte Rowan.

»Ich glaube, dass er verstanden hat, dass er zu den anderen Halbmenschen gehen soll – aber was er denen erzählen wird, das weiß nur der Geist der Wellen«, meinte Dagua. »Vielleicht hättest du ihm die Sache etwas ausführlicher erklären sollen.«

»Außerdem schafft er das nie in so kurzer Zeit«, sagte Rowan. »Weißt du eigentlich, wie viele Halbmenschenarten es im Weißen Wald gibt?«

»Ja, natürlich«, erwiderte Rena. »Aber die Sonnenfinsternis ist in drei Tagen. Jetzt heißt es alles oder nichts.

Außerdem – sobald die Regentin Wind davon bekommt, was wir vorhaben, rückt hier eine ihrer Hundertschaften an.«

»Wie kommen wir dann überhaupt in die Felsenburg? Einfach am Tor anklopfen?«

»Darin haben wir ja mittlerweile Übung.« Rena zuckte die Schultern.

»Ich glaube, da kann ich helfen«, sagte Rowan plötzlich. »Ich kenne den Mann, der für die Felsenburg Waren einkauft, ich habe oft mit ihm verhandelt. Er wiederum hat einen guten Draht zu Ennobar, einem der wichtigsten Vermittler der Regentin. Vielleicht können wir ihn bewegen herzukommen und selbst zu sehen, dass wir alle Gilden und Halbmenschen auf unserer Seite haben. Wenn uns jemand zur Regentin bringen kann, dann er.«

Als sie am Treffpunkt ankamen, war es noch dunkel und kühl, Tau bedeckte den Boden des Kahlen Flecks. Alix zündete eine Fackel an, sodass sie mehr von dem Ort sehen konnten, an dem sie sich befanden. Die Lichtung war so groß, dass hundert Menschen oder Halbmenschen darauf Platz hatten, ohne sich gegenseitig auf die Hufe oder Pfoten zu treten. Sie lag abgelegen mitten im Wald, weitab von den Garnisonen der Regentin, aber man konnte sie doch in weniger als einem Tagesmarsch erreichen.

Schweigend, angespannt sahen sie sich auf der Lichtung um: Rena lauschte auf verdächtige Schwingungen und beruhigte die Bäume: *Wir wollen euch nicht schaden, wir kommen in Frieden.* Alix schlenderte herum und kickte mit dem Fuß das weiße Laub auf dem Boden auf. Dagua und Rowan setzten sich im Schneidersitz auf den Boden und spähten wachsam in die Dunkelheit. Der Vertreter der Regentin, den sie tatsächlich hatten überreden können zu kommen, stand steif in der Mitte der Lichtung, hatte die Hände in den Taschen seiner Tunika vergraben und starrte missmutig in die Dunkelheit. Bedauerte er schon, dass er gekommen war?

Als die Sonne aufging, bekam der Himmel die Farbe von polierter Bronze und schien von innen heraus zu leuchten. Jetzt war es nicht mehr lange bis zur Finsternis. Rena versuchte hinaufzusehen, aber ihre empfindlichen Augen begannen sofort zu tränen – sie musste sich abwenden und sie mit dem Ärmel auswischen. Alix hatte da keine Probleme, sie starrte mit ruhigem Gesicht, ohne zu blinzeln, in das größte Feuer Dareshs. »Es wird jeden Moment beginnen«, sagte sie knapp. »Ich spüre es.«

Und tatsächlich – das Licht schien von Atemzug zu Atemzug schwächer zu werden. Eine unnatürliche Dämmerung legte sich über den Wald, als sich einer der Monde über die Sonne schob. Das kam alle paar Winter vor, schließlich hatte Daresh genügend Monde, aber Rena durchfuhr trotzdem jedes Mal ein tiefer Schauder, wenn es geschah.

Nun hatte der Mond fast die ganze Sonnenscheibe geschluckt. Selbst Dagua mit seinem flinken Mundwerk blickte nach oben und schwieg ehrfürchtig. Einige Atemzüge lang war es fast ganz dunkel, es war wie eine falsche Abenddämmerung. Nur am Horizont leuchtete noch ein schwacher Streifen Rot, sonst war der Wald in Dunkelheit getaucht.

Dann schob sich der gleißende Rand der Sonne wieder hervor und Licht überflutete den Weißen Wald. Mit jedem Moment wurde es heller, als der Tag zurückkehrte.

»Nun – wo sind Eure Delegationen?«, fragte Ennobar

kühl. »Wir sind doch zur rechten Zeit hier, nicht wahr?«

Keiner von ihnen wagte eine Antwort. Ihnen allen ging in diesem Moment nur eins durch den Kopf: Würde überhaupt jemand kommen?

Das große Treffen

Der Vermittler der Regentin blickte sie mit zusammengekniffenen Augen an. »So recht konnte ich ohnehin nicht daran glauben, dass diese verrückte Geschichte stimmt, die man mir aufgetischt hat. Eure Frechheit, mich für nichts und wieder nichts herzubringen, werdet Ihr bereuen. Dreimal zehn Atemzüge warte ich noch, nicht länger.«

Rena rief sich in Erinnerung, was sie über Ennobar erfahren hatte. Er war ein selbstsicherer, weltgewandter Mann, der früher einmal der Erd-Gilde angehört hatte. Um in den Dienst der Regentin treten zu können, hatte er seiner Gilde abschwören müssen. Seither lebte er in der Felsenburg und vermittelte – einst für die alte Regentin, nun für ihre Nachfolgerin, die Frau aus Stein.

»Habt Ihr so wenig Geduld?« fragte Rena.

Ihre Stimme klang schwächer, als ihr lieb war. Ennobar hatte Recht – wo waren die menschlichen Unterhändler, die die Hohen Meister der Gilden ihr versprochen hatten? Was war mit den Halbmenschen – vielleicht hatte Cchrlanho die Nachricht nicht richtig verstanden?

»Die Leute meiner Gilde werden kommen und die Storchenmenschen«, sagte Rowan fest.

»Auch die Feuerleute werden hier sein«, knurrte Alix. »Der Rat hat sein Wort noch nie gebrochen, seit fünfzig Generationen nicht.«

»Solange noch ein einziger Baum steht, kann man sich auf meine Hohen Meister verlassen«, schob Rena nach.

»Aber wo sind sie dann? Die Sonne ist wieder frei und hell – und niemand ist hier.«

Rowan zog Rena beiseite. »Sag mal, hast du eigentlich den Natternmenschen gesagt, dass die Iltisse kommen? Schließlich sind die Schuppigen eine ihrer Lieblingsspeisen.«

»Nein«, gestand Rena. »Ich habe einfach nur gesagt, dass alle kommen sollen.«

»Was ist, wenn die einzelnen Gruppen sich gegenseitig an die Kehle gehen? Wir könnten nicht verhindern, dass es hier ein Massaker gibt.«

»Beim Erdgeist«, sagte Rena ärgerlich. »Hör doch auf, Rowan. Jeder von denen weiß, dass es eine Friedenskonferenz ist. Sie werden sich schon benehmen.«

»Ich gehe jetzt«, unterbrach sie Ennobar kühl. »Meine Zeit ist zu wertvoll um sie hier zu verschwenden.«

Er wandte sich um. Wie betäubt sah Rena ihm hinterher, wie er durchs Laub davonstapfte. Es war so schwierig gewesen, jemanden aus der Felsenburg hierher zu bringen und nun verschwand er einfach wieder!

Doch der Vertreter der Regentin hatte nicht mit Alix gerechnet. Plötzlich stand sie vor ihm, ganz dicht, und vertrat ihm den Weg. Ihre grünen Augen waren halb geschlossen, aber in den Tiefen der Iris glomm es gefährlich. Ennobar blickte auf Alix' Hand, die auf ihrem Schwertknauf lag, und schluckte. »Die dreimal zehn Atemzüge sind noch nicht um«, sagte die Frau der Feuer-Gilde höflich. »Ihr wollt uns sicher noch nicht verlassen, guter Mann? Das wollt Ihr doch sicher nicht tun?«

»Äh«, sagte Ennobar. »Nein. Mir war nicht klar, dass die Zeit noch nicht um ist.«

»Gut«, sagte Alix, ohne sich von der Stelle zu rühren. Noch ein paar Momente lang standen sich die beiden gegenüber, dann wandte sich Ennobar um. Mit kerzengerader Haltung marschierte er zurück zur Mitte der Lichtung.

Dankbar wollte Rena ihrer Freundin zulächeln, aber in diesem Moment hörte sie Daguas Ruf: »He, da ist ja schon jemand! Einer musste ja den Anfang machen! O nein ... es sind ausgerechnet die Katzenmenschen! Diese alten Fischfresser!«

»Verdammt, halt doch den Mund, Dagua! Die können dich hören«, zischte Alix.

Dagua grinste nur und verbeugte sich in Richtung der Katzenmenschen, die sich noch nicht recht heraustrauten. Nur ihre zuckenden Ohren lugten über dem Gebüsch am Rand der Lichtung hervor.

»Nur herbei, meine Damen, keine falsche Schüchternheit«, rief Dagua. Ein mürrisches Fauchen kam zur Antwort und ein narbenbedeckter alter Kater mit faltigem Gesicht und steifen Bewegungen schlich hervor. »Isch sehe hier keine Damen«, sagte er in Daresi.

»Keine Angst, die kommen noch«, versicherte ihm Dagua.

Keine zehn Atemzüge später behielt er Recht. Zwei Menschen in langen schwarzen Umhängen mit Kapuzen traten zwischen den Bäumen hervor. Rena spürte, wie ein Ruck durch Alix ging, die neben ihr stand – schwarz war die Farbe der Feuer-Gilde.

Vorsichtig sahen die beiden sich um und hielten ihre Waffen bereit, bis sie sich überzeugt hatten, dass die kleine Gruppe in der Mitte der Lichtung harmlos war. Dann gingen sie mit langen Schritten auf Rena und Alix zu. Mit einer schnellen Bewegung warfen sie ihre Kapuzen zurück. Es waren ein Mann und eine Frau. Der Mann hatte ein kantiges Gesicht, das von einem dunklen Bart umrahmt wurde, die Frau schulterlange schwarze Haare und einen intelligenten wachen Blick. Beide trugen unter den dunklen Umhängen prächtige rote Lederkleidung, die mit Silber und edlen Steinen besetzt war.

»Frieden den Gilden«, sagte der Mann. »Es tut gut, dich wieder zu sehen, *tani*.«

»Dem Feuergeist sei Dank, Elro, dass sie dich geschickt haben«, seufzte Alix, und dann fielen sie und der Bärtige sich in die Arme und klopften sich auf den Rücken. Rena beobachtete die beiden erstaunt, doch dann erinnerte sie sich, wer Elro war: Alix' alter Freund und Mentor, derjenige, der ihr empfohlen hatte, die Arbeit als Agentin an den Nagel zu hängen. Derjenige, mit dem sich Alix an ihrem letzten Abend im Turm des Hohen Rates so entsetzlich mit Beljas berauscht hatte, in dieser Nacht, als Alix' Reise endete und Renas Reise begann.

O nein, dachte Rena und wäre am liebsten in irgendeinen Tunnel im Boden gekrochen. Damals hatte sie sich als Mitglied der Feuer-Gilde ausgegeben und Elro hatte ihr falsches Amulett ganz genau gesehen! Womöglich würde er sie an Ort und Stelle für ihren Frevel verdammen. Außerdem kannte er sie nur als Alix' »Lehrlingsmädchen«, und so konnte sie schon einmal sicher sein, dass er sie nicht ernst nehmen würde.

Elro wandte sich an Rena und musterte sie mit einem langen Blick. Jetzt kommts, dachte Rena. Doch der Mann der Feuer-Gilde verbeugte sich leicht vor ihr, eine Geste, die höchstens einer Gleichgestellten zuteil wurde. Überrascht blinzelte Rena. »Ich habe viel von Euch gehört in den letzten Monaten«, sagte Elro mit einem feinen Lächeln und seine Augen verließen ihr Gesicht keinen Moment lang. »Eine bemerkenswerte junge Dame seid Ihr, Rena ke Alaak, und eine *Quelle* immer neuer ungewöhnlicher Ideen.«

Er hat uns beobachten lassen, dachte Rena und lächelte höflich zurück, obwohl ihr innerlich kalt war. Natürlich hatte Elro das Wort »*Quelle*« so betont, weil er andeuten wollte, dass er über ihre Vergangenheit Bescheid wusste. Richtig eingesetzt war das eine Waffe, die die Verhandlungen sprengen konnte. Nun gut, immerhin schien Elro nicht vorzuhaben, ihr ihre Rolle als falsche Feuerfrau vorzuwerfen, das war schon etwas ...

Dann fiel Rena ein, dass sie vergessen hatte, es ihrer Freundin zu erzählen. Alix wusste immer noch nicht, was damals in der Felsenburg geschehen war! Als Alix noch ihre Herrin gewesen war, hatte Rena keine Bedenken gehabt, es geheim zu halten, aber jetzt war es ein gefährlicher Vertrauensbruch. Warum hatte sie nicht schon früher mit offenen Karten gespielt? Auf der Gedächtnisinsel wäre die Gelegenheit günstig gewesen!

Rena begann zu schwitzen und sie sah, dass Elro es bemerkte. Das halbe Lächeln schwebte noch immer auf seinem Gesicht, als er sich abwandte und sich und seine Begleiterin Dagua und Rowan vorstellte.

Ich mag ihn nicht, dachte Rena, und ein Gefühl drohender Gefahr kroch in ihr hoch.

Sie hätte zu gerne gewusst, was für Anweisungen er von seinem Rat bekommen hatte, wie er taktieren sollte, was er anbieten durften, wann er drohen konnte.

Rena überlegte hin und her, wie sie es Alix beibringen

sollte, dass sie die ganze Zeit ein Geheimnis vor ihr gehabt hatte. Hier, vor all den Leuten, ging es sowieso nicht. Die Chancen, sie ein paar Atemzüge allein zu sprechen, standen schlecht.

Wie weiße Schemen lösten sich die beiden Delegierten der Erd-Gilde aus den Bäumen, sahen sich um und kamen dann auf Rena zu, um sie zu begrüßen. Erleichtert ging sie ihnen entgegen. Jetzt fehlten nur noch die Leute der Luft-Gilde – und die anderen Halbmenschen.

Sie mussten nicht mehr lange warten. Rowan erspähte zwei Storchenmenschen, die schon wartend in einer Baumkrone hockten und nun vorsichtig herabflatterten. Das schien eine Art von Signal gewesen zu sein, denn nun kamen die Halbmenschen von allen Seiten, quollen aus den Schatten wie eine seltsame zerlumpte Armee. Von jeder Art kamen mindestens ein oder zwei. Die Krötenmenschen rückten sogar zu viert an – wahrscheinlich fühlten sie sich in der Gruppe sicherer. Die Vollmenschen starrten sie fasziniert an, denn diese scheue Halbmenschenart hatte kaum einer von ihnen schon einmal gesehen. Cchrlanho war mit zwei älteren Begleitern erschienen.

Unwillkürlich scharte sich die kleine Gruppe der Menschen enger zusammen, wie um Schutz zu suchen vor dem, was die tiefen Wälder da auf einmal von sich gaben.

Doch Rena hatte gar keine Zeit, ein mulmiges Gefühl zu bekommen. Sie war viel zu beschäftigt damit, den aufgeregten Unterhaltungen der Halbmenschen zu lauschen.

»... nie gegeben hat es das, nie, sogar die Kröten hier ...«

»... kam auf einmal einer von den Caristani und

sagte, dass es hier eine Versammlung gebe, ein junger, ganz jung ...«

»... so viele Dörflinge schon hier, nicht geheuer ist das, nicht geheuer ...«

Rena spürte, dass es Zeit war, einzugreifen. Sie trat vor und sagte laut: »Seid willkommen. Habt keine Angst vor den Dörflingen hier. Wir wollen alle den Frieden und –«

Weiter kam sie nicht.

»Cchie ist die Frau der taussssend Zungen!«, rief einer der Iltismenschen in Daresi. »Cchie ist es!«

»Wür habün von ühr gehört!«, sagte der Hirschmensch und fuhr in seiner Sprache fort. »Ist es wahr, dass sie jedes Wesen versteht, jedes Wesen? Ist es wahr, dass sie uns gegen die Frau aus Stein helfen will?«

»Es ist wahr«, antwortete Rena schlicht.

Ein Raunen und Murmeln erhob sich über den Reihen der Halbmenschen.

Rena merkte, dass ihre Freunde sie mit einem Was-zum-Teufel-soll-das-bedeuten-Blick ansahen. »Was ist denn in die gefahren?« flüsterte Alix. »Bist du so eine Art neue Heilsbringerin oder was?«

Rena wedelte mit der Hand und hoffte, dass Alix das so interpretieren würde, dass sie alles später erklären würde. Dann wandte sie sich den Halbmenschen zu, die sich misstrauisch gegenseitig beäugten und alle paar Momente zu Rena hinüberschielten. »Wir müssen jetzt alle an einem Strang ziehen.«

»Strang, was für ein Strang?« murrte der Katzenmensch in seiner Sprache.

»Wo sollen wir ziehen?«

»Was meinst du mit alle, Frau?«

»Wir alle«, rief Rena. »Voll- und Halbmenschen.«

»Unverschämtheit!«, zischelte ein Natternmensch. »Uns

mit den haarigen Biestern in eine Grube zu werfen. Haarig sind sie, haarig. Geradezu widerlich.«

»O ja«, sagte Cchrlanho und verzog das Gesicht zu einem Grinsen. »Halbmensch ohne Haar schmeckt wirklich besser, ja.«

Ein Flügel wurde ihm rechts und links um den Kopf geknallt. »Möge dir eines Tages eine Feder im Schlund stecken bleiben und dich ersticken, Barbar!«, zischte der Storchenmensch.

Rena schüttelte den Kopf und bedeckte das Gesicht mit den Händen. Es war einfach eine miese Idee gewesen, die verschiedenen Halbmenschenarten zusammenzubringen, mies, mies und noch mal mies ... Wie hatte sie sich einbilden können, dass sich so Frieden schaffen ließ? Bestimmt würde gleich das Gemetzel losgehen.

Doch es blieb ruhig. Langsam ließ Rena die Hände wieder sinken – und schrak zurück. Keine Armlänge von ihr entfernt drängten sich die Halbmenschen um sie, glotzten sie neugierig und etwas unsicher an und versuchten festzustellen, was sie da machte.

»Ich glaube, sie ist nicht wütend«, stellte ein Hirschmensch fest.

»Aber sie macht da irgendwas mit den Mundwinkeln, irgendwas«, sagte der Storchenmensch.

»Das ist ein Lächeln, du Sack voll Federn«, sagte der narbige alte Katzenmensch.

»Es war nicht so gemeint«, maunzte Cchrlanho und blickte treuherzig drein. »Ich mag Natternmensch eigentlich gar nicht. Ehrlich. Und dass ich Storch gegessen hätte, Storch, ist schon so lange her, dass ich mich gar nicht erinnern kann.«

»Schon in Ordnung«, sagte Rena und seufzte. »Ihr

braucht euch nicht zu mögen. Aber wenn ihr mit der Frau aus Stein abrechnen wollt, dann müsst ihr jetzt zusammenhalten. Der Moment und der Tag sind gekommen, um euer Recht zu fordern.«

»Aber keinen Atemzug zu früh!«

»Ich werde ihr jeden Finger einzeln abbeißen, jeden Finger!«

»Überlasst sie uns!«, blubberten die Krötenmenschen im Chor.

»Nein, nein«, wehrte Rena ab. »Getötet wird hier niemand. Es geht um eure Rechte. Was ist euch denn überhaupt wichtig?«

»Die *Quelle*, die *Quelle*!«

»Dass wir behandelt werden wie die Dörflinge auch, wie die Dörflinge!«

»Dass die Soldaten uns nicht einfach töten können, wenn ihnen danach ist!«

»Gut, wir müssen versuchen, was wir davon in der Felsenburg durchbringen. Aber ein paar von euch sollten zu den Verhandlungen mitgehen. Eigentlich dachte ich an sechzehn von euch, von jeder Art einen.«

Entsetztes Gequake, Gefauche und Geblöke hallte durch den Wald. »Niemals gehen wir in die Burg der Frau aus Stein, niemals!«

»Na gut«, sagte Rena hastig. »Ich sehe ja ein, dass es dann zu voll wird. Aber ihr braucht wirklich keine Angst zu haben, sicher können wir die *Quelle* unter unsere Kontrolle bringen, so dass sie keine Gefahr mehr für euch ist. Gibts irgendwelche Freiwillige?«

Viele Atemzüge lang war es auf der Lichtung still. Die Halbmenschen entwickelten eine beachtliche Geschicklichkeit darin, Renas Blick auszuweichen. Zögernd trat schließlich Cchrlanho vor.

»Ich gehe mit dir, Chrena, mit dir«, sagte er und seufzte. Seine älteren Kollegen blickten verlegen zur Seite und waren plötzlich sehr damit beschäftigt, sich das Fell zu kratzen.

»Ich werde nicht mitgehen«, meldete sich nach einem weiteren Atemzug ein Storchenmensch und strich sich mit einem hochmütigen Blick das Gefieder glatt. »Aber ich werde mitfliegen, das werde ich.«

»Na gut«, ergänzte ein Krötenmensch. »Ich bin auch dabei, Frau der tausend Zungen. Aber ich werde Wasser mitnehmen müssen, Wasser, denn meine Haut darf nie austrocknen.«

Rena übersetzte den Menschen, dass jetzt drei Freiwillige zur Verfügung standen.

»Das ist gut, das reicht schon«, mischte sich Alix mit honigsüßer Stimme in die Diskussion ein und schob sich näher an Rena heran, eifersüchtig beobachtet von einem Dutzend halbmenschlicher Augenpaare. Sie machte eine Bewegung, als wolle sie Rena am Arm greifen, aber als sich der Kreis der Halbmenschen drohend enger zog, überlegte sie es sich noch einmal. »Würdest du mir jetzt bitte erklären, woher du die Sprache –«

Sie kam nicht dazu ihren Satz zu beenden.

Eine furchtbare Gestalt hinkte auf die Lichtung, ein Geschöpf aus einem Albtraum. Auf den ersten Blick schien es am ganzen Körper schwarz zu sein, die Haut schien ihm in Fetzen herunterzuhängen. Erschrocken stoben die Halbmenschen auseinander und die Storchenmenschen flatterten schwerfällig auf und bemühten sich so schnell wie möglich Höhe zu gewinnen.

Die Menschen auf der kleinen Lichtung konnten nichts tun, außer auf die schwarze Gestalt zu starren. Sie schleppte sich vorwärts, obwohl es aussah, als würde sie jeden Moment zusammenbrechen. Sie schleppte sich zielsicher auf eine bestimmte Person zu. Auf Rena.

Im Schwarzen Nest

Entsetzt wollte Rena zurückweichen, doch dann dämmerte ihr langsam was oder eher wer das sein konnte. Als das unheimliche Wesen näher herankam, sah sie, dass die Fetzen nur aus Kleidung bestanden. Das Gesicht war ruß geschwärzt, aber es gehörte einem ganz normalen Menschen – einem hoch gewachsenen Mann mit versengtem silbergrauen Haar und blassblauen Augen, in denen jetzt Schmerz und Schrecken standen.

Als Rena in diese Augen blickte, erkannte sie ihn. »Okam! Was ist Euch passiert?«

»Das Grasmeer ...«, stöhnte die Gestalt. »Jemand hat das Grasmeer angezündet ...«

Als sie Offizier Okams Wunden versorgt und es ihm unter einem großen Colivar bequem gemacht hatten, stellte sich heraus, dass er nicht schwer verletzt, sondern vor allem erschöpft war. Bald konnte er ihnen genauer erzählen, was geschehen war. »Es begann ganz plötzlich«, berichtete er. »Ich war mit meinen Leuten auf Patrouille, als wir den Brand sahen. Wir sind nach Eolus zurückgekehrt und haben die Stadt verteidigt, aber wir konnten nicht verhindern, dass es auf das ganze westliche Grasmeer übergriff. Fast alles ist verbrannt. Viele haben ihr Leben verloren.«

»Wer hat es getan? Wer ist Schuld?« Rowans Gesicht war so weiß wie das Gefieder seines Pfadfinders.

»Die Feuer-Gilde«, sagte Okam. »Wir haben eine Botschaft erhalten und zudem wurde in dem Gebiet ein verdächtiger Mann mit den Abzeichen der Brandstifter gesehen.«

»Unmöglich!« brüllte Alix. »Rostfraß und Asche, keiner von uns würde so etwas tun! Jemand in einem ehrlichen Kampf zu töten, das ist in Ordnung, aber so etwas ist unter der Würde meiner Gilde! Die Botschaft muss falsch sein und Abzeichen kann man leicht fälschen.«

»Ach wirklich?«, fragte Rowan. Seine Lippen waren zusammengekniffen. »Ist es so unwahrscheinlich, dass die Brandstifter das getan haben?«

Alix wirkte betroffen. »Du glaubst doch nicht wirklich ... Rowan, bitte, denk mal nach. Was hätten wir denn davon? Ich schwöre dir, ich gebe dir mein Wort, meine Gilde war es nicht!«

Rena erinnerte sich daran, wie sie damals auf der Anhöhe gestanden und auf die blauen Wogen des Grasmeeres heruntergeblickt hatten. Sie dachte an Alix' Worte: *Wie das wohl aussehen würde, wenn es alles in Flammen steht? Wunderschön. Wunderschön und schrecklich* ... War das eine Vorahnung gewesen? Ein Wunsch? Eine unwiderstehliche Versuchung für jemanden aus ihrer Gilde?

»Ich glaube dir, dass du so etwas nicht tun würdest, Alix«, sagte Rowan. »Aber du warst lange nicht mehr bei deinem Hohen Rat. Wer weiß, was sich dort getan hat.«

»Nein.« Alix schüttelte heftig den Kopf. »Wir setzen das Feuer höchstens im Zweikampf als Waffe ein. Alles andere wäre ein Verstoß gegen die Ehre.«

»Das können wir jetzt nicht klären«, versuchte Rena sie zu beruhigen, obwohl ihr selbst die Knie zitterten nach diesen furchtbaren Neuigkeiten. »Was ist dann geschehen, Okam?«

»Ich gehörte zur Delegation, die zur Sonnenfinsternis hierher kommen sollte«, berichtete Okam. »Doch seit dem Brand denkt niemand mehr daran, Vermittler zur Felsenburg zu schicken. Avius kontrolliert jetzt den Rat und er will nur noch blutige Rache an den Feuerleuten. Doch ich bin gekommen, obwohl es mich beinahe das Leben gekostet hätte, denn das Grasmeer brennt noch immer. Ich habe Euch versprochen, dass ich alles in meiner Macht stehende tun würde, Rena, wenn Ihr mir meine geliebte Cara wiedergebt. Ihr wollt den Frieden – also werde ich Euch helfen, ihn zu bekommen.«

Rena konnte kaum sprechen, ihr war die Kehle eng. »Ich danke Euch, Okam. Bitte helft mir zu retten, was noch zu retten ist.«

»Das werde ich versuchen«, sagte Okam. »Aber ich weiß nicht, ob es noch möglich ist. Der Gildenrat der Luft-Gilde verlangt innerhalb von drei Tagen eine Tu'a'wa von der Feuer-Gilde, ansonsten gibt es Krieg.«

Eine Tu'a'wa! Das war eine förmliche Entschuldigung für angetanes Unrecht, verbunden mit dem Versprechen, sämtliche Waren und Leistungen der gesamten Gilde mehrere Winter lang kostenlos zur Verfügung zu stellen. Das werden die Feuerleute nie tun, dachte Rena. Dazu sind sie zu stolz.

Ennobar, der Vermittler der Regentin, hatte bis jetzt geschwiegen. Auch er war sehr blass geworden, als Okam von der Katastrophe im Grasmeer erzählt hatte. Nun sagte er mit ruhiger Stimme: »Die Frau des Feuers hat Recht. Ihre Gilde war es nicht.«

Alle Gesichter wandten sich ihm zu. Es dauerte eine Weile, bis sie verstanden, was seine Worte bedeuteten. Dann brach ein Sturm von Fragen los. Ennobar hob die Hand, um sich Gehör zu verschaffen. »Ich habe geschworen, nie etwas von dem zu verraten, was ich im Dienst der Regentin erfahre. Aber ich glaube, dies ist der Moment, meinen Schwur zu brechen. Ich habe nicht gewusst, was sie planen, sie und ihre Berater. Aber jetzt ist es mir klar. Einzelne Bemerkungen, Geschehnisse, ungewöhnliche Besucher – jetzt ergibt es ein Bild.«

»Wollt Ihr damit sagen, dass die Regentin das Grasmeer hat anzünden lassen?«, fragte Rena ungläubig.

Ennobar nickte. Seine Arroganz von vorhin hatte ihn völlig verlassen, nun wirkte er kleiner, aber auch menschlicher. Auf seiner Stirn standen Schweißperlen. »Ich bin ziemlich sicher. Wenn ich gewusst hätte, was sie vorhat, hätte ich versucht es zu verhindern, glaubt mir.«

Das mussten sie erst einmal verdauen. Ein paar Atemzüge lang sagte niemand etwas.

»Das zerstörte Dorf damals vor der Grenze zu Tassos«, platzte Rena schließlich heraus. »Damals auf meiner Flucht. Dort war eine lebende Hecke niedergewalzt worden und ich dachte mir noch, das kann kein Mensch der Erd-Gilde getan haben, obwohl die Täter angeblich alle Erd-Gilden-Abzeichen trugen.«

»Wahrscheinlich war es die Farak-Alit, ihre gildenlose Elitetruppe, mit falschen Abzeichen«, sagte Alix. Sie sah erleichtert aus. »Die Taktik ist genial: Die Regentin riskiert nie, den Zorn der Gilden auf sich zu ziehen, sondern hetzt sie gegeneinander auf.«

»Wir müssen ihnen irgendwie Bescheid geben!«, sagte Rowan. »Wahrscheinlich sind unsere Leute jetzt schon so weit, dass sie einander kein Wort mehr glauben. Bis sie selbst herausfinden, dass sie manipuliert worden sind, ist es schon zu spät.«

Rastlos ging Alix auf der Lichtung auf und ab. »Aber wie? Wann läuft das Ultimatum aus?«

»Es sind noch zwei Tage Zeit«, sagte Okam. »Ein Storchenmensch mit einer Nachricht könnte noch rechtzeitig nach Eolus gelangen.«

»Dem Feuergeist sei Dank«, sagte Alix und murmelte eine schnelle Beschwörung.

»Auch die Regentin könnte einen Storchenmenschen schicken«, sagte Rowan. Mechanisch hatte er die Hand gehoben, um seinem Pfadfinder das Gefieder zu streicheln. Der kleine Vogel hockte wie gewohnt auf Rowans Schulter und verfolgte die Diskussion aufmerksam. »Aber meinen Pfadfinder kennt der Rat inzwischen. Wenn wir ihm eine Nachricht mit eurem Siegel anvertrauen, Okam, dann wird man wissen, dass die Botschaft wirklich von uns kommt.«

Doch Okam schüttelte langsam den Kopf. »Moment. Ich traue der Regentin das ja auch zu, aber selbst Ennobar ist sich nicht ganz sicher. Und es gibt keinen einzigen Beweis. Dafür kann ich meinen Namen nicht hergeben. Außerdem wäre der Hohe Rat ohne Beweis ohnehin nicht bereit, das Ultimatum zurückzuziehen.«

»Aber bis wir einen Beweis haben, kann es schon zu spät sein!«

»Dann müssen wir eben schnellstens versuchen einen zu bekommen und meiner Gilde bis dahin eine Warnung schicken, dass ein Verdacht besteht.«

Sie setzten schnell einen Brief auf, dann band Rowan sie seinem Pfadfinder an den Fuß und flüsterte lange Zeit leise auf ihn ein. Die Flügel des weißen Vogels machten ein weiches sausendes Geräusch in der kühlen Luft, als er abhob, einen kurzen Moment im Schwebeflug über der kleinen Gruppe hing und dann nach Westen davon schoss, zum Grasmeer hin. Die Menschen und Halbmenschen auf der Lichtung blickten ihm noch lange nach.

»Wir sollten uns sofort auf den Weg zur Felsenburg machen«, drängte Ennobar. »Ich werde vorausgehen und alles vorbereiten, damit ihr ohne Probleme in die Burg kommt.«

»Weiß die Regentin von uns?«, fragte Rena.

»Ja, natürlich. Sie hat ihre Spione. Aber ich glaube, sie weiß nicht, dass ihr schon so nah seid.«

»Glaubt ihr, dass sie versuchen wird, uns als Geiseln zu halten?«

»Kann gut sein. Aber das müsst ihr riskieren.«

Er verabschiedete sich und auf der kleinen Lichtung ging die Beratung zwischen den verschiedenen Gilden weiter. Es war ein seltsames Gefühl, sich zum ersten Mal zu treffen und miteinander zu sprechen – auch für die Halbmenschen. Nachdem die einzelnen Arten still und misstrauisch nebeinander gehockt und sich belauert hatten, begannen sie zögernd, sich in Daresi zu unterhalten. Auch unter den Vollmenschen kam ein Gespräch in Gang und nach ein paar Atemzügen diskutierten sie hitzig über das Feuer im Grasmeer und über die Regentin. Nur Rowan blieb einsilbig.

»Was ist?«, fragte ihn Rena nach einer Weile leise.

»Ich mache mir Sorgen. Mein Kontakt zum Pfadfinder ist abgerissen.«

»Vielleicht liegt es an der Entfernung ... er ist ja sonst nie weit von dir weg ...«

»Mag sein«, sagte Rowan. Aber sie sah ihm an, dass er nicht überzeugt war.

Alarmiert hob Rena den Finger an die Lippen und lauschte. »Still. Da ist was.« Wie immer hatte sie mit halbem Ohr auf die Bäume geachtet und nun hörte sie sie zornig murmeln. Ein paar Atemzüge später wusste sie, warum.

Es schien, als seien sie plötzlich von einem Schwarm schwarz-silberner Heuschrecken umgeben. Es mussten mehrere Hundertschaften von Soldaten sein, die ihre kleine Gruppe umringt hatten – und sie trugen die Uniformen der Farak-Alit! Sie hielten ihre Waffen bereit und rückten immer näher. Einige Halbmenschen glitten davon wie Schatten, aber nur wenige hatten Gelegenheit zu fliehen. Sie standen eng beieinander, Rena und ihre Freunde, Delegierte, Iltis- und Hirschmenschen, ein misstrauisches, trotziges Grüppchen.

»Wie haben sie uns gefunden?«, flüsterte Rena. »Ob Ennobar uns verraten hat?«

»Sie könnten aber auch den Pfadfinder zurückverfolgt haben«, sagte Rowan.

Doch in diesem Moment sahen sie es schon: Einer der Soldaten hielt ein Netz mit einem kleinen, weißen, leblosen Körper in der Hand. Eine lose Feder fiel zu Boden und wurde von den vorrückenden Truppen in den Boden gestampft. Rowan stieß einen erstickten Laut aus und wandte sich ab. Hilflos legte Rena die Arme um ihn. Ihr fiel nichts ein, was sie sagen konnte und was nicht sehr dumm klang. »Es gibt noch andere Pfadfinder im Grasmeer«? Sie wusste nicht einmal, ob das stimmte und ob man im Leben mehrere Pfadfinder bekommen konnte. »Wir werden ihn rächen«? Das nützte Rowan jetzt herzlich wenig.

Mitleidig blickte Alix zu Renas Freund hinüber. »Sieht so aus, als würde die Regentin uns ganz schön ernst nehmen«, murmelte sie, kreuzte die Arme über der Brust und musterte die Soldaten mit fachmännischen Blicken. »Das sind Farak-Alit.«

»Da könntet Ihr Recht haben«, flüsterte Okam. »Das bedeutet, die Regentin weiß, mit wem sie es zu tun hat.

Wären es Leute aus den vier Gilden, dann hätten wir sie leicht auf unsere Seite ziehen können.«

»Mal sehen, was für Befehle sie haben«, erwiderte Alix. »Ich glaube nicht, dass die Regentin es sich leisten kann, uns töten zu lassen. Zu viele Menschen und Halbmenschen wissen von uns.«

Es sollte nicht mehr lange dauern, bis sie es erfuhren, was man mit ihnen vorhatte. Ein kurzes Kommando erschallte und die Schwarzsilbernen stürzten auf sie zu. Hände packten sie, zwangen ihre Arme auf den Rücken und versuchten sie auf den Boden zu werfen. Alix hatte ihr Schwert nicht angerührt, doch die Männer hatten mit ihr trotzdem alle Hände voll zu tun. Auch die Iltismenschen dachten nicht daran, sich kampflos zu ergeben, und teilten Bisse aus. Doch dann geschah etwas, mit dem keiner von ihnen gerechnet hatte, auch die Soldaten nicht. Es war Dagua, der kleine alte Dagua mit den lustig blitzenden Augen. Seine Stimme donnerte über die Lichtung. »Halt! Wisst ihr nicht, wer ich bin? Ich bin Dagua ke Vanamee, Mitglied des Hohen Rates der Wasser-Gilde. Ihr werdet nicht wagen, euch an mir zu vergreifen!«

Rena, die sich im Griff eines Soldaten wand, blieb der Mund offen stehen. Ein Mitglied des Hohen Rates, hier bei ihnen? Jetzt erst begriff sie, warum einer der Plätze in der unterseeischen Residenz leer gewesen war. Nein, keiner der Räte war gestorben – er amüsierte sich nur damit, unerkannt durch die Provinz zu reisen. Deswegen war der Archivar plötzlich so ehrerbietig geworden! Wieso hatte sie das nicht früher geahnt?

Daguas Worte wirkten sofort. Alle Bewegung auf der Lichtung erstarrte. Die Soldaten hielten inne und glotzten ihn an, die Hände, die ihn gepackt hatten, zogen sich zurück, als hätten sie sich an ihm verbrannt. Gleich nach der Regentin waren die zwölf Mitglieder der Gildenräte die mächtigsten Menschen auf Daresh. Wer einem von ihnen auch nur unhöflich antwortete, der riskierte seinen Kopf zu verlieren, denn er brachte damit die ganze Gilde gegen sich auf – Hunderttausende von Menschen.

Erleichtert entspannte sich Rena. Solange Dagua bei ihnen war, waren sie sicher ... oder etwa doch nicht? Im Gesicht des Truppenkommandanten arbeitete es.

»Was macht Ihr hier, Meister?«, fragte er. »Gehört Ihr zu den Aufständischen?«

»Es sind keine Aufständischen«, sagte Dagua. »Wir sind gekommen, um mit der Regentin den Frieden zu verhandeln.«

»Sind die anderen ebenfalls Hohe Meister?«

»Nein, aber jeder von ihnen ist von seiner Gilde hierher ausgesandt worden.«

»Dann seid ihr die, die wir suchen«, erwiderte der Kommandant. »Ich habe meine Befehle. Ob Ihr Gildenmeister seid oder nicht.«

Er hob die Hand – wohl der Befehl an seine Truppen sie gefangen zu nehmen. Langsam, zögernd, rückten die Soldaten vor, man sah die Furcht auf ihren harten Gesichtern. Doch als sie merkten, dass Dagua sie nur böse anfunkelte, sich aber nicht wehrte, wurden sie kühner. Ein paar Atemzüge später lag auch der Hohe Meister der Wasser-Gilde gefesselt neben den anderen auf dem Waldboden, die Nase in einem Haufen Blätter.

»Alles in Ordnung? Jemand verletzt?«, fragte Alix mit leiser Stimme. Leises verneinendes Gemurmel erscholl aus der Gruppe. Nur einem Mann der Feuer-Gilde, der sich gewehrt hatte, hatten die Soldaten den Arm gebrochen. Auch Rowan ging es nicht gut, er schien noch immer wie betäubt. »Er war ein Teil von mir«, flüsterte er. »Sie verbinden sich mit uns, wie die Feuerleute mit ihrem Schwert verbunden sind.«

Der Trupp Soldaten nahm sie in die Mitte und rückte wachsam, nach allen Seiten sichernd, in den Weißen Wald vor. Bald lag die kleine Lichtung hinter ihnen.

»Ich wette, die Regentin will uns so lange kalt stellen, bis die Frist der Luft-Gilde abgelaufen ist«, flüsterte Alix Rena zu. »Danach sind wir nicht mehr wichtig. Dann kann niemand den Krieg mehr aufhalten.«

Rena nickte. Sie fühlte sich stumpf, ausgelaugt, ohne einen Funken Kampfgeist. Es war hart, so kurz vor dem Ziel noch zu scheitern.

»Chrena, büßen werden sie, büßen«, fauchte Cchrlanho undeutlich. Er konnte kaum sprechen, da die Wachen ihm den Mund mit den scharfen Zähnen mit einem Lederband zugebunden hatten. Wenn es ein Trost sein sollte, dann wirkte er nicht. Rena lächelte nur schwach.

Nach einer Weile ahnte Rena, wohin die Reise ging – zu einem Teil des Alestair-Gebirges, in dem sich auch die Felsenburg befand. Früher hatte sie in der Gegend manchmal nach abgestorbenen Bäumen gesucht.

Ganz plötzlich endete der Wald, sie standen vor einem Abgrund. Jenseits der Schlucht, die etwas mehr als eine Baumlänge breit war, ragte die steile Flanke eines Berges auf. Rena erkannte eine Öffnung darin.

Vorsichtig lugte Rena nach unten und sah, dass der Riss in der Erde unglaublich tief war. Sie konnte nicht bis zum Grund sehen, nach einer Weile verloren sich die steilen Wände im Dunkel. Ein Blick genügte, dann drehte sich Rena alles vor Augen. Am liebsten hätte sie sich flach auf den Boden gelegt, auf den sicheren, festen Boden, oder mit beiden Armen den Stamm eines Colivars oder einer Viskarie umklammert. Würde man sie jetzt da hinunterstürzen?

Doch dann bemerkte sie, dass eine flache, handbreite Holzschiene über die Schlucht führte, zu der Öffnung im Berg hinüber. Die Soldaten hatten Metallplanken mitgebracht, die sie nun aneinander montierten, an der Holzschiene anbrachten – die als Geländer diente – und über die Schlucht schoben.

»Rowan, ist das da drüben ein altes Nest von Storchenmenschen?«, fragte Rena leise. »Vielleicht bringen sie uns dort hin.«

Doch Rowan antwortete nicht. Rena nahm seine Hand – sie war schlaff wie ein totes Tier. Er atmete, er setzte einen Fuß vor den anderen, aber sein Geist und seine Seele schienen an einem anderen Ort zu sein, weit vom Weißen Wald entfernt. Rena hätte ihn am liebsten geschüttelt, um ihn zu wecken, aber Alix hielt sie zurück. »Lass ihn. Ich weiß, wie sich sowas anfühlt.«

Einer nach dem anderen wurden sie über die Metallplanken über den Abgrund geführt. Mit weichen Knien folgte Rena dem Soldaten und wagte nicht nach unten zu blicken.

Um sich von der Schlucht abzulenken, konzentrierte sie sich auf ihre Umgebung. Mit ihren neuen Sinnen konnte sie die Aura des Holzgeländers spüren. Seine Ausstrahlung war würzig, ganz leicht unangenehm – es war aus altem Nachtholz gemacht, das seine endgültige schwarze Färbung schon erreicht hatte. In diesem Stadium war es härter als jedes Metall.

Als sie am Eingang der Höhle angekommen waren, verbanden die Soldaten ihnen die Augen mit schwarzen

Tüchern. Grob fühlte sich Rena in die nach Vogelmist stinkende Dunkelheit gestoßen. Sie stolperte und fiel auf den feuchten Steinboden, da sie sich mit den gefesselten Händen nicht abfangen konnte. Mühsam setzte sie sich auf. An den vielen kleinen Geräuschen und an dem Atem neben sich merkte sie, dass auch die anderen in die Höhle gebracht worden waren. Wo war Rowan? Sie flüsterte seinen Namen, doch Rowan antwortete nicht. Rena fühlte Tränen über ihr Kinn laufen. Gerade jetzt zog er sich von ihr zurück, jetzt, wo sie beide Trost so nötig hatten.

Ein schleifendes Geräusch ertönte, als der Ausgang mit einer dicken Steinplatte verbarrikadiert wurde. Füße trappelten über die Planken, das Geräusch entfernte sich. Sie hörten Metall aufeinander klingen und wussten, dass die Soldaten den Weg über die Schlucht wieder abbauten. Jetzt waren sie von der Außenwelt abgeschnitten.

»Sieht nach einem längeren Aufenthalt aus«, sagte jemand gelassen. Elros Stimme.

»Fürchte ich auch«, knurrte Alix. »Über diese Schlucht kommen unsere Leute nicht an uns ran und wir erst recht nicht raus. Wenn die Regentin möchte, kann sie uns so lange hier vermodern lassen, bis wir nur noch weiße Gerippe sind.«

Sie schwiegen wieder – es gab nichts mehr zu sagen. Rena hörte, wie jemand das Luftloch abtastete, und ahnte, dass es Alix war, die nach einem Ausweg suchte.

Es roch modrig, ein wenig wie in den Gewölben am Grund des Sees der Wasser-Gilde. Die Luft war schwer und feucht und kühl. Rena fröstelte in ihrer leichten Tunika. Alle paar Atemzüge löste sich ein fetter, kalter Wassertropfen von der Höhlendecke und platschte ihr auf die Schulter.

Es war schwer zu sagen, wie lange das Ultimatum der Luft-Gilde noch lief. Einen Tag, einen halben? Keine von beiden Seiten würde nachgeben, dazu war die Wut aufeinander zu groß. Einen Tag noch, dann würden wieder die Schwerter Politik machen und die Pfeile. Feuer und Luft waren starke Gilden und wahrscheinlich würden sie sich gegenseitig furchtbar schwächen oder sogar vernichten. Viele Menschen würden leiden, würden verletzt werden oder gar sterben – und die Schwarzen Kutten und die Regentin würden lächelnd zusehen, denn sie waren ja die einzigen Gewinner in diesem Spiel. Je schwächer die Gilden wurden, desto stärker wurden sie.

Alle Menschen und Halbmenschen, die hilflos in der Höhle lagen, wussten das. Keiner von ihnen hatte noch Kraft, laut darüber zu diskutieren oder neue Pläne zu schmieden. Das Ultimatum der Luft-Gilde lief unaufhaltsam ab. Die Regentin hatte sie alle überlistet. Wenn der Krieg in vollem Gang war, konnte sie die Delegierten freilassen, sie brauchte sie nicht einmal mehr zu töten. Sie waren gescheitert.

Nachtholz

Nein, ganz am Ende sind wir noch nicht, dachte Rena und fühlte einen Anflug von Trotz. Ein Storchenmensch könnte Eolus noch rechtzeitig erreichen und die Wahrheit bekannt machen. Nein, es hatte keinen Sinn, jetzt noch über all das nachzudenken. Oder doch ... Rena erinnerte sich daran, wie sie das Holz des Geländers gespürt hatte, als sie über den Steg gegangen waren. Sie hatte es mit dem Kopf gespürt!

Ihr fiel plötzlich ein, dass ihre Freunde immer noch nicht wussten, was sie damals getan hatte und was es mit der *Quelle* wirklich auf sich hatte. Vielleicht war gerade jetzt der Moment dafür gekommen. Es war viel zu spät, aber besser spät als nie.

»Ich habe euch etwas zu sagen.«

Sie spürte die Überraschung der anderen. »Rück raus«, sagte Alix. »Ich hoffe, es ist irgendwas Lustiges, das könnten wir jetzt gerade gebrauchen.«

»Nicht ganz so lustig, fürchte ich. Vielleicht habt ihr von dem Zwischenfall vor einem halben Jahr in der Felsenburg gehört? Eine Gruppe von Iltismenschen ist ausgebrochen und hat ein paar Händler verletzt.«

Gemurmelte Zustimmung.

»Das war meine Schuld. Ich hatte damals meine erste Audienz, und ich habe mich davongeschlichen und die *Quelle* berührt. Dann ist all das passiert.«

»Jetzt wissen wir also, warum du beim alten Archivar so still warst, als es um die *Quelle* ging«, sagte jemand. Es durchfuhr Rena heiß, als sie Rowans Stimme erkannte. Sein Ton war schroff, aber was machte das? »Aber warum hat die *Quelle* die Iltismenschen befreit?«

»Anscheinend hält die Regentin mit seiner Hilfe die Halbmenschen unter Kontrolle. Als ich die *Quelle* berührte, brach das Kraftfeld irgendwie zusammen. Ich musste aus der Gegend fliehen, weil Soldaten hinter mir her waren.«

»*Du* warst das?«, rief Okam.

»Mich hat das verändert«, fuhr Rena hastig fort, ohne seine Zwischenfrage zu beachten. »Seither kann ich die Sprachen aller Halbmenschen verstehen.«

Dagua meldete sich zu Wort. »Seltsam, dass uns der Archivar über diesen Effekt nichts erzählt hat! Die *Quelle* muss unbedingt unter die Kontrolle eines Gremiums, damit die Regentin sie nicht länger missbrauchen kann. Wir müssen mehr Leute die *Quelle* berühren lassen, damit sie zu Übersetzern zwischen den Halbmenschen und den Vollmenschen werden, und ...«

»Gibt es einen Grund, warum du mir das alles nicht schon früher erzählt hast, Rena?«, unterbrach Alix. Ihre Stimme klang müde und ziemlich kühl.

»Ich ... ich habe nicht daran gedacht.«

»Du hast nicht daran gedacht, verdammte kleine Blattfresserin! Du hast uns alle ins offene Messer laufen lassen! Die Regentin wusste, wer du bist!«

»Lass sie in Ruhe, schöne Frau. Es war sicher keine böse Absicht.«

Alles in Rena drängte danach, sich zu verteidigen, zu erklären, dass es wenig geändert hätte. Doch schließlich sagte sie nur: »Ich glaube, ich kann es jetzt wieder gutmachen.« Sie kämpfte mit den Tränen und hoffte, dass man es ihr nicht anhörte. »Es gibt eine kleine Chance, noch rechtzeitig hier herauszukommen und Hilfe zu holen. Dieses Geländer ... ich glaube, sie haben es nicht abgebaut ...«

»Du bist verrückt wie ein Dhatla, wenn es zu viel Rezari-Früchte gefressen hat!«, schrie Alix, und ihre Stimme hallte von den Höhlenwänden wider. »Über dieses verdammte Ding könnte nicht mal ein Iltismensch drüberlaufen! Und die Leute eurer Gilde sind nicht schwindelfrei, das hast du mir selbst erzählt!«

»Ich darf nur das schwarze Tuch nicht abnehmen und die Augen nicht öffnen«, sagte Rena. »Solange ich nicht hinunterschaue, könnte ich es schaffen.«

Verdutztes Schweigen war die Antwort. Dann ertönte Alix' Stimme: »Moment. Jetzt komme ich nicht ganz mit. Du willst blind über diesen Steg gehen?«

»Seit ich die *Quelle* berührt habe, kann ich die Aura von Holz sehr viel stärker spüren. Dafür brauche ich keine Augen. Und das Geländer ist aus Holz.«

»Aber ein falscher Schritt und es geht in die Tiefe, Mädchen«, sagte Dagua.

Wieder die Stimme der Schmiedin: »Sie hat Recht. Sie ist die Einzige, die aus dem Schwarzen Nest herauskommen könnte. In der Steintür ist ein Luftloch, ich habe es getastet. Aber keiner außer ihr ist klein genug, um durch dieses Loch durchzukriechen, außer vielleicht Cchrlanho.«

»Alix, du bist manchmal so verdammt abgebrüht«, zischte Rowan. »Willst du sie wirklich dieses Risiko eingehen lassen?«

»Wieso ich? Ich bin nicht ihr Kindermädchen. So weit ich sehen kann, entscheidet sie selbst, ob sie es tun will oder nicht.«

Rena spürte, wie sich eine Hand zu ihr herüberschob, nach ihr tastete und sich um ihre Hand schloss. Sie erkannte Rowans Finger und erwiderte ihren Druck.

»Ich muss es versuchen«, sagte Rena zu ihm. »Sonst war unsere ganze Reise umsonst.«

»Bist du sicher, dass du das schwarze Ding nicht abnehmen willst?«

»Rowan, ohne das Tuch hätte ich keine Chance. Ich könnte versehentlich die Augen aufmachen und es wäre tödlich, hinunterzuschauen. Aber einer von uns sollte nachsehen, ob die Truppe auf der anderen Seite Wachen aufgestellt hat. Sonst fangen sie mich sofort ab.«

Ein paar Atemzüge lang war die Dunkelheit voller

Geräusche. Schließlich hörte sie Elros Stimme: »Niemand in Sicht.«

Cchrlanho, der sich inzwischen den Knebel abgestreift hatte, machte sich eifrig daran, Renas Handfesseln durchzunagen. Seine scharfen Fangzähne kitzelten ihre Finger. »Au!«, schrie Rena, als ihr Freund einmal versehentlich danebenbiss. »Vorsichtig!«

Als sie die letzten Reste der Fesseln zerrissen hatte, tastete sie sich in Richtung des Luftzugs vor. Sie trat auf ein Bein, das dem »Rostfraß und Asche!« nach Alix gehörte, und legte die Hände auf die körnig-raue Steinplatte. »Viel Glück! – Der Feuergeist sei mit dir – Schaffen wirst du es!«, murmelten die Stimmen in der Höhle.

Rena zog sich an dem oberen Rand hoch und schlüpfte durch die Öffnung, die zwar klein, aber längst nicht so schwierig zu überwinden war wie ein Erdtunnel in schlechtem Zustand. Nur die Augenbinde lockerte sich und sie musste sie wieder festziehen. Mit den Füßen tastete Rena nach dem Sims, dann spürte sie am Wind, der über ihren Körper strich, dass sie außen an der Felswand war. Es war ein Grauen erregender Gedanke, dass sich nun vor ihr das große Nichts ausbreitete, eine bodenlose Schlucht, dass es dort vielleicht hinabging bis zum Mittelpunkt von Daresh ...

Halt! dachte Rena und verwies beides – die Fantasie und die Panik – so gut es ging in einen hinteren Winkel ihres Bewusstseins zurück. Bloß nicht daran denken! Sie wischte ihren Geist leer und streckte die Hand nach dem Holzgeländer aus. Ja, da war die Aura des Nachtholzes wieder, deutlich und mit einem leicht bitteren Nachgeschmack. Daran musste sie sich halten. Sie musste so tun, als sei diese Planke gerade mal eine halbe Armlänge über dem Boden angebracht.

Rena schob sich bäuchlings auf die Holzschiene und richtete sich auf. Einen Moment lang stand sie still und fest, ohne zu schwanken. Zum Glück war die Schiene flach und nicht rund, sonst hätte sie sich nie darauf halten können. Sie war breiter, als es auf den ersten Blick gewirkt hatte.

Es klappt! Der Gedanke flutete durch Renas Kopf. Ich kann es schaffen!

Sie breitete die Arme aus, um besser das Gleichgewicht halten zu können, und schob ihren Fuß auf der Schiene voran, Stück für Stück. Doch schnell merkte sie, dass das gar nicht nötig war, sie konnte einen Fuß vor den anderen setzen. Es war, als habe sie ein zweites Paar Augen. Wie an diesem magischen Tag vor einem halben Jahr, als sie einfach blind in den Wald hineingegangen war und nicht ein Zweig sie berührt hatte ... und wieder, wie damals, packte sie ein eigenartiges Hochgefühl. Das Universum um sie herum war leer. Es gab nur sie und das Nachtholz.

Mehr und mehr entfernte sie sich von der Felswand, es ging jetzt flott voran. Der Wind, der durch die Schlucht wehte, brachte ihre Tunika zum Flattern. Als die wirbelnde Luft gegen sie drückte, kroch die Angst in Rena zurück. Mit dem Wind hatte sie nicht gerechnet. Er schien jetzt stärker als vorhin, aber vielleicht lag das daran, dass sie vorhin nicht auf einer dünnen Planke, sondern auf breiten Metallplatten über den Abgrund gegangen war ... warum nur hatte niemand von ihnen daran gedacht, diese Gefahr auszuschalten?

»Rowan!«, wisperte Rena. »Der Wind! Du musst den Wind zähmen!«

Sie wagte nicht zu laut zu rufen, um die Wachen im Wald auf der anderen Seite nicht auf sie aufmerksam zu machen. Aus der Höhle kam keine Antwort – niemand hatte sie gehört. Unvermindert strich der kühle Atem die Felsen entlang.

Rena zögerte, stand einen Moment still, versuchte sich zu konzentrieren. Ihre Beinmuskeln hatten sich verkrampft und schmerzten. Sie zwang sich, den Fuß wieder voranzuschieben. Wie weit war es noch? Wahrscheinlich war sie jetzt etwa in der Mitte.

Der Wind! Er zerrte und zog an dem Tuch. Es saß nicht mehr richtig fest und Rena konnte fühlen, wie sich der Knoten langsam lockerte.

Nein! dachte sie und versuchte schneller zu gehen. Zwei Drittel hatte sie bestimmt schon geschafft, es war nicht mehr weit bis zum rettenden Wald. Doch es war ein Fehler gewesen, ihr Tempo zu beschleunigen. Eine Windböe packte sie und Rena spürte, wie ihr der dunkle Stoff über die Schläfe glitt. Rena hielt an und zog erst vorsichtig, dann hastig die Arme an den Körper, um das Tuch festzuhalten. Doch es war zu spät. Wie ein schwarzer Vogel flatterte es in die Schlucht hinunter und Sonnenlicht stach durch Renas Lider. Sie versuchte, das Tuch aufzufangen, öffnete die Augen – und blickte in den Abgrund, der sich endlos und dunkel unter ihr erstreckte.

Sofort kniff Rena die Augen zu, aber es war schon zu spät. Ihr Körper fühlte sich auf einmal weich und knochenlos an, ihre Muskeln zitterten und der Abgrund drohte ihr wie ein Mund, der nur darauf wartete, sie zu verschlingen. Sie schwankte, streckte hastig die Arme aus, um das Gleichgewicht wiederzugewinnen. Diesmal klappte es nicht, sie war zu verkrampft. Ihre Bewegungen schaukelten sich auf, die dünne Planke begann zu vibrieren. Rena bog ihren Körper im verzweifelten Versuch, das Unvermeidliche zu verhindern. Doch es war zu spät.

Die Quelle

Sie fiel.

Fiel in die dunkle Tiefe und konnte nicht mehr atmen, die Luft wurde ihr aus den Lungen gerissen. Wirbelnde Schwärze –

– und dann der Schock der Kälte, als sie mit einem gewaltigen *Platsch* aufschlug. Rena war so hart auf dem Wasser aufgekommen, dass ihr ganzer Körper wehtat und sie sich halb betäubt nach unten sinken ließ. Sie schluckte Wasser und hatte kaum die Kraft, es wieder herauszuhusten, die Arme zu heben ... schwer fühlten sie sich an, viel zu schwer zum Heben, zum Schwimmen ...

»Aus dem schwarzen Nest ist sie gekommen, aus dem schwarzen Nest!«, flüsterten Stimmen neben ihr. »Sie muss es sein. Sie.«

Träumte sie das nur? Rena war es gleichgültig. Sie ließ sich treiben, in den schwarzen Nebel der Bewusstlosigkeit hinein. Ihr Körper war schon taub von dem eisigen Wasser.

»Bringt sie durch den Tunnel, Brüder«, sagte jemand und kalte glitschige Pfoten ergriffen sie und zogen sie durchs Wasser. Das kannte sie, das hatte sie schon einmal erlebt – Krötenmenschen. Rena lächelte schläfrig. »Es tut mir Leid«, murmelte sie.

»Was sagt sie?«

»Durch den Tunnel. Schnell. Nach draußen. Zu kalt hier.«

Als Rena wieder einen klaren Gedanken fassen konnte, lag sie unter einer Schicht Moos und blickte hoch in das weiße Blätterdach großer Colivars. Ihr Körper zitterte noch immer, sie konnte ihn nicht daran hindern, aber ihr war unter dem dicken Moos so warm wie in einem Ofen. Kein Soldat war in Sicht. Um sie herum standen seltsame Gestalten: Katzenmenschen, Iltismenschen, Hirschmenschen, Krötenmenschen ... und auf ihren menschlichen Gesichtern las Rena unterdrückte Wut.

»Büßen wird das die Frau aus Stein, büßen!«

»Sind die anderen noch im Schwarzen Nest, die anderen?«

»Was können wir tun, zu helfen, Frau der tausend Zungen? Was?«

Rena probierte aus, ob ihre Stimme noch funktionierte. Sie wollte gar keine tausend Zungen, eine genügte ihr. Zu ihrer Überraschung klappte es mit dem Sprechen auf Anhieb. »Wir müssen schnell handeln jetzt, sehr schnell! Ruft Storchenmenschen, um meine Freunde herauszutragen. Sie sind noch im Schwarzen Nest.«

Sie schaute hoch und stellte fest, dass nicht mal ein halber Sonnenumlauf vergangen war, seit sie in das Felsennest gesperrt worden waren. Es gab noch eine Chance. Aber sie brauchten den Beweis, dass die Schwarzen Kutten und die Regentin das Grasmeer hatten anzünden lassen – und es gab nur einen Ort, an dem sie diesen Beweis finden konnten.

In der Felsenburg.

Sie brauchten nicht lange, um sich zu entscheiden. Alix nickte sofort, als Rena ihr erklärte, was sie vorhatte, und fragte, ob sie mitkommen würde. »Mein Schwert ist frisch geschliffen«, sagte sie nur.

Erleichtert wandte sich Rena an die anderen Delegierten. »Alix und ich gehen in die Felsenburg, um einen Beweis zu suchen. Das ist das Einzige, was wir jetzt tun können.«

»Wieso Alix und Ihr?«, fragte Elro. »Ich will ja niemanden beleidigen, aber es ist sicher besser, wenn noch jemand zweites von der Partie ist, der gut kämpfen kann ...«

Es war leicht zu raten, an wen Elro dachte. Aber Alix schüttelte nur den Kopf. »Nein, alter Freund. Wir zwei und sonst niemand. Ohne Rena geht es nicht. Wir brauchen jemanden, der mit der *Quelle* umgehen kann.«

Elro blickte grimmig drein. »Was hat das mit der *Quelle* zu tun?«

Doch Rowan unterbrach ihn: »Und was ist mit mir? Braucht ihr mich nicht?« Rena sah, dass er verletzt war und sich bemühte, es nicht zu zeigen.

»Doch, und ob. Du musst die Soldaten in der Burg ablenken. Sie sollten nicht auf die Idee kommen, dass ihr Feind längst unter ihnen ist.«

Rowans Gesicht entspannte sich wieder etwas. »Wie denkt ihr euch das?«

»Oh, einen kleinen Volksaufstand vor den Toren vielleicht. Das hält sie beschäftigt.«

»In Ordnung. Ich glaube, die Dörfler und Halbmenschen werden gerne mitmachen.«

Währenddessen hatte Dagua still neben ihnen gesessen und ein paar Zahlen auf ein Blatt gekritzelt. »Das Ultimatum läuft in einem Sonnenumlauf ab und ein Storchenmensch braucht für den Flug etwa einen halben. Ihr habt also nicht viel Zeit, um den Beweis zu finden und zu uns zurückzubringen. Wenn der dritte Mond aufgeht, müsst ihr zurück sein, sonst ist es zu spät.«

Das war furchtbar kurz. Rena sah den grimmigen Zug um Alix' Mund. »Tja, dann hoffe ich nur, dass die Kerle in der Felsenburg uns direkt zu den Schwarzen Kutten führen und alle nötigen Dokumente bereithalten.«

»Ich kenne die Felsenburg wie kein zweiter«, sagte Ennobar. »Ich werde euch durch einen geheimen Gang hineinbringen, den ihr auch als Ausgang benutzen könnt. Dann ist es an euch.«

Er hielt sein Versprechen. Doch als Rena erfuhr, dass Storchenmenschen sie dorthin transportieren würden, hätte sie beinahe gestreikt. »Nicht schon wieder. Ich hasse Höhen!« Doch da fühlte sie sich schon von vielen knochigen Händen am Gürtel der Tunika gepackt und verlor den Boden unter den Füßen, während über ihr große Schwingen brausten.

Der geheime Eingang zur Felsenburg lag über der Erde an einem glatten, steilen Stück der Bergflanke, tief unter ihnen konnten sie die dunstige Ebene sehen, das Muster der Felder und Wiesen um die Burg und die Kronen des Weißen Waldes wie ein riesiges Schneefeld. Ein Gitter aus roh geschmiedetem Metall verschloss das Loch, das gerade so groß war, dass ein Mensch der Länge nach hindurchgleiten konnte. Die Storchenmenschen setzten sie auf dem schmalen Sims ab, der Rena grässlich an das Schwarze Nest erinnerte. Sie krampfte die Hände um die rohen Gitterstäbe. Rostkrümel lösten sich davon und trudelten in die Tiefe.

»Das ist eins der Entlüftungslöcher«, keuchte Ennobar, presste sich ebenfalls gegen das Metall und kramte in der Innentasche seines Umhangs. »Ich habe den Schlüssel nachmachen lassen. Habe der Regentin nie ganz getraut und wollte mir einen Notausgang offen halten.«

Mit einem Knirschen drehte sich der Schlüssel im Schloss, die Tür schwang nach innen auf. Ennobar winkte einen seiner Transporteure heran. »Ich werde einen Storchenmenschen anweisen, den Eingang ständig im Auge zu behalten. Wenn jemand hier herauskommt, wird er abgeholt. Viel Glück! Und beeilt euch!«

Bevor sie es sich versahen, waren die Storchenmenschen und Ennobar schon wieder in der Luft und auf dem Weg nach unten..

»Geh du zuerst«, sagte Alix. »Bevor du runterfällst.«

Rena schob sich in den Schacht, der ihren Körper eng umschloss, und fühlte sich sofort wohler. Mit den Füßen ertastete sie die Mulden und krallte sich mit den Fingern in den Felsen. Der Schacht bog nach einer Menschenlänge in scharfem Winkel nach unten ab. Rasch und sicher hangelte sich Rena nach unten. Als sie aufblickte, sah sie im Gegenlicht vom Tunneleingang eine dunkle Gestalt über sich – auch Alix hatte sich in den Entlüftungsschacht hineingezwängt.

Lange Zeit, wie es ihnen vorkam, kletterten sie schweigend. Es ging nun beinahe senkrecht in der Dunkelheit nach unten und Renas Arme begannen zu schmerzen.

»Das wird uns Schweiß kosten, das alles wieder raufzuklettern«, bemerkte Alix. Ihre Stimme hallte hohl von den Tunnelwänden wider.

Nach einer Weile fingen Renas Ohren Geräusche auf. Sie kletterte langsamer, versuchte leise zu atmen. Der Klang von Stimmen drang zu ihnen hinauf. »Ich glaube, wir sind bald unten. Wir sollten jetzt nicht mehr reden.«

Und tatsächlich – nach ein paar Minuten sah Rena flackerndes Licht von unten und hörte Schritte. Sie hielt an,

Alix' Füße nur wenige Fingerlängen über ihrem Kopf. Ein Mensch ging unter ihnen vorbei, das Geräusch seiner Sohlen auf dem Steinboden entfernte sich. Als Rena sicher war, dass er außer Sichtweite war, kletterte sie noch weiter abwärts, bis ihre Füße frei in der Luft baumelten. Da sie wusste, dass die Gänge in der Burg nicht allzu hoch waren, ließ sie sich einfach fallen. Geschmeidig federte sie ab und sah sich um. Der Gang war leer, nur die Fackeln an den Wänden flackerten unruhig im Luftzug. Es roch nach Rauch und ungewaschenen Körpern.

»Du kannst runterkommen!«, zischte Rena hinauf und Alix sprang ebenfalls.

»Na, dem Feuergeist sei Dank«, sagte sie. »Dieser verdammte Tunnel wurde doch langsam etwas ungemütlich. Wo sind wir hier eigentlich genau?«

»Wenn ich das wüsste! Ich war auch erst einmal hier.« Rena versuchte an den steinernen Bildern an der Wand festzustellen, wo sie sich befanden, aber sie erkannte keins von ihnen wieder.

»Erst mal die *Quelle*«, sagte Alix. »Ohne das Ding hat es keinen Sinn, dass wir uns mit den Schwarzen Kutten oder mit dem nächsten Schwung Farak-Alit anlegen.«

Rena lauschte in ihren Geist hinein, ob sie schon etwas von der *Quelle* spürte. Nichts. Nun, sie wusste ja inzwischen, dass das nicht auf größere Entfernungen funktionierte. »Ich fürchte, wir müssen so lange durch die Gänge wandern, bis ich etwas von ihr spüre oder eins der Steinbilder wieder erkenne.«

»Verdammt, das kann aber lange dauern. Wir habens eilig!«

»Ich weiß!«, fauchte Rena zurück.

Alix drehte unruhig den Kopf um zu lauschen. Aus

der Ferne waren wieder Schritte zu hören, mehrere Personen schienen sich zu nähern. Ihnen fuhr der Schreck in die Knochen, als sie das typische Knarren und Klappern erkannten, das die Schritte begleitete. So klang es, wenn schwer bewaffnete Menschen in Uniformen aus dickem Leder unterwegs waren!

»Rostfraß und Asche! Wie haben sie so schnell erfahren, dass wir hier sind?«

»Vielleicht haben wir irgendeinen Alarm ausgelöst!« Rena sah sich nach einem Versteck um, aber es waren nicht einmal irgendwelche Türen in der Nähe, nur die Skulpturen an den Wänden, die Regentin in Begleitung von zwei Hirschmenschen. Ihr kamen beinahe die Tränen vor hilfloser Wut. »Nein, das darf doch nicht wahr sein! Wir sind keine zehn Atemzüge hier und schon ...«

Die Schritte kamen schnell näher. Es schien ein ganzer Trupp zu sein, der da durch die Gänge stürmte. Zehn Leute, wenn nicht mehr.

Alix packte Rena um die Taille und hob sie hoch. »Wir müssen wieder in den Schacht! Kommst du an die Griffmulden heran?«

Doch sie merkten schnell, dass sie es nicht mehr schaffen würden. Wehrlos halb im Tunnel erwischt zu werden war noch übler, als sich im Gang dem Kampf zu stellen. Auf ebener Erde konnten sie wenigstens die Schwerter benutzen. Rena ließ sich in den Gang zurückfallen – und ein paar Atemzüge später sahen sie schon die Soldaten auf sich zukommen wie eine Woge roher Kraft. Wenigstens blinkte ihr Körper nicht in Schwarz und Silber, sondern sie trugen das Grün und Grau der gewöhnlichen Truppen und Wachleute der Regentin. Aber an ihren Gürteln schwang ein ganzes Arsenal schwerer Waffen, vom Schwert bis zum Eisernen Igel.

Ein Kampf gegen diese Übermacht kam nicht in Frage, sie konnten sich nur noch ergeben. Rena breitete die Hände aus. »Wir, äh ...«

Verdutzt merkte sie, dass die Männer ihre Schritte nicht verlangsamten. Wollten sie sie einfach überrennen?

»Aus dem Weg!«, brüllte ein Offizier. Alix begriff als Erste und zerrte Rena am Ärmel zur Wand. Sie drückte sich gegen den kühlen Stein und spürten, wie sich die Ornamente schmerzhaft in ihren Rücken drückten, während die Männer vorbeihasteten.

Als die Geräusche in der Ferne verklungen waren, atmeten sie beide tief durch. Ein nervöses Kichern stieg in Rena auf und ließ sich nicht zurückdrängen. Alix verzog das Gesicht zu einem Grinsen und kniff sie in die Schulter.

Sie merkten schnell, dass die Wachleute nicht die einzigen waren, die heute unterwegs waren. Die ganze Felsenburg war in Aufruhr: Bedienstete, Verwaltungsleute und Halbmenschen eilten aufgescheucht durch das Labyrinth.

»Ganz schön was los hier«, flüsterte Alix. »Sie bereiten sich auf einen Angriff von außen vor. Rowan und seine Leute leisten gute Arbeit.«

Niemand achtete auf die beiden Frauen oder fragte sie nach ihrem Woher oder Wohin. Wahrscheinlich, dachte Rena, sehen wir einfach nicht sonderlich bedrohlich aus. Auf den ersten Blick schienen sie unbewaffnet.

»Geh ganz selbstbewusst«, sagte Alix leise. »Nicht zu langsam, nicht zu schnell. Es muss so aussehen, als wüssten wir genau, wo wir hingehen, klar?«

Rena nickte. Es fiel ihr nicht leicht. Einmal hatte sie

den Eindruck, dass sie ein Mann, der ihnen entgegenkam, mit finsterer Miene. Sie achtete darauf ruhig zu atmen und gleichgültig dreinzublicken, ohne seinem Blick zu begegnen. Doch er hielt nicht an und auch die anderen Menschen nicht, denen sie begegneten.

Je länger sie unterwegs waren, desto unruhiger wurden sie. Wie gewohnt zählte Rena ihre Atemzüge, vierhundert waren es schon, seit sie in der Burg angekommen waren, und noch hatten sie nicht das Geringste erreicht. Die fackelbeleuchteten Gänge schienen nirgendwo hinzuführen. Sie stiegen Treppen hinauf und hinunter, stießen ab und zu vorsichtig eine Tür auf und fanden nie etwas dahinter, was die Mühe lohnte, es näher zu untersuchen. Rena prägte sich die steinernen Bilder ein, an denen sie vorbeikamen, damit sie wieder zu ihrem Ausgang zurückfanden.

Eine Dienerin drängte sich im Gang an ihnen vorbei und ging eilig weiter. Auf der Hand balancierte sie ein Tablett mit frischen Früchten und gebratenen Fleischstücken. Alix und Rena hatten beide den gleichen Gedanken. Sie gingen noch ein Stück weiter, kehrten dann um und hefteten sich der Frau auf die Fersen. Sie war sicher zu einer hoch gestellten Persönlichkeit oder sogar der Regentin unterwegs – jedenfalls konnte sie sie ins Herz der Burg führen, an das sie nicht heranzukommen schienen.

Sie folgten der Frau durch die Gänge, den würzigen Duft des gebratenen Vogels auf dem Tablett in der Nase. Rena hatte schon seit einem Tag nichts mehr gegessen, aber sie war viel zu nervös um auf ihren Magen zu hören. Sie achtete auf die steinernen Bilder an den Wänden. Eine Schmiede und zwei Menschen, die an einem Gegenstand arbeiteten ... ein alter Mann, der zu einer Menschenmenge sprach ... eine Gruppe von Händlern, und Storchenmenschen im Flug ... Moment mal!

Rena blieb stehen. War das nicht die Szene, die sie auf dem Weg zur Regentin damals bewundert hatte? Bevor sie dem Ruf in ihrem Kopf gefolgt war?

»Worauf wartest du, verdammt? Sie ist schon fast weg!«, zischte die Schmiedin, doch Rena schüttelte den Kopf.

»Ich glaube, dass ich die schon einmal gesehen habe! Es muss auf dem Weg zur *Quelle* gewesen sein!«

»Bist du sicher?«

»Nein«, musste Rena zugeben. Die Dienerin verschwand um eine Biegung im Gang, ihre Schritte wurden schon leiser. Alix und Rena standen bewegungslos da, hin- und hergerissen zwischen der Dienerin, die sie mit Sicherheit zu einem wichtigen Ort führen würde, und dem Bild, das vielleicht den richtigen Weg wies. Schließlich zuckte Alix die Achseln. »Folgen wir dem Bild.«

Rena strich mit den Fingern an der Wand entlang, tastete die Bilder. Fremd waren sie und ein kleines bisschen vertraut. Kalt an ihren Fingerspitzen, glatter, sich ölig anfühlender Stein, der ein wenig muffig roch.

Rena forschte in sich, aber nichts berührte ihre Gedanken. Keine Spur von der *Quelle.*

Sie schob ihre wachsende Unruhe von sich und tappte weiter den Gang entlang. Doch je weiter sie kamen, desto stärker wurde das ungute Gefühl. Sie war sicher, dass sie die *Quelle* an diesem Punkt schon gespürt hatte! Was war mit ihr los?

Sie sagte Alix nichts von all dem. Aber sie spürte, wie ihre Füße sich schneller bewegten, bis sie fast durch die

Gänge hastete. Ja, hier war sie richtig, sie erkannte die Umgebung wieder. Hier war die Stelle, wo sie sich von ihrem Onkel und dem Diener abgesetzt hatte. Und hier war die Jagdszene, in der sie sich damals versteckt hatte! Triumph und Erleichterung überfluteten Rena. Ja, sie waren richtig, sie hatte das fast Unmögliche geschafft, im unterirdischen Labyrinth einen bestimmten Raum wieder zu finden. Jetzt hatten sie den wichtigsten Teil ihres Auftrags fast erledigt.

»Nicht mehr weit«, flüsterte Rena. »Nur noch ein paar Baumlängen.«

»Gut gemacht!«, sagte Alix. »Ohne die *Quelle* werden wir nicht mehr allzu weit kommen. Sie werden bald merken, dass wir hier sind.«

Da, die Abzweigung, um die sie damals die Wachen beobachtet hatte, und der Gang, in dem sich der Eingang zur *Quelle* befand!

Rena holte überrascht Atem. Die Tür war noch da, genauso wie sie sie in Erinnerung hatte, aber sie wurde nicht bewacht. Irgendetwas war hier ganz und gar nicht in Ordnung!

Besorgt stürmte sie vorwärts, hielt vor der schweren Eisentür inne, riss sie auf. Sie brauchte einen Moment, um zu begreifen, was sie sah. Der schmucklose Saal lag schweigend da, so still, dass sie ihre keuchenden Atemzüge hören konnten. In seiner Mitte war der Sockel, an dem sie damals ihre Sandalen hatte liegen lassen, eine schlichte Säule aus hellem Stein. Renas Augen glitten darüber hinweg, suchten, kehrten ungläubig immer wieder zurück, tasteten sogar den Boden um sie herum ab.

»He, was von diesen Dingen ist denn jetzt diese verdammte *Quelle*?«, fragte Alix verwirrt.

Doch Rena konnte nicht antworten, der Schock drückte ihre Kehle zusammen.

Der Sockel in der Mitte des Raumes war leer.

Der milchweiße Stein, der dort gelegen hatte, die *Quelle*, war fort!

Schwarze Kutten

»Sie ist weg!«, sagte Rena.

»Rostfraß und Asche – was meinst du damit, *sie ist weg*? Dieses Ding da in der Mitte ...«

»Das ist nur der Sockel. Eigentlich sollte die *Quelle* obendrauf liegen. Aber sie ist nicht da. Jemand muss sie mitgenommen haben.«

Alix fluchte wild. »Ich glaube, die Regentin ist doch schlauer, als wir gedacht haben – oder die Schwarzen Kutten. Was jetzt?«

Erschöpft ließ sich Rena auf den Steinboden fallen und stützte den Kopf in die Hände. »Das wüsste ich auch gerne. Es war keine gute Idee, hierher zu kommen. Es war sogar eine ganz miese Idee. Wie viel Zeit haben wir noch?«

»Zwei Drittel sind noch übrig.«

»Es hilft nichts, wir müssen zurü ...«

In diesem Moment hörten sie Stimmen draußen auf dem Flur, noch ein Stück entfernt, aber schon deutlich zu verstehen. »He, Jen! Die Tür zum Verbotenen Saal ist auf. Verdammt, hat die einer von uns offen gelassen?«

Rena krabbelte hastig wieder auf die Füße. Warum waren sie auch so unvorsichtig gewesen und hatten die Tür offen stehen lassen! Verzweifelt sahen sie und Alix sich nach einem Versteck um. Doch der Saal der *Quelle* war wahrscheinlich der schlechteste Ort, den sie überhaupt hätten erwischen können. Er hatte keinen zweiten Ausgang und enthielt nicht mal einen Stuhl oder Tisch, die Wände waren glatt und die Ritzen zwischen den Steinquadern dünner als Haare. Der Sockel war zu klein, als dass man sich dahinter hätte ducken können. Sie saßen in der Falle!

»Wann hast du wieder Dienst? Muss mich bald wieder beim Kommandanten melden.«

»Hoffentlich teilt er mich nicht am Tor ein, da draußen sammelt sich der Pöbel.«

Alix deutete zur Tür und Rena nickte. Sie musste hier raus und losrennen, was das Zeug hielt. Dann waren sie wenigstens aus dieser Sackgasse heraus. Doch sie hatten schon zu lange gewartet. Als Alix zur Tür stürzte, blickte sie in das verdutzte Gesicht eines Soldaten, der mit erhobenem Schwert vor ihr stand. Ein zweiter Soldat tauchte hinter ihm auf, dann ein dritter, ein vierter ...

»Zurück! Alix, geh zurück!«, brüllte Rena. Sie hatte die schwere Eingangstür gepackt und warf sich mit ihrem ganzen Gewicht dagegen. Mit einem gewaltigen Krach donnerte die Tür zu. Alix hatte schnell reagiert und lehnte sich ebenfalls mit ganzer Kraft gegen die Tür, während Rena versuchte, den schweren eisernen Riegel von innen vorzuschieben. Knirschend glitt er an seinen Platz. Die Tür hielt, obwohl sie sichtbar vibrierte, während die Soldaten wütend von außen mit Fäusten und Schwertknäufen dagegen donnerten.

Schwer atmend lehnten sie sich gegen die weißen Wände des Saales.

»Wunderbar!«, höhnte Alix und strich sich eine Strähne ihres kupferfarbenen Haares zurück. »Warum hast du das gemacht? Vielleicht hätten wir uns freikämpfen und uns in die Gänge retten können. Jetzt sitzen wir hier drin fest und haben uns freundlicherweise selbst eingesperrt. Nun brauchen sie nur noch zu warten, bis der Hunger uns heraustreibt.«

»Ach, du meinst, du hättest eine ganze Kompanie zusammenprügeln können?«

»Vier wäre gerade noch gegangen. Es waren keine Farak-Alit.«

»Die werden sie aber jetzt sicher rufen.«

»Durch diese Tür kommen sie jedenfalls nicht so leicht.«

Alix irrte sich. Die Soldaten hatten nicht vor, zu warten, bis der Hunger sie heraustrieb. Ganz plötzlich hörten sie auf, gegen die Tür zu hämmern und zu rufen. Es wurde still draußen. Misstrauisch näherte sich Rena der Tür. »Was machen die denn jetzt?«

Zehn Minuten später wussten sie es. Ein durchdringendes Geräusch, eine Mischung zwischen Zischen und Schleifen, ertönte. Rena sah, wie eine silbrige Zunge sich durch den Türspalt bahnte und am Eisenriegel hoch zu lecken begann. Langsam begann der Riegel zu glühen, erst rot, dann orange. »Flüssiges Feuer«, rief Alix alarmiert. »O nein, ich wusste nicht, dass die das hier haben!«

»Wie lange braucht es, bis der Riegel durch ist?«

»Das ist solide Wertarbeit meiner Gilde. Hundert Atemzüge vielleicht.«

Sie sahen sich an und wussten beide, dass ihr Abenteuer in der Burg dann ein schnelles Ende finden würde.

Die Delegierten der vier Gilden waren müde und steif von den Fesseln im Schwarzen Nest, ihre kostbare Kleidung stank. Ganz in der Nähe der Felsenburg hielten sie Kriegsrat; einige von ihnen hatten sich ins Gras gesetzt, zwei andere lehnten an den jungen Colivars, unter denen sie sich versammelt hatten. Rowan stand in der Mitte der kleinen Gruppe. Er dachte: Eigenartig, dass sie alle ganz selbstverständlich akzeptiert haben, was Rena gesagt hat – dass ich das Ablenkungsmanöver leiten soll. Es war ein seltsames Gefühl, dass jetzt auf einmal alle auf ihn blickten und von ihm Entscheidungen erwarteten. Natürlich war es schön, gebraucht zu werden, aber er hatte noch nie Befehle erteilt.

»Wo bekommen wir Leute her?«, fragte eine Abgesandte der Erd-Gilde. »Die paar Gestalten, die hier sind, reichen längst nicht für einen ordentlichen Aufstand. Wenn wir mit denen vor die Felsenburg marschieren, werden wir doch nur ausgelacht.«

Rowan dachte nach. »Wir sollten die umliegenden Dörfer alarmieren. Jeder von uns gibt den Leuten seiner Gilde Bescheid. Wie viel Zeit haben wir?«

»Eigentlich keine. Rena und Alix müssten jeden Moment im Tunnel ankommen.«

»Bis ein paar Leute aus den Dörfern auftauchen, dauert es aber mindestens einen halben Sonnenumlauf«, wandte die Delegierte der Feuer-Gilde ein.

Beim Nordwind, dachte Rowan, was sollen wir tun? Er blickte zu Okam hinüber, der gewohnt war zu befehligen und zu organisieren. Doch der Offizier hatte sich ein Heilmittel für seine Verbrennungen geben lassen und schlief, bewacht von zwei Storchenmenschen, den Schlaf der völligen Erschöpfung. Auch die anderen Delegierten sahen übermüdet aus.

Plötzlich hatte Rowan einen Geistesblitz. »Setzen wir auf das Geheimnis«, sagte er. »Wartet, ich erkläre es euch ...«

Wenig später kauerte er allein im Gebüsch in Sichtweite der Felsenburg. Die großen Tore waren geschlossen, doch das hatte nichts zu bedeuten – Rowan wusste, dass die Wächter ihre Augen und Ohren weit offen hielten und jede Bewegung bemerkt werden würde. Er bemühte sich nicht zu verbergen, wo er war, und die großblättrigen Sträucher schwankten und raschelten um ihn herum. Dann hob Rowan die Laterne, die er mitgebracht hatte, und öffnete und schloss in rascher Folge die Abdeckung. Das Lichtsignal wurde aus einiger Entfernung beantwortet, dann nach ein paar Dutzend Atemzügen aus einer anderen Richtung und schließlich aus einer dritten. Noch während die Antworten durch die Nacht blitzten, rannte Rowan mit aller Kraft und diesmal so unauffällig er konnte zweihundert Schritt nach links. Schließlich ließ er sich an einer anderen Stelle, aber immer noch in der Nähe der Burg, nieder. Dort wiederholte er die Signale. Ja, auch die anderen hatten schnell die Position gewechselt, sah er zufrieden, und sie benutzten jedes Mal andere Zeichen, als würden sie Mitteilungen austauschen. Er konnte sich vorstellen, was die Wachen in der Felsenburg sich jetzt dachten: »He, da ist irgendwas Seltsames im Gange!«

Sollten sie ruhig denken, dass hier gerade ein Anschlag auf die Burg vorbereitet wurde und sie in nächster Zeit angegriffen werden würden. Es gab für die Wächter keinen Weg, festzustellen, wie viele Personen dort draußen Signale austauschten, sie konnten nicht ahnen, dass es nur so wenige waren. Rowan rechnete damit, dass die Burgwache die Vorgänge erst einmal eine Weile misstrauisch beobachten und ein paar Truppen in Alarmbereitschaft halten würde. Bis jemand entschied einzugreifen, hatten Rowans Leute längst wieder die Position gewechselt. Im nächtlichen Wald waren sie kaum zu finden, wenn sie sich ruhig verhielten und die Laterne abdeckten.

Rowan musste an Rena denken und fühlte die Sehnsucht nach ihr wie Hunger in sich nagen. Hoffentlich reichte das erst Mal an Ablenkung. Wo sie wohl gerade war und ob sie und Alix schon die Quelle gefunden hatten? Der Gedanke quälte ihn, dass er sie vielleicht hätte zurückhalten sollen, dass er sie vielleicht nie wieder sehen würde. Aber dann kehrte das Bild des Grasmeeres, das nur noch eine rauchende schwarze Wüste war, in ihm zurück und Rowan ballte die Fäuste. Nein, sie mussten herausfinden, wer das wirklich getan hatte!

Sie setzten das Spiel mit den Lichtsignalen fort, bis hinter Rowan fast lautlos ein Hirschmensch aus dem Wald trat. »Am Treffpünkt sünd jetzüt eine ganze Mengü Dörflünge versammelt«, meldete er. »Sollün sü zur Burg marschüren?«

»Ist gut, ich komme rüber«, sagte Rowan und folgte dem Hirschmenschen tiefer in den Wald, der im schwachen Licht des zweiten Mondes geisterhaft schimmerte.

Ruhelos ging Rena in dem schmucklosen Saal umher, betastete die Wände und sah sich den Sockel an, auf dem die *Quelle* gelegen hatte. Er war aus demselben Material gemacht wie die Wände, einem hellen, sehr glatt polierten Stein. In der Oberseite war eine flache Mulde in Form einer umgedrehten Halbkugel eingearbeitet, wahrscheinlich damit die *Quelle* nicht herunterrollen konnte. Wo war die *Quelle* bloß, was hatten sie mit ihr gemacht? Hoffentlich richteten sie nichts damit an! Wenn es stimmte, was ihnen der alte Archivar erzählt hatte, dann konnten die Regentin und ihre Berater damit großen Schaden anrichten. Rena hoffte, dass sie das noch immer nicht wussten.

Als Rena den Sockel betastete, spürte sie die schwachen Energieströme, Echos der *Quelle*, die hier gelegen hatte. Sie schloss die Augen, um sie besser erfassen zu können ... und hörte ein leises, schabendes Geräusch. Ihre Finger griffen ins Leere. Erstaunt öffnete sie die Augen wieder. Bildete sie es sich nur ein oder war der Sockel tatsächlich ein paar Fingerbreiten niedriger als vorher?

Alix kam heran. »He! Wie hast du das gemacht?«

»Ich habe gar nichts gemacht!«

»Das Ding ist irgendwie abgesackt. Mach noch mal, was du vorhin gemacht hast.«

Wieder drückte Rena gegen den Sockel. Diesmal spürte sie, wie ihre Finger auf Druckpunkte glitten und der Stein unter ihnen nachgab. Sie näherte sich mit dem Gesicht der Stelle und sah, dass dort haarfeine Kreise im Stein waren. Man sah sie kaum. »Beim Erdgeist!«, sagte Rena. »Das ist ja gar kein Sockel, das ist ...«

»Red nicht lange, mach weiter«, befahl Alix mit einem nervösen Blick auf die Tür. Der Riegel glühte fast weiß, kleine Metalltropfen perlten davon ab und erstarrten weiter unten wieder. Geschrei und Poltern drang von jenseits der Tür, jemand forderte sie lautstark auf, sich zu ergeben und sofort herauszukommen. Doch Rena hörte und sah nichts mehr, sie spähte der Steinsäule hinterher, die langsam, fast ohne ein Geräusch in den Boden sank und zur Seite verschwand. Dahinter wurde eine dunkle Öffnung sichtbar, groß genug für einen Menschen.

»Kannst du was sehen?«, fragte Alix und reckte den Hals.

»Ich glaube, da sind Stufen«, sagte Rena, kniete sich

auf den Boden und tastete herum. »Nein, es sind Griffkrampen! Man kann runtersteigen.«

»Und dahinter?«

»Nichts zu erkennen.«

»Die *Quelle* hat also noch mehr Geheimnisse«, sagte Alix. »Was meinst du, sollen wir?«

»Also, ich bleibe jedenfalls nicht hier!«

»Dann beeil dich«, drängte Alix. »Sie sind fast durch!«

Vorsichtig tastete sich Rena mit dem Fuß nach unten und schloss die Finger um die Krampen. Es war ein sonderbares Gefühl, ins Unbekannte hinabzusteigen. Schließlich endeten die Griffe, nach erstaunlich kurzer Strecke. Ihre Zehen tasteten ins Leere. Rena schnalzte kurz und scharf mit der Zunge und lauschte auf das Echo. Es ging nicht mehr sehr weit hinunter. Sie sprang – und landete fast sofort wieder. Ihr linker Fuß sank mit einem schmatzenden Geräusch in eine schleimige Masse ein. Es roch nach Verwesung. »Wäh«, stieß Rena aus und musste würgen.

»Was ist?«, rief Alix, deren Füße über ihr baumelten.

Rena blickte an sich hinunter. »Ich bin in einen toten Wühler getreten. Aber sonst ist alles in Ordnung!«

An der Wand sah sie einen weißen Stein, der dem Sockel sehr ähnlich war, nur reichte er horizontal in die Wand hinein. Kaum war Alix zu ihr heruntergesprungen, knallte Rena die Faust darauf – und tatsächlich, der große weiße Steinsockel setzte sich in Bewegung, glitt an ihnen vorbei nach oben. Mit einem leisen Knirschen schob er sich wieder an seinen Platz und Alix und Rena standen in der Dunkelheit. Gedämpft konnten sie hören, wie die Wachen durchbrachen und die Eisentür mit einem dumpfen *Wumm!* gegen die Wand des Saales geschleudert wurde.

Rena wollte losrennen, den Gang hinunter, aber eine Hand auf ihrem Arm hielt sie zurück. »Nichts überstürzen«, kam Alix' Stimme leise aus der Dunkelheit. »Ich glaube nicht, dass die Wachen von dem hier wissen.«

Tatsächlich: Sie konnten Rufe und das Getrappel vieler Füße über sich hören, dann überraschte Rufe, aber der Sockel bewegte sich nicht. Dann wurde es wieder still, die Soldaten schienen wieder abgezogen zu sein. Vorsichtig, ohne einen Laut, tasteten sich Alix und Rena in der Dunkelheit voran. In diesem Gang gab es keine Fackeln an den Wänden, kein einziger Lichtschimmer drang herein. Rena konnte hören, wie Alix in ihren Taschen wühlte. »Warte, ich hatte doch hier noch irgendwo ... ah!« Die Schmiedin murmelte eine Formel und ein Funke zuckte aus der Luft auf ein Stück gedrehte Pflanzenfaser nieder, das sie in der Hand hielt.

Rena sah sich um. Sie schienen in einen anderen, verborgenen Teil der Felsenburg vorgedrungen zu sein. Die Gänge hier waren schmaler und nicht verziert. Ihre Wände waren glatt, ohne eine einzige Skulptur. Staub, Erdkrümel und tote Insekten bedeckten den Boden, in einer Ecke lagen die Skelette von zwei weiteren toten Wühlern. Die Luft roch abgestanden. Es war so kühl, dass Rena in ihrer leichten Tunika zitterte.

»Puh, das hier scheint einer der toten Gänge der Burg zu sein«, sagte Alix. »Vielleicht ist hier schon seit hundert Wintern niemand mehr gewesen.«

Doch als Rena sich herunterbeugte, sah sie, dass in der Mitte des Pfades eine Vielzahl von menschlichen Fußspuren und Pfotenabdrücken verlief, darunter auch frische. Es sah beinahe aus wie ein schmaler Trampelpfad. »Falsch geraten«, sagte sie und zeigte auf die Spuren. »Hier war noch vor kurzer Zeit jemand!«

Mit gerunzelter Stirn beugte sich Alix über die Fußabdrücke. »Vielleicht sind die sogar von dem, der die *Quelle* geholt hat – von unten, an den Wachen vorbei. Witzig.«

Langsam gingen sie voran. Der Gang war leicht abschüssig, sie kamen immer tiefer. Rena verfolgte die Spuren auf dem Boden und beugte sich ab und zu herunter, um sie abzutasten. »Es muss jemand gewesen sein, der sich sehr gut in der Burg ausken ...«

In diesem Moment stieß Alix einen Ruf der Überraschung aus. Rena blickte hoch – und sah einen Menschen vor sich, kaum zehn Armlängen entfernt.

Einen Moment lang standen sie wie gebannt voreinander, niemand bewegte sich.

Die Gestalt hatte sich ihnen zugewandt und schien sie anzublicken. Sie war eher schmächtig und kaum größer als Rena. Man konnte ihr Gesicht nicht erkennen, sie hatte sich die Kapuze ihrer dunklen Robe über den Kopf geworfen.

»Das muss einer von ihnen sein – einer der Berater«, wisperte Rena.

Mit ihrer Stimme schien Leben in die dunkle Gestalt zu kommen. Sie drehte sich herum und begann mit schnellen Schritten den Gang hinabzugehen. Die dunkle Robe bauschte sich hinter ihr wie die Schwinge eines großen Vogels. Dann bog sie um eine Kurve und war verschwunden.

Alix und Rena erwachten aus ihrer Erstarrung. »Los, hinterher!«, rief Alix. »Wir dürfen ihn nicht entkommen lassen.«

Doch das war leichter gesagt als getan. Als sie mit vollem Tempo um eine Ecke bogen, schrie Alix auf und warf sich zurück. Rena prallte auf sie und in einem Knäuel von Armen und Beinen gingen sie zu Boden.

Die Flamme ging aus und sie saßen im Dunkeln. Vorsichtig raffte Rena sich auf. »Was ist denn los?«

Alix brauchte nicht zu antworten, sie zündete die Fasern wieder an und zeigte in den Gang vor ihnen. Der Boden war dicht an dicht mit handhohen spitzen Dornen besetzt, die im schwachen Licht schwärzlich glänzten. Das Stachelfeld zog sich etwa drei Menschenlängen weit den Gang hinunter.

Vorsichtig beugte sich Alix hinunter und berührte eine der Stacheln an der Seite ganz leicht mit dem Finger. Dann leckte sie ihren Finger ab und verzog das Gesicht. »Gift. Genauer gesagt ein Auszug aus dem Panzer des Xenfian-Käfers.«

»Aber ... ist das nicht gefährlich, das in den Mund zu bekommen?«

»Nein. Nur, wenn es irgendwie in den Blutstrom gerät. Dann verreckt man ein paar Momente später unter grässlichen Krämpfen. Beim Feuergeist, fast wäre ich reingetreten!«

»Verfluchte Blattfäule, da kommen wir nicht rüber. So weit kann niemand springen!«

»Vielleicht kann man sich irgendwie an der Decke entlang hangeln.«

Rena spähte nach oben. »Man kann sich nirgendwo festhalten. Wenn wir Bretter hätten, dann wäre es gar kein Problem – wir brauchten sie nur über die Spitzen zu legen.«

Doch nichts, das sie dabeihatten oder was herumlag, eignete sich für diesen Plan. Rena suchte nicht lange, sondern schaute sich stattdessen im Gang um und betastete die Wände. Alix begriff sofort. »Du meinst, es gibt hier einen geheimen Auslöser, mit dem man das Stachelfeld unschädlich macht?«

»Irgendwie muss diese Schwarzkutte ja über die Spitzen gekommen sein. Natürlich kann es auch sein, dass ein Wächter sie senkt, wenn jemand vorbeikommt, der vorbeidarf. Dann haben wir Pech. Aber es kann auch sein, dass die Stacheln immer hier sind und man sie mit einem geheimen Kniff senkt, wenn man vorbeiwill.«

Während Rena die Wände absuchte, widmete sich Alix dem tödlichen Teppich der Metallspitzen und betrachtete ihn vorsichtig aus nächster Nähe. Dann begann sie, mit angefeuchtetem Finger auch noch andere Stacheln der ersten Reihen auf Gift zu testen. Ab und zu spuckte sie angewidert aus. »Bäh, morgen werde ich schöne Magenbeschwerden haben. Aber es kann doch sein, dass einer dieser Spitzen nur eine Attrappe und der Auslöser ist. Wenn wir wüssten, welche es ist, könnten wir das Feld schnell aus dem Weg schaffen.«

Und tatsächlich: Schon nach kurzer Zeit schrie Alix triumphierend auf. »Rena! Schau dir das an!«

Zügig sanken die langen Metallspitzen in den Boden zurück. Schließlich war nichts mehr von ihnen zu sehen, nur viele ordentlich angeordnete Löcher. Alix testete, ob auch wirklich kein Teil des Stachels mehr über den Boden ragte und man gefahrlos darüber gehen konnte. »Auf einer war kein Gift«, erklärte sie. »Sie war blanker als die anderen, anscheinend haben die Kutten ein paar Mal zu oft draufgegriffen und nicht daran gedacht, ein bisschen schwarze Farbe nachzustreichen.«

Sie arbeiteten sich weiter den Gang entlang. Zu rennen wagten sie nicht mehr, jetzt wussten sie, dass hinter jeder Ecke eine tödliche Falle lauern konnte. Ihre Vorsicht zahlte sich aus – nicht weit von den Dornen entfernt hörten sie ein leises Zischen aus der Dunkelheit dringen. Rena fühlte, wie ihr trotz der Kälte der Schweiß ausbrach, als sie sich langsam vorwärts pirschten. Sie konnte gerade noch zur Seite springen, als eine Feuerwolke ihr entgegenquoll. Ein schwarzrot gemustertes Reptil mit großer stumpfer Schnauze, das fast so groß war wie Rena, fauchte sie an und kroch zischend auf sie zu.

»Nichts wie weg hier!«, schrie Rena.

Doch Alix lachte nur. »Das ist ein Tass, eins von den Biestern, mit denen ich als Kind gespielt habe. Ich wusste gar nicht, dass man sie außerhalb meiner Provinz halten kann.«

Rena erinnerte sich an das seltsame Spiel, das sie in Tassos beobachtet hatte, an die Kinder, die sich damit amüsiert hatten, ein feuerspuckendes Reptil zum Angriff zu reizen. Mochte sein, dass das für einen Menschen der Feuer-Gilde ein toller Freizeitspaß war, aber sie von der Erd-Gilde wollte mit so einem Vieh nichts zu tun haben. »Äh, könntest du vielleicht netterweise ..?«

»Kein Problem«, sagte Alix. Sie tat so, als wolle sie das Tass von rechts angreifen, wich dann aber flink nach links aus und hatte dem Tier im nächsten Moment schon ihren Fuß in den Nacken gestellt. Mit fachmännischem Griff packte sie es am Schwanz und schleuderte es von sich. Laut zischend machte sich das Tass aus dem Staub.

Als sie weitergingen, hätte Rena vor lauter Aufregung beinahe nicht gemerkt, dass sich ihr Kopf eigenartig anfühlte. Doch dann erkannte sie die Empfindung wieder und hätte am liebsten einen Freudenschrei ausgestoßen. Es war, als berührten tastende Finger ihr Bewusstsein. Die *Quelle* konnte nicht weit sein!

Sie berichtete Alix davon und die Schmiedin seufzte erleichtert auf. »Endlich. Aber das heißt auch, dass wir ab jetzt leise sein sollten, weil die Kerle in der Nähe sein könnten.«

Rena nickte. Als sie sich weiterpirschten, war sie froh, dass sie die *Quelle* schon spürte, denn sie kamen bald an eine Abzweigung, die in vier verschiedene Himmelsrichtungen führte. Ohne Zögern entschied sich Rena für die linke. Alix folgte ihr. Kurz danach zweigten drei verschiedene Gänge ab und Rena wählte den mittleren. Doch nach ein paar Atemzügen kniete Alix nieder und untersuchte den Boden. »Komisch, hier sind gar keine frischen Fußspuren mehr. Auch keine alten allerdings. Alles verwischt worden. Bist du sicher, dass das der richtige Weg ist?«

Rena runzelte die Stirn. »Gehen wir ein Stück zurück.«

Doch das brachte wenig, und sie nahmen wieder den mittleren Gang. Rena schloss die Augen und überließ es Alix auf Gefahren zu achten. Blind folgte sie der *Quelle* und versuchte, auch noch die kleinsten Veränderungen in dem Ruf zu erspüren. Sie war sicher, dass sie sich ohne Bedenken davon leiten lassen konnte und dass es sie direkt zum Ziel führen würde. Sie war sich genauso lange sicher, bis sie mit dem Gesicht frontal an eine Steinwand knallte. »Au! Was war das?«

»Die Gangwand«, meinte Alix trocken. »Hör mal, bist du sicher, dass man sich auf dein Springbrünnchen verlassen kann?«

Verdutzt betrachtete Rena die Wand, auf die sie geprallt war. Sie sah genauso roh behauen und staubig aus wie der Rest dieses unheimlichen Ganges. Genauso angefühlt hatte sie sich auch. Aber angehört hatte sie sich irgendwie seltsam. Probeweise schlug Rena mit der Faust auf den gegenüber liegenden Teil der Wand, obwohl Alix sie ärgerlich anschaute, weil sie so viel Lärm machte.

»Moment«, sagte Rena und näherte sich der Wand, zu

der die *Quelle* sie führte, bis ihre Nase sie fast wieder berührte. Erst jetzt sah man den haarfeinen senkrechten Spalt, der verriet, dass der Stein hier gespalten worden war. Wenig später fand sie auch eine unregelmäßige flache Einbuchtung, die viel versprechend aussah. Rena drückte fest dagegen, es klickte leise und ein großes Stück des Felsens schwenkte fast ohne Widerstand nach hinten. Alix stieß einen leisen Pfiff aus.

Hinter der Felsentür führte eine Treppe in die Tiefe. So leise wie möglich schlichen sie die Stufen hinunter. Alix löschte die Fackel, sie brauchten sie nicht mehr. Von unten drang ein weicher Lichtschein nach oben. Ein paar Atemzüge später standen sie im geheimsten Saal der ganzen Felsenburg.

Ein Mädchen namens Hetta

Der große Raum schien roh aus dem schwarzen Felsen herausgemeißelt worden zu sein, Verzierungen gab es hier keine. Zwei Dutzend einfacher, viereckiger Säulen stützten die niedrige Decke. Von den Seiten führten Türen weg. Stimmen, die Stimmen vieler Menschen, die erregt diskutierten, echoten von den Wänden. Rena und Alix glitten hinter eine der Säulen. Eine Gestalt in schwarzer Kutte schritt vorbei, aber die still hinter der Säule kauernden Frauen bemerkte sie nicht.

Rena riskierte einen vorsichtigen Blick hinter der Säule hervor. Als sie den Kopf wieder zurückzog, ging ihr Atem schnell. Auf der einen Seite des großen Raumes stand ein steinerner Tisch; etwa zehn Männer saßen um ihn herum. Sie alle trugen schwarze Kutten, doch die

Kapuzen hatten sie zurückgeworfen. Drei Iltismenschen trugen Getränke auf, aus den Krügen stieg ein bittersüßlicher Geruch auf. Offensichtlich hatte niemand geglaubt, dass Rena und Alix die Hindernisse überwinden konnten, denn die Männer in den Schwarzen Kutten schienen zwar nervös, aber nicht in heller Aufregung.

Bei ihrem nächsten Blick sondierte Rena einen anderen Teil des Raumes. Hier war eine freie Fläche ohne Säulen, auf deren Boden Zeichen eingeritzt waren und handhohe, geschnitzte Figuren aufgestellt waren. Und dahinter ... stand ein Sockel aus schwarzem Stein. Renas Augen weiteten sich, als sie den unscheinbaren Kiesel darauf sah. Die *Quelle!* Wellen der Kraft gingen von ihr aus – offenbar, ohne dass es die Berater störte; vielleicht spürten sie es nicht.

Rena ahnte, dass es nicht einfach sein würde, die *Quelle* zu fassen zu bekommen. Im Raum standen sechs Farak-Alit in ihren schwarz-silbernen Uniformen Wache.

»Einer der Vermittler hat gestern die Burg verlassen. Ich vermute, dass er mit den Aufständischen gemeinsame Sache macht«, sagte gerade eine der Schwarzen Kutten am großen Tisch. »Wir sollten ihn so schnell wie möglich loswerden.«

Alix wandte sich Rena zu und formte mit den Lippen das Wort *Ennobar*. Rena nickte. Hoffentlich kamen sie noch rechtzeitig hier heraus, um ihn warnen zu können.

Ein anderer der Schwarzen Kutten ergriff das Wort. »Gibt es schon Einzelheiten über diesen seltsamen Aufmarsch vor den Toren?«

»Ich habe ein paar unserer Leute ausgeschickt, sie mischen sich in die Menge. Genaueres wissen wir noch nicht. Wenn es noch lange dauert, werde ich die vierte Gruppe ausschicken und diesen Unsinn beenden.«

Hoffentlich passiert Rowan dabei nichts, hoffte Rena. Sie rümpfte die Nase. Irgendwo hier war ein unangenehmer Geruch. Erst nach einem Moment begriff sie, dass sie ranziges Fell roch. Rena fuhr herum und prallte fast auf die spitze Schnauze eines der drei Iltismenschen, die die Schwarzen Kutten bedient hatten. Er hatte sie wohl gewittert und sich lautlos angepirscht. Misstrauisch betrachtete er sie. Rena lächelte ihn an. Sie fühlte keine Angst – schließlich musste sie ihm nur erklären, dass Alix eine Verbündete und sie selbst die Frau mit den tausend Zungen war. Doch sie bekam gar nicht erst die Gelegenheit. Der Halbmensch stieß einen heiseren Ruf in Daresi aus. »Fremde!«

»Oh, Rostfraß und Asche!«, stöhnte Alix. »Und das schimpft sich Verbündeter!«

Ein paar Atemzüge später zappelten sie im Griff der Farak-Alit.

»Das sind die beiden, die mir vorhin im Gang begegnet sind!«, rief eine der Schwarzen Kutten, der Mann hatte eine große Narbe über dem Nasenrücken.

»Eine Schande, dass sie so weit vordringen konnten«, sagte ein anderer Berater. Er hatte ein verlebtes rundes Gesicht und einen silbernen Haarkranz. Seine Augen waren hart.

»Gan, du hättest nie herkommen dürfen, nachdem sie dich gesehen haben.«

»Woher sollte ich wissen, dass die Fallen im Gang sie nicht aufhalten würden und niemand von unseren Wachen dazu fähig war, sie abzufangen?!«

Jetzt wandte der Mann sich an Rena und Alix. »Wer seid ihr?«

Rena überlegte, was sie sagen sollte. Es war sinnlos, alles zu leugnen – aus reiner Neugier bemühte sich niemand, die Abwehrsysteme der Berater zu überwinden. Doch bevor ihr eine Antwort eingefallen war, ergriff Alix das Wort. »Das ist unwichtig. Aber wir wissen, wer *Ihr* seid«, sagte sie verächtlich. »Ihr seid der Abschaum von Daresh, weil ihr regiert, ohne dass es jemand wünscht und weiß.«

Ein wohlbeleibter Berater stöhnte: »Verdammt, wieder der Archivar. Wir hätten ihn längst von seiner Insel fegen lassen sollen.«

Doch der Mann mit den silbernen Haaren achtete nicht auf die Bemerkung, er musterte die beiden Eindringlinge genau. »Ich glaube, ich weiß, wer sie sind. Es sind zwei von denen, die in letzter Zeit zu den Residenzen gereist sind. Die Beschreibung passt perfekt. Höchste Zeit, sie loszuwerden! Hat eigentlich schon jemand unserer lieben Hetta Bescheid gesagt?«

»Ist das denn nötig?«, fragte der dicke Berater. Als er keine Antwort bekam, winkte er einen der Iltismenschen heran und flüsterte ihm etwas zu. Der kleine Halbmensch nickte und glitt durch die Eingangstür des Saales davon. Schwerfällig richtete der Mann in der schwarzen Kutte sich wieder auf. »Wer ist oben bei ihr?«

»Kar«, sagte ein anderer.

»Das ist gut. Er wird wissen, was zu tun ist.«

Die Soldaten schoben Rena und Alix in eine Ecke zwischen den Säulen, während sich die Berater zu einer aufgeregten Besprechung zurückzogen. Rena wunderte sich, dass sie beide nicht durchsucht worden waren. Wahrscheinlich fühlten die Wachen sich zu sechst sehr sicher. Ihr war elend zumute. Ihre Augen irrten wieder zu der *Quelle* auf ihrem schwarzen Thron. Wenn es doch irgendeinen Weg gäbe, an sie heranzukommen!

Schließlich hörten sie das Geräusch einer sich öffnenden Tür und zwei weitere Berater kamen herein. Renas Ohren fingen ein leises Gespräch zwischen zwei der Kutten auf, die neben ihr standen, und dem Neuankömmling: »Wieso hast du sie mitgebracht?«

»Ich konnte sie nicht aufhalten«, zischte der andere zurück. »Sie wollte sie unbedingt sehen!«

Wen könnten sie meinen? überlegte Rena, doch sie ahnte es schon. In diesem Moment betrat eine junge Frau den Raum und die Männer murmelten Begrüßungen. Rena erkannte die Frau sofort, obwohl es schon eine Ewigkeit her zu sein schien, dass sie sie zuletzt gesehen hatte. Sie hatte graue Augen und rote Haare, die ihr bis zum Gürtel fielen. Zwischen den Männern mit ihren schwarzen Roben wirkte sie mit ihrem kostbaren Kleid ein wenig fehl am Platz. Es war die Regentin!

Rena musste schlucken. Trotz allem, was ihnen der Archivar erzählt hatte, wurde sie die Ehrfurcht vor dieser Frau nicht ganz los.

Die Regentin betrachtete Alix und ließ den Blick dann auf Rena ruhen. Tatsächlich – sie sah neugierig drein. Ihr Gesicht war aus der Nähe jünger, als Rena es in Erinnerung hatte. Doch auch die Regentin schien erstaunt, vielleicht weil Rena dem Alter nach nur ein Lehrlingsmädchen war. »Dich kenne ich«, sagte sie. »Du bist Rena ke Alaak.«

Es war das erste Mal, dass Rena sie sprechen hörte, und sie war ein bisschen geschockt – nicht nur, weil eine der mächtigsten Frauen von Daresh ihren Namen kannte. Die Regentin hatte eine hohe, ein bisschen schrille Stimme. Es war die Stimme eines jungen Mädchens. Nun ahnte Rena, warum die »Frau aus Stein« in der Öffentlichkeit so selten sprach. Wahrscheinlich hatten es ihre Berater ihr verboten, damit sie den majestätischen Eindruck nicht zunichte machte.

»Du hättest oben im Saal bleiben sollen«, sagte einer der Männer – es war der mit den silbernen Haaren – zu der Regentin. War er ihr Vater?

»Ich gehe gleich wieder hoch. Wisst ihr schon, wie die beiden hier reingekommen sind?«

Der Mann schüttelte den Kopf. Eine der Wachen stieß Alix den Schwertknauf in die Seite. Es bedeute wohl, dass sie antworten sollten. Doch Alix schwieg mürrisch und auch Rena antwortete nicht sofort. Schließlich konnte es sein, dass sie diesen Ausgang noch einmal brauchen würden, obwohl es im Moment nicht so aussah. »Wir haben uns in Verkleidung hereingeschmuggelt«, log Rena schließlich.

»Das war keine gute Idee. Wenn ihr im Schwarzen Nest geblieben wärt, hätten wir euch vielleicht am Leben gelassen.«

Auf einmal packte Rena die Wut. »Das ist doch Blödsinn. Ihr habt uns kein Wasser dagelassen, Essen natürlich erst recht nicht. Vor Ablauf des Ultimatums hättet ihr uns bestimmt nicht rausgelassen. Einige von uns wären so oder so krepiert!«

Die Regentin holte überrascht Luft. Köpfe wandten sich ihnen zu. Wahrscheinlich sind sie nicht gewohnt, dass man so mit ihnen spricht, dachte Rena grimmig.

»Um euch wäre es nicht schade gewesen«, erwiderte die Frau. »Ihr habt die Provinzen gehörig durcheinander gebracht und viel Unfrieden gestiftet.«

Einen Moment war Rena einfach nur verblüfft. »Macht Ihr Witze? Unser Ziel ist der Frieden!«

»Was Ihr Frieden nennt«, mischte sich der Mann mit der Narbe mit glatter, geübter Stimme ein. »Unter einer starken Regentin wird es den Völkern von Daresh viel besser gehen als abhängig von den Launen der einzelnen Gilden.«

»Dummes Gewäsch!«, schrie Alix. »Den Völkern von Daresh würde es blendend gehen, wenn Ihr sofort bekannt gebt, dass nicht die Feuer-Gilde das Grasmeer abgebrannt hat!«

»Aber so war es doch«, sagte die Regentin. »Die Feuer-Gilde hat es getan.«

Rena fühlte sich, als sei ihr bei Waldarbeiten gerade ein größerer Stamm auf den Kopf gefallen, und die Stille neben ihr sagte ihr, dass es Alix ähnlich ging. Es hatte ehrlich geklungen, was die Frau aus Stein gesagt hatte. Waren sie einer falschen Fährte gefolgt? Hatte doch der Hass zwischen den Gilden diese Katastrophe verursacht, hatte Alix das Ehrgefühl ihrer Gildenschwestern und -brüder überschätzt? Das würde bedeuten, dass sie ganz umsonst ihr Leben riskiert hatten, um in der Burg nach einem Beweis zu suchen. Es würde bedeuten, dass der Bürgerkrieg nicht zu vermeiden war!

Doch als sich das Schweigen in die Länge zog, spürte Rena wieder Hoffnung in sich keimen. Keine der Schwarzen Kutten sagte ein Wort – nicht einmal zustimmendes Gemurmel war zu hören. In der Stille spürte auch die Regentin, dass etwas nicht in Ordnung war. »Die Feuer-Gilde hat es getan«, wiederholte sie, aber es klang wie eine Frage. Ihre Stimme wurde lauter und diesmal wandte sich die Regentin direkt an den Mann mit den silbernen Haaren. »Sie hat es doch, nicht wahr, Nemur?«

»Es war der einzige Weg, die Macht der Feuer-Gilde zu brechen«, sagte der Mann ruhig. »Wir hatten gemerkt, dass es nicht ausreicht, nur Verräter einzuschleusen.«

Einen Moment lang schien die Regentin verwirrt, doch dann begriff sie, was der Satz bedeutete. »Du hast es mir nicht gesagt«, sagte sie, und plötzlich zitterte ihre Unterlippe. Rena traute ihren Augen nicht. Was vor ihr stand, war keine Frau aus Stein. Es war ein verunsichertes Mädchen namens Hetta. »Du dachtest, ich würde es nicht herausfinden, dass wir es waren.«

»Glaub mir, es war notwendig.«

»Ich rede nicht vom Grasmeer, das verdammte Grasmeer interessiert mich nicht, ich rede davon, dass ich nichts davon wusste! Wie viel hast du mir noch verschwiegen?«

Die Farak-Alit, die Iltismenschen, Rena und Alix, die anderen Schwarzen Kutten – sie alle hätten genauso gut Steine sein können. Auf einmal waren sie nur noch Zuschauer eines ganz anderen Dramas. Aber die Zeit des Ultimatums lief unerbittlich ab. Rena konnte sich nicht daran hindern, nervös zu Alix hinüberzublicken.

»Beruhige dich«, sagte der Mann in der schwarzen Robe kühl. »Du wolltest die Macht genauso. Wirf mir nicht vor, was du selbst begehrt hast. Wir haben getan, was du wolltest – ohne dich damit zu belasten. Du müsstest dankbar sein.«

»Ich glaube, ich war viel zu lange dankbar«, sagte die junge Frau. »Du wolltest gar nicht das Beste für mich, sondern nur für dich selbst und die anderen.«

»Ohne uns wärst du nichts, Hetta!«

»Mag sein, aber ohne mich wärst du ebenfalls nichts! Niemand würde euren Befehlen folgen. Ich bin die Herrscherin von Daresh, nicht ihr!«

Der Mann mit der Narbe begann zu lachen und andere Schwarze Kutten stimmten ein. Rena sah, dass die Augen der Regentin tränenfeucht zu glänzen begannen.

So fasziniert Rena von dem Gespräch war, so verzweifelt war sie auch. Sie versuchte auszurechnen, wie viel Atemzüge ihnen noch blieben, bis sie die Burg verlassen mussten. Es waren nicht mehr viele. Wieder sah sie verstohlen zu Alix hinüber. Der Blick der Feuerfrau bohrte sich so intensiv in ihren, dass Rena begriff, dass sie ihr etwas mitteilen wollte. Langsam und betont ließ Alix' ihren Blick zu den Bewaffneten, dann zur *Quelle*, dann zurück wandern. Rena begriff, aber sie konnte es nicht glauben. Wollte Alix es tatsächlich mit all diesen Farak-Alit aufnehmen und sie ablenken, damit Rena währenddessen versuchen konnte, sich die *Quelle* zu greifen? Ja, der Zeitpunkt war gut, denn alle Schwarzen Kutten verfolgten den Streit mit Spannung, und sogar die Wachen und die beiden Iltismenschen lauschten. Aber es war trotzdem Selbstmord!

Sie opfert sich, damit die Gilden leben können, dachte Rena. Es zerriss sie fast, wenn sie daran dachte, dass Alix sterben würde, aber die Feuerfrau hatte Recht. Es musste jetzt sein oder nie. Wenn sie noch länger warteten, verstrich die Frist, und ob sie ihr Leben behalten durften, war auch lange noch nicht sicher.

Ganz leicht nickte Rena zu Alix hinüber: Einverstanden. Dann wartete sie mit angespanntem Körper darauf, dass die Feuerfrau losschlug. Es geschah mit der Geschwindigkeit und Grazie eines angreifenden Raubtiers, schnell und hart. Jetzt wurde es für die Truppen zum Verhängnis, dass sie sie nicht durchsucht hatten. Einen Lidschlag später sank einer der Farak-Alit, der sie bewacht hatte, von einem Dolch getroffen zusammen, ein zweiter taumelte aus einer tiefen Wunde blutend in Richtung Wand. Doch Alix' Ziel waren nicht die Wachen, sie warf sich auf den Mann mit den silbernen Haaren, der wertvollsten Geisel. Doch die Farak-Alit begriffen schnell und Alix kam nicht weit. Ein Wald von Klingen wuchs vor der schwarzen Kutte des Beraters. Die Waffen trafen Alix' Schwert mit einem ohrenzerfetzenden Geräusch und einer Wucht, die gereicht hätte, eine schlechte Klinge in fingerlange Stücke zerbrechen zu lassen.

Rena verschwendete keine Zeit. Sie sprang vor, auf die *Quelle* zu. Der Stein war keine drei Menschenlängen entfernt. Geschickt hatte Alix den Kampf auf die andere Seite des Raumes gezogen, weg von der *Quelle* und zu den Säulen hin.

Die eingeritzten Linien im Boden stellten sich als detaillierte Karte von Daresh heraus – Rena fand sich mit den Füßen mitten in der Provinz der Luftgilde wieder. Doch Alix' Warnschrei ließ sie herumfahren. Hinter ihr hob ein Soldat die Klinge zum Schlag und erschrocken machte Rena zwei Schritte rückwärts. Sie stolperte über die bemalten Figuren, die in den einzelnen Orten stationierte Truppen verkörperten, und kullerte in die Umrisse der Provinz Tassos hinein. Der Schlag ging ins Leere. Der Farak-Alit, der ihr auf den Fersen gewesen war, ein schnurrbärtiger Dunkelhaariger, kam ebenfalls auf den Figuren zu Fall und ging fluchend in der Nähe von Ekaterin zu Boden.

Schnell arbeitete sich Rena weiter vor. Doch inzwischen hatten die Farak-Alit Alix aus dem Schutz der Säulen herausgetrieben, Klingen blitzten ganz in Renas Nähe durch die Luft. Sie konnte einem Schlag nicht schnell genug ausweichen, er schlitzte den Ärmel ihrer Tunika auf und sandte einen stechenden Schmerz durch ihren Arm. Rena schrie auf und presste die Hand auf den blutenden Schnitt. Unnatürlich groß schien die *Quelle* auf ihrem Sockel vor ihr zu schweben, sie war zum Greifen nah. Rena spannte ihren Körper an und streckte die unverletzte Hand aus. Als sich plötzlich eine Gestalt zwischen sie und die *Quelle* schob, hätte sie brüllen können vor Enttäuschung und Verzweiflung. Doch dann begriff sie, in welcher Gefahr sie war: Vor ihr stand der schwer bewaffnete Farak-Alit, der vorhin auf den Figuren ausgerutscht war. Sein blasses Gesicht war vor Wut verzerrt.

Es sprach sich in Windeseile herum, dass sich vor der Burg etwas tat. Nicht alle, die aus den umliegenden Dörfern gekommen waren, wussten, worum es ging, sie wollten einfach da sein, wo etwas los war. Aber Rowan bemerkte, dass sich die Leute die Geschichte von Renas Reise und den Forderungen der Delegierten schnell untereinander erzählten.

Zufrieden überblickte Rowan die Menschen, die sich inzwischen vor dem Tor versammelt hatte. Allmählich war sie dicht genug, um als Menge durchgehen zu können. Alle Gilden waren vertreten und auch ein paar Halbmenschen waren hinzugekommen. Schüchtern schlichen sie herum, bevor sie wagten, sich unter die »Dörflinge« zu mischen. Niemand schien sich daran zu stören, dass sie da waren, obwohl die Stimmung aufgeladen war. Fackeln, Stöcke und Schwerter wurden vor der Burg geschwenkt. Ab und zu warf jemand einen Stein, der mit einem Poltern vom großen Tor abprallte.

Rowan brauchte kaum noch Anweisungen zu geben. Die Menschen hatten so viel Wut aufgestaut, dass er eher Mühe hatte, sie davon abzuhalten, das Tor einzureißen und die Burg zu stürmen. Die Wächter der Felsenburg schienen das zu ahnen, denn sie hielten die

Eingänge fest verschlossen und doppelt gesichert. Alle Wachstationen waren besetzt und Rowan konnte die grimmigen Gesichter der Soldaten auf den Beobachtungsposten erkennen. Er grinste zufrieden. Die hatten sie ordentlich aufgescheucht. Wo Rena und Alix jetzt wohl waren?

Mit hämmerndem Herzen streckte Rena die Hände aus, um zu zeigen, dass sie unbewaffnet war. Nach ein paar Atemzügen wich der irre Blick aus den Augen des Soldaten, das Schwert vor Renas Nase senkte sich ein paar Fingerlängen. »Beweg dich nicht, kleine Bestie!«, gellte es Rena in den Ohren. Der Mann winkte einen seiner Mitkämpfer heran und entrollte einen kurzen Strick von seinem Ausrüstungsgürtel. Anscheinend sollten die Eindringlinge möglichst lebend gefangen werden.

Doch die Verstärkung ließ auf sich warten, die anderen Soldaten hatten mit Alix alle Hände voll zu tun. Ärgerlich wandte der Farak-Alit den Kopf, um zu sehen, wo sie blieben. Rena nutzte den kurzen Moment und gab Fersengeld. Sie tauchte zwischen die schwarzen Säulen und hetzte von einer zur anderen, bis sie sicher war, dass der Soldat sie im Getümmel aus den Augen verloren hatte.

Im unterirdischen Saal war das Chaos ausgebrochen. Aus dem Augenwinkel sah Rena schwarz gekleidete Gestalten kopflos umhereilen, jemand schrie, brüllte Befehle, die niemand verstand. Und mittendrin Alix, die mit jedem Quäntchen ihrer Kraft wie eine Furie kämpfte und es irgendwie geschafft hatte, bisher am Leben zu bleiben.

Renas Augen kehrten zu der *Quelle* auf ihrem Thron

aus schwarzem Stein zurück. Es half nichts, sie musste mittendurch und auf die andere Seite des Raumes, sonst kam sie nie heran! Sie verließ den Schutz der Säulen und sprintete los. Diesmal fand sie eine freie Bahn vor. Vor dem schwarzen Thron stolperte sie wieder einmal über eine der Figuren, fiel gegen den kühlen Stein, griff nach oben, tastete herum und für einen Moment, den sie nie in ihrem Leben vergessen würde, berührte sie wie damals nach ihrer ersten Audienz die glatte Oberfläche der kleinen Kugel. Sie griff zu und dann hielt sie die *Quelle* in der Hand.

Nichts hatte Rena darauf vorbereitet, wie es sich anfühlen würde. Der Stein brannte in ihrer Hand, als sei er glühende Kohle, kleine Schockwellen jagten durch ihren Geist und Körper. Es schüttelte Rena und sie konnte kaum noch klar sehen, doch ihre Finger ließen nicht locker, krampften sich um ihre lebenswichtige Beute.

Sie musste einen Moment lang ohnmächtig geworden sein, denn im nächsten Moment fand sie sich auf dem Boden wieder und hatte nichts davon gemerkt, dass sie gefallen war. Irgendwie hatte sie gedacht, dass der Kampf beendet sein würde, wenn sie die *Quelle* hatte. Aber um sie tobte es noch wie zuvor und Rena ahnte, dass sie nur deshalb noch lebte, weil die Wachen sie wahrscheinlich für tot gehalten hatten. Sie sah sofort, dass Alix in einer verzweifelten Lage war. Zwar waren nur noch drei Farak-Alit übrig und die Berater beobachteten den Kampf feige aus den Ecken des Raumes, doch die restlichen Elitesoldaten hatten es geschafft Alix in eine Ecke zu drängen. Die Bewegungen der Schmiedin waren schon längst nicht mehr so kraftvoll wie am Anfang und ihre Tunika war an mehreren Stellen blutdurchtränkt.

Nervös, mit fliegendem Puls, beugte sich Rena über die *Quelle*. Wie entfaltete man ihre Kraft? Konzentrieren, sie musste sich konzentrieren! Doch bei dem Lärm ging das kaum und die Hast machte sie noch ungeschickter. Rena kamen fast die Tränen.

Schon waren die Regentin und einige der Schwarzen Kutten darauf aufmerksam geworden, was Rena tat, und versuchten zu ihr vorzudringen.

Ein verwirrtes pelziges Gesicht schwamm in Renas Blickfeld. Die beiden Iltismenschen konnten sich keinen Reim darauf machen, was hier geschah. Als Rena sie sah, erinnerte sie sich plötzlich an die Kampfübungen in dem unterirdischen Bau tief im Wald, an die Geschwindigkeit, mit der kein menschlicher Kämpfer mithalten konnte. Aber ob die Kraft der *Quelle* die Halbmenschen zurückhalten würde? Und vielleicht waren sie längst treue Helfer der Schwarzen Kutten und sogar freiwillig hier – schließlich hatte einer von ihnen sie verraten!

»*Grau wie das Wasser, rot wie der Mond, gelb wie die Flamme, weiß wie der Stern*«, stöhnte Rena. »Wir brauchen die Hilfe der Caristani!«

»Schwester, du eine Schwester?«, rief der eine Iltismensch heiser in seiner Sprache. »Wie kann das sein, wie?«

»Ich habe Freunde unter den Caristani, einer von ihnen hat mir die Formel gegeben!«

»Wie konnten wir dich verraten, wie konnten wir?«

»Ist schon in Ordnung«, keuchte Rena und hoffte, dass die beiden bald aufhörten, blöde Fragen zu stellen. »Könnt ihr uns helfen oder ist die *Quelle* zu stark?«

»Sie ist stark, aber nicht so wie vorhin, nein. Wir helfen!«

Wie zwei braun- und cremefarbene Blitze fuhren die

beiden Halbmenschen auf die Farak-Alit los. Scharfe Eckzähne rissen die schwarz-silbernen Uniformen in Fetzen, senkten sich in Arme und Beine. Überrascht und erschrocken taumelten die Kämpfer vor diesen unerwarteten Gegnern zurück und ließen wenigstens ein paar Sekunden von Alix ab. Einer der Iltismenschen ging dem Mann mit der Narbe, der schon bis auf ein paar Meter an Rena herangekommen war, an die Kehle und riss ihn zu Boden. Angstvoll zogen sich die anderen Berater wieder in Deckung zurück.

Wenn sie wüssten, was die *Quelle* wirklich ist, dann hätten sie mich nicht an sie herankommen lassen – nicht mal eine Tagesreise weit, dachte Rena. Sie kauerte sich in eine Ecke zwischen den Säulen und nahm den Stein in beide Hände. Hastig schickte sie ihre Gedanken aus und spürte, wie die *Quelle* ihren Geist berührte. Sie hatte Kontakt! Noch wirbelten die Energieströme, die von ihr ausgingen, unkontrolliert herum und Rena versuchte sie mit den Gedanken zu ordnen wie einen verfilzten Wollstrang, sodass sie gleichmäßig nebeneinander liefen. Das schien das Richtige zu sein, denn sie spürte, wie die Kräfte mit jedem Moment wuchsen, anschwollen wie ein Fluss nach der Schneeschmelze. Sie versuchte, die Energie in einem Schwung auszuschicken, in eine bestimmte Richtung zu lenken, aber es war so schwierig, als versuche sie, das Ohrenwackeln zu lernen!

Rena zwang sich zur Geduld. Sie schloss die Augen, blendete die Welt um sich aus. Die Ströme waren jetzt fast alle gebündelt. Rena stellte sich vor, es seien Holzfasern und sie würde sie in eine Richtung biegen. Sofort spürte sie das Ergebnis. Ja, das funktionierte! Sie probierte die Fasern von sich zu werfen, stellte sich ihren hervorschießenden Arm, die Faust, die sich öffnete, ihre

Finger, die sich zum Wurf ausbreiteten, vor – und merkte, wie sich der Boden unter ihr bewegte. Steinbrocken krachten um sie nieder und Staub rieselte in ihre Haare.

Erschrocken öffnete Rena die Augen und taumelte rückwärts. Die Säule, hinter der sie sich versteckt hatte, war fast völlig zerstört, ein tiefes Loch klaffte in ihrer Mitte, aus dem noch der Staub aufstieg.

Der Pakt

Rena starrte die zerschmetterte Säule an. War das die *Quelle* gewesen? Es gab keine andere Möglichkeit!

Es war still geworden. Man hörte nur das Keuchen der erschöpften Kämpfer und das Stöhnen der Verwundeten. Alle Gesichter hatten sich Rena zugewandt, die Augen der meisten waren schreckgeweitet. Dann begannen Berater und Wachen aufgeregt durcheinander zu reden.

»Was war das?«

»Beim Feuergeist!«

»Die Säule ..! Habt ihr das gesehen ...«

»Ich war das«, unterbrach sie Rena schließlich. Sie sprach nicht laut, aber das war auch gar nicht nötig. »Das in meinen Händen ist die *Quelle*. Sie ist viel mächtiger, als ihr alle gedacht habt.«

Sie hatte sich jetzt völlig auf die *Quelle* eingestimmt und brauchte nicht mehr die Augen zu schließen, um die gebündelten Energieströme fließen zu sehen, sie leuchteten nun wie Ströme flüssigen Metalls. In diesem Moment wusste sie, dass sie tatsächlich die Felsenburg vernichten konnte, wenn sie wollte. Jemandem die Lebenskraft zu entziehen war sicher nicht viel schwieriger, aber das würde sie nie tun, nie.

»Sie lügt!«, schrie ein Soldat. »Dieses winzige Ding da? Das kann nicht sein!«

»Ich kann gerne noch eine Säule zerlegen«, bot Rena an und sofort erhob sich entsetztes Gemurmel. Einer der Berater trat vor, es war der Mann mit den silbernen Haaren, den Rena für den Vater der Regentin hielt. »Die *Quelle* kann so etwas bewirken? Die *Quelle*, die die ganze Zeit über in der Felsenburg war?«

Rena nickte und das Gesicht des Beraters verzerrte sich vor Wut über die entgangene Gelegenheit. Doch Rena beachtete ihn nicht länger, ihre Augen suchten nach Alix. Die Schmiedin lehnte erschöpft, aber anscheinend nicht schwer verletzt an einer der Säulen und grinste ihr zu. Rena ging auf sie zu und eilig machten ihr Berater und Farak-Alit eine Gasse frei. »Alles in Ordnung?«

Alix nickte unter Schmerzen. »Wir müssen schnellstens hier raus. Wir haben nur noch etwa dreihundert Atemzüge, bis das Ultimatum abläuft. Das wird verdammt knapp.«

»Aber diesmal können wir durchs Haupttor – da geht es schneller.«

In der Masse der schwarzen Kutten sah Rena die Regentin und winkte sie zu sich heran.

»Wir wollen unsere Macht nicht missbrauchen. Aber Ihr müsst jetzt bekannt geben, was in Wahrheit zwischen den Gilden geschehen oder nicht geschehen ist. Das ist unsere Bedingung. Und die Berater. Die Berater dürfen keine Macht mehr haben.«

Die Regentin hatte bessere Nerven, als Rena ihr zugetraut hatte. Sie zitterte und ihr Gesicht war verzerrt, aber mit jedem Moment hatte sie sich wieder besser unter Kontrolle. »Ja, ich glaube, meine Berater haben verdient, was heute geschehen ist. Was würdet Ihr an meiner Stelle mit ihnen tun? Sie töten?«

Sie fragt wieder um Rat, dachte Rena entmutigt und hielt sich den verletzten Arm. Das Blut war schon durch den Stoff des Ärmels gesickert. Wird sie ihr ganzes Leben lang um Rat fragen? Oder will sie mich einfach nur testen?

»Nein, Regentin. Ich glaube, das wäre keine echte Lösung.«

»Nun gut. Sollen sie in die Verbannung gehen! Im Land jenseits der sieben Türme ist Platz für sie.«

Der Mann mit den silbrigen Haaren hielt sich eng an der Seite der Regentin und nickte beifällig. Doch die Regentin drehte sich zu ihm um: »Das gilt auch für dich. Ich will dich nicht mehr sehen!«

Rena merkte, wie schwer es ihr fiel, das zu sagen, und einen Moment lang war die junge Frau ihr fast sympathisch. Es gehörte Mut dazu, sich von seinen Beratern zu lösen – besonders, wenn dieser Mann mit ihr verwandt war. Von einem Land jenseits der sieben Türme hatte Rena nie gehört. Vielleicht begann es dort, wo die Provinzen endeten. Es war wohl eine Frage an den alten Archivar wert, wenn sie ihm jemals wieder trafen.

»Du wirst schon merken, wie es dir ergehen wird ohne uns«, spuckte der Mann wütend aus und wandte sich ab. »Eine Tochter wie dich brauche ich nicht!«

Er stapfte auf die Tür des Saales zu und war verschwunden. Rena war nicht ganz wohl dabei, diesen Kopf von ganz Daresh so einfach gehen zu lassen.

»Wir sollten die anderen erst Mal einsperren«, schlug

sie Alix vor und die Schmiedin nickte. »Schau mal, wo die Türen hinführen. Vielleicht können wir sie in einem der Räume einschließen.«

Rena wandte sich wieder an die Regentin. »Was alles andere angeht, müssen wir verhandeln – auch das ist unsere Bedingung. Vieles muss anders werden.«

Es war unheimlich, mit anzusehen, wie sich der harte Panzer in der Spanne eines Atemzugs wieder über das Gesicht der Regentin legte. »Nun gut, wir werden verhandeln. Aber erwartet nicht zu viel davon, Erdfrau. Noch bin ich die Herrscherin von Daresh – mit oder ohne Berater. Schließlich weiß außer euch niemand, dass es sie je gegeben hat.«

Eins steht fest: Dumm ist sie nicht, dachte Rena. Sie verbeugte sich steif, drehte sich um und ging.

Ennobar holte sie am Haupttor der Felsenburg zur offiziellen Audienz ab. Es fühlte sich eigenartig vertraut an, wieder hier zu sein. Wie damals bei Renas erster Begegnung mit der Regentin war es bedeckt und regnerisch und das Gestein wirkte schwarz und kalt. Fröstelnd sah Rena an den Außenmauern empor und wandte sich dann noch einmal um. Eigenartig bewegt blickte sie auf die Menge zurück, deren Stimmen aus der Entfernung wie ein wütendes Summen klang. Eine solche Menge hatte die Welt Daresh noch nicht erlebt. Einträchtig drängten sie sich vor den Toren der Felsenburg, ohne auf den Nieselregen zu achten, der sie durchnässte: Schmiede und Erzsucher, Waldleute, Holzschnitzer, Händler, Gastwirte und sogar einige Menschen der Wasser-Gilde. Zwischen ihnen ragten die Geweihe der Hirschmenschen und die dürren Hälse von Storchenmenschen hervor, hier und dort sah man zwischen den menschlichen Beinen Pfoten und Hufe. Weiter hinten sah Rena den massigen Körper eines Dhatlas – und erkannte Kollox, ihren gepanzerten Reisegefährten mit dem wunden Zeh. Gerade reckte sie den Kopf, sie schien Ausschau zu halten. Rena musste lächeln. Wer Kollox wohl hergebracht hatte?

»Alle stehen sie hinter uns«, murmelte Dagua. »Und ihre Berater hat sie nicht mehr. Jetzt muss die Regentin verhandeln.«

»Ja«, sagte Rena. »Aber noch haben wir nicht gewonnen.«

Als sie sahen, dass sich Rena ihnen zugewandt hatte, brachen einige der Menschen in Hochrufe aus. Rena lächelte verlegen und war froh, als Ennobar sie in die Gänge geleitete, in das Labyrinth der erstarrten Bilder. Dort erwarteten Rowan, Alix und die anderen einige menschliche Dienerinnen. »Erstmal müssen wir euch präsentabel machen. Das ist so üblich bei einer Audienz«, murmelte der Vermittler entschuldigend. »Wir sehen uns dann im großen Saal.«

Als sie sich ein Achtel Sonnenumlauf später im Gang wiedertrafen, hatten sie sich alle drei verwandelt. Alix hatte sich wieder einmal in Schale geworfen, sie trug ihr glänzendes Kettenhemd und die hohen Stiefel, die Rena schon beim Hohen Rat der Feuer-Gilde an ihr gesehen hatte. Doch diesmal brauchte Rena sich nicht als graue Maus zu fühlen: Sie selbst trug eine weiße Tunika, die mit Verzierungen aus Silber und Wasserdiamanten besetzt war, einen neuen Ledergürtel und einen Umhang aus weichem schneeweißen Stoff. Ihr verletzter Arm war mit einem frischen Leinentuch verbunden. Rowan hatte man prächtige sandfarbene Kleidung gegeben, in der er nicht mehr wie ein junger Händler, sondern wie ein wohlhabender und einflussreicher Gildenmeister aussah. Er grinste Rena schüchtern an. Dagua hatte aus seinem Gepäck die schlichten dunkelblauen Gewänder des Hohen Rats der Wasser-Gilde hervorgekramt, die er bisher geschickt vor ihnen versteckt hatte. Ausnahmsweise war sein verschmitztes Lächeln einmal nicht zu sehen, er wirkte ernst und konzentriert. Okam trug eine nagelneue Uniform und hielt sich sehr gerade. Falls er Schmerzen hatte, sah man es ihm nicht an. Die anderen Delegierten trugen eigene Trachten ihrer Gilde.

»Sie haben gesagt, wir können die Sachen behalten«, flüsterte Rowan Rena ins Ohr. »Dabei ist allein deine Ausstattung mit all diesen Diamanten ein Vermögen wert!«

»Schön und gut«, flüsterte Rena zurück. »Aber es kann auch ein Versuch sein, uns zu bestechen. Lass dich davon nicht zu sehr beeindrucken.«

Sie wartete darauf, dass sie die *Quelle* zu spüren begann, und tatsächlich, nach einer Weile berührten die Finger wieder ihr Bewusstsein. Doch diesmal war es kein Ruf, den sie hörte. Es war eher, als begrüße die *Quelle* sie, es war ein warmes und vertrautes Gefühl. Rena hatte sie erst wieder aus der Hand gegeben, als sie sicher sein konnte, dass sie gut bewacht wurde – von einer Gruppe Iltismenschen, die Anweisung hatten, niemand außer Rena selbst an die *Quelle* heranzulassen. Der weiße Stein lagerte in einem so gut wie möglich abgeschirmten Raum in der Burg.

»Fühlt ihr das?«, fragte Rena.

»Was?«, fragten Alix und Dagua, und Okam blickte verständnislos drein, doch Rowan nickte. »Ganz leicht ... es ist ein Ruf, nicht wahr? Was ist das?«

»Das ist die *Quelle*«, sagte Rena und freute sich, dass

gerade er empfänglich dafür war. Vielleicht konnte man ihn später einmal zu einem Übersetzer zwischen Halb- und Vollmenschen machen. »Aber sie ist schwächer als sonst, nachdem ich sie so lange in der Hand hatte.«

»Was würde geschehen, wenn ich dem Ruf folge?«, stieß Rowan hervor. »Würde ich ...«

»Tus nicht – jetzt noch nicht«, sagte Rena still. Rowan griff nach ihrer Hand und stellte fest, dass sie kalt war wie die einer Toten. Er beugte sich zu ihr herunter und küsste sie, ohne darauf zu achten, dass sie nicht allein waren. »Angst?«

»Sie kann uns töten lassen!«

»Nein. Nicht mehr. Die Menge da draußen ...«

»Ja. Die Menge. Unsere Leute.«

Am Ziel. Es war nicht derselbe Raum, in dem damals die Audienz für Renas Onkel abgehalten worden war, sondern ein richtiger Saal. Seine hohen Steinwände waren mit schwarz-silbernen Tüchern verhängt. In der Mitte waren schmiedeeiserne Tische zu einem großen Viereck zusammengestellt worden. Fünfzehn schwere Holzstühle standen darum herum.

Nervös schlenderten Rowan und Rena im Saal herum. Dagua dagegen schien nicht einmal aufgeregt. Als Renas und sein Blick sich kreuzten, grinste er ihr aufmunternd zu. Doch das Grinsen verging ihm, als vier Diener die großen Flügeltüren auf der einen Seite des Saales öffneten. Heute hatte die Regentin nichts Kindliches mehr an sich, sie hatte sich in die »Frau aus Stein« zurückverwandelt. Ihre eisgrauen Augen ruhten einen Moment auf Rena. Der Blick schien auf ihrer Haut zu brennen. Ob sie daran dachte, was vor zwei Tagen tief unter der Burg geschehen war?

Die Regentin setzte sich auf den Stuhl an der Stirnseite des Tisches. Die drei Menschen, die sie mitgebracht hatte, setzten sich neben sie – einer von ihnen war Ennobar, ihr wichtigster Vermittler, ein anderer trug die Abzeichen eines Generals der Farak-Alit, ihrer gildelosen Elitetruppe, den dritten konnte Rena nicht einordnen.

Gestern, als sie bis spät in die Nacht im Haus eines Händlers diskutiert und ihre Liste von Forderungen abgesprochen hatten, hatten die Delegierten Dagua zu ihrem Sprecher gewählt. Es hatte keine Gegenstimmen gegeben, weil alle ihn für weise hielten und er eine scharfe Zunge hatte, wenn es sein musste. Rena dachte an diesen Abend zurück. Die Vertreter der verschiedenen Gilden hatten sich wirklich Mühe gegeben, freundlich miteinander zu sprechen. Das gemeinsame Ziel wirkte – solange sie darüber redeten, wie sie der Regentin beikommen konnten, fühlten sie sich verbunden. Das wichtigste war, dass die vier Gilden endlich mitbestimmen konnten, sodass die Regentin etwas von ihrer Macht verlor und nicht mehr als Einzige die Kontrolle über die *Quelle* hatte.

Ennobar ergriff das Wort. Sein Gesicht war düster. »Wir haben die Liste mit euren Vorschlägen erhalten. Wir können sie auf keinen Fall akzeptieren.«

Erstaunt blickte Rena ihn an. Das war nicht derselbe Mann, den sie auf der Lichtung im Wald kennen gelernt hatte, mit dem sie sich hoch über dem Weißen Wald an das Entlüftungsgitter geklammert hatte! Doch dann erinnerte sie sich daran, dass die Regentin aus ihm sprach. In diesem Moment war er nicht Ennobar, sondern der Vermittler.

»Die Gilden haben kein Recht mitzuregieren. So lautet das Gesetz von Daresh.«

»Es ist ein schlechtes Gesetz und die Tradition ist eine andere Sache. Die Regentin hat dazu beigetragen, den Streit zwischen den Gilden zu schüren. Ihre Rolle ist jedoch, für Ausgleich zu sorgen. Wir verlangen, dass sie diese Aufgabe erfüllt wie früher.«

Fast ein Viertel Sonnenumlauf ging das so – keiner von beiden Vermittlern gab auch nur eine Fingerlänge nach. Wird das ewig so weitergehen? fragte sich Rena. Sie war schon müde, obwohl es kaum richtig angefangen hatte. Doch sie hätte es nicht geschafft, sich jetzt zu entspannen, die Gedanken sausten in ihrem Kopf herum wie wilde Bienen.

Es schien einen kleinen Tumult im Vorzimmer zu geben. Ein Diener in Begleitung einer dünnen blonden Frau kam herein, verbeugte sich und flüsterte dem General etwas zu. Rena spitzte die Ohren. »Menge ... das Tor nicht mehr lange ... Aufruhr ...«

Mit verkniffenem Mund sagte der General in die Runde: »Der Pöbel fordert ein Zeichen, dass ihr noch am Leben seid. Sonst stürmen sie die Mauern – oder das drohen sie jedenfalls. Womöglich müssen wir die Farak-Alit einsetzen ...«

»Wenn Ihr die Farak-Alit auf das Volk hetzt, werden Euch die vier Gilden zermalmen«, sagte Alix nüchtern. Sie wandte sich direkt an die Frau am Kopfende des Tisches. »An Eurer Stelle würde ich das nicht tun, Regentin. Wir kommen im Frieden und wollen nicht, dass jemand verletzt wird.«

Die Regentin gab ein kleines Zeichen und der General verstummte.

Es stellte sich heraus, dass die Menschen vor den Toren die dünne blonde Frau als Zeugin geschickt hatten. Sie warf einen Blick in die Runde und verschwand wieder um Bericht zu erstatten, dass es den Delegierten gut ging.

»Das war eine gute Idee von den Leuten draußen«, flüsterte der Offizier Okam Rena zu. »Soll die Regentin ruhig spüren, dass sie Kompromisse mit uns machen muss.«

In den nächsten hundert Atemzügen ging es endlich voran – Blattlänge für Blattlänge. Der nächste wichtige Punkt waren die *Quelle* und die Rechte der Halbmenschen. Es war nun bekannt, was für eine mächtige Waffe der kleine Stein war, und sie diskutierten lange, was mit ihr geschehen sollte und wie man sie verwahren musste, damit niemand sie missbrauchen konnte.

Schließlich gestand ihnen Ennobar auf ein Zeichen der Regentin hin zu, dass in Zukunft ein Rat der vier Gilden in der Felsenburg mitregieren würde, wenn auch nicht in Fragen der äußeren Grenzen Dareshs und der Abgaben. Die *Quelle* würde unter die Kontrolle der Halbmenschen gegeben werden. Mit Jubel in den Gesichtern sahen sich die Delegierten an, obwohl sie ahnten, dass es nicht einfach sein würde, diese Rechte in der täglichen Arbeit auch durchzusetzen.

Allein Dagua und die Regentin schienen so frisch wie zu Beginn der Verhandlungen, die anderen wischten sich erschöpft über die Stirn und ließen sich in ihren Stühlen zurücksinken. Elro nahm ein kleines hölzernes Kästchen aus seinem Umhang, zog daraus eine Portion Kopfkraut, das das Gehirn stärkte, und schob es sich in den Mund. Achtlos ließ er das Kästchen in der Tasche verschwinden und wandte sich wieder den Verhandlungen zu. Vielleicht konnte er sich jetzt besser konzentrieren – Rena ging es genau umgekehrt. Dieses Kästchen ... sie hatte das Gefühl, dass sie es schon einmal gesehen hatte. Wo konnte das nur gewesen sein?

Dagua eröffnete die nächste Runde der Verhandlungen. »Wichtig ist uns auch, dass etwas für den Frieden zwischen den Gilden getan wird.«

»Es wird immer weiter Gildenfehden geben«, sagte Ennobar.

»Ich weiß«, sagte Okam. »Aber wir könnten verhindern, dass sie sich hochschaukeln, indem wir eine Strafe für solche Fehden einführen. Eine Strafe, die von allen gemeinsam beschlossen wird.«

»Niemand wird sich daran halten. Das bringt doch nur noch mehr Unfrieden!«

»Wir werden eine Truppe brauchen, die das durchsetzt«, sagte Alix. »Eine Truppe, die aus Menschen aller vier Gilden besteht.«

»Kommt gar nicht in Frage!«, rief ein Delegierter der Erd-Gilde. »Wir sind für den Frieden, nicht dafür, noch mehr Menschen zu den Waffen zu bringen.«

Rena hörte nur mit halbem Ohr zu. Sie dachte über das Kästchen nach und das Gefühl, dass damit etwas nicht stimmte, wurde immer stärker. Was hatte es damit auf sich?

»Ich halte den Vorschlag für gut. Aber die Truppe darf nicht aus Gildenlosen bestehen«, sagte Okam. »Die Farak-Alit sind bei allen verhasst. Vielleicht sollte man sie sogar auflösen, um guten Willen zu zeigen.«

Die Regentin gab ein winziges Zeichen und der General sagte: »Das können wir nicht akzeptieren. Die Farak-Alit bleiben weiterhin die Elitetruppe der Regentin. Außerdem will die Regentin, dass Mitglieder der Farak-Alit als Offiziere einer Vier-Gilden-Truppe eingesetzt werden.«

Okam runzelte die Stirn. »Für eine gute Lösung halte ich das nicht.«

In diesem Moment fiel es Rena ein. Sie hatte das Kästchen an diesem eigenartigen Tag gesehen, als sie die *Quelle* berührt hatte, bei der Audienz mit der Regentin …

Sie war überrascht, als der Meister aus einer seiner Taschen ein einfaches kleines Kästchen aus jungem Nachtholz hervorholte. Sie hatte es noch nie gesehen; der Meister musste es selbst gemacht haben. Es hatte nur an den Seiten eine Zierschnitzerei, eine mit winzigen Blättern versehene Ranke, die die Signatur des Meisters enthielt. Er übergab es der Regentin mit einer Verbeugung. Sein Gesicht war starr, und er erwiderte das winzige Lächeln auf dem Gesicht der Regentin nicht.

Rena war überzeugt, dass es dasselbe Kästchen war. Ganz sicher konnte sie es allerdings erst feststellen, wenn sie sich das Rankenmuster aus der Nähe anschauen konnte. Jeder Meister hatte seine eigene Signatur, die in winzigen Veränderungen solcher Muster bestand.

Die Diskussion am großen Tisch spülte über sie hinweg. Ganz langsam begriff Rena, was dieses Kästchen bedeutete. Elro konnte es nur von der Regentin bekommen haben, obwohl die Feuer-Gilde angeblich schon lange jeden Kontakt zur Felsenburg abgebrochen hatte. Rena war kalt. Konnte es eine Art geheimen Kurierdienst zwischen Elro und der Regentin geben? Und was für eine Rolle spielte dabei eigentlich ihr Onkel?

Alix ereiferte sich gerade zum Thema der Vier-Gilden-Truppe. Unruhig sah Rena zu ihr hinüber. Es war ein schlechter Moment, sie zu unterbrechen. Aber auf den richtigen Moment zu warten konnte lange dauern – zu lange.

»Ich muss unbedingt mit dir sprechen!«, flüsterte Rena ihr zu.

»Später«, wisperte Alix zurück. »Jetzt ist keine Zeit. Okam, wir sollten –«

»Jetzt muss Zeit sein. Es ist dringend, glaub mir.«

»Verdammt, Rena!«

»Wir treffen uns draußen im Gang«, sagte Rena, stand auf und verließ den Saal. Sie konnte die erstaunten Blicke der Delegierten im Nacken fühlen. Rena hoffte, dass Alix ihr genug vertraute, um ihr zu folgen.

Es dauerte nur Momente, bis Alix im Gang auftauchte und tief Luft holte. Es war kühl hier und die Luft war wesentlich frischer als drinnen. Als Rena erklärt hatte, worum es ging, war Alix still geworden. Einen Moment lang schwieg sie. Rena wusste, dass sie an das zurückdachte, was sie auf dieser Reise erlebt hatten, und vor allem an die Nacht im Turm des Gildenrates. »Nicht Elro. Nein. Rostfraß und Asche, du hast das Ding nur ein paar Momente lang gesehen. Außerdem – wenn es tatsächlich ein Beweisstück ist, dann wäre es ja unglaublich dumm von ihm, es hierher mitzunehmen.«

»Vielleicht fühlte er sich sicher. Wieso auch nicht? Er kann ja nicht ahnen, dass ich das Kästchen zufällig einmal gesehen habe. Wenn nur die kleinste Möglichkeit besteht, dass ich Recht habe …«

» …wenn du dich irrst und Elro einfach so beschuldigst, Teil der Verschwörung zu sein, dann werden dich die Leute meiner Gilde eine Woche lang an den Zehen aufhängen, danach zu kleinen Ascheklümpchen verbrennen und diese Asche in den Boden stampfen, bis keine Spur davon bleibt.«

»Dann musst du mir helfen, dass ich es noch einmal ansehen kann. Und wenn ich dann immer noch glaube, dass es dasselbe Kästchen ist, dann musst *du* ihn herausfordern.«

»Wie stellst du dir das vor? Hier auf einer Friedenskonferenz!«

Rena schwieg. Alix machte eine ungeduldige Handbewegung. »Natürlich vertraue ich dir. Also gut. Ich glaube, ich werde mich dann auch gar nicht beherrschen können. Wenn er tatsächlich Formeln der Feuer-Gilde an die Regentin weitergegeben hat, dann verdient Elro das Kalte Feuer.«

Sie kehrten in den Saal zurück. Die stickige Luft, die nach Schweiß und dem Rauch der Fackeln roch, kroch wieder in ihre Nasenlöcher. Rena versuchte ihren Gesichtsausdruck so gleichgültig wie möglich zu machen und lauerte darauf, dass Alix etwas unternahm. Aber lange Zeit passierte gar nichts, außer dass hitzig über mögliche Friedenspläne diskutiert wurde.

Dann beugte sich Alix zu ihrem alten Freund hinüber und fragte ihn, ob er ihr etwas von dem Kopfkraut abgeben konnte. Er nickte abwesend, zog das Kästchen aus der Tasche und hielt es ihr hin – halb unter dem Tisch, sodass die anderen Delegierten es nicht sahen. Verdammt, dachte Rena, er hält fast seine Hand drüber. Sie beugte sich nach unten, als wolle sie sich am Bein kratzen, und als Elro den kleinen Gegenstand wieder einsteckte, sah sie es – sah es genau. Kein Rankenmuster glich dem anderen und dieses hier hatte sie schon oft gesehen. Das Kästchen trug die Signatur ihres Onkels. Aber war es wirklich genau dieses Stück, das sie damals bei der Audienz gesehen hatte? Oder hatte ihr Onkel früher einmal, vielleicht lange bevor sie in seinen Dienst getreten war, noch ein paar ähnliche gemacht? Kann doch sein, dass er ein paar davon an die Feuer-Gilde verkauft hat, dachte Rena und merkte, wie sie immer unsicherer wurde.

Alix blickte sie fragend an und machte ungeduldig Zeichen mit der Hand.

Ich muss es riskieren, dachte Rena. Sie nickte und formte mit den Lippen ein »Ja«.

Jetzt war es zu spät, jetzt konnte sie die Ereignisse nicht mehr aufhalten. Es gab kein Zurück mehr. Stumm rief Rena den Erdgeist an. Bitte.

Bitte, lass es das richtige Kästchen sein.

Bitte, mach, dass die anderen uns glauben und nicht Elro.

Bitte, mach, dass Alix nicht durchdreht und ihn tötet.

Einen Moment lang blickte Alix geradeaus und saß sehr still. Dann stand sie auf. Okam, der gerade sprach, verstummte mitten im Satz und blickte sie erstaunt an. Ein Murmeln erhob sich. Der Krötenmensch tauchte unter den Tisch ab, wo er sich sicherer fühlte.

»Es ist zu früh, über den Frieden zu sprechen«, sagte Alix zu den Delegierten. »Noch steckt das Gift tief in uns. Wir müssen herausfinden, wer Formeln der Feuer-Gilde an die Regentin weitergegeben hat. Die Verräter sind noch auf freiem –«

»Ich versichere euch, wir tun alles, um die Verschwörung aufzudecken«, unterbrach Elro, warf Alix einen finsteren Blick zu und raschelte mit einigen Papieren herum. »Entschuldigt die Unterbrechung meiner Gildenschwester. Wir waren gerade bei ...«

Alix wurde rot vor Zorn. Als sie sprach, war ihre Stimme gefährlich sanft. »Wir fahren hier mit gar nichts fort, noch nicht. Erst habe ich eine Frage an dich, *tanu.* Sag mir, hast du jemals einen Gegenstand aus der Hand der Regentin empfangen?«

»Natürlich nicht. Ich hatte und habe keinen Kontakt zur Felsenburg. Was soll das?«

»Ist es richtig, dass du ein Kästchen aus Nachtholz besitzt? Du bewahrst Kopfkraut darin auf.«

»Diskutieren wir jetzt schon Haushaltsangelegenheiten?«, witzelte Elro, und ein paar Lacher erschollen rings um den Tisch.

Auch Alix lächelte. Sie lächelte und dann ließ sie die Bombe platzen. »Ich habe Beweise dafür, dass dieses Kästchen noch vor kurzer Zeit der Regentin gehört hat.«

Jetzt lachte niemand mehr. Alle Augen richteten sich auf den Delegierten.

»Mag sein«, sagte Elro und winkte ab. »Ich glaube, ich habe es von einem Händler, ich weiß es nicht mehr genau. Ein gewöhnliches kleines Kästchen, das hat doch nichts zu bedeuten. Ich kann mir ein Dutzend davon kaufen.«

Achselzuckend zog er das Kästchen hervor und schleuderte es von sich. Das spröde junge Nachtholz splitterte auf dem Steinboden, ein grelles Geräusch in der Stille des großen Saales, und Kopfkrautkrümel verteilten sich überall. Rena erschrak. Doch dann sah sie, dass einige der Stücke groß genug waren, dass man auf ihnen noch das typische Rankenmuster erkennen konnte. Hastig las Rena das größte von ihnen auf, damit Elro nicht darauf treten und es zermalmen konnte. Sie konnte ihre Hand gerade noch wegziehen, bevor sein Fuß niedersauste.

»Du hast heimlich Kontakt mit der Regentin gehabt, nicht wahr?«, fragte Alix. Ihr Ton war noch immer ruhig, aber Rena hörte die unterdrückte Wut heraus.

»Blödsinn«, zischte Elro. »Was redest du da, Alix, und das auch noch vor Leuten aus anderen Gilden! Du kannst froh sein, wenn ich nicht dem Rat berichte, was du dir hier leistest. Sie würden dir die Meisterschaft vierten Grades ab –«

Mit einer schnellen, gleitenden Bewegung schoss Alix auf ihren ehemaligen Mentor zu. Die Delegierten riss es von ihren Stühlen, jemand stieß einen Schrei aus. Elro wollte ausweichen, doch es war zu spät. Alix packte seine Gala-Robe und mit einem dumpfen *Raatsch* gaben die Nähte nach. Beim Erdgeist, was hat sie jetzt angerichtet, dachte Rena und stöhnte innerlich. Doch dann sah sie genauer hin – und sprang ebenfalls so hastig auf, dass ihr Stuhl nach hinten polterte.

Dort, auf Elros Haut, an einer langen Kette, sodass man es normalerweise nicht sah, hing ein kleines Amulett aus dunklem Metall, nur so groß wie eine Münze. Mitten in dem darauf eingravierten Auge saß ein roter Stein.

»Elro«, flüsterte Alix erschüttert.

Verächtlich schüttelte der bärtige Feuer-Gilden-Meister ihren Griff ab. »Schwach seid ihr alle. Ich und die Regentin, wir hätten Daresh zu einer Welt ersten Ranges machen können. Die Macht des Feuers und der Felsenburg – wir wären unbesiegbar gewesen.«

»Ein elender Wurm bist du, mehr nicht!«, brüllte Alix. Plötzlich war ein Dolch in ihrer Hand. »Du hast unsere geheimen Formeln verraten. Du warst es, der die Mörder auf Lennart und mich, auf mich und Rena angesetzt hat, nicht wahr? Du hast mich beim Rat angeschwärzt, damit man mich kalt stellt.«

Elro beachtete den Dolch kaum, er wirkte noch immer gelassen. »Die Formeln waren nun mal *ihre* Bedingung und du, meine gute Alix, wurdest einfach immer lästiger.«

»Und dieser junge Erzsucher, sein Schwert hat schwarze Steine am Griff, der gehörte auch zu euch, richtig? Wer ist er?«

»Ein junger Meister zweiten Grades, ein sehr viel versprechender Junge, Cousin des Waffenschmieds Domarec. Er war unser Verbindungsmann in Ekaterin. Von dort aus sind die Formeln dann weitergeleitet worden ...«

Rena keuchte auf. Sie waren so nah dran gewesen! Wäre Alix noch länger bei Domarec geblieben, wäre sie dem Cousin sicher auf die Spur gekommen.

»... über ein paar gierige Leute der Erd-Gilde übrigens. Unsere Zwischenträger waren bei der ganzen Sache sehr nützlich, nicht wahr, meine Liebe?« Elro wandte sich an die Regentin.

Gleichgültig und unbewegt blickte sie ihm entgegen. Elro zögerte. Zum ersten Mal bekam seine Selbstsicherheit Risse, in seinen Augen flackerte Furcht auf. »Unser Pakt gilt noch immer. Ich habe meinen Teil der Abmachung erfüllt! Ihr habt doch ... ich habe ...«

Die Regentin machte eine winzige Bewegung mit der Hand. Sofort stürzten Wachen heran, packten Elro und zerrten ihn hinaus. Seine Schreie hallten noch eine Weile nach, dann war es still. Nur das kleine Kästchen aus Nachtholz, das zerschmettert auf dem Boden lag, erinnerte noch an Elro.

»Entschuldigt mich«, sagte Alix. Ihre Stimme schwankte. Mit schnellen Schritten verließ sie den Saal. Die andere Delegierte der Feuer-Gilde blieb und sah sehr betreten drein. Rena wäre ihrer Freundin gerne gefolgt, aber sie ahnte, dass Alix jetzt alleine sein musste.

Einen Sonnenumlauf später, als der erste und der dritte Mond schon längst gekommen und gegangen und Alix in den Saal zurückgekehrt war, stimmte die Regentin dem Pakt der Vier Elemente zu. Er lautete:

Von diesem Tage an werden Angelegenheiten, die

ganz Daresh betreffen, nicht mehr von der Regentin allein geregelt, ein Rat der vier Gilden entscheidet über alles mit. Wichtige Fragen werden Feuer, Wasser, Erde und Luft miteinander besprechen.

Von diesem Tage an möge Frieden sein zwischen den Gilden und zwischen Voll- und Halbmenschen. Verstöße werden von den vier Gilden gemeinsam geahndet. Jeder Lehrling soll vor seiner Meisterprüfung ein Jahr lang bei einer anderen Gilde seiner Wahl leben oder mit Menschen anderer Gilden reisen.

Von diesem Tage an darf die Quelle nie wieder dazu benutzt werden, andere zu knechten. Wer zu ihr Zugang hat, bestimmt der Rat der vier Gilden. Sie bleibt in der Obhut der Halbmenschen.

Die Halbmenschen bekommen dieselben Rechte wie Vollmenschen und dürfen nicht willkürlich getötet oder versklavt werden.

Der kluge Dagua bestand darauf, dass die Worte des Pakts in tragende Wände der Burg eingemeißelt wurden, und zwar so tief, dass man schon neue Felsquader einsetzen musste, wenn man sie jemals auslöschen wollte. Ohne eine Regung verließ die Regentin den Saal, während sich ihr wichtigster Vermittler Ennobar hinausbegab, um der unruhigen Menge vor den Toren die Botschaft von dem neuen Pakt zu bringen.

Schwankend vor Müdigkeit erhoben sich die Delegierten, blickten sich an, nickten sich lächelnd zu und zogen sich zurück. Zeit zum Feiern war später noch.
Es ist ein historischer Moment, sagte sich Rena immer wieder. Wir haben fast alles erreicht, was wir wollten. Aber mehr als ein bisschen matte Freude konnte sie nicht aufbringen.

Heimkehr

Nach und nach verließ die durcheinander redende Menge von Menschen und Halbmenschen den Saal. Diensteifrig folgte ihnen das Personal der Regentin. Plötzlich waren Alix und Rena allein, zwei winzige Gestalten im Herzen der Felsenburg. Aufseufzend ließ sich Alix in einen der prächtigen geschnitzten Stühle fallen. »Beim Feuergeist, ich kann kaum glauben, dass es endlich vorbei ist«, sagte sie und ihre Worte hallten in dem großen leeren Saal wider. »Ich glaube, wenn ich mich jetzt hinlege, schlafe ich zwei Tage lang. Das letzte halbe Jahr hat mich eine Menge Kraft gekostet. Aber verdammt interessant wars.«

»Ja, das stimmt«, gab Rena zu. Sie hatte nicht vor, ihre Freundin auf Elro anzusprechen. »Ich kanns immer noch nicht so richtig glauben, dass wir es wirklich geschafft haben.«

»Wir beide haben zusammen einen langen Weg zurückgelegt. Weißt du noch, wie du dich damals in Canda bei mir beworben hast?«

»Worauf du dich gleich von deiner besten Seite gezeigt und mir das Messer an den Hals gehalten hast.«

Alix lächelte. »Hätte nie gedacht, dass du einmal so werden würdest. Ein verschüchtertes Mäuschen warst du damals. Mumm hast du schon gehabt, aber du hast ihn nicht so richtig rausgelassen. Und jetzt gehörst du plötzlich zu den wichtigsten Menschen auf Daresh.«

Rena stutzte, zuckte die Schultern. »Vielleicht war ich das einmal. Jetzt brauchen sie mich nicht mehr.«

Alix musterte sie abschätzend. Ruhig hielt Rena ihrem Blick stand. »Weißt du noch, was du mich damals gefragt hast?« sagte die Schmiedin schließlich. »Du wolltest in die

Feuer-Gilde aufgenommen werden. Wir hatten einen Pakt.«

»Ja, und im Turm deiner Gilde habe ich aufgehört, dein Lehrlingsmädchen zu sein.«

»Du hast gewaltige Fortschritte gemacht. Weißt du, ich glaube, es wäre kein Problem. Ich könnte es jetzt jederzeit durchsetzen.«

»Was denn?«, fragte Rena, aber sie ahnte schon, was jetzt kommen würde.

»Ich biete dir an, dich in die Feuer-Gilde aufzunehmen.«

Das Schweigen, das diesen Worten folgte, schien furchtbar laut. In Renas Ohren brauste das Blut, sie konnte ihren Puls hämmern fühlen. Die Feuer-Gilde! Das, was sie sich immer gewünscht hatte, dem sie seit so vielen Jahren vergeblich hinterher jagte. Jetzt konnte es wahr werden. Einfach so. Mit einem Wort. Sie brauchte nur »ja« zu sagen.

Aber warum hatte sie sich das eigentlich so sehr gewünscht? Sie hatte jetzt schon lange nicht mehr daran gedacht, die Gilde zu wechseln. Was war geschehen? In den letzten Wochen hatte sie immer wieder ihre Schwertübungen gemacht, Alix hatte ihr weiter Lektionen gegeben. Aber an irgendeinem Punkt hatte das nichts mehr mit der Feuer-Gilde zu tun gehabt, sondern damit, dass man sich in einer wilden Welt wie Daresh verteidigen musste, so gut man konnte. Vielleicht lag es daran, dass sie sich nun ihren Reisegefährten gleichwertig fühlte, egal welcher Gilde sie angehörten. Auf die Gilde kam es nicht mehr an.

»Ich danke dir, Alix«, sagte Rena. »Aber du hast von Anfang an Recht gehabt – die Gilde wählt dich. Mein Element ist die Erde.«

Im ersten Moment sah Alix ein bisschen geknickt aus. Aber dann nickte sie. »Eine gute Entscheidung. Was wirst du jetzt tun? Unsere Reise ist vorbei, jeder ist wieder auf sich gestellt.«

In diesem Moment quietschte die große Tür, jemand kam herein. Als sie sich umwandten, stellten sie fest, dass es Rowan und Dagua waren.

»Ihr seid ja hier geblieben!«, rief Rowan. »Wir haben euch schon gesucht.«

Doch dann bemerkten die beiden, dass die Stimmung im Saal eher gedrückt war. Taktvoll schweigend nahm Dagua einen der Stühle, Rowan setzte sich auf die Kante des Tisches. Noch immer hatte Rena sich nicht daran gewöhnt, dass keine weiße Federkugel mehr auf seiner Schulter saß.

»Ich wollte mich gerade verabschieden«, sagte der Mann der Wasser-Gilde. »Der Gildenrat braucht mich. Hoffentlich hat Ujuna nicht die ganze Provinz neu organisiert, während ich weg war.«

»Du alter Bastard«, sagte Alix grinsend. »Ich wusste, dass du uns noch im Stich lässt.«

Dagua ließ sein charmantestes Lächeln aufblitzen. »Wie es zu erwarten war. Aber ich hoffe doch, dass ich dich mal wieder in unserem bescheidenen Reich begrüßen kann.«

»Brauchst nicht zu denken, dass mich dieses ganze Wasser abschreckt«, gab Alix zurück. »Ich habe heimlich Schwimmstunden genommen!«

Nach einer letzten Verbeugung machte sich Dagua auf den Weg.

Alix wandte sich wieder an Rena. »Also, was hast du vor?«

»Erst mal in mein Dorf zurückgehen – wenn es noch

steht. Meine Leute wieder sehen. Vielleicht kann ich eine eigene Werkstatt aufmachen. Was ist mit dir?«

»Du kennst mich doch. Ich muss wandern, ein bisschen was erleben, den Klang von Waffen hören.«

»Allein?«

»Muss mich wohl wieder dran gewöhnen«, sagte Alix mit einem schiefen Lächeln. »Aber vermissen werde ich dich schon, nein, eigentlich euch alle drei. Elro auch – jedenfalls wie er früher war.«

»Wird mir genauso gehen, außer natürlich bei Elro«, sagte Rena mit belegter Stimme. Sie fühlte, dass sie sich nun schnell verabschieden musste, weil ihr sonst die Augen überlaufen würden. »Machs gut. Pass auf dich auf.«

»Halt dich tapfer, Rena«, sagte Alix. »Du auch, Rowan.«

Sie umarmten sich alle drei, dann ging Rena mit schnellen Schritten zur Tür. Rowan folgte ihr. Als sie draußen waren, nahmen sie sich in die Arme und hielten sich lange. Die vertraute Wärme seines Körpers sickerte in sie über und tröstete sie. »Du hast sie sehr gern, nicht wahr?«

Rena nickte. Sie brachte kein Wort heraus.

»Du wirst also in dein Dorf zurückkehren«, fuhr Rowan fort. »Was wird dann aus uns?«

Es hatte keinen Sinn, um den Kern des Problems herumzureden. »Ich weiß nicht«, sagte Rena. »Aber ich muss zurück, ich kann nicht anders. Verstehst du das?«

»Irgendwie schon ...«, sagte er, aber seine Augen waren dunkel vor Trauer. »So ist das nun mal mit uns Menschen von Daresh. Wir fühlen uns nur in unserer eigenen Gilde wirklich geborgen.«

Jetzt konnte sie die Frage nicht mehr länger hinauszögern, auch wenn sie Angst vor seiner Antwort hatte.

»Kommst du mit? Könntest du dir vorstellen, dort zu leben?«

Rowan zögerte, schüttelte den Kopf. »Was soll ich da? Ich bin reisender Händler. Natürlich könnte ich ab und zu auf meinen Wegen bei dir Station machen ...«

Ohne zu fragen wusste Rena, dass das nicht sehr oft sein konnte. Seine Leute wanderten auf der Suche nach Handelsgütern über weite Strecken. Es konnte lange Zeit dauern, bis er wieder einmal von einer solchen Reise zurückkehrte.

»Wir würden uns fremd werden«, sagte Rena. »Wahrscheinlich würde es dann noch mehr wehtun. Nein, ich glaube nicht, dass das gut wäre.«

»Aber ich möchte dich auch nicht verlieren. Ich möchte mit dir zusammen sein. Wir können eine Lösung finden, da bin ich ganz sicher. Es gibt eine Lösung!«

»Rowan ...«, sagte Rena und musste wieder die Tränen zurückdrängen. *Ich liebe dich*, wollte sie sagen, aber nichts kam aus ihrer Kehle. Sie vergrub die Hand in seinen widerspenstigen weißblonden Haaren.

»Bedeute ich dir denn noch etwas?« drängte Rowan. »Ich weiß, es war nicht ganz leicht mit mir in den letzten Wochen, aber ...«

»Beim Nordwind, natürlich bedeutest du mir etwas«, sagte Rena. Der fremde Ausdruck ging ihr leicht über die Lippen und er entlockte Rowan ein spontanes Lächeln. Sie bewahrte dieses Lächeln tief in sich auf, um sich später noch oft daran zu erinnern. »Aber sag mir erst mal, was du jetzt tun willst. Die ganze Zeit reden wir nur von meinen Plänen.«

»Pläne? Meine Pläne? Irgendwie habe ich gedacht, dass ich ins Grasmeer zurückkehren würde«, sagte Rowan und blickte über Renas Schulter hinweg in die

Ferne. »Ich besorge mir eine Ladung Waren und gehe zurück.«

Aber es ist alles abgebrannt, dachte Rena. Nichts ist geblieben.

Rowan schien die Fragen in ihr zu spüren. »Vielleicht kann ich helfen, vielleicht brauchen sie mich dort, für den Wiederaufbau. In einem Winter wird das Grasmeer schon ein gutes Stück nachgewachsen sein.«

»Ich brauche dich auch.« Es entfuhr Rena einfach so.

»Vielleicht sollten wir das letzte Jahr einfach vergessen«, sagte Rowan sanft. »Wir kommen aus verschiedenen Welten. Dass das mit uns nicht funktionieren kann, das wussten wir ja eigentlich schon.«

Es dauerte eine lange Zeit, bis sie es schafften, sich loszulassen und sich auf den Weg zu machen.

Auf den ersten Blick hatte sich nichts verändert. Da war die Schmiede, eine schwarze Pyramide am Ortsausgang, da waren die Erdhäuser, sanfte grüne Hügel. Ein altes Dhatla ruhte im Schatten eines Colivars. Ein paar Dorfbewohner bemerkten Rena und unterbrachen ihre Arbeit um sie anzustarren. Rena grüßte und marschierte weiter – später war noch genug Zeit für ein Gespräch, jetzt wollte sie nur noch nach Hause.

Als sie sich dem Erdhaus ihres Onkels näherte, begann sie zu laufen. Sie erinnerte sich nur zu gut daran, wie sie damals gerannt war, voller Furcht vor den Soldaten der Regentin, mit schmerzhaft zusammengekrampftem Herzen, weil sie ahnte, dass sie die Welt, die sie kannte, verlassen musste.

Sie klopfte an die Vordertür. Lange antwortete niemand, doch dann hörte sie, wie sich innen etwas bewegte. Die Tür öffnete sich einen Spalt und das Jungengesicht von Dorit, dem anderen Lehrling, erschien darin. Er blickte misstrauisch drein. »Was wollt Ihr?«

Rena verschlug es fast die Sprache. »Dorit! Ich bins! Erkennst du mich nicht?«

Sein Blick glitt über ihr Gesicht, ihre juwelenbesetzte Tunika, die teuren Sandalen. »Beim Erdgeist!«, sagte er und knallte die Tür wieder zu.

»He!«, rief Rena und schlug gegen das Holz. »Was soll das? Lass mich rein!«

Doch derjenige, der nach ein paar Atemzügen öffnete, war Renas Onkel. Seine wuchtige, dunkle Gestalt hatte sich nicht verändert, aber in seinen Haaren waren nun viele weiße Fäden und sein Gesicht war von Falten durchzogen. Einen Moment lang blickte er sie ungläubig an, dann schenkte er ihr eins der seltenen Lächeln, die Rena so liebte. »Also hat Dorit die Wahrheit gesprochen. Komm rein, Rena.«

Langsam humpelte er in die Werkstatt voran. Genüsslich sog Rena den würzigen Duft von Waldhölzern, Harz und Leim ein, den sie lange vermisst hatte. Sie packten die Geschenke aus, die Rena für sie erhandelt hatte – eine neue Tunika und einen Wasserdiamanten als Halsschmuck für Dorit, für den Meister einen Satz neuer Schnitzmesser aus bestem Colodiumstahl.

»Ich danke dir. Sie werden mir sehr nützlich sein«, sagte ihr Onkel, und Dorit drehte noch ganz sprachlos den Diamanten in den Händen. Dann rannte er aus dem Zimmer, um die Tunika anzuprobieren.

Neben der Tür lehnte ein großer Spiegel in einem kunstvoll geschnitzten Holzrahmen, wohl eine gerade fertig gestellte Auftragsarbeit. Als Rena beim Rundgang durch die Werkstatt daran vorbeikam, erhaschte sie darin den Blick auf sich selbst und blieb ungläubig stehen. Sie sah eine schlanke, hoch gewachsene Fremde mit schulterlangen, hellbraun schimmernden Haaren, gebräunter Haut, einem ebenmäßigen Gesicht voll ruhigen Selbstvertrauens. Bin ich das? fragte sich Rena ungläubig. Kein Wunder, dass Dorit sie zuerst nicht erkannt hatte – sie hätte sich ja selbst kaum erkannt. Plötzlich wurde sie sich bewusst, dass sie sich fast ein halbes Jahr lang nicht selbst gesehen hatte, außer in den spiegelnden Wasserflächen der Seen von Vanamee.

Dorit stürmte wieder herein. »Gerade vor ein paar Tagen haben wir alle deine Sachen wiederbekommen! Hier sind auch deine Sandalen!«

Erfreut nahm Rena sie ihm ab – es waren tatsächlich ihre Sandalen, die ihre Eltern mit so viel Mühe angefertigt hatten, mit dem eingewebten Namenszeichen, dem sie den ganzen Ärger verdankte. Sie wollte sie gleich wieder anziehen, doch als sie versuchte hineinzuschlüpfen, musste sie feststellen, dass sie nun eine Nummer zu klein waren.

»Herausgewachsen«, sagte Rena enttäuscht und musste daran denken, dass sie auch aus vielem anderen, das zu ihrem alten Leben gehörte, herausgewachsen war.

»Was willst du jetzt tun, Kleine? Wirst du hier bei uns bleiben?«

»Ich würde mich gerne wieder hier niederlassen und meinen Meister machen«, sagte Rena. »Jetzt brauche ich ja nicht mehr zu fliehen.«

Doch jetzt war ihr Onkel auf einmal ernst geworden. »Ist es wahr?«, fragte er. »Ist es wahr, was man über dich hört?«

Rena nickte lächelnd. »Ich weiß zwar nicht, was du gehört hast, aber das meiste davon wird wohl wahr sein. Ich komme gerade aus der Felsenburg.«

»Ist es wahr, dass du dich mit Leuten der Feuer-Gilde und der Luft-Gilde eingelassen hast? Und wer hat dir die Erlaubnis gegeben, eine solche Waffe zu tragen?«

Rena blickte an sich herab und bemerkte, dass sie immer noch ihr Schwert im Gürtel stecken hatte. Ja, warum auch nicht? Sie hatte es sich verdient. »Niemand«, sagte sie ruhig. »Und ich glaube auch nicht, dass ich dafür eine Erlaubnis brauche. Es ist das Geschenk einer Freundin.«

»Kein Meister wird das akzeptieren – und ich werde es auch nicht«, sagte ihr Onkel. »Du bist lange genug herumgereist, für die Arbeit gelten eigene Gesetze.«

Heiß und bitter kroch die Wut in Rena hoch. Hatte er denn überhaupt nicht begriffen, was sie im letzten halben Jahr getan hatte? »Onkel, ich bin nicht einfach nur herumgereist. Ich habe alle Gildenräte und die Halbmenschen zu Friedensverhandlungen überredet. Wir haben es geschafft, wir haben den Bürgerkrieg aufgehalten!«

»Beim Erdgeist! Niemand darf erfahren, dass du vor dem Rat einer fremden Gilde gestanden hast. Sonst ist unser Ansehen in diesem Dorf für immer dahin.«

Langsam stand Rena auf. Sie versuchte mühsam ruhig zu bleiben. Es hat keinen Sinn, sagte sie sich, er kann es nicht begreifen. Wahrscheinlich lebt er schon zu lange mit der Fehde zwischen den Gilden. Aber die Enttäuschung saß trotzdem tief. Der Meister war ihr engster Verwandter, denn ihre Eltern waren längst nur noch Schatten in ihrem Gedächtnis.

Es war Zeit zu gehen. Aber vorher musste sie noch eine Frage stellen, die sie seit ihrer fatalen ersten Audienz in der Felsenburg nicht verlassen hatte. Sie ahnte die Wahrheit, doch der Drang, es aus seinem Mund zu hören, es genau zu wissen, war zu stark für sie.

»Onkel, was war in dem Kästchen, das du damals der Regentin gegeben hast?«

»Ich weiß es nicht.«

»Wer hat dir den Gegenstand gegeben, den du ins Innere getan hast?«

»Rena, ich ...«

»Gut, dann sage ich es dir«, sagte Rena hart. »Du hast von einem Boten heimlich nachts ein Dokument überbracht bekommen, das du in das Kästchen getan und am nächsten Morgen der Regentin gegeben hast.«

Langsam nickte ihr Onkel. Er sah sie nicht an. »Aber ich habe das Papier nicht geöffnet, ich schwöre es dir. Ich wusste nicht, was darauf stand.«

»Aber du hast es geahnt. Sonst wärst du nicht so verbittert gewesen damals. Du hast gewusst, dass du dazu beitragen würdest, einen Bürgerkrieg auszulösen! Das Dokument enthielt geheime Formeln der Feuer-Gilde!«

Ihr Onkel starrte geradeaus, seine Hände spielten mit einem der neuen Schnitzmesser. »Rena, ich musste dich und Dorit ernähren und das war unsere einzige Chance, weiterhin den Hof der Regentin beliefern zu können.«

»Ich werde nie jemandem davon erzählen«, sagte Rena. »Aber bitte verurteile mich nicht, wenn ich versuche, den Schaden wieder gut zu machen.«

Sie wartete noch einen Moment lang, aber ihr Onkel brach sein Schweigen nicht mehr. Traurig verabschiedete sich Rena von Dorit und verließ das Erdhaus.

Dass der Meister mit den Verrätern gemeinsame Sache gemacht hatte, war jetzt nicht mehr wichtig. Es war vorbei. Die Verschwörung war aufgedeckt und sie konnte es sich leisten, einige der kleineren Zwischenträger zu schützen.

Es half nicht gegen ihre Niedergeschlagenheit, dass

sie sich das sagte. Sie war furchtbar erschöpft, es fühlte sich so an, als sei ihre Seele voller blauer Flecke. Nur weg hier, weg. Sie wollte keinen Menschen mehr sehen. Rena bog vom Pfad ab, schloss die Augen und ging blindlings in den Wald hinein, verlor sich in der tröstenden Aura der sahnefarbenen Colivars und fühlte, wie ihr stimmloses Gemurmel sie allmählich beruhigte.

Ihr Fuß klatschte ins eiskalte Wasser eines kleinen Baches. Mit einem leisen Fluch öffnete Rena die Augen wieder – und blickte in das verdutzte Gesicht eines jungen Mannes, der im Schneidersitz im Schatten der Gebüsche gesessen hatte. Sie musste lächeln, als sie sein gutgeschnittenes Gesicht erkannte. Es war Jon, der junge Schmied aus der Feuer-Gilde. Vor langer Zeit war sie einmal in ihn verliebt gewesen – nein, so lange war das gar nicht her.

»Entschuldigt, wenn ich Euch erschreckt habe«, sagte er und runzelte die Stirn. »Ich habe Euch schon einmal gesehen, nicht wahr?«

»Wir sind uns schon mal begegnet. Genau hier. Es war nach unserer ersten Audienz bei der Regentin. Ich bin das Mädchen, das die *Quelle* berührt hat. Rena.«

Ein amüsiertes Lächeln erschien auf seinem Gesicht, als er sich erinnerte. »Beim Feuergeist, das war ein grässlicher Tag. Bist du nicht geflohen damals?«

»Ich bin zurückgekommen.«

»Ja, das bist du«, sagte er und musterte sie abschätzend. Nachdem er damit fertig war, hatten seine Augen einen weichen, werbenden Glanz. »Hübsch bist du geworden.«

»Danke«, sagte Rena und grinste ihn an. »Kann man von dir nicht sagen. Du hast schon immer gut ausgesehen.«

Jon lachte, überrascht von ihrer Frechheit.

»Du hast mir so gut gefallen, dass ich deinetwegen beinahe in die Feuer-Gilde eingetreten wäre.«

Der Mund blieb ihm offen stehen. »Aber du bist eine Blattfresserin!«

»Und du bist ein Brandstifter«, erwiderte Rena freundlich lächelnd.

Das war zu viel für Jon. Er ließ sich in die Büsche zurückkippen und hielt sich vor Lachen den Bauch. Als er sich erholt hatte, fragte er: »Was ist das eigentlich für ein Schwert? Lass mal schauen.«

Rena schnallte es ab und reichte es ihm. Mit Kennerblick untersuchte er es. »Schöne Balance, liegt leicht in der Hand. Woher hast du es?«

»Eine Waffenschmiedin vierten Grades hat es mir geschenkt«, sagte Rena und genoss es ein bisschen, wie Jon staunte.

»Du hast eine Meisterin vierten Grades getroffen?«

Ich habe es verdient, ein bisschen prahlen zu können, dachte Rena und sagte: »Wir sind zusammen gereist, erst durch Alaak, dann durch das Grasmeer und die Seen-Provinz. Das war ziemlich anstrengend, aber wir mussten zu den verschiedenen Gildenräten. Bei deinem Rat waren wir auch. War ganz schön beeindruckend, dieser Turm.«

»Du kennst den Turm der Schwerter!« Jon schien zwischen Erstaunen und Wut zu schwanken. »Ich war selbst erst diesen Winter dort! He, Moment mal – bist du etwa die Frau mit der Friedensmission, von der alle hier sprechen?«

Rena nickte. »Hast du schon davon gehört, dass wir den Pakt geschlossen haben?«

Sie unterhielten sich, bis der zweite Mond aufging.

Dann stand Rena auf und klopfte sich die Blätter von der Tunika. »Ich muss los. War schön, dich wieder zu sehen.«

»Das können wir doch ruhig mal wiederholen«, sagte Jon und sein Gesicht hatte wieder diesen warmen Glanz.

Rena lächelte. »Vielleicht. Ich weiß ja, wo ich dich finde ...«

Als sie auf dem Pfad davonging, schüttelte sie amüsiert den Kopf. Erst wollte er sie nicht und jetzt, da sie sich verändert hatte, wollte sie ihn nicht mehr. Zu spät, Jon!

Ihre Gedanken kehrten zu Rowan zurück und ganz von selbst krampfte sich ihre Hand in der Tasche ihrer Tunika um den Talisman, das Stück Windrad, das er ihr gegeben hatte. Es fühlte sich warm an und einen Moment lang war es fast so, als stände Rowan neben ihr. Rena dachte an die Nacht, in der er sie befreit hatte, und meinte, seine langen Finger auf ihrer Wange zu fühlen, so weich wie die Schwinge des Pfadfinders. Wie sie zwischen den Grashalmen gelegen hatten und sich zum ersten Mal wirklich gespürt hatten. Sie sah seine hellen Augen, die sie anblickten, als sie auf dem lichtgefleckten Sandboden im Haus der Geschichtenerzähler hockten. Sie sah die ruhige Kraft in seinem Gesicht, als er sich Alix entgegengestellt hatte, und hörte seine Stimme, wie sie zum ersten Mal gesagt hatte, dass er sie liebte.

»Verdammt«, sagte Rena und wischte sich die Tränen aus dem Gesicht. Ob sie in ihrer Gilde jemals einen Menschen finden würde, der mit ihm mithalten konnte? Warum hatte sie ihn aufgegeben? Wie hatte sie das tun können?

Sie hätte in jedem Haus des Dorfes oder der Nachbardörfer, in dem Menschen der Erd-Gilde wohnten, um

Gastfreundschaft bitten können, doch sie wollte allein sein. Rena verließ den Pfad und tauchte wieder in den Weißen Wald ein, die Landschaft ihrer Kindheit. In einer versteckten Ecke ließ sie sich nieder und tauschte die teure Kleidung gegen ihre alten Sachen aus, die sie die Reise über getragen hatte. Dann rollte sie sich in ihre Decke und versuchte zu schlafen. Aber das Murmeln der Colivars und ihre eigenen Gedanken hielten sie wach. Was sollte sie jetzt mit ihrem Leben anfangen? Sie war an keinem Ort mehr daheim, passte nirgendwo mehr richtig hin. Vielleicht war es ein Fehler gewesen, einfach zurückkehren zu wollen, als sei nichts geschehen. Vielleicht gab es einen anderen Weg. Wurde sie nicht vielleicht doch noch gebraucht?

Auch den nächsten Tag blieb Rena im Weißen Wald, dann hatte sie sich entschieden. Ihr wurde leichter ums Herz. Es fühlte sich richtig an, was sie vorhatte.

Sie packte ihre Sachen zusammen, zog wieder die feine Tunika an und machte sich wieder auf den Weg zur Felsenburg.

Die Wachen erkannten sie sofort und ließen sie ein. Sie haben sich mein Gesicht schnell gemerkt, ging es Rena durch den Kopf. Sie wusste nicht, ob sie sich darüber freuen sollte – immerhin war das die Burg der Frau aus Stein, wie sie sie manchmal in Gedanken nannte. Aber man merkte, dass hier jetzt ein anderer Wind wehte. Vielleicht waren die schlimmen Zeiten ja wirklich vorbei.

Der Respekt tat ihr gut. Es stimmte nicht, dass sie nirgendwo mehr hinpasste. Es gab auf ganz Daresh Orte, an denen sie willkommen war, und sie hatte sie sich selbst geschaffen.

Rena hob den Kopf und betrachtete das dunkle Gestein, das sich über ihr auftürmte. Wie bedrohlich war das alles gewesen, als sie zum ersten Mal hergekommen war, auf dem Kutschbock neben ihrem Onkel – und wie Furcht erregend, als sie vor ein paar Tagen zur großen Konferenz hergekommen war.

»Was wünscht Ihr?«, fragte einer der Bediensteten. »Wen wünscht Ihr zu sprechen?«

Rena hatte keine Ahnung, was sie antworten sollte. »Einen der Botschafter, bitte.«

»Es wird sogleich geschehen.«

Nach ein paar Atemzügen Warten wurde ihr langweilig und sie sah sich genauer um. Sie stand in der Nähe der neuen Inschrift, des Pakts. Jetzt erst, als sie die Fingerspitzen über die Buchstaben im glatten Stein gleiten ließ, kam die Freude darüber, was sie erreicht hatten. Dann fiel ihr ein Relief an der äußeren Wand auf. Rena kniff die Augen zusammen und machte ein paar Schritte auf die Wand zu, um besser sehen zu können. Das Steinbild sah ziemlich neu aus und stellte eine weibliche Figur dar, die mit ausgestrecktem Arm eine Kugel von der Form und Größe eines polierten Kieselsteins berührte. Langsam dämmerte Rena, wen das Relief darstellte, und sie musste sich das Lachen verbeißen.

Die Tür knarrte, und eine Stimme hinter ihr sagte: »Die Botschafter besprechen sich gerade, aber vielleicht kann ich etwas für Euch tun, ich bin Beraterin des ... he!«

Rena fuhr herum und sah eine hoch gewachsene Gestalt, kupferfarbene Haare, grüne Raubvogelaugen. Im ersten Moment brachte sie kein Wort heraus, doch dann überschwemmte sie heiße Freude.

»Alix! Ich dachte ...«

»Ja, dachte ich auch«, sagte Alix und drückte sie kurz

an sich. Sie wirkte verlegen. »Ich bin ja auch losgezogen, aber irgendwie hat es sich nicht gut angefühlt. Ich wollte nicht zurück zum Gildenrat. Nach einer halben Tagesreise bin ich umgedreht. Tja, was soll ich sagen? Ich bleibe – vorerst jedenfalls.«

Rena wollte lächeln, aber ihre Mundwinkel zuckten ganz merkwürdig. »Mir gings so ähnlich. Als was bist du hier? Als Beraterin des Vier-Gilden-Gremiums?«

»Genau. War nicht meine Idee. So was konnte nur jemandem einfallen, der mich nicht kennt.«

»Na ja, du kannst ja zum Glück mehr als mit dem Schwert herumfuchteln«, sagte Rena und fragte sich, wie lange Alix es in der Felsenburg aushalten würde.

Alix grinste. »Da wir schon von Schwertern sprechen – verrate bloß niemandem, wo du kämpfen gelernt hast. Mein Ruf würde sich nie davon erholen!«

»Überlege ich mir noch«, sagte Rena und grinste zurück. »Irgendein Druckmittel muss man immer in der Hinterhand haben.«

»Übrigens, mich haben schon ein paar Leute gefragt, ob man dich nicht dafür gewinnen könnte, als Beraterin in die Felsenburg zu kommen?«

»Ich hätte schon Lust.« Rena zuckte die Achseln und wandte sich ab. »Aber ich weiß noch nicht, wie lange ich bleiben werde. Ich dachte mir, ich schaue mich auch noch mal ein bisschen im Grasmeer um.«

»Um die Naturschönheiten zu genießen? Die sind natürlich nicht ohne, gerade im Moment: Verbrannte schwarze Halme, so weit das Auge reicht.«

»Ähm ...«

»Ist ja sicher auch eine gute Gelegenheit, um sich wieder mal der Gastfreundschaft im Dorf dieses Sklavenhändlers Moog zu erfreuen ...«

»Na ja …«

»Gar nicht zu reden davon, dass man sich eine schöne zweite Haut aus Grasmeer-Matsch und Staub zulegen kann …«

Endlich merkte Rena, dass Alix sie nur aufzog. Aber warum tat sie das? Es konnte nur einen Grund geben. Man musste es ihrem Gesicht angesehen haben, was sie dachte, denn Alix nickte. In ihren Augen tanzte ein kleiner Funken. »Ach ja, ich glaube, du weißt gar nicht … Es haben sich noch ein paar andere Leute freiwillig als Berater gemeldet. Sogar ein Mann der Luft-Gilde war darunter, der bei seinem Ablenkungsmanöver Geschmack am Organisieren und Führen gefunden hat. Er ist drei Räume tiefer im Berg. Grüß ihn mal von mir.«

Doch Rena hörte die letzten Worte schon nicht mehr, sie war draußen im Gang und ging Rowan mit langen Schritten entgegen.

Anhang

Liste der wichtigsten Personen

Rena ke Alaak
Fünfzehn Winter alt, Erd-Gilde, wird von ihrer Neugier bös in Schwierigkeiten gebracht und verändert ihre Welt mit ein paar ungewöhnlichen Ideen.

Alix ke Tassos
Etwa fünfundzwanzig Winter alt, Feuer-Gilde. Neigt dazu, erst das Schwert zu ziehen und dann zu diskutieren.

Rowan ke Nerada
Zwanzig Winter alt, Luft-Gilde. Schafft es, bei seinen neuen Freunden endlich den Spitznamen »Storchenbrut« abzuschütteln.

Dagua ke Vanamee
Fünfzig Winter alt, Wasser-Gilde. Hohes Tier, das sich damit amüsiert, Fremde irrezuführen und unerkannt durch die Lande zu ziehen.

Die Regentin
Auch Frau aus Stein genannt, regiert von der Felsenburg aus die Welt Daresh – leider nicht besonders milde.

Erd-Gilde

Fordas	Renas Onkel, lebt in einem Erdhaus im Weißen Wald. Holzmeister.
Dorit	Der zweite Lehrling ihres Onkels
Margo	Klärt Rena auf, aber nicht besonders gut.

Ennobar	Musste seiner Gilde abschwören, um Hauptvermittler der Regentin zu werden. Hat von der Frau aus Stein Dinge erfahren, die ihn erschrecken.

Feuer-Gilde

Jon	Schmiedelehrling, in den Rena verliebt ist.
Lennart	Alix' »Vorgesetzter«, wird von den Verschwörern getötet.
Domarec	Mutmaßlicher Verräter und unansehnlicher Frauenliebling
Elro	Alter Freund von Alix, sitzt erst im Gildenrat und nimmt später an der Friedenskonferenz teil.

Luft-Gilde

Moog	Kindheitsfeind Rowans
Offizier Okam	Einer der leitenden Menschen in der Gildenresidenz. Erst Gegner, dann Verbündeter.
Cara	Okams Frau, wird von der Wasser-Gilde gefangengehalten.
Avius	Hoher Meister der Luft-Gilde. Möchte ein altes Ritual wiederbeleben, das sehr zur Volksbelustigung beitragen könnte.
Setahaya	Die große alte Dame der Luft-Gilde.
Terek	Fröhlich-skrupelloser Nachwuchs-Meister im Hohen Rat.

Wasser-Gilde

Ujuna	Hohe Meisterin der Wasser-Gilde, ist der Wettleidenschaft verfallen.
Lorana	Zweite Hohe Meisterin, verliert ihre Wetten mit Ujuna regelmäßig.
Der Archivar	Lebt auf der Gedächtnisinsel. Hat Krötenblut in den Adern und benimmt sich entsprechend.

Halbmenschen & Tiere

Kollox	Renas und Alix' Dhatla mit wundem Zeh.
Der Caristan	Muss sich mit einer Gruppe halbwüchsiger Iltismenschen herumärgern.
Cchrlanho	Junger Iltismensch
Cchrlivan	Verrät Rena mehr über die »Frau mit der Haut aus Metall«.
Shari	Katzenfrau, die mit der Luft-Gilde einen schwunghaften Menschenhandel führt.
Der Pfadfinder	Weißer Federball, hockt meist auf Rowans Schulter und kann mehr, als man denkt.
Morok	Raubqualle, die im Gedächtnissee lebt und häufig an Sonnenbrand leidet.

Inhalt

...Wind und Wasser